1945 귀환, 진해!!
기억속의 고향

원제 『＜日本國＞から来た日本人('일본국'에서 온 일본인)』

西牟田 靖(니시무타 야스시) 지음
이애옥 옮김

새로운 세상의 숲
신세림출판사

1945 귀환, 진해!! 기억속의 고향

西牟田 靖(니시무타 야스시) 지음 / 이애옥 옮김

故郷は心の中に

　かつて日本が植民地支配していたころのことを記憶にとどめている方々に会いたい—強くそう思ったのは２０００年代なかばのことだ。出版社の助けを借りて、話者になってくださる方を募集してくださったところ、応じて下さったのが、本書の中心人物である、松尾博文さんだった。

　はじめてお会いしたのは２００６年夏だったはずだ。松尾さんは当時７４歳。背広姿の彼は、高度成長期の日本を精一杯生きたという自負、時間に余裕ができた今だからこそ自らの過去にじっくりと向き合いたい、次世代に自分たちの生きた時代を伝えたいという強い気持ちを感じたのだった。松尾さんは自分の学友たちに声をかけて下さっていて、彼らから数珠つなぎのようにして、話を聞くことができたのだった。

　松尾さんとその学友たちと話しすればするほどに、僕の頭の中にひとつの世界が広がっていくのを感じた。植民地支配そのものは許されるものではないかもしれない。しかし松尾さんたちが過ごした、敗戦までの鎮海や朝鮮北部、満州といった場所での暮らし。それは植民地支配が消滅することで、

彼らの頭の中にだけにある、パラレルワールドとしてのみ存在しているという事実に気がついたのだった。

　そして、ついに２年後の２００８年、松尾さんや学友の皆さんとともに鎮海を訪れることかできたのだった。釜山からバスで鎮海へ道すがらに慶和駅があり、さらに中心部に入るとかつて巨木があったロータリーが出てきた。桜吹雪が舞う中を歩く。松尾さんのかつてのご実家である松尾博信堂をはじめ、植民地時代の建物があちこちに残っている。しかし看板はハングルだし、聞こえてくる言葉は韓国語ばかりだ。鎮海の地はすでに様変わりしてしまっていた。

　「ここは私たちが生まれ育った鎮海です。でも今は外国です。懐かしいとは思うけど、戻って住みたいとは思わない。故郷は心の中にあるんです」

　何人かがそうしたことを言った。故郷が外国になるということは、土地ではなく、自身の記憶やそれを仲間たち語りあって共有することでしか、帰れないものなのかもしれない。そんなことを当時感じた。そして僕もその記憶の中にしかない故郷に少しだけお邪魔させてもらったようなそんな気になったのだった。

　皆さんとの鎮海訪問からはや１３年がたった２０２１年秋。松尾さん以外の皆さんはすでに旅立たれた。今となっては、松尾さんとお話しするか、私が書き起こした本書、そして「鎮海の桜」以外に戦前の鎮海を感じることは中々難しくなってしまい、一抹の寂しさを感じていたのだった。

　それだけに今回の韓国語版の翻訳の申出は私にとって、願

っても見なかった朗報であった。

　韓国のみなさんが、植民地支配の時代を暮らした日本人の皆さんが抱く郷愁をどのように受け止めるのか。批判的な感情も含めて、大変興味がある。この翻訳書がこのような韓国の状況に、一石を投じる手助けとなったら、喜ばしいと考える。圧倒的な熱意を保ち続け、翻訳をやり遂げ、出版までのゴールのを完走した李愛玉さん、お疲れさまでした。

2021年9月25日
東京にて 西牟田 靖

고향은 마음속에

이전 일본이 식민지 지배를 하고 있던 무렵의 일이 기억으로 남아있는 분들을 만나고 싶다—고 강하게 생각한 것은 2000년대 중반의 일이다. 출판사의 도움을 받아 화자가 되어 주실 분을 모집했을 때, 응해 주신 분이 마쓰오 히로후미, 이 책의 중심인물이다.

처음 만난 것은 2006년 여름이었을 것이다. 마쓰오 씨는 당시 74세. 양복차림의 그는, 고도성장기의 일본을 열심히 살았다고 하는 긍지, 시간에 여유가 생긴 지금이야말로, 자신의 과거와 차분히 마주 대하고 싶은, 다음 세대에 자신들의 살았던 시대를 전하고 싶은 강한 기분을 느낀 것이었다. 마쓰오 씨가 자신의 학우들에게 말을 걸어 주셔서, 그 분들에게서 염주처럼 이어진 이야기를 들을 수 있었다.

마쓰오 씨와 그 학우들과 이야기를 나누면 나눌수록, 나의 머릿속에 하나의 세계가 펼쳐져 가는 것을 느꼈다. 식민지 지배 자체는 허용되지 않을지도 모른다. 그러나 마쓰오 씨와 친구분들이 보낸, 패전까지의 진해나 조선 북부, 만주 같은 곳에서의 생활. 그것은 식민지 지배가 소멸함으로써 그들의 머릿속에만 있는, 함께하는 세계로서만 존재하고 있다는 사실을 깨달은 것이었다.

그리하여 마침내 2년 후인 2008년 마쓰오 씨 및 학우들과 함께 진해를 찾을 수 있었다. 부산에서 버스로 진해 가는 길에 경화역이 있고 중심부로 들어가니 한때 거목이 있던 로터리가 드러났다. 벚꽃이 흩날리는 속을 걷는다. 마쓰오 씨의 옛 생가인 마쓰오 박신당을 비롯해 식민지 시대의 건물이 곳곳에 남아 있다. 그러나 간판은 한글이고 들려오는 말은 한국어뿐이다. 진해 땅은 이미 모습이 달라져 있었다.

"이곳은 우리가 태어나고 자란 진해입니다. 하지만 지금은 외국입니다 그리운 마음은 있지만, 돌아가서 살고 싶은 생각은 들지 않습니다. 고향은 마음속에 있습니다."

몇 사람이 그런 말을 했다. 고향이 외국이 되었다는 것은 땅이 아닌, 자신의 기억이나 그것을 친구들과 서로 이야기하면서 공유하는 것밖에, 돌아갈 수 없는 것인지도 모른다는 것을. 당시 그것을 느꼈다. 그리고 나도 그 기억 속에서만 남아 있는 고향에 조금은 방해를 한 것 같은 그런 생각이 들었던 것이다.

여러분과의 진해 방문으로부터 벌써 13년이 지난 2021년 가을. 마쓰오 씨를 제외한 여러분은 이미 세상을 떠나셨다. 이제 와서 보면, 마쓰오 씨와 이야기를 하거나, 내가 쓴 이 책, 그리고 「진해의 벚꽃」이외는 식민지 시대의 진해를 느끼기는 좀처럼 쉽지 않아 일말의 외로움을 느끼고 있었던 것이다.

그런 만큼 이번 한국어판의 번역 의사표시는 나에게 있어서, 바라지도 못했던 기쁜 소식이었다.

한국 여러분이 식민지 지배의 시대를 살았던 일본인이 품은 향수를 어떤 식으로 받아들일 것인지. 비판적인 감정도 포함해서, 매우 흥미가 있다. 이 번역서가 한국인들의 마음에 어떤 반향을 불러일으킬지, 어떤식으로든 도움이 된다면 기쁠 것이다. 압도적인 열의를 유지하며, 번역을 끝내고 출판까지의 목표를 완주한 이애옥 씨, 수고하셨습니다.

2021년 9월 25일
東京にて 西牟田 靖
도쿄에서 니시무타 야스시

追 憶

　昨年以来の李愛玉さんのご苦労が実って西牟田さんの労作の韓国語版が完成したとのお知らせを心からお喜びいたします。

　この作品に登場するメインの人物は、４人ともに1931年、1932年の生まれでそれぞれ鎮海にかかわりのある人物です。私が最も若く1932年生まれで来年の2月に90歳になります。

　他の3人について順不同でお伝えしますが、順天堂大学名誉教授古賀苦住君は2019年1月1日に3万人に一人という難病「大脳皮質基底核変性症」のために6年余りの闘病生活の末に千葉の病院で亡くなりました。医大の名誉教授でも現在の医学の研究では及ばなかったようです。

　4人の中で最も苦労をして満州から引揚げて、子供の頃のかわいい健康そのものの顔立ちから人相まで変わっていた河野愰君はハードドリンカーで、しかもハードスモーカーでしたが、癌のために山口県の緩和ケア病院で亡くなりました。

　毒舌家でもあり私に対して「松尾は引揚げじゃなく引っ越しじゃ」と言い放ち、鎮海という日本国に至近の距離からの引揚げは真夏の船の甲板で過ごした苦しい時間や引揚げ後の

生活の苦労などは彼のそれとは比較にならないことを教えられました。

野崎博君は、福井の足羽川畔の桜が満開になると二人で鎮海を偲んで花見をしたものでした。

彼は小学校の時に北朝鮮に移住したのですが、彼にとっては何にも増して鎮海は心のふるさとだったようで、毎年冬の福井を逃れてハワイに滞在してもワイキキの浜で千代ガ浜海水浴場の海を思い、森羅万象に鎮海の心地よさを語る人だったのですが、昨年10月親族と行った福井の温泉で溺死しました。

独り残った私は、愛玉さんの翻訳作業の補佐を務めてきた数か月の間に英淑さんとも知り合い、松尾博信堂発行の市街地図や、私が仲間に呼びかけて作成したつたない住宅地図を介して、鎮海の皆様に貴重な発見をして戴きそのお陰で今は自分史の再考察に取り組み始めました。

生まれて僅か13年間でしかなかった鎮海での生活を振り返るうちに従来の重大な勘違いに気づいたり、新しい発見があったりして生甲斐のある日々を過ごしています。

私は、1938年に鎮海高等小学校に入学しました。岸本寿野先生が担任でクラスは64名という今では考えられない大所帯だったのですが、ある日先生はポータブルの蓄音機を教室に持ち込んで「スーベニール」というバイオリン曲を生徒に聞かせてくださいました。

私の生活環境はクラシック音楽とは全く無関係で、鎮海で家庭にピアノがあるのは皆無だったと思います。オルガンが

高砂町の一ノ瀬さんのお宅の玄関にあるのを見たことがある
だけでした。

　私はこの頃からカタカナ語はよく覚える子だったのか、不
思議にこの曲名とメロディーを覚えているのです。

　スーベニールという言葉の意味が分かるようになったのは
成人してからですが、私は「追憶」と解釈しました。

　もろもろの感懐を込めて。

2021年9月25日記

松 尾 博 文

추 억

작년부터의 이애옥 씨 노고가 결실을 맺어 니시무타(西牟田) 씨 노작의 한국어판을 완성했다는 소식에 진심으로 기쁘게 생각합니다.

이 작품에 등장하는 주요 인물 네 명은 모두 1931년과 1932년생으로 제각각 진해와 관련된 인물입니다. 제가 가장 어린 1932년생으로 내년 2월에 90살이 됩니다.

다른 세 명에 대해 순서없이 말씀드립니다만, 준텐도(順天堂)대학 명예교수 고가 구스미(古賀苦住) 군은 2019년 1월 1일 3만 명 중 한 명이 않는 난치병 '대뇌 피질 기저 핵변성증'으로 6년 여의 투병생활 끝에 지바(千葉)의 병원에서 사망하였습니다. 의대의 명예교수라도 현재의 의학 연구로는 안 되었나 봅니다.

네 명 중에서 만주에 귀환하면서 가장 고생을 한, 어릴 적 귀엽고 건강한 얼굴 모습에서 얼굴 생김새부터 인상까지 바뀌어 있던 고노 아키라(河野慨)군은 애주가이며, 게다가 애연가였는데, 암 때문에 야마구치현(山口県)의 완화(緩和)치료 병원에서 사망했습니다.

독설가이기도 하며 저에 대해 "마쓰오는 귀환이 아닌 이사했다."라고 말하며, 일본에 가까운 거리, 진해에서의 귀환, 한여름 배 갑판에서 보낸 괴로운 시간이나 귀환 후의 고생 등은 고노 군의 그것과는 비교가 되지 않는다는 것을 알게 되었습니다.

노자키 히로시(野崎博) 군은 후쿠이(福井)의 아스와(足羽) 강변 벚꽃이 가득 피면 저와 둘이서 진해를 그리워하며 벚꽃구경을 하곤 했습니다.

그는 초등학교 때 북한으로 이주했는데, 그에게 있어 진해는 그 누구보다도 더 마음의 고향이었던 것 같으며, 매년 겨울 후쿠이를 피해 하와이 와이키키 해변에 머물러도 진해의 치요가하마(千代ガ浜) 해수욕장 바다를 생각하며 삼라만상에 진해의 기분 좋은 편안함을 이야기하는 사람이었는데 지난해 10월 친척들과 갔던 후쿠이의 온천에서 익사했습니다.

홀로 남은 저는, 애옥 씨의 번역 작업을 도우면서 보낸 수개월 동안에 영숙 씨와도 알게 되었고, 마쓰오박신당(松尾博信堂)에서 발행한 진해시가전도(鎮海市街全圖 1927년 발행)와 제가 친구들에게 같이 만들자고 하여 작성한 변변치 않은 주택지도를 통해, 진해의 여러분들이 저의 가족사에 귀중한 발견을 해 주셨고, 그 덕분에 지금은 저의 패밀리 히스토리 연구를 다시 깊이 살피기 시작했습니다.

태어나서 불과 13년밖에 되지 않았던 진해에서의 생활을 되돌아보며 예전의 중대한 착각을 깨닫기도 하고 새로운 발견을 하기도 하며 보람찬 나날을 보내고 있습니다.

저는 1938년에 진해고등소학교에 입학했습니다. 기시모토 히사노(岸本寿野) 선생님이 담임이고 반은 64명이라고 하는 지금은 생각할 수 없는 많은 숫자의 학생이었습니다만, 어느 날 선생님은 휴대용 축음기를 교실에 들고와 '수브니르'라는 바이올린 곡을 학생들에게 들려주셨습니다.

저의 생활환경은 클래식 음악과는 전혀 무관하며, 진해에서 집에 피아노가 있는 경우는 전무했던 것 같습니다. 오르간이 다카사고초

(高砂町)에 있는 이치노세(一ノ瀨) 씨 집 현관에 있는 것을 본 적이 있을 뿐이었습니다.

제가 이 무렵부터 가타카나 글자를 잘 외우는 아이였는지, 신기하게도 이 곡명과 멜로디를 기억하고 있습니다.

수브니르(souvenir)라는 단어의 의미를 알게 된 것은 성인이 되어서였지만, 저는 '추억'으로 해석했습니다.

갖가지 감회를 담아서

2021년 9월 25日 씀

松尾博文

마쓰오 히로후미

- 이 책은 西牟田靖 著『〈日本國〉から来た日本人』(春秋社, 2013)을 원본, 번역했다.
- 일본어의 한글표기는 외래어 표기법에 따랐으나, 일부는 실제 발음에 가깝게 장음을 표기하거나, '가·카, 다·타, 쓰·츠, 이중 모음' 등은 두 가지 표기를 혼용하기도 했다.

  예) 오잉(桜蔭, おぅいん) → 오우잉, 松尾(まつお) → 마쓰오, 마츠오
- 띄어쓰기 등에서 번역자 개인 스타일을 고집한 것도 있다.

  예) 아리타 초(有田町) → 아리타초
- 한자표기는 일본어 구자체 및 신자체를 혼용한 것도 있다.
- 국어의 구두점 체계와 일본어 구두점 체계가 달라 일부 혼용된 것도 있을 수 있다.
- 시대적인 이해를 돕기 위해 원어를 국어표기법에서 벗어나 우리말 읽기 그대로 옮긴 것도 다수 있으며, 일부 차별적인 어휘도 감히 기재한 것도 있다.

  예) 日本統治時代(일제강점기) → 일본통치시대

  　　李氏朝鮮(조선왕조, 조선시대) → 이씨 조선

  　　日本海海戰記念塔(쓰시마해전기념탑) → 일본해해전기념탑
- 중국어 고유명사 중 현지음이 아닌 일본어 읽기로 표기한 것도 있다.

  예) 鶴崗 → 쓰루오카
- 주해에 참고한 사이트는 위키피디아 일본어 버전, 야후 재팬, Daum 백과사전, Naver 어학사전 등이다.
- 단락별 주해는 옮긴이가 사전 해석 등을 인용, 작성한 것임을 밝혀둔다.
- 출판 후 수정해야 할 것 등이 발견되면 역자의 블로그 '1945 귀환' 또는 같은 이름의 밴드에 게재할 예정이다. https:blog.naver.com/yiaeohk

차례

▶ 한국어판 출판에 부쳐 · 5~10

▶ 추억 · 11~16

▶ 일러두기 · 17

▶ 저자의 일러두기 · 28

▶ 머리말 · 31

제1장 만남

점점 심해지는 조급함 · 37

우연한 참가 표명 · 39

방문한 진해역 · 41

첫 만남 · 43

제2장 명암을 가르다

박력있는 편지 · 47

고노 씨를 방문하다 · 50

후쿠이(福井)에 · 54

제3장 이민 시절

대이동 시대가 가까이 닥쳐오다 · 61

조선병합과 일본인 이민 · 64

『사카노 우에노 쿠모(坂の上の雲, 언덕 위의 구름)』와 진해 개발 · 66

제4장 이주

마쓰오가(松尾家)의 이주 · 73
가장의 결단 · 76
소망을 기대하여 · 80
군부대의 일로 진해에 · 83

제5장 벚꽃, 큰 팽나무, 그리고 해군

벚꽃과 큰 팽나무(大榎, 대가) · 87
세련된 관사(官舍) · 93

제6장 잠깐 동안의 평화

'사시오사에(압류)'와 '겟코오(결항)' · 95
각자 나름의 소년시대 · 101
잠깐 동안의 평화 · 104

제7장 전쟁 전야

모두 표준어 · 107
몸에 철저히 주입된 나날들 · 108
체벌교사 · 112
전쟁놀이 · 114

차례

제8장 '같은 일본인이 아닌가' 조선인과 일본인

'차별'의 실제 • 117
차별의 종류 • 122

제9장 산업에 활기가 샘솟는 도시

석탄이 만드는 '밝은 미래' • 129
최첨단 공업도시, 흥남 • 133

제10장 전쟁이 시작되다

♪기원(紀元)은 2600년 • 137
국민학교로 • 141
개전(開戰)을 알리는 교내 방송 • 144
전시체제의 생활 • 147
동경(憧憬)하는 하리마오 • 151
수상한 형세 • 153

제11장 동원(動員)과 공습

어디에선가 본 경치 • 157
스파르타 수업과 조선인 차별 • 161
조선인 동급생 • 163
학도근로동원과 대항(對抗) 연습 • 169

수류탄을 만들다 · 171
기총소사(機銃掃射) · 175

제12장 소집(召集)

있을 수 없는 징병 · 179
남쪽으로 간 사람은 돌아오지 않는다 · 181
임팔(Imphal) 작전 · 183
'일본은 진다' · 188

제13장 개개인의 종전기념일

진해의 옥음(玉音)방송 · 191
"일본이 고개 숙여 절을 했다" · 196
혼란의 시간 · 199
만주국 붕괴 · 203

제14장 귀환의 명암(明暗) 조선 남부

연줄이 도움이 되다 · 209
"너, 죽었던 것 아니니?" · 216
배는 노호(怒號)를 싣고 · 220
목숨을 버려야 할 나라는 이미 없다 · 225
다시 조선 반도에 · 227
재앙이 바뀌어…… · 230

차례

귀축미영(鬼畜米英)은 어디에 · 232

제15장 시작되지 않은 전후 조선 북부와 만주

소련 지배지역으로부터의 탈출 · 237

여자를 내놔, 빵을 넘겨줘 · 238

유일한 희망은 귀환 · 242

겨울 한번에 3천 명 · 248

직면한 상황의 역전 · 249

강행군 · 254

'린고노 우타(リンゴの唄, 사과의 노래)'를 처음 들었던 날 · 256

동란(動亂)의 만주 · 258

비계(脂肪) 덩어리 · 263

여동생의 죽음 · 266

운명의 갈림길 · 269

구사일생으로 · 271

"형님은 죽어서 다행이었다." · 273

만주에서 탈출하다 · 276

제16장 패전의 고향에서 살아남다

고난의 연속 · 281

굶지 않고 끝난 사람들 · 287

자녀를 생각하는 부모 · 292

서로 부딪히는 감정 · 294

고도경제성장의 발자취 · 296

종장 고향은 어디에

'한국'의 벚꽃 • 301
소식을 찾아다니다 • 305
여기에 일본인이 살고 있었다 • 307
추억으로서 • 310

▶후기 • 315
▶ 주요 참고문헌 자료 • 321
▶ 역자후기 • 323~330
▶ 색인(사항) • 331
▶ 색인(인명) • 339
▶ 저작물 사용허가서 • 343

일본인 귀환자 수

凡例:
- 満州
- 戦前戦中の日本領土

ソビエト連邦
45万／2万

モンゴル人民共和国

満州
4万／100万

新京 ●

中国
104万／50万

南京 ●

大連
1万／22万

朝鮮北部
3万／30万

朝鮮南部
18万／42万

大日本帝[

沖縄
6万／1万

香港
1万／1万

台湾
16万／32万

仏領インドシナ

フィリピン
11万／2万

マリアナ
サイパ
グアム

パラオ諸島

蘭領インド

そのほか東南アジア
66万／6万

オーストラリア
13万／1万

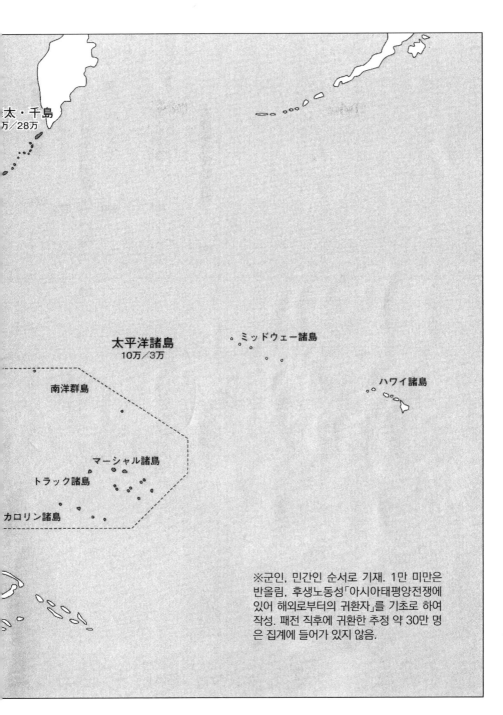

太・千島
万／28万

太平洋諸島
10万／3万

南洋群島

ミッドウェー諸島

ハワイ諸島

マーシャル諸島

トラック諸島

カロリン諸島

※군인, 민간인 순서로 기재. 1만 미만은 반올림, 후생노동성「아시아태평양전쟁에 있어 해외로부터의 귀환자」를 기초로 하여 작성. 패전 직후에 귀환한 추정 약 30만 명은 집계에 들어가 있지 않음.

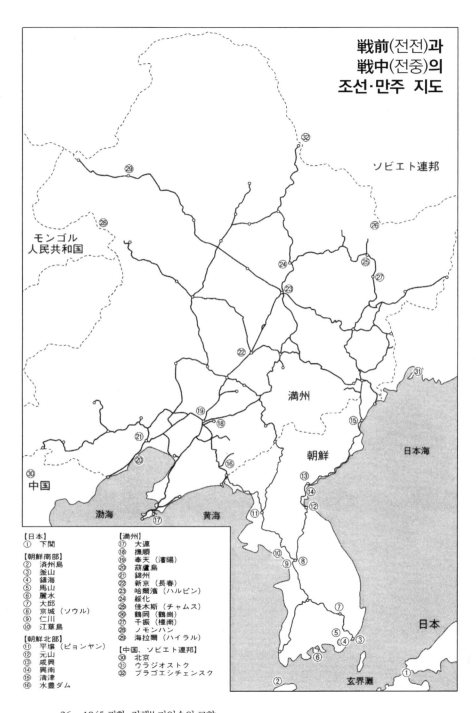

戦前(전전)과
戦中(전중)의
조선·만주 지도

ソビエト連邦

モンゴル
人民共和国

満州

朝鮮

日本海

中国

渤海   黄海

日本

玄界灘

【日本】
① 下関

【朝鮮南部】
② 濟州島
③ 釜山
④ 鎭海
⑤ 馬山
⑥ 麗水
⑦ 大邱
⑧ 京城（ソウル）
⑨ 仁川
⑩ 江華島

【朝鮮北部】
⑪ 平壤（ピョンヤン）
⑫ 元山
⑬ 咸興
⑭ 興南
⑮ 清津
⑯ 水豊ダム

【満州】
⑰ 大連
⑱ 撫順
⑲ 奉天（瀋陽）
⑳ 葫蘆島
㉑ 錦州
㉒ 新京（長春）
㉓ 哈爾濱（ハルビン）
㉔ 綏化
㉕ 佳木斯（チャムス）
㉖ 鶴岡（鶴崗）
㉗ 千振（樺南）
㉘ ノモンハン
㉙ 海拉爾（ハイラル）

【中国、ソビエト連邦】
㉚ 北京
㉛ ウラジオストク
㉜ ブラゴエシチェンスク

전전과 전중의
진해(鎮海) 지도
要塞司令部
(鎮海中学校)
④
文
至馬山釜山
慶和洞
鎮海駅
至慶和洞
司令官
官邸
甲官舎
乙官舎
要湾部東門
③
憲兵分隊
北辻
水交社
桜の馬場
②
中辻
①
日本海
海戦記念塔
海軍
グラウンド
兜山
神社
海軍墓地
至慶和
南辻
丁号
官舎
税関
鉄道桟橋
税関桟橋
(行巌湾桟橋)
征矢川
簾山
行巌湾
千代ヶ浜
海水浴場

① 郵便局
② 松尾博信堂
③ 尋常高等小学校（国民学校）
④ 鎮海公立高等女学校

- ( )는 저자에 의한 주(注)를 가리킴.
- 일본 통치시대의 지명 및 차별적으로 보고 판단할 수 있는 표현도 당시의 배경을 근거로 하여 감히 기재한다.
- 취재는 2006년~2013년에 실시했다.

1945 귀환, 진해!!
기억속의 고향

머리말

40대에 돌입한 내가 초등학교 고학년이었던 무렵부터, 벌써 30년 이상 전의 일이다. 학교 교실 칠판 옆에 학급문고라 부르던 책장이 있었다. 거기에는, 데즈카 오사무(手塚治虫) 작품을 중심으로 『하다시노 겐(맨발의 겐)』이나 『아시타노 죠(내일의 조)』라는 만화들이 진열되어 있어, 쉬는 시간이 되면, 남학생을 중심으로 많은 동급생들이 모여들었다. 물론 나도 그 중의 한 명이었다.

어느 날 무슨 책인가 손에 들었을 때, 작가의 경력을 보고 놀란 적이 있다. 출신지에 분명히 일본에는 없는 지명이 쓰여 있었다. '만주'라니 들은 적이 없다.

'만주라니 이건 일본과는 다른데. 이 사람 일본인인데 왜 외국에서 태어났을까?'

패전까지 일본인이 이주하고 있던 사실을, 그 무렵 나는 몰랐다. '전쟁과 관계가 있어 외국에 살고 있지 않았을까?' 라고 추리해 보았지만, 그 때는 더 이상 깊이 생각하지 않았다.

그 후 신문이나 텔레비전, 만화나 책 등에서 소개되는 유명인의 프로필에 주의를 기울이니, 외국, 게다가 일본 가까이에 있는 나라에서 태어난 사람이 드물지 않음을 알아차리게 되었다. 만주 출생의 가수, 아나운서, 한반도 출생의 여배우나 소설가, 사할린 출생의 스모선수나 코미디언…….

'아니 이 사람도 그런가?'

패전 때 일본에 돌아온 사람까지 범위를 넓히면, 그 수는 더욱 많아졌다.

하지만 이때도 특별한 것으로 생각하여 역사를 조사한다든지 하지는 않고, '잘 모르겠지만 전쟁 시대에는 아주 힘들었을 거야'라고 한 순간 생각하고는 금방 잊어버렸다.

고도경제성장 말기에 태어난 나에게 전쟁 경험은 없다. 경험자로부터 전해 듣거나, 텔레비전이나 서적을 통해서 간접적으로 그 일부분을 짐작할 뿐이었다.

1940년생인 모친으로부터, 패전 직후, 입을 것이 없고 목욕도 제대로 못하고 학교에서 놀림을 받았다든지 먹을 것이라고는 감자뿐이었다고 들었다. 학교에서는 여름방학 등교일에 『가라스노 우사기(유리토끼)』나 『하다시노 겐』이라는 만화를 보여 주었고, 전시 중의 학교생활이나 공습체험 등을 섞은 반전 주장을 교사로부터 들었다. 소학교에서 그런 종류의 이야기는 많이 들었던 것이다. 그러나 아무리 들어도 어차피 먼 옛날의 다른 사람의 일로만 여겨졌다.

중학교, 고등학교에 진학하면서 전쟁 이야기를 접하는 일은 줄어들었다. 사춘기에 접어들면서, 거리를 두게 된 나에게, 모친은 당시의 이야기를 되풀이하는 일은 하지 않았고, 학교에서 반전을 설득하는 교사도 없어졌다.

일본역사 수업에서도 입시와는 거리가 있어서인지, 아니면 가르치는 것이 어려워서인지 전쟁에 관해서, 진지하게 가르침을 받았던 기억이 없다.

결국 전쟁과의 심리적인 거리를 축소할 수 없는 채로 나는 성인이 되었다. '일본인인데 왜 외국에서 태어났을까?'라는 의문은 기억의 오래된 층으로 묻혀 가고, 의문을 가졌던 일조차 잊어버렸다. '본국으로의 귀환'이라는 말을 어디선가 들은 적은 있겠지만, 한 귀로 듣고 한 귀로 흘려버릴 뿐이었다.

전환의 시기가 찾아온 것은 2000년 초반이었다. 나는 스무 아홉 살이 되었다. 국내외를 원동기장치가 부착된 바이크로 정처 없이 돌아다니는 여행을 떠났는데, 여행은 오랫동안 질질 끌면서 일단락을 짓기까지 3년이나 소요되었다.

일본이란 어떤 곳일까, 어떤 모양을 하고 있는지, 내 나름대로 파악하고 싶다. 그 일념에서 일본을 일주하고 국경선을 나왔다 들어갔다 했다. 그 여행 도중에 전쟁 전, 일본의 영토임을 표시하는 증거를 여기저기에서 만났다. 사할린(옛 가라후토), 한국, 대만이라는, 바다를 건너서 접하고 있는 나라와 지역만이 아니다. 옛 만주(중국 동북부), 북한, 옛 남양군도(마리아나·팔라우·캐롤라인·마셜 제도), 나아가 멀리 있는 나라에서도 똑같은 만남이 있었다.

'전쟁이 일어나기 전에 일본의 영토였던 증거'라는 것은, 패전에서 60년 이상 지나도 아직 남아 있는 '일본의 자취'를 말한다. '유형'의 자취는 신사(神社)의 도리이(鳥居)나 공장, 봉안전(奉安殿, 호안덴) ＊이나 군사시설로서, '무형'의 자취란 현지에서 살아가는 사람들의 습관이나 말, 기억으로써 남겨져 있었다. ＊봉안전: 일본제국과 그 식민지의 학교에 천황·황후의 초상과 교육칙어(教育勅語)를 넣어두던 구조물로 1920년대 후반부터 1930년대에 걸쳐 보급.

가장 인상에 남은 것은, 현지 사람들과의 만남이다. 당시의 기억을 더듬으며 증언해 준 어르신은 대개 유창한 일본어로 말했다. 그들은 일본어로 교육을 받은 세대이다.

"봉안전 관리를 선생님(일본인)이 맡으라 했습니다. 눈이 오는 날은 추워서 힘들었습니다."(사할린)

"교육은 일본어로 받았습니다. 산 속에 있는 훈련장에서 훈련을 받았습니다. 그 후는 전쟁입니다. 저는 (제국 육군의) 군조(軍曹)*였습니다."(대만) * 군조: 일제강점기 일본인 하사관 계급의 하나로 지금의 중사에 해당.

"매일 국기(히노마루)를 게양했습니다. 그리고 아침과 낮에는 일본을 향해 최경례*를 했습니다. 매일 했습니다."(미크로네시아연방 추크 제도 <남양군도 트루크 제도>) * 최경례: 허리를 많이 굽히는 가장 정중한 절.

일본어로 추억담을 들을 때마다 '이 땅은 이전 일본의 영토였다'는 것을 깨달았다.

추억 속 이야기에는 이런 것도 있다.

"약혼자는 일본인이었습니다. 전쟁이 끝나고 상대가 본국으로 귀환하게 되었고, 그것뿐입니다"(대만)

"일본인은 명령으로 한 사람도 남김없이 돌아갔습니다. 팔라우 사람과 결혼한 사람은 배우자와 어린이들도 억지로 헤어져 몇 년 후에 겨우 재회할 수 있었습니다"(팔라우)

여행을 계속해 가는 사이에 어떤 의문이 내 마음에 부풀어져가는 것을 느꼈다.

이전의 일본 영토에 살고 있던 일본인은, 현지에서 어떻게 살았으며, 어떻게 하여 본토에 돌아갔을까. 귀환 후 그들은 어떻게 살아왔을까——.

크게 부풀어 가는 그런 의문은 예기치 않게 나의 오랜 기억을 환

기시켜 갔다. 초등학생 때 품었던 '일본인인데 왜 외국에서 태어났을까?'라는 의문이, 표층으로 떠올라왔다.

전쟁, 본국으로의 귀환 체험에 관해 알고 싶었고, 할 수 있다면, 그 시대의 아주 작은 한 조각만이라도 내 나름대로 이해하고 싶다. 그러한 갈증과도 닮은 호기심을 원동력으로 해서 쓴 것이 이 책이다. 귀환자에게 체험담을 듣기도 하고, 역사를 알고, 그 시대를 심리적으로 추체험*하려고 시도했다. 태어나지도 않았던 시대의 일을 내 자신이 쓰는 의미는 무엇인가. 전전(戰前)·전중(戰中) 세대와 전후(戰後) 세대 사이에서의 감각 차이는 어느 정도 있으며, 공통되는 것은 얼마만큼 있을까. 〈일본국〉을 몸으로 직접 아는 사람들을 만남으로, 그러한 의문에 대한 답을 내 나름대로 파헤쳐 가면서 연구해 보았다. *주체험:다른 사람의 체험을 자기의 체험처럼 느낌.

이제 본편으로 나아가기로 하자. 취재의 실마리를 탐색하고 있던 2005년 시점으로 이야기는 거슬러 올라간다.

제1장

만남

점점 심해지는 조급함

'일본의 발자취'를 더듬어 찾는 여행 모습을 한 권의 책으로 출판한 것은, 2005년. 『내가 본 '대일본제국'』(정보센터 출판국)이 그것이다. 다 쓰고 났을 때, 귀환자의 일이 더욱 걱정이 되었다. 글쓰기라는 행위에 의해, 흥미나 관심이 순화(純化)되어, 그들의 존재가 내 마음 속에서 점점 커져 가고 있었던 것이다.

1945년 여름, 일본은 전쟁에 졌다. 일본 본토가 미국 점령하에 놓이는 한편, 일본 통치하에 있던 지역은 독립하거나, 타국에 점령되거나 했다. 사할린, 조선, 대만, 만주, 미크로네시아라고 하는 방대한 지역이 일본의 손을 떠났다. 현지의 사람들이 일본 국민이 아니게 된 한편, 일본 본토에서 건너왔던 사람들은 어쩔 수 없이 귀국을 하게 되었다. 귀환자의 대다수는 전쟁이 끝나고 난 뒤 수년 사이에 이 지역들을 떠났다. 태어나서 처음으로 조국 땅을 밟은 사람도 드물지 않았다.

『전후 귀환 기록(戰後引揚げの記錄)』(若槻泰雄)에 의하면, 그 수는 약 350만 명으로, 육해군 병사의 귀환자 수 약 300만 명과 합하면 당시 인구의 실로 1할을 넘었다고 한다. 확실히 일본 역사가 시작한 이래의 민족 대이동이 전후 한 시기에 이루어졌던 것이다.

나는 이 시점에서 귀환 경험에 관해 이야기해 주는 사람을 한 사람도 만나지 않았다. 그래서 '일본의 발자취'를 찾아 돌아다니는 이 책과 연관성이 있으며, 이전 내가 흥미를 갖고 있는 주제로 취재를 할 수 있도록 몇 개의 기획안을 생각하고, 출판사에 제안했다.

『내가 본 '대일본제국'』과 다른 점은, 현지를 찾아서 이야기를 듣고 여기저기 다니는 것이 아닌, 일본인 전쟁체험자에게 이야기를 듣는다는 점에 있었다.

기획은 무사히 통과됐지만, 취재는 간단하지 않았다. 누구를 취재하면 좋을까 하는 문제가 길을 가로막았다. 일본 영토였던 곳에서는 내가 일본인이라는 것이 이점이 되었다. 당시를 아는 현지의 노인들과 이야기하면, 화제는 자연히 일본 통치시대의 기억으로 향했다.

하지만, 국내의 경우는 그렇게 되지 않았다. 닥치는 대로 말을 걸어 "전쟁이나 귀환체험을 상세하게 여쭙고 싶습니다만."이라고 말을 꺼내도 "왜 나에게?"라며 난처해하고 당황해할지도 모른다. 체험담을 들을 수 있다고 해도 '한 권의 책으로 끝맺을 수 있을까?' 하는 문제도 있다. 고민을 껴안은 채 시간만이 흘러가고 점점 초조함이 더해만 갔다.

우연한 참가 표명

상황이 전환되는 계기는 2006년에 찾아왔다. 춘추사(春秋社, 슌쥬사)의 PR잡지 『춘추』에 '전쟁의 기억, 그리고 지금'이라는 에세이를 게재한 것이 취재의 돌파구가 되었다.

이전 일본 영토에서 만났던 '일본의 발자취'를 아는 사람들. 그들과 동세대의 일본인은 '대일본제국'에 대해, 어떤 생각을 갖고 있을까. 만나서 이야기를 듣고 싶다고 쓰고 난 후, 다음과 같이 큰소리로 외쳤다.

"지금도 전 세계에서 전쟁은 없어지지 않는다, 역사를 알면 닮은 일이 되풀이되고 있음을 알아차린다. 역사는 과거의 교훈으로서 알아두는 편이 좋다. 기록도 되지 않고 풍화(風化)해 버리기 전에 나는 많은 분들의 기억을 기록해 책을 만들 예정이다."라고.

다시 한 번 읽으니 너무나 천박함에 얼굴이 화끈거렸다. 지금이니까 숨기지 않고 털어놓지만, 사실은 이때 귀환자만으로 취재대상을 좁혀 한정할 자신이 없었다. 모처럼 애써 하는 것이니까 여러 가지 체험담을 듣고 싶다고도 생각했다. 내 자신이 무엇과 마주하고 싶은 것인지 확실히 취재대상이 결정되어 있지 않았는데도, 겉만 번드르르하게 나열하여 그럴싸하게 동기를 쓰고, 태연하게 책으로 만들 것을 결의 표명한 것이다.

이 문장을 발표한 후에 나는 몰래 후회했다. 이것을 읽고 마음을 열어 이야기를 들려주는 사람이 있을 리 없다. 허식을 일체 생략하고 정말 솔직한 기분을 지면에 부딪쳐야 했다고.

그런데 뜻밖에도 "이야기해도 좋다."라고 독자가 손을 들어 준 것이다.

그 사람은 마쓰오 히로후미(松尾博文) 씨라는 당시 74살의 남성이었다. 마쓰오 씨가 나의 문장을 본 것은 우연이다. 중학·고등학교 시절부터의 친한 친구 딸 출판기념파티에서 『춘추(春秋)』를 손에 넣었다는 얘기다.

마쓰오 씨로부터의 전자 우편에는 패전 후, 한반도에서 배로 귀환하여 돌아왔다고 쓰여 있었다. 나는 '대일본제국'에서 도대체 어떠한 생활을 하고, 어떻게 일본에 돌아왔는지, 꼭 들어보고 싶다고 생각했다.

그렇다고 하나, 40세 가까운 연상의 서로 알음이 없는 분에게 전화하는 것은, 긴장하여, 마음이 무거웠다. 정말로 말씀해 주실까. 그들 세대의 상식을 내가 아무 것도 모른다는 것을 아신다면 실망하시지는 않을까.

잠시의 망설임 후, 있는 힘을 다하여 용기를 내어 전화를 했다.

"이번에 저의 취재를 위해 협력을 제의해 주셔서 고맙습니다."

혀를 깨물 뻔 하며 인사를 드리자, 차분한 음성이 돌아왔다.

"전쟁 중의 체험을 젊은 사람에게 전해주고 싶다는 생각이 있었습니다. 나는 세 사람을 소개하고자 합니다."

자신의 체험이 아닌, 소년시절을 같이 보낸 친구들의 이야기를 들어주기 바란다고 말씀하신다, 허탕을 친 것 같은 기분이다. 말을 머뭇거리고 있으니, 다시 마쓰오 씨는 계속했다.

"나의 경험이란 그들에 비하면, 대단할 것도 없으니까요."

마쓰오 씨 자신도 결코 쉽게 귀환한 것은 아니었을 것이다. 현지에서 쌓아올린 생활을 버리지 않으면 안 되었을 테니까.

그런데도 친구들의 이야기를 들어달라고 하는 데에는 무언가 이유가 있음에 틀림없다. 그 사람들은 도대체 어떤 경험을 했던 것일까.

그렇다고 하더라도 마쓰오 씨가 어떠한 분인지 최소한 알아 두고 싶다. 마쓰오 씨는 이렇게 알려주셨다.

"나는 진해라는 일본 해군의 요항이 있었던 도시에서 태어났습니다. 집은 박신당(博信堂, 하쿠신도)이라는 서점으로 마이니치신문(每日新聞)을 판매하는 가게였습니다. 중학교 2학년 도중에 전쟁이 끝나, 얼마 안 있어 귀환했습니다."

진해라는 지명을 들은 나는 깜짝 놀랐다. 『내가 본 '대일본제국'』을 취재하고 있을 때, 들린 적이 있는 곳이었기 때문이다.

마쓰오 씨는 1945년 이후, 진해에 다녀온 적이 있다.

"지금도 말입니다. 마을에는 러시아풍의 우체국이랑 해전기념탑의 계단, 역사(驛舍) 등이 남아 있습니다."

그가 말하는 그 역 건물이야말로 내가 진해에서 들렀던 유일한 장소였다.

방문한 진해역

2002년 늦은 여름, 나는 한국을 1개월 정도에 걸쳐 중고 스쿠터로 돌아다녔다. 부산을 출발하여 시계 방향으로 한 바퀴 휙 돈 것이다. 진해에 들렀던 것은 그 첫 날의 일이다.

한반도의 남부 해안 근처를 동서로 가로지르는 국도 2호선을 서쪽으로 향했을 때는 이미 저녁 무렵이었다. 부산을 출발하여 1시간 남짓, 진행 방향으로 자그마한 단층집처럼 보이는 역 건물이 스쿠터의 라이트에 나타났다. 3차선도 있는 정비된 도로와 역 주변에 있는 복합빌딩 건물과는 대조적으로, 역 건물만이 깨끗하면서 아담하다.

콘크리트 건물이며, 삼각 지붕은 벽돌로 지은 것으로 보였다. 건물에는 굴뚝이 2개 서 있다. 산타클로스가 나올 것 같은 분위기다. 역 이름은 한글로 '진해역'이며, '鎭海驛' 'Jinhae Station'이라는 문자가 같이 쓰여 있다.

닮은 것 같은 역 건물은 대만에서도 많이 보았다. 이러한 역들은 일본 통치시대에 세워진 것이었다. 어쩌면, 이 건물도 그렇지 않을까.

역에는 창구가 하나 있을 뿐이며, 승객은 아무도 없다. 갖고 있는 지도를 보니, 종착역임을 알 수 있었다. 하루에 셀 수 있을 정도의 출발과 도착편 밖에는 없는 것일까, 역은 조용하여, 서서히 어두워지는 무렵인데도 실내등은 켜지지 않고 있다. 역 건물 안쪽만이 쇼와(1926~1989) 때의 모습을 남기고 있는 것 같다.

이 역은 일본인이 살고 있던 무렵의 일을 알고 있을까. 지나쳐가는 자동차의 헤드라인이 역 앞의 도로를 왼쪽에서 오른쪽으로 그리고, 오른쪽에서 왼쪽으로 흘러가 교차하고 점점 멀어져 간다. 그 모습을 보고 있으니 전전(1945년 전)과 전후(1945년 이후) 시대의 틈에 있는 듯 한 착각을 했다.

아무도 오다니는 낌새는 없다. 결국 이 역의 유래에 관해 누구에게도 묻지 못한 채, 스쿠터를 다시 타고 다음 갈 길을 서둘렀다.

마쓰오 씨는 이 역이 일본 통치시대에도 사용되었다고 전화로 가르쳐 주었다. 역시 그랬던가. 한국이 제2세계대전 개시 전과 전쟁 중, 일본의 영토였다는 사실을 새삼 깨달았다. 마쓰오 씨에게는 역

뿐만 아니라 마을 전체가 오래된 기억으로서 남아 있다. 당시의 이 장소에서 살던 삶이, 마쓰오 씨의 인격을 만들고 길렀을 것이다. 내가 일찍이 보아온 일본의 발자취란 이전 그 땅에 살았던 일본인의 기억에 저장되어 있다. 마쓰오 씨와 이야기를 하자, 전쟁 전의 역풍경이 한 순간, 뇌리에 떠오르는 듯한 기분이 되어 꼭 본인을 만나보고 싶다는 마음이 조급해졌다.

첫 만남

약속하여 만나기로 한 장소에 가니, 연세에 비해 체격이 보통보다 약간 큰 훤칠한 남성과, 약간 키가 작은 살집이 있는 남성이 있었다.

"더운 날씨에 이렇게 나와 주셔서 고맙습니다. 기다리셨습니다."

인사를 드렸을 때, 이마에 땀이 흐르고 있었다. 한여름의 뜨거운 날씨 탓만이 아니다. 나 자신이 청바지에 격식을 차리지 않은 재킷의 캐주얼 차림으로 와 버린 데다, 기다리게 했다는 사실에 겸연쩍음을 느꼈기 때문이다.

키 큰 남성은 마쓰오 씨, 그는 짧은 소매의 와이셔츠에 갈색의 슬랙스 모습이다. 갈색의 양복을 입은 다른 한 사람이 고가 구스미 씨라는 남성이었다. 마쓰오 씨는 1932년생의 이른 생일이며, 고가 씨는 1931년생. 두 사람은 진해공립중학교의 동급생이다.

마쓰오 씨는 안경 너머로 올곧은 성품인 것 같지만 따뜻한 눈길을 주었다. 고가 씨는 차분하고 온화한 인상이었다. 두 분 다 흰머리지만, 젊어 보이고, 활기찬 느낌도 받았다.

두 사람의 경력은 화려하다. 마쓰오 씨는 교에이(協栄, 협영) 생명보험(현 지부라르타생명보험)에 입사하여, 현역 시절은 가고시마(鹿児島), 마에바시(前橋), 가나자와(金澤) 지사장, 나고야(名古屋)에 있는 중부총국장을 역임했다고 하는 것부터, 만사가 순조롭게 풀린 회사원 인생이었는지도 모른다. 현재는 국민건강보험의 운영협의회 위원으로서, 지역에 공헌하고 있다고 한다.

고가 씨는 고등학교 교사를 거쳐 쥰텐도대학(順天堂大学)과 메이지대학(明治大学) 등에서 오랫동안 교편을 잡았다.

두 분 다 인터넷 사용에 익숙하여, 고가 씨는 조선반도에 살고 있던 무렵의 일이나 귀환 때의 체험을 홈페이지에 기록하기도 한다.

두 분 다 지식인으로 보이지만 남달리 눈을 끄는 타입은 아니다. 그러나 그렇기 때문에 나는 더 흥미를 느꼈다고도 말할 수 있다. 전쟁은 과격한 직업군인만이 아닌 많은 '보통 사람들'을 끌어들였다. 보통 사람이 경험한 전쟁, 귀환이란, 도대체 어떤 것이었을까?

처음 만남에도 개의치 않고, 두 분은 4시간이나 쉬지 않고 말씀해 주셨다. 전시 중의 교육, 근로 동원, 귀환을 여러 갈래로 나누어 말해 주었지만, 유감스럽게도 포인트를 알 수가 없었다. 두 분은 나의 일이나 시사문제에 관한 의견을 알고 싶어 했고, 질문에 대답해 가는 도중 이야기가 자꾸 탈선해 갔다. 준비해 온 질문에 차분히 대답을 들을 예정이었는데 그것도 제대로 되지 않았다. 그런 도중에 어쩐지 갑자기 평온하지 않은 공기가 흐르는 장면도 있었다. 예를 들면 이런 식이다.

귀환의 상황을 묻자, 마쓰오 씨는,

"우리 집은 짐이 많았답니다. 크지는 않았지만, 그래도 40개 넘게 있어서 말이지요. 그 중에는 쌀가마니나 사진 앨범까지 포함되어 있었습니다. 나는 귀환자로서 대단히 운이 좋았습니다."

라고 말했다. 당시 13살의 마쓰오 소년에게는 지나치게 가혹한 체험이었음에 틀림없다고 예상하고 있었던 만큼, 이 발언은 의외라고 생각되었다.

그런데, 고가 씨는 이렇게 말을 끼어들었다.

"해군 배를 탔었지요. 당신은 마을에서 선택받은 사람입니다. 아마 군대 쪽에서(귀환하는 배를 타도록) 말해 주러 왔겠지요."

담담한 표현에 고가 씨 자신은 더욱 힘들었다고 하는 뉘앙스가 담겨져 있어 악의는 없었겠지만, 말하는 어조는 약간 냉정하다.

"아니. 군부대의 고위층에 아는 사람은 없습니다. 단지 할머니가 1945년 4월 무렵부터 곧잘 '일본은 전쟁에 진다.'고 말하고 있었습니다. 패전을 예상하여 어떻게 일본으로 도망하여 귀환할까를 끊임없이 생각하고, 준비를 하고 있었다고 합니다. 할머니가 그런 일을 생각하고 있었다니, 나는 알아차리지 못했지만"

조모의 기지에 의해 마쓰오 씨는 가족사진 앨범을 포함한 많은 짐을 운반할 수 있었으며 가족에게 희생자가 나오지도 않았다고 한다. 게다가 마쓰오 씨는 귀환 후 바로 주거지의 현립중학교에 전학할 수도 있었다,

한편 고가 씨는 고난에 가득 찬 그리고 아주 드문 경험을 하고 있었다. 자신의 웹사이트 체험기를 읽어보면 고가 씨 일가는 1945년 11월까지 부산에 남아있다가 거의 짐을 둔 채 여객선으로 귀환했음을 알 수 있다. 더구나 그 후 부산에 혼자 짐을 찾으러 갔다. 엄밀하게 말하면 '밀입국'. 게다가 일본 학교에의 편입은 다음해 2월까지 기다려야만 했다.

고가 씨는 말없이 마쓰오 씨의 이야기에 수긍하고 있었지만, 이

따금 '운이 좋았네.' 등 말을 거들었다. 그러한 고가 씨에 대해 마쓰오 씨는 반론하는 일은 없었다.

"내가 소개하는 세 사람은 제각각 다음 세대에, 계속해서 입으로 전해져야 할 체험을 가진 사람들입니다. 내 경우는 이야기할 것도 없습니다."

마지막으로 다시 마쓰오 씨는 이렇게 말했다.

두 분과 헤어진 후, 내 마음속에는 충분히 납득하지 못함이 남았다. 겸손의 참된 의도를 추측하기 어려웠다. 마쓰오 씨는 무엇인가 마음에 숨기고 있는 것은 아닐까. 자꾸만 그런 생각이 들었다.

제2장

명암을 가르다

박력있는 편지

'구전해야 할 체험'을 갖고 있다는 나머지 두 사람은, 후쿠이시에 거주하는 노자키 히로시 씨와, 시모노세키(下関) 거주의 고노 아키라 씨이다.

두 사람은 마쓰오 씨, 고가 씨와 같은 학년으로, 마쓰오 씨와는 진해에 있던 심상고등소학교*에서 책상을 나란히 했다. 노자키 씨는 38도선의 북쪽, 즉 지금의 북한 쪽에서, 고노 씨는 만주 북부의 소련에 가까운 장소로부터 목숨만 겨우 건져 귀환하였다. 즉 이 두 사람 또한 귀환자이며, 진해와 관련이 있는 사람들이었다. 마쓰오 씨, 고가 씨와 다른 점은, 그들이 패전 후 소련의 지배를 받은 지역으로부터의 귀환이라는 사실이다. 체제가 다름에 따라, 체험은 상당히 다르다. * 현 진해도천초등학교.

고노 씨는 일본에 귀국 후, 직물(織物)검사협회에서 정년까지 일했다. 오로지 일에만 전념한 것 같지는 않고, 현역 시절에는 독서에 열중하고, 퇴직 후는 온 세계를 여행하며 다니게 되었다. 지금까지 방문한 곳은 아프리카, 동남아시아, 북한, 옛 만주, 그리고 하와이다. 오로지 혼자 여행하는 것이 기본이라는 것으로 보아 꽤 행동적이다.

고노 씨는 직업을 이리저리 옮겨 다녔다. 경찰사무원, 치과기공, 초등·중학생 학원 운영자, 우동집 경영자, 입시학원 강사, 의학부에 특화(特化)한 입시학원장, 단과대학 강사 및 교수, 바꾼 것은 직업만이 아니다. 마쓰오 씨에 따르면, 고노 씨는 재혼하여 데릴사위로 들어갔다고도 한다. 그 전까지는 미조카미(溝上)라는 성이었다. 50을 넘어서 데릴사위가 된다니 남다르다. 남다르다고 할까 그런 삶의 방식, 들어본 적이 없다.

마쓰오 씨는 말한다.

"그는, '아내는 지금, 데릴사위인 내가 이사 오기 전에 집을 짓고 있었습니다. 나는 임대한 집이라도 좋았는데'와 같은 말을 50대 중반에 하고 있었습니다. 유쾌한 남성입니다."

유머가 있고, 숨김없이 털어놓는 성격인데도, 교육자로서도 잘 해냈다. 하나의 인격을 가진, 어떤 모습(像)으로 잘 그려지지 않는다.

어느 날. 고노 씨로부터 봉한 편지가 도착했다. 봉함을 열어보니 담배 냄새가 코 끝에 퍼졌다. 편지지에는 그 자리에서 판독할 수 없는 만년필로 쓴 글자들이 이어져 있었다.

어느 정도 도움이 될지 모르겠습니다만, 연락 주시면 언제든지 괜찮습니다.

이쪽으로 오실 때는, 저희 집에 묵고 가실 예정으로 와 주십시오(짧은 시간으로는 아마 끝나지 않을 거라고 생각합니다).

소생(小生) 1931년 필리핀 다바오 출생
조선 진해에서 소학교 입학
소학교 2학년, 겨울방학이 끝날 무렵 만주로 건너감 (三江省鶴岡)
1945년 8월 9일, 자무쓰(佳木斯) 탈출 이민
창춘(長春)에서 겨울을 지내다(형과 여동생을 여의다)
1946년 8월 말, 하카타(博多)로 귀환

6년 전, 69세로 퇴직, 현재는 연금 생활
퇴직 후, 시모노세키로 이주

미리 양해를 구해 두겠습니다만, 소생은 심한 애연가입니다(사람과 이야기할 때는 특히). 창춘 난닝(長春 南嶺)에서의 소련군 사역(使役)시절에 배고픔을 잊기 위하여 담배를 배웠습니다.

소생은, 고등학교 2학년 때, 생활을 위해 취직. 이에 고등학교는 야간고등학교 졸업. 같은 학급에 소년비행병 출신자라든지 군대 경험자도 있었습니다. 대학은 5년 늦게 들어갔는데, 당시는 아직 소수이지만 육군사관학교나 해군병학교에 다니고 있었다는 선배가 있어, 여러 가지 이야기를 들을 수 있었습니다. 그러한 선배들도. 차례차례 세상을 떠났습니다.
여러 가지 사건의 단편에서 고노 씨 인생의 한 부분이 그 틈사이로 보였다. 직업 경력이든 성장 과정이든 장대한 드라마를 느끼게 한다.

묵을 예정을 전제로 방문하였으므로, 어쩌면 하나부터 열까지 모조리 이야기를 해 주실 작정일 것이다. 부탁도 하지 않았는데 의견 표시를 한다는 신청이다. 만나기로 한 이상 각오를 하지 않으면 안 된다. 격렬한 이야기를 똑똑히 마주 듣지 않으면 안 된다.

고노 씨를 방문하다

교외에 있는 댁을 향해 찾아가자, 60대 전반의 몸집이 작은 여성이 길가에서 기다리고 있었다. 고노 씨의 부인인 것 같다.

"남편은 준비하여 기다리고 있어요."

산 중턱에 있는 전망 좋은 단독주택이 고노 씨의 댁이었다.

현관문까지 고노 씨가 마중 나와 주었다. 몸이 작고 야위었다. 웨이브가 있는 은발이 귀를 덮어 가리고 있을 정도로 머리카락이 길다. 흘깃흘깃 커다란 눈. 예리한 눈길은 지평선 뿐 아니라 이 세상 끝까지 전부 다 내다볼 수 있을 것 같았다. 한순간 가면(假面)라이더에 나오는 사신(死神)의 박사가 눈앞에 나타난 것 같은 착각을 했다.

"먼 곳에서부터 잘 오셨습니다. 안으로 들어오십시오."

세차게 내뿜는 눈이 웃음 짓는가 생각하자 갑자기 생글생글 기뻐하는 모습으로, 하얗고 치열이 좋은 이가 입 속으로 보인다. 연령에 비해 치아가 아주 곱다.

고노 씨는 목소리가 크고, 표정은 변화가 커서 때로는 몹시 거칠다. 술을 드신 것 같았다.

나는 방에 짐을 두고 나서, 먼저 저녁 식사를 했다. 그 후, 목욕을 하라고 권해 주었다. 미안하다고 생각하면서도 따르기로 했다.

욕조에서 잠시 긴장을 풀고 있으니, 옷을 벗어둔 곳의 문이 데그 럭 데그럭 갑자기 열렸다.

"물 온도는 괜찮은가요?"

무방비의 모습을 갑자기 보여서 주춤했다. 하지만, 이것도 이야 기를 듣기 위해서의 세례일까.

목욕을 끝낸 후, 술잔을 마주하면서 이야기를 듣게 되었다. 나는 술이 센 편은 아니지만 가능한 술잔의 술을 다 마시며, 고노 씨의 술잔에도 술을 따랐다. 지포(zippo) 라이터를 손으로 만지작거리 거나 독한 담배를 피우거나, 술잔에 입을 대거나 고노 씨는 바쁘다. 담담하게 이야기하고 있는가 생각하면, 말을 강조하기 위해서 목소리가 생각지 않게 높은 소리가 되기도 한다.

"태어난 것은 1931년, 필리핀의 다바오입니다. 내가 4살 때이니까 1936년이 되지요. 모든 것을 다 팔아 처분하고 일가족 모두 후쿠오카의 이이즈카(飯塚)에 귀환했습니다. 이이즈카에서 1년 산 후이번에는 현해탄을 건너 진해에 살았습니다. 거기서 마쓰오 군과 친구들을 만났습니다. 진해의 생활도 짧아, 1940년 만주 북부의 쓰루오카(현 헤이룽장성 黑龍江省 鶴崗市)라는 탄광촌으로 이주하여, 그대로 패전이었습니다."

필리핀에서 후쿠오카, 조선, 만주. 한쪽은 늘 계속되는 더운 여름의 열대, 한쪽은 마이너스 40도의 혹한의 땅이다. 고노 씨 일가는 부친의 유별난 행동력에 억지로 이끌려, 이주를 되풀이한 것이다. 그렇다고 하나 왜 이렇게 이사를 계속했을까.

"요즘 사람들이 들어도 무슨 일인지 잘 모르겠지요."

이러한 고생을 내가 이해할 수 있을 리가 없다고 생각했을까, 고노 씨는 뿌리치듯이 말했다.

결국 이야기는 새벽까지 계속되었다. 잠자리에 들 무렵에는 완전히 술에 취해 옆으로 누우니 머리가 빙글빙글 돌아 토할 것 같았다.

오전 5시. 해가 떠오를 무렵에 방의 문이 노크도 없이 열렸다.

"잘 잤습니까? 이 집의 방식에 당신도 따르시오."

목이 쉰 고노 씨의 목소리가 귀에 따갑다. 숙취로 흐리멍덩 몽롱하면서도 어떻게든 눈을 뜬다.

고노 씨는 여전히 차분함이 없다. 조용히 말하고 있다고 생각하면 갑자기 싸움을 거는 말투가 된다. 화장실에 갈 때는 다리가 휘청거리고 "이것 갖고 가시오."라며 갑자기, 선물을 주거나 하여, 행동이 불규칙하기 짝이 없다. 하지만 이야기의 내용 그 자체는 논리정연하다. 귀환 이야기에 미치자 말투가 느닷없이 진지하고 진심이 묻어 나온다.

"나는 자무쓰(현 중국 헤이룽장성)의 비행장에 근로동원으로 갔습니다. '오늘 밤 소련이 공격해 온다, 빨리 돌아가.'라고 갑자기 듣고, 다음 날 아침, 중학교 해산식에 나갔습니다. 그 다음은 정처없이 떠돌아다닌 여행입니다. 그 때 아버지는 오키나와(沖繩), 형은 신징(新京, 현 長春)으로, 나는 자무쓰, 나머지 가족은 쓰루오카로 뿔뿔이 흩어졌습니다. 열차를 타고 남쪽으로 내려갔지만, 먹지도 마시지도 못하는 곳에 대홍수, 게다가 콜레라가 유행, 매일 사람이 픽픽 쓰러져 죽어갔습니다. 우리들은 어렸지만, 시체 치우기를 시켜서 했습니다. 소독 같은 것은 없었습니다. 함께 시체를 치우고 있던 또래들이 자꾸 죽었습니다.

신징(新京)에 들어온 것은 패전 후 9월 말입니다. 사람이 죽고 살해되는 것을 여기에서도 수없이 보았습니다. 여동생은 신징(新京)에 도착하여 바로 죽었습니다. 쇠약했습니다. 또 형은 내전(內戰) 난장판에 사살되었습니다."

무시무시한 체험담을 잇달아 이야기한다. 그 사이 끊임없이 담배를 피우므로 재떨이는 꽁초로 금방 수두룩했다. 담배를 피우지 않는 나는 목이 바짝바짝 탔다.

"이 앞의 아내는 암으로 죽었습니다. 7년에 걸쳐 간병 하는 사이, 나는 치아 치료를 하지 않았고, 아내가 투병하는 도중에는 치과에 치료 받으러 가지 않겠다고 그렇게 생각했습니다. 술만 마시고 이를 관리하지 않았으므로, 이는 흔들거렸습니다. 7개인지 10개인지 아팠습니다. 술 마시면 또 이가 붓고. 아내의 통증, 고통을 공유하기 위해 아픔을 즐기자. 고마운 일이라며 생각하고 참고, 반대로 아내의 통증을 이해하기 위해 이 통증을 이용했습니다. 보통 사람은 할 수 없는 일입니다. 치통은 찢어질 듯이 아프니까요."

고노 씨는 간병을 시작하여 3년 만에 머리가 하얗게 새고, 7년 만에 전부 틀니로 바꾸었다. 앞의 부인이 돌아가신 후, 그는 50살을 넘고 있었다. 나이에 비해서 고운 치열을 보여주었던 것은 애정을 우직하게 나타내기 위한 결과인 것이다.

우리들은 집에서 한 발자국도 나가지 않고, 이야기를 계속했다. 고노 씨는 자신의 이야기를 할 뿐만 아니라, "당신의 일에는 힌트가 있다. 젊은 사람은 이런 식으로 생각하는 것인가 하며 짐작하는 바가 있다."라며, 귀를 귀울이기도 한다. 그리하여 이틀째가 끝나고, 이야기는 결국 삼일째 낮까지 계속되었다. 내가 고노 씨 댁을 물러

날 때, 고노 씨는 조용히, 그리고 협박하는 듯이 말했다.

"지금까지, 나와 같은 인간이 남아 있습니다. 남아 있을 때 이야기를 들어두지 않으면 안 됩니다. 죽으면 전부 없어집니다."

고노 씨는 마음속에 깊이를 알 수 없는 우물과 같은 어둠을 안고 있다. 그것은 한없이 깊고, 이야기를 들어도 들어도 바닥이 보이지 않는다. 그렇다고는 하나, 이렇게 이야기해 주지 않으면 어둠의 존재 그 자체를 알아차릴 수 없었다.

고노 씨의 뚜렷이 드러나는, 특이하다고조차 생각되는 거동은 다행히 옛날을 생각해 낼 때의 반응인지도 모른다. 술이나 담배의 힘을 빌려, 어떻게든 나를 위해서 이야기해 주는 것이다. '죽으면 전부 사라진다.'는 협박 같은 말의 무게를 나는 뼈저리게 느끼고 있었다.

후쿠이(福井)에

나고야에서 전차를 계속 바꾸어 타고 찾아온 후쿠이는, 벌써 늦가을을 맞이하고 있었다.

후쿠이역의 개찰구를 나왔을 때, 키가 큰 남성이 불렀다.

"먼 곳에서 잘 오셨습니다. 수고 많으셨습니다."

간사이 방언을 닮았지만, 약간 느긋한 울림의 후쿠이 방언. 정이 많은 것 같은 완고한 아버지 같은 인상의 남성이 노자키 씨였다. 스웨터 위에 점퍼, 두툼한 치노팬츠* 모습으로, 머리는 검고 청결감이 있는 사뿐한 시치산와케* 헤어스타일이다. 고노 씨와 같은 눈빛의 예리함은 없지만, 확실하게 의견을 말하는 타입이라고 나는 예상했

다. * 치노팬츠: 치노라 불리는 튼튼한 능직면포로 만들어진 바지를 말함. * 시치산와케(七三分け): 사람의 전형적인 머리모양 중 하나, 좌우 어느 한쪽에서 7 대 3으로 나눈 것.

노자키 씨는 자택 근처에 있는, 단골 닭꼬치구이집에 데리고 가 주었다.

우선 나와 공통 사항인 혼자만의 여행 이야기부터 시작되었다.

"맨처음 간 곳은 아프리카의 킬로만자로였습니다. 1개월 있었을 까, 영어 사전과 『지구를 걷는 법(地球の歩き方)』 책에만 의지했지요. 고생했습니다."

이 외에, 실크로드, 동남아시아, 그 밖에 북한과 옛 만주에도 혼자 서 내친 김에 발길을 뻗쳤다고 한다. 철도나 버스는 싼 것으로, 비행기는 가능한 타지 않고, 야간 운행열차나 냉방이 되지 않는 저렴한 숙소에서 묵는다, 그렇다고 해도 왜 그는 중년이 되고나서 그렇게 외국에 나가게 되었을까.

"나, 호기심이 있는 사람입니다. 왜? 라는 생각이 들면 찾아보고 있습니다. 여행도 그 일환으로 그 땅에 가거나 책을 사보거나 합니다."

노자키 씨의 탐구심은, '대일본제국'의 옛날 모습을 찾아서 여행한 나의 마음에 메아리쳤다. 거쳐 왔던 인생이나 세대는 달라도 순식간에 친근감을 느꼈다, 노자키 씨도 조금은 나에게 흥미를 가진 것 같았다.

그런데, 시간이 흐르면서 사소한 일로, 보이지 않는 벽에 부딪히는 것을 느꼈다. 같은 세대나 젊은 사람들과 마시는 것처럼 스스럼없이 말하다가도 스스로 잘못을 만들기 어렵지 않으므로 때때로 얼른 정신을 차린다.

"일도 하지 않고 교육도 훈련도 받지 않는 자는 싫다. 남에게 의지하지 말라."

라고 노자키 씨는 말한다. 정론(正論)인지도 모르나, 그렇다고 해도 그렇게 간단하게 귀결이 되는 문제는 아닐 것이다. 고도성장기와 달라서 취업환경은 확실히 나빠져 있는 것이다. 그런 화제를 이야기해 보았지만, '일하지 않는 자, 먹지 말라'는 원칙이 노자키 씨 안에는 확고하게 존재하고 있어, 마지막까지 평행선 방향으로 나아갔다.

생각한대로 고지식한 사람이다. 이 고지식함은 전쟁체험에서 생겨났을까——. 그런 생각이 나의 머리를 문득 스쳐 지나간다.

심야 11시를 지나서 노자키 씨가 향한 곳은 자택이 아닌 서재용으로 빌린 아파트였다. 거기서 끝까지 이야기하자는 것이다.

"태어난 곳은 경상남도 진해입니다. 소학교 2학년 마칠 즈음에 아버지가 흥남으로 재취직하러 갔습니다. 그래서 나도 쫓아가 소학교 3학년 때에 흥남으로 갔습니다."

쫓아가, 라며 말하는 것은 간단하지만 실제로는 꽤 멀다. 진해에서 흥남까지는 북쪽으로 직선 약 530킬로미터, 똑같이 진해에서 오카야마에 가는 것보다 멀다.

출생지가 진해이므로, 노자키 씨에게 있어 진해에서의 생활이야말로, 원체험으로 생각해도 좋을 것이다. 그러나 그곳에서 생활한 시간은 그렇게 길지 않았다.

"소학교 4학년 때에 대동아전쟁(태평양전쟁)이 시작되었다. 그래서 그 이후 공업학교 2학년 때 종전이었습니다. 전후, 조선인과 입장이 역전했으므로, 생활환경은 열악했습니다. 한 번의 겨울을 지나는 사이에 피난민 3만 명 중 1할이 발진티푸스와 배고픔으로 죽었습니다. 나무관이 없으므로 새끼로 대발을 감았습니다."

죽음이 일상적, 이란 어떠한 상황일까. 먹을 것을 훔쳐서라도 살아간다는 기분이 되었던 것일까. 하지만,

"아니, 애초에 훔칠 것이 없습니다. 모두 지극히 가난했으므로."

라고 노자키 씨는 말한다.

나는 어떤 반론도 할 수 없었다. 나 자신이라면 어떻게 했을까. 답을 찾을 수 없는 그대로, 첫 날의 듣기가 끝났다.

다음 날 아침, 근처의 찻집에서 아침 정식을 먹으면서 내가 사할린을 여행했을 때의 일을 이야기하고 있으니, 계산대의 옆 자리에 있던 노인이 이야기에 끼어들었다. 들어 보니 그 사람, 사할린에서 귀환한 사람이 아닌가. 노인은 묻지도 않고 이야기에 말을 꺼내기 시작했다.

"1930년, 사할린 출생입니다. 아버지가 군대 통역으로 그쪽으로 건너가 어머니를 아내로 얻었습니다. 그래서 그 후 나는 쭉 사할린에서 자랐습니다. 시스카(섬 중부에 있는 현 포로나이스크) 근처의 오타스라는 곳에 살고 있었고, 주위에는 조선인인가 아이누인가 여러 나라 사람이 있었습니다.

전후 잠시동안 돌아갈 수 없어 1945년 10월에 소련 병사에게 붙잡혀 포로가 되어버렸습니다. 러시아 말을 했습니다. 스파시바(감사합니다)라든지, 즈드라스트부이쩨(안녕하세요)라든지. 그렇지만 60년이나 지났으니 지금은 벌써 잊어버렸습니다.

귀환은 1948년 무렵. 마오카(섬 남서부에 있는 항구도시, 현 홀름스크)부

터였습니다. 도중에 난바다에서 새끼 사다리를 사용하여 미국 배로 옮겨 탔습니다. 도착한 곳은 하코다테(函館)입니다. 홋카이도는 처음이었지만, '아 일본 본토에 돌아올 수 있었다.'고 감격하여 마음속에 사무쳤습니다."

한바탕 이야기를 하니 마음이 진정되었는지, "그럼" 인사하며 가게를 나갔다.

노자키 씨는 이렇게 말했다

"그 시절, 외지로부터의 귀환자는 드물지 않았습니다. 내 아내도 대만에서 귀환한 사람입니다. 양부모는 타이난(台南) 그곳에서 학교 선생님을 하고 있었다고 합니다."

패전 직후, 불탄 자리와 암시장의 광경과 함께 살아온 일본인 중, 외지로부터의 귀환자가 꽤 많이 있다는 사실에 나는 새삼스럽게 또다시 생각이 미쳤다.

밤이 되자 차가운 장대비가 내렸다. 장소를 노자키 씨의 서재로 옮겨 이야기 듣기는 계속된다.

"간신히 겨울을 보내고 4월이 되어, 따뜻해졌으니까 노숙도 할 수 있겠다 싶어 탈출하기로 했습니다. 그때까지는 이동이 금지되어 있었지만, 자국민의 식료품 부족도 있어, 조선 정부도 일본인의 이동을 묵인하고 있었지요.

남쪽으로 간다면 미군이 먹여준다고 해서, 38선 넘기를 결행하게 되었습니다. 일본인 단체가 모여 경로를 정하고 나서 사전답사하고 안전하다고 확인한 다음에 출발합니다. 봄이 되었다고는 해도, 땅바닥에 노숙하니까 역시 추워서 잘 수 없었습니다. 38선까지 와서 밤에 살짝 건너, 그 후 화물열차를 타고 부산. 현해탄을 배로 건너

하카다(博多)입니다."

노자키 씨가 있었던 흥남에서 부산까지는 경성(현재의 서울)경유, 철도로는 남북 816킬로미터. 가장 중요했던 것은 이동 허가와 38선을 어떻게 넘을 것인가였다. 그것만 해결되면 그 다음은 문제없다. 그 점에 있어, 고노 씨가 있던 만주 북부로부터의 귀환보다도, 북한에서의 귀환 쪽이 약간 쉬웠는지도 모른다.

"귀환체험은 인생을 굉장히 도움되게 하고 플러스가 되었다. 그것이 없었다면 나는 술을 많이 마시는, 단순히 그냥 여행을 하는 인간이 되었을 것이다. 목격자, 체험자로서 좋은 경험을 하게 되었다. 지나사변(중일전쟁)이 시작되기 전의 평화를 알게 되었고, 대동아전쟁도 알고 있다. 종전의 혼란도 알고 있다. 고도성장도 알고 있다. 나의 관점은 지금까지의 경험이 활용되어 왔다."

노자키 씨는 만사가 긍정적이며, 트라우마를 안고 있는 고노 씨와는 대조적이었다.

"그 녀석(고노 씨)은, 도중에 여동생을 잃고, 난장판 속을 도망쳐 왔습니다. 마쓰오는 해군 배에 화물을 실을 만큼 실어 귀환했습니다. 동란(動亂)의 몹시 어지러운 시절은, 하늘과 땅 만큼의 운명이 바뀝니다."

마쓰오 씨는 하늘이고 고노 씨는 땅, 자신은 그 중간이라고 말하고 싶은 것 같았다. 귀환체험은 살고 있던 장소나 적기(適期)에 따라 완전히 동떨어진 것이 된다는 사실을 알았지만, 그 후 삶의 방식에도 큰 영향을 준다고 생각해도 좋을까. 이 답을 알아야 해서, 이후 나는 마쓰오 씨의 친구인, 귀환경험자 20명 이상에게 이야기를 듣게 되었다.

제3장

이민 시절

대이동 시대가 가까이 닥쳐오다

여기서 귀환의 그 이전 역사를 되돌아보자.

쇄국체제를 기조(基調)로 하고 있던 에도시대(江戶時代)를 거쳐, 바쿠후(幕府, 막부)가 해외도항 금지를 풀었던 1850년대의 전반 이후, 일전(一轉)하여 일본인은 적극적으로 해외로 향하게 되었다. 그 흐름은 1945년에 일본이 연합국에 '무조건 항복' 할 때까지 계속되고 있었다. 일본인이 귀국하는 귀환 이전의 역사에 100년 가까이 계속된 해외이주의 역사가 존재하고 있는 것이다.

개국 이후, 왜 이민이 늘어났을까. 농업생산력 증대와 공업화에 따라. 국민의 생활은 평안한 상태를 유지하며, 소득은 증대한다. 의료 기술은 발전하고 위생 상태는 개선되어 간다. 그 결과, 일본인의 수명은 극적으로 연장되었다.

1872년 총인구가 3480만 명이었는데, 1891년에는 4025만 명,

그리고 1912년에는 5057만 명으로, 40년만에 인구는 1.5배 가까이까지 크게 증가해 왔다. 다시 1940년에는 7311만 명이 되어, 메이지 초기부터 약 70년간 두 배 이상으로 팽창한 것이다. 덧붙여 말하면 이 숫자에는 일본의 통치 하에 있었던 조선 등에 사는 현지 사람은 들어있지 않았다(총무성 통계국 HP).

인구의 폭발에 정부는 골머리를 앓았다. 자본주의의 침투에 의해 농촌의 공동체가 붕괴되고, 먹고 살 수 없는 농민이 속출한 것도 문제를 보다 심각하게 했다. 그래서 정부는 국토의 확장에 힘을 다하거나, 이민정책을 취한 것이다.

앞서 말한 『전후의 귀환 기록』에는 패전까지의 이민 모습이 다음과 같이 기록되어 있다.

메이지 유신 이래 경제적·사회적 혼란에 따라, 일본 국내는 어디에서도 잠재이주 희망자가 계속 넘치고 있었다. 한편 일본인은 당시의 후진국민 중에서는 비교적 정직 근면하고, 규율, 청결이라는 점에서도 뛰어났으므로, 유럽인의 가사 종사자(노동자)로서도 선호되었다. 그들은 일본을 떠날 때 일본인 가사 종사자를 동행하고, 머지않아 이것을 알선하는 일도 생겨, 여성 중에는 정부(情婦)로서 도항하는 사람도 드물지 않았다. (중략)

메이지 정부의 일본이민 억제정책도, 1883년 이후 느슨해진다. (중략) 이 해에 오스트레일리아로 가는 채패잠수부*의 집단 해외 돈벌이를 허가했음을 계기로, 전부터 누차 요청되던 하와이 사탕수수 농원에서의 돈벌이도 인정하게 되었다. 이 하와이에의 이민은 하와이 정부와의 정부간 협정에 따라 일본정부는 직접 그 업무를 담당했지만, 협정 종료 후 1894년에는 민간인에게 인계되었다. 그리고 이것에 동반하여, 정부는 이 해에 이민보호규칙(1896년, 법률로 승격되었다)을 제정하여, 이민 보호를 위해 이민회사를 관리 감독하게 된 것이다. * 채패잠수부: 조개류를 잡는 잠수부를 말함.

(중략) 이 무렵부터 이민회사의 알선에 의한 일본이민은 하와이뿐만이 아닌, 미국 본토, 페루, 멕시코, 과들루프(카리브해) 그리고 또한 필리핀, 뉴칼레도니아. 피지 등, 세계 각지로 건너가게 된다.

(중략) 개인적으로 해외로 향하는 일도 적지 않았다. 특히 일본의 인근 여러 나라—— 한국, 청국, 시베리아, 그리고 구미제국의 식민지였던 동남아시아 지역으로, 일본인은 '해외 발전의 꿈을 찾아서' 혹은 대부분 '식량과 일을 찾아서' 떠돌아 다니고 있었다. 특히 그 중에서 눈에 띄는 것이 매춘부이다. 북쪽은 시베리아부터, 남쪽은 싱가포르, 보루네오, 동쪽은 미국 서해안, 서쪽은 인도양의 아프리카 동해안에 가까운 마다카스카르까지, '일본인 매춘부를 볼 수 없는 곳이 없다.' 그녀들은 일본 남자의 발자취가 미치지 않은 곳에도 진출해 나갔다.

이러한 이민의 배경에는 세계적인 제국주의의 기세가 고조되는 영향을 강하게 받았다. 19세기 후반, 서구 열강은 강대한 무력에 의해 아프리카나 아시아를 정복한다. 스스로가 강국이 되지 않으면 식민지로 전락하는 약육강식의 이 시대, 일본은 국방에 힘을 쏟음과 함께 영유권이 확실하지 않은 변방이나 근린의 무인도를 적극적으로 개척하는 한편, 지위가 약한 인근 나라에까지 적극적으로 진출한다. 때로는 전쟁이라는 폭력적인 수단도 마다않고, 자국령을 끊임없이 넓혀 나갔다.

새로운 영토로 된 곳은 사할린, 대만, 조선, 미크로네시아의 여러 섬들이 있는, 주로 일본 열도의 주위에 흩어져 있는 지역이다.

일본은 그러한 지역에서 근대화라는 큰 개조를 적극적으로 진행했다. 법제도를 정비하고, 건물이나 도로를 만들고, 철도를 놓고, 상하수도를 정비하고, 학교를 만들었다. 동시에 언어와 문화, 종교관이라는 면에서의 일본화를 진행해갔다.

미국이나 남미 등을 목표로 한 이민과 다른 점은, 정치가, 관료, 사법관계자, 공업이나 건축, 상업 등의 각종 산업종사자나 의료관계자, 경찰관에 교육관계자라는 정부 등의 명령에 따라 나라 만들기를 부탁받은 사람들이 이주한 것이다. 마찬가지로 실질적으로는 일본의 속국이었던 만주국에도 똑같이 말할 수 있다. 그 외, 점령지의 행정이나 군비, 산업 개발을 위해, 싱가포르나 말레이반도, 버마(지금의 미얀마), 베트남, 괌, 홍콩, 인도네시아 지역에도 일본인은 이주하였다.

조선병합과 일본인 이민

마쓰오 씨 외 진해관계자의 이주는, 당시의 양국 정치정세와 밀접하게 결부되어 있다. 정세가 나쁘면 이주는 할 수 없었을 것이다.

19세기 후반. 약 500년에 걸쳐 반도를 다스리고 있던 이씨 조선

(조선)은 에도막부와 같은 모양의 쇄국체제를 실시하고 있었다. 그러나 일본도 똑같이, 유럽 열강의 식민지 지배라는 '영토 차지하기 게임'에 말려들어 간다.

1875년, 한걸음 앞서 개국하여, 메이지 유신을 이룩하고 있던 일본은 강화도 사건을 일으켜, 다음 해 1876년에는 강화도 조약(조일수호조규)을 밀어붙인다.

조약 내용은, 외교사절의 수도(首都) 파견, 부산 외 2개 항(港)의 개항과 자유무역, 개항장에서 거류지 설정, 영사재판권, 일본화폐 사용, 조선으로부터 미곡(米穀, 쌀) 수출 자유화, 수출입세의 면세 등이다. 일본은 열강에 맺어진 불평등한 조약을, 이번에는 조선에 맺게 한 것이다.

이 조약체결이 일본인의 조선 이주 계기가 된다. 부산이 개항된 그 해, 조선에는 54명의 일본인이 살고 있었을 뿐이었지만, 1880년대에 들어갈 무렵에는 4300명 남짓(부산, 인천, 한성(현재의 서울))까지 증가하고 있다.

그 무렵 조선 정부는 개화정책으로 전환하여 근대화를 모색하기 시작했다. 1897년에는 국호를 대한제국으로 바꾸어, 국제적인 자립을 시도하고 있었다. 그러나 거기에 일본이 가로막는다. 청일전쟁, 러일전쟁에 승리한 일본은 조선에의 관여를 강화하고 1905년에 보호국화해 버린다. 그리고 총감부(나중에 총독부)를 두고, 실질적인 식민지로 했다.

일본이 조선의 통치를 강화하면 할수록 일본인의 이주는 가속했다. 러일전쟁 승리가 안도감을 주면서, 이민에 박차를 가했다고 말해도 좋을 것이다.

1910년 한일강제병합 이후, 결코 환영받지 못하는 일본화를 적극적으로 추진하는 한편, 식민지라고 하기보다 영토의 일부로서 막대한 자금을 쏟아넣어, 모든 면에서 본토 수준으로 하기 위해 심혈을 기울여 갔다.

일본통치시대, 조선인의 인구는 순조롭게 늘어난다. 1910년에 1312만 명이었는데, 1942년에는 2552만 명이 된다. 일본인의 인구도 그와 똑같이, 1920년에는 약 35만 명, 최전성기인 1942년에는 약 75만 명까지 팽창했다(일본인 인구의 추이는 다카사키 소지(高崎宗司)의 『植民地朝鮮の日本人(식민지 조선의 일본인)』 등을 참고했다).

『사카노 우에노 쿠모(坂の上の雲, 언덕 위의 구름)』와 진해 개발

진해는 원래 웅천이라고 불리는 한적한 마을로, 인구는 지극히 적고, 마을이 생기기 전, 일본인은 아무도 살고 있지 않았다. 15세기 초창기에, 해안 가까이의 조금 높은 언덕 위에 왜관이라는 일본 공관이 설치되어, 부지 내에 2500명 정도의 쓰시마(対馬) 사람들이 살았던 적이 있었지만, 그것도 일시적이었다. 왜관이 없어지면서 일본인은 없어지고, 현지 취락만이 남았다.

그러한 웅천이 진해로 개명되어, 군사도시로서 개발된 이유는, 천혜의 자연환경에 있었다. 북쪽과 동서의 3개 방면이 산에 에워싸여, 남쪽으로는 리아스식의 온화한 만(灣)이 펼쳐져 있음에, 러일 전쟁을 목전에 둔 일본해군이 주시했다. 일본은 전선에 가까운 기지를 탐하고 있었다.

러일전쟁에서의 전투행동이 개시된 1904년 2월, 일본은 한일의 정서를 내밀고, 웅천을 비롯한 한국 각지에의 일본군 배치와 군사기지 설치를 인정하도록 강요했다. 그 무렵, 당연히 진해에는 아직 시가지나 군사기지는 없고, 논밭과 염전이 펼쳐져 있을 뿐이었다.

무력의 압도에 굴복한 조선(당시의 대한제국)은 의정서에 사인한다. 그것을 계기로 조선 각지에 일본군이 확장·배치되어 간다. 웅천은 지명이 '진해(鎭海)'로 개칭되어, 진해만을 포함한 가덕수도(加德水道)에 일본 연합함대의 주둔을 허락하게 된다.

가덕수도를 찾아온 것은 연합함대 제1함대와 제2함대의 일부로 총 약 30척, 그 중에 도고 헤이하치로(東鄕平八郎)가 승선하는 기함 미카사(三笠)가 포함되어 있었다.

시바 료타로(司馬遼太郎)의 소설 『사카노 우에노 쿠모(坂の上の雲, 언덕 위의 구름)』에는 미카사가 진해만의 안쪽으로 깊숙하게 들어오는 모습이 자세하게 묘사되어 있다.

왼편 뱃전에 보이는 황색을 띤 산은, 이미 조선의 거제도에 있는 산이며, 이윽고 미카사는 섬과 섬 사이를 끼어들듯이 가덕 뱃길로 들어오기 시작했다.

가덕수도의 여기저기에 이미 먼저 도착한 함대가 닻을 내리고 있으며, 더 깊숙이 들어오면 그곳은 거제도에 의해 외해(外海)로부터 차단된 바다의 안방이다. 여기가 발틱 함대가 오기까지의 은신처로서 도고함대가 선택한 장소이며, 조선으로부터 억지로 무리해서 차용한 장소이기도 하다.

연합 함대는 약 3개월에 걸쳐, 진해만에 머물렀다. 도고 원수(元帥)는 진해만의 육지에 아무런 시설도 짓지 않았으며, 병사들이 위안(慰安)을 위해 상륙하는 것도 허락하지 않았다.

규슈 서쪽 방면의 고도열도(五島列島) 난바다까지 도착한 발틱 함대를 진해만의 후미에서 남쪽으로 출격, 동해의 서쪽 방면부터 쓰시마 난바다에서 러시아 함대와의 사이에 전쟁을 개시한다. 이틀간에 걸친 전쟁은 연합함대의 압승으로 끝난다.

일본이 러시아에 승리한 후에 진해는 변모할 수밖에 없다. 해군도시 건설계획이 힘이 가해져 일어났다. 그 모습을, 『어느 한일역사 여행 ─진해의 벚꽃(ある日韓 歷史の旅─鎮海の桜)』* (다케쿠니 도모야스)나 진해공립심상고등소학교 동창회·진해우지회(鎮海友之会)의 회지 『桜友(오우유우)』(창간호)를 참고로 해서 기록해 보고자 한다. * 한국어본 『진해의 벚꽃』 2019. 이애옥 역.

1906년 가을, 측량이 개시되어, 지주에게 무단으로 측량부대가 논밭이나 염전에 들어간다. 농민들의 항의를 무시하고, 무리하게 측량을 강행, 농지를 빼앗아갔다. 지주들에게는 토지대금이 지불되었다. 그러나 그 액수는 정말로 헐값이었기에 항의하는 자도 나타났지만, 당국은 즉각 체포하여 불만을 봉쇄했다.

1910년 4월에는 해군임시건설지부가 설치되어, 군항도시 건설이 본격화되고, 경리부청사와 수뢰단청사를 준공하고, 진수부청사와 수리독(修理 dok)공사 등이 시작되었다.

앞서 말한 것처럼, 진해는 삼면이 산으로 둘러싸여, 남쪽 방면만이 바다를 마주하고 있다. 당시의 진해는 교외를 포함하여, 그 크기는 동서 약 13.2킬로미터, 남북 3.4킬로미터. 시가지 중심에는 바둑판의 눈과 같이 도로가 펼쳐져 있어 파리의 개선문 주변과 같은 방사형태(放射狀, 방사상)의 로터리가 세 개 배치되었다. 북원, 중원, 남원 로터리이다.(책의 첫머리 지도 참조). 도로의 양끝을 보도로 하여, 중앙을 자동차나 마차가 다니는 길로 했다. 여덟 개 도로로 되어 있다, 진해의 심장부라고도 말할 수 있는 중원로터리의 중심에는 주위 약 9미터에 이르는 팽나무를 남겼다. 큰 나무(大木)를 이 도시의 상징으로 한 것이다.

시가지의 미관이나 위생은 중시되었다. 배수구를 설치한 것이나, 목조주택을 짓는 경우에서도 옥상에는 불연물질을 사용한 것, 높이 제한을 준수하고, 공장을 지을 때는 주위에 울타리를 설치하는 것 등이 의무화되어 있었다. 원래가 미사용의 토지인 비어있는 땅이었기 때문에, 건축 기준은 확고히 지켜지고, 바르게 정돈된 시가지가 완성되었던 것이다.

1914년에는 시가지에 공동으로 이용할 수 있는 수도가 설치되었다. 또한 일본다운 상징물이 다시 추가되어 설치되었다. 중심부 부근의 제황산에는 진해신사가 지어지고, 그 정상에는 러일전쟁에서 활약한 전함 미카사의 마스트를 본뜬 일본해해전기념탑이 시가지를 내려다보도록 세워졌다. 도로 옆이나 공원 등에는 벚나무가 심어졌다. 이주해 오는 일본인의 생활을 배려하여, 그리고 시가지에 군림하는 지배자가 누구인가를 조선인에게 나타내기 위해, 전략적으로 이러한 것을 여기저기에 배치한 것은 아니었을까.

진해는 진수부가 설치될 예정이었다. 진수부란 일본해군의 근거지이며 함대의 후방을 통괄하는 기관을 말한다. 본토에는 요코스카(橫須賀), 마이즈루(舞鶴), 구레(吳), 사세보(佐世保) 밖에 없었지만, 조선이 일본의 통치하에 들어감으로써 진해에도 그러한 항구와 같은 역할이 요구되었던 것이다.

진수부가 설치된다고 하는 기대는 본토에서 계속하여 사람들을 불러모았다. 이주한 것은 해군만이 아니다. 시설 공사에 관계되는 토목업자나 물자를 기지에 배달하는 운송업자에 더하여, 군인과는 간접적으로 밖에는 접점이 없는 소매업자 등도 찾아왔다.

그런데 이주자의 기대는 허무하게 부서져버린다. 1916년에는 '요항부'라고 하는, 진수부보다도 등급이 낮은 기지로서 평가되어진 것이다. 당시 조선이 아직 정치 상황(政情)이 불안정했던 점과 항만 시설의 건설에 사용할 수 있는 해군 예산의 축소 등이 그 이유인 것 같다.

건설 계획은 그 규모를 축소하지 않을 수 없게 된다. 해군임시건축지부는 폐지되고, 사령탑이라고 말할 수 있는 진수부는 '요항부'로 격하되어 대형선박의 건조 시설이 아닌, 100톤 급의 잡역선(雜役船)* 등의 제조와 함선의 수리를 실시하는 '공작부(工作部)'가 설치된다. 300~400톤 급의 철강선이나 800톤 급의 구축함 등 규모가 작은 함선이 비치되었다. * 잡역선: 잡역에 쓰이는 배. 예인선(曳引船), 교통선, 기중기선, 준설선(浚渫船) 따위를 이름.

교통인프라가 정리되는 데는 시간이 걸렸다. 부산이나 마산·거제도·여수 등과는 기선(汽船) 항로로 연결되었지만, 철도의 진해역이 건설된 것은 1926년이 되고나서의 일이다. 또 학교 정비에 관해서도 늦었다. 우선 기지 내에 심상고등소학교가 탄생한 것을 시작으로 고등여학교, 해원(海員)양성소, 유치원 등이 설치되었지만, 중학교가 설치된 것은 1944년이 되고 나서의 일이다. 덧붙여서 마쓰오 씨나 고가 씨는 그 중학의 제1기생이었다.

일본통치시대, 진해는 도시 전체로 2만 명 정도의 인구가 있었다. 그 중심부에 살고 있던 사람은 대부분이 일본인이었다. 시가지 토지의 민간 대여는 일본인에게만 실시되었고, 사실상, 일본인과 조선인은 거주구역이 나누어져 있기 때문이다.

일본인이 사는 지역 내에 조선인은 적고, 일본인 상대로 장사를 하고 있는 이발소, 고기를 파는 가게, 페인트 가게 등이 있었지만 예외적인 존재였다. 일반 조선인은 진해 중심부에서 2.5킬로미터 정도 떨어진 인근 역의 경화동 거주 지구에 살며, 어린이는 '보통학교'라 불리는 조선인만의 학교에 다녔다.

진해에서 일본인이 살았던 것은 패전을 맞는 1945년까지의 약 35년간이다. 자리를 잡고 머물러 사는 사람들이 제로였던 일본인이 어떠한 경위로 진해로 이주하여 살면서 2세를 출산하여 기르고, 그리고 귀환해 갔을까——

드디어 다음 장부터 구체적으로 이주의 경위를 소개하려고 한다.

제4장

이주

마쓰오가(松尾家)의 이주

먼저 마쓰오 씨의 경우를 적어 보자.

"조부모가 조선에 건너간 것은, 1911년의 일입니다. 이주할 곳을 진해로 한 것은 조모 누이(ㅈィ, ぬい)의 남동생 가와나미 진이치(川浪 甚一)가 약국을 경영하여, 성공했기 때문이었지요.

마쓰오가의 본가는 사가(佐賀)에서 에도시대부터 계속되어온 아리타야키(有田燒)의 가마가 있던 곳이었습니다. 조부인 겐이치(謙一)가 장남입니다만, 두 살 아래 남동생에게 가업(家業)을 맡겼습니다. 이주했을 때, 조부와 조모는 31살, 나의 어머니는 아직 두살이었습니다."라고 마쓰오 씨는 말한다.

러일전쟁이 끝난 것은 1905년이다. 아직 도시 그 자체가 존재할 것인지 아닌지 하는 시기의 이주이다. 친척인 가와나미(川浪)가족의 이주가 더 빨랐던 셈이 된다.

"진해에 이주하고 나서 최초로 직접 시작한 장사는 하숙집입니다. 대부분의 손님은 주둔하고 있는 해군이었습니다. 일시적으로 고물상을 운영했던 시기도 있는 것 같습니다만, 나중에 '마쓰오 박신당(松尾博信堂)'을 개업하여, 궤도에 올랐습니다. 가게는 중원로터리의 바로 북쪽에 있었습니다. 마이니치신문(每日新聞)·부산일보 등의 신문을 취급하고 서적·문방구를 매매했습니다."

다이쇼 말기, 관동대지진의 영향에 의해 도쿄에 있는 신문 대부분은 없어지고, 아사히신문(朝日新聞)과 마이니치신문 계열이 2대 신문으로서 일본 전국에서 독자를 확보하고 있었다. 그 무렵 『선데이 매일』 등의 대중오락잡지가 등장하고, 서적의 출판 가짓수도 급증하고 있었다. 군인에게 의지하는 하숙집이나 고물상보다도 신문이나 책을 파는 쪽이 장래성이 있어 돈을 벌 것이라고 마쓰오 씨의 조부모는 예견하고, 장사를 바꾸었는지도 모른다. 실제로 박신당은 성공했고 집은 유복해졌다.

"어머니는 데릴사위와 인연을 맺어 결혼하고, 아버지는 박신당의 경영에 참가했습니다. 나는 1932년 2월에 태어났습니다. 그 후 여동생이 4명 생겼습니다만, 집안의 대를 이어야 할 장남인 외아들이므로 귀하게 컸습니다. 나중에 여동생이 한 명 더 늘었지만, 귀환 후의 일입니다."

마쓰오 씨의 할아버지가 진해에 건너왔던 메이지 말기, 장남을 대를 잇게 할 아들로 간주하는 풍조는 현재와는 비교가 안 될 정도로 강했을텐데, 왜 동생에게 집을 맡기고 처자와 함께 조선으로 건너와 버렸을까. 장남이었던 할아버지가 사가에 가마 도공으로서 남아있었다고 한다면, 마쓰오 씨 인생 반의 전반부는 더욱 평온 무사한 것이었지 않았을까. 적어도 집의 재물이나 재산을 버리고 가족과 함께 귀환이라고 하는 경험은 하지 않아도 족했을 것이다.

조부가 조선에 건너온 경위를 묻자, 마쓰오 씨는 "상세하게 이야기하면 길어지므로 생략하겠습니다." 냉담하다. 그러나 그것이야말로 내가 알고 싶은 바이다. 대신에 마쓰오 씨는 아리타도자기에 관련된 자료를 빌려 주었다. 그리고 내가 이해한 것은 다음과 같다.

16세기말, 도요토미 히데요시(豊臣秀吉)가 조선을 침략했을 때, 현지에서 도공들을 강제로 데리고 왔다. 그들은 히젠아리타(肥前有田) 땅에서 백자광(白磁鑛)을 발견, 일본에서 처음으로 자기(磁器)를 만들기 시작한다.

메이지에 들어오자, 아리타도자기도 서양화라는 이름의 '근대화'를 계획하게 된다. 서양의 도자기를 만들어 보거나, 판로를 찾아서 스스로 외국에 건너가거나 하여 그때까지 없었던 전개를 보이고 있다.

'근대화'에 매우 많은 공헌을 한 사람은, 마쓰오 씨의 증조부에 해당하는 도쿠스케(德助)이다. 타일과 변기, 재떨이에 이르기까지 제작의 폭을 넓히거나 땔나무가 아닌 석탄으로 굽는 방법을 고안·실천하여 야심적인 활동을 전개했다.

석탄을 구워 만든 참신한 화로를 사가에 귀향한 오쿠마 시게노부(大隈重信)*에게 증정하였더니, 도쿠스케는 크게 격려받았다고 한다. 나아가 무역상 죠세프·히코가 "앞으로의 장사는 무역이다."고 부추겨, 분기(奮起)한 도쿠스케는 그 후, 왜나막신을 신고 단신(單身)으로, 홍콩에 건너간다. 갖고 있던 도자기를 모두 다 팔고, 현지를 시찰하며 돌아다녔다. 아리타도자기를 수출할 곳으로 남보다 먼저 길을 낸 것이었다. *오쿠마 시게노부: 두 차례 내각 총리대신을 역임한 정치가이자 일본 근대교육을 발전시킨 근대 교육가임.

성공이야기에 부족함이 없는 도쿠스케이지만, 장사에 성공했다고는 말하기 어렵다. 불굴의 도전자이지만 실패도 수없이 많았고, 많은 액수의 빚을 떠안게 되었다.

도쿠스케의 장남, 겐이치 씨가 뒤를 이어받지 않고 조선에 건너간 것은, 가계가 핍박하였던 것이 원인인 것 같다. 앞으로의 전망이 보이지 않았기 때문에, 겐이치 씨는 아내의 동생이 있던 진해에 스스로 원하여 이주한 것은 아니었을까. 어쩔 수 없는 도피와 새로운 세상에의 기대로부터 바다를 건넜다고 하는 것이 실제 모습일 것이다.

여기서부터는 상상의 단계를 벗어나지는 않지만, 조선과 인연이 깊은 아리타도자기, 그 도공의 일족인 마쓰오가에 조선인 도공의 피가 들어 있을 가능성은 없는 것일까? 만약 그렇다고 하면 마쓰오 일가가 조선에 이주한다는 행위는 특별한 의미를 가진다. 300년 넘는 시간을 경과하여 이루어진 아리타도자기의 땅에, 후예의 귀성, 생가 방문이라고 생각하는 것은 지나친 생각일까.

그러나 마쓰오 씨가 그 가능성을 긍정하는 일은 없었다. '조선계(朝鮮系)라고 전해오는 말은 마쓰오가에는 없다.'는 것이다. 선조를 외경(畏敬)하는 마음이나 도공으로서의 자부심은 있어도, 조선인과 동포일 가능성에 관해서는 추호도 인정하지 않는다.

가장의 결단

그런데 고노 아키라 씨 가족도 원해서 이주했다. 그러나 진해는 여러 이주처(移住先)의 하나에 지나지 않았다. 앞에서 말한 바와 같이 부친인 히데오(秀雄)에게 마음대로 이끌려, 살 장소를 여기저기로 옮기고 있었기 때문이다. 그러면 왜 히데오는 그와 같은 일을 했을까.

"조부는 재산가였다고 하더라고, 오이타 벳부에서 기생 놀이로 변사(變死)했다. 술에 취해 강에 떨어져 죽었다는 이야기이다. 아버지가 대를 물려받기 때문에 상속의 권리는 있다. 그렇지만 아버지는 '재산 따윈 필요 없다. 모두 버리고 나는 마음대로 한다. 일본 같은 곳에서 조촐하게 사는 것은 안 된다.'고 말하며 필리핀의 다바오 개척에 들어간다."

히데오는 어른이 되기 전부터 외국을 알고 있었다.

"아버지는 어릴 적, 시베리아에 살고 있었다. 헤이룽강(아무르강) 변의 블라고베셴스크라는 곳, 블라고베셴스크에는 40년 이상 살고 있는 친척이 있어, 아버지는 그들을 연고로 현지에 간 것이다.

그 후, 아버지는 징병 검사를 위해 귀국하여 해군에 들어갔다. 수병(水兵)이 된 아버지는 원양 항해로 세계 일주를 했습니다. 스물에서 스물한 살 때 10개월간 세계를 보고 파악했다. 그러므로 시야가 넓다."

세계 각지의 항구에 입항할 때, 함선은 일본 해군의 강함을 보여 주려고 했다. 캇타 - (단정)*을 내리고, 근골(筋骨)이 우람한 젊은 수병에게 해안까지 일부러 노를 젓게 했다. 현지 사람들에게 육체미를 보란 듯이 보이며 일본의 해군이 얼마나 강한 것인가를 호소하는 것이 목표였다. 히데오는 단정을 젓는 수병의 한 명이었다. *단정(短艇): 함정에 옮겨 실을 수 있거나 보급품 수송 등을 위한 경량의 작은 보트.

그리고 제대 후, 히데오는 필리핀으로 향할 것을 결의한다.

"아버지는 후쿠오카에 되돌아 온 후 필리핀으로 건너가, 마닐라 마(麻)플랜테이션 경영을 했습니다. 당시는 화학 섬유가 없었던 시대입니다. 마닐라 마는 배의 그물(網)에도 사용될 정도로 중요한 생산물이었습니다. 그 시대, 필리핀은 미국의 식민지이며, 다바오가 있는 민다나오에는 모로족이 정글에서 화전을 하며 살고 있었습니다. 모로 측에서 말하면 일본인은 생활권을 위협하는 적입니다. 멧돼지를 죽이고, 정글을 자꾸 개척해 나갔으니까, 몇 사람이나 되는 일본인이 모로족에게 살해된 것은 당연한 일이겠지요. 개척은 목숨 걸고 하는 일이었습니다."

모로족이라 들으니, 이전 필리핀으로부터 독립을 주장하고 전쟁하고 있던 모로 민족 해방 전선을 연상한다. 생활을 위협한다는 의미에서는 모로 사람들에게 있어 전쟁 후의 필리핀 정부도, 전쟁 개시 전의 일본인 개척자도 변함이 없다. 선주민(先住民)*들이 저항하는 것은 당연하다고 말할 수 있다. * 선주민: 선주민 또는 원주민(原住民)은 역사적으로 침략자가 원래 침략한 지역에 살던 종족을 부르는 말.

히데오는 그와 같은, 목숨을 잃기 쉬운 위험한 땅에 감히 뛰어들어 새로운 인생을 개척하려고 했다.

고노 씨가 태어난 것은, 필리핀 개척이 한창일 때이다. 1931년의 일이다.

"다바오에서 태어난 나는, 원숭이와 함께 놀면서 자랐습니다. 아이돌보기는 모로족의 누나들이 해 주었다고 합니다. 그러므로 모로어를 재잘재잘 말했다고 합니다.

다바오의 플랜테이션에서 돈을 벌어 아버지는 돈을 갖고 있었습니다. 그 후 '일본과 미국에서 가까운 시일 내에 전쟁이 일어난다.'고 말하며, 내가 네 살 때, 모두 처분하고 후쿠오카 이이즈카로 귀환했습니다. 미국과 마닐라 마를 거래하고 있었으므로, 정계의 상황 변화를 예측할 수 있었겠지요.

아버지는 이이즈카에서는 일 같은 일은 하지 않았다. 개척의 피로를 치유하고 있었겠지요. 집을 새로 지었는데, 거기에는 반년 정도 밖에 살지 않고, 다른 사람에게 빌려주게 되었습니다. 아버지의 옮겨다니는 버릇이 얼굴을 내밀기 시작했습니다. '조선의 진해에 간다.'고 말을 꺼냈습니다. 그것도 갑자기 말입니다. 1937년이었습니다."

고노 씨의 어머니인 도키(トキ)는 자녀를 7명 출산했습니다. 다바오 출생의 장남은 유아 각기(脚気)로 생후 40일에 일찍 죽었고, 차남인 시게루(茂)는 도키가 신중을 기하여 일본에서 낳았습니다. 고노 씨는 3남이다.

이후, 진해 다음에는 만주로 이주하게 된다. 한창 성장기의 어린이들과 어머니는 패전까지 히데오 씨의 옮겨다니는 버릇에 휘둘려 움직였다.

다음에 노자키 씨 가족의 경우를 소개해 보고자 한다. 노자키 씨는 8형제. 장남인 도시오(敏夫)의 아래에는, 장녀, 차녀가 있고, 그 아래 히로시(博) 씨가 된다. 더 아래에는 남동생과 여동생이 두 사람씩 있다. 노자키 씨가 태어난 곳은 물론 진해이다.

노자키씨의 부친, 도모시로(知城)는 병원 관계자였다.

"아버지는 마이즈루(舞鶴) 해군병원에서 일했습니다. 그렇지만, 해군의 군축으로 해고되었다고 한다. 그 당시 진해의 병원에서 불러서 일가족이 바다를 건넜다. 진해에서는 병원 사무장을 했다. 1931년 12월에 내가 태어나기 전의 이야기입니다."

마쓰오 씨와 처음으로 만났을 때에 자리를 같이한 고가 씨의 경우도 스스로 원했던 이주였다. 그의 부친은 전후, 염색 공예가·예술가로서 유명한 니시나 쥬로(二科十朗)이며. 자녀는 3명 있었다. 고가 씨는 장남이고 여동생이 두 명 있다.

"나는 1931년 11월에 도쿄에서 태어났습니다. 생후 30일 정도일 때, 구마모토(熊本)로 이사했다고 합니다. 철이 들 무렵 4살 때에는 부산에 살고 있었습니다. 아버지는 인쇄소에서 도안을 그리고 수입을 얻고 있었던 것 같습니다만, 후쿠오카 시에서의 월급이 40엔인데, 외지인 부산에 가면 60엔이 된다고 하기에, 조선에 건너갔다고 들었습니다."

이주가 경제적인 이유라는 점에서는 마쓰오가와 변함없다. 새로운 세상에의 기대도 있었을 것이다. 마쓰오가와 다른 점은 비장감이 없는 점. 부친이 조선의 전통공예에 강한 흥미를 갖고 있었다는 것이다.

덧붙여 당시의 평균 월급은, 가사도우미가 8~20엔, 소학교(초등학교) 정규 교원(도쿄공립)이나 경찰(전국 평균) 순경이 40엔 대. 물가는 국철의 운임 3등(도쿄~오사카 간)은 6엔 5전, 신문이 1개월에 1엔이다(『쇼와 20000일의 모든 기록 제4권 중일전쟁으로의 길 쇼와10년-12년』). 현대의 평균 월급은, 경관 49만엔, 교사(공립 초·중학교)는 45만엔이다(2007년 발표 조사, 보너스를 포함하지 않음). 이것을 기초로, 60엔을 현대의 금액으로 바꾸면, 대략 66~73만엔에 상당한다. 확실히 이것은 엄청난 금액이며 매력적이다(총무성 "2007년 지방공무원 급여실태조사결과 개요"·"2007년 6월·12월 기말·면학 수당을 지급").

소망을 기대하며

그 외 진해 연고의 사람들은 어떠한 배경을 갖고 있을까.

"진해에 군항이 생긴다 하여 1912년 경 이주한 것 같다고 들었다. '해군을 상대로 장사를 하기 위해'라든가 말했습니다."

그렇게 가르쳐 준 것은 1925년 10월에 진해에서 태어난 히로세 다쓰오(廣瀬達男) 씨이다. 히로세 씨의 부친은 장사 기회를 찾아, 스스로 원해서, 일본통치 극히 초기에 이주했다. 진해라는 새로운 도시를 만든 일본인의 대부분은, 이런 식으로 해서 이주해온 것인지도 모른다.

사와다 게이코(沢田桂子) 씨는 1929년 경성(현재의 서울)에서 태어났다. 사와다 씨의 집도 역시 부친이 원해서 이주한 경우이다.

"아버지는 '해외 웅비를 목표로'라고 말했습니다. 조선총독부의 철도국에 근무하고 있었지만, 병에 걸려 요양을 위해 내가 네 살쯤 진해로 이주해 왔답니다."

부친이 아프지 않았다면, 사와다 씨는 완전히 다른 청춘 시대를 보냈는지도 모른다.

마쓰오 씨의 어릴 때 친구로 한 해 아래 학년인 다키가와 히로시(瀧川廣士)씨도 부모의 뜻으로 진해에 왔다.

"이바라키(茨城) 출생의 아버지는 도쿄에서 고용살이 수습공으로, 사진기술을 익히고 나서 조선에 건너왔습니다. 옛날이었기때문에 '사진을 만들 수 있다.'는 것만으로 사진사(寫眞師)로 불렸습니다. 당시의 사진은 연필로 수정하여 완성할 수 있었다. 그래서 미인이 생겨나는 것이랍니다. 아버지는 그 솜씨가 알려져 『경성일보』의 사진반에서 일했습니다. 그 무렵 마그네슘의 스트로보가 일반적이었습니다. 그것을 사용하면서 큰 화상을 입어 입원한 것을 기회로 진해에 찾아와 사진실을 하게 되었던 것이 이유입니다."

당시의 스트로보는 마그네슘을 전기 발화시키는 것으로, 인화(引火) 사고도 많았다. 그 사고가 본인의 운명을 바꾼 것이다.

다키가와 씨의 모친은 다른 경로로 이주했다.

"야마나시(山梨) 출신의 모친은 부모를 따라 조선에 건너왔습니다. 어머니의 친정은 야마나시의 미노부산(身延山) 하류 쪽에 있으며, 돈은 없었다고 하더라도 토지는 갖고 있었다. 다이쇼 무렵이었을까요. 어느 날 나의 할아버지에 해당하는 이 집의 장남이 '미국에 가서 일한다.'는 말을 꺼내고, 도항 수속을 했습니다. 그렇지만 당시, 장남의 인감이 없으면 남겨진 가족은 생활을 할 수 없습니다. 아무것도 시작할 수 없습니다. 그래서 주위 사람들이 반대하여 미국에는 가지 말도록⋯⋯."

하지만, 장남은 포기하지 않았다.

"본인은 화를 내며, '그렇다면 조선에 가자.'고 하며, 조선의 철도 쪽에 들어갔던 것 같습니다. 결국 귀찮고 성가셨던 것이 아닐까 합니다. 친척을 뿌리치고 훌쩍 외지(外地)*에 갔다. 그래서 어린이인 나의 어머니도 따라 가게 된 것 같습니다." * 외지: 일제강점기 일본고유의 영토를 내지(內地)라고 하고 그 외의 영유지 즉 조선·대만·사할린 등을 일컫는 말.

덧붙여 이야기하면 다키가와 씨는 여섯 형제의 네번 째. 형님은 경성 = 서울 출생이고, 그는 진해 출생이라고 한다. 부모는 결혼이나 자녀 키우기라는 가족생활을 영위하는 과정에서 경성에서 진해로 이주하게 된 것이다.

반대로 친척에게 이주를 권유받은 경우도 있다. 마쓰오 씨의 동급생, 오츠보 사치코(大坪幸子) 씨는 다음과 같이 이야기했다.

"할아버지가 너무 너무 장사를 좋아해서, 아버지와 어머니가 진해에서 뭔가 장사할 수 있는게 없는지 생각하고, 조선을 보고 다녔습니다. 아버지는 지원하여 육군에 들어간 후에 어머니와 결혼했습니다. 제대 후는 히로시마(広島)의 노우미(能美)에서 조부모와 함께 장사를 했습니다. 만물상, 온갖 물건을 파는 가게입니다. 그러나 시골이므로 열심히 노력한다고 해도 그런 만큼의 성과가 나타날 리가 없다. 할아버지는 아버지와 어머니에게 조선에 건너가도록 권하여, 그래서 진해에 찾아오게 되었습니다. 쇼와 시작할 1926년 무렵입니다."

당시, 외지에는 기회가 넘치고 있다는 이미지가 널리 퍼지고 있었던 것일까. 바꾸어 말하면, 그만큼 본토에서는 인생을 개척할 가망성이 결핍했다고도 말할 수 있다.

군부대 일로 진해에

전쟁 전, 해군의 진수부(鎭守府)가 있던 나가사키의 사세보와, 역시 해군의 거점이었던 조선의 진해. 교류가 한창이고 심리적인 거리도 당연히 지금보다 꽤 가까웠다. '진다츠 사세니 코이'*라는 아내 앞으로의 전보문은 당시 정해진 전보 문장이었다. * 진다츠 사세니 코이: 진해를 떠나 사세보로 오라.

군 관계자는 기지에서 기지로 배속 장소가 바뀐다.

마쓰오 씨와 동급생인 오토나리 이치지(音成市次) 씨는 말한다.

"아버지가 어렸을 때 양자로 나가게 되었다, 거기서 차남이 된 아버지는 젊은 탓인지 도시에 나가고 싶었던 것 같고, 사세보의 군수부에 갔다. 해군의 군속이지요. 참고로 군수부란 군수품을 취급하는 분야겠지요. 그 후 내가 소학교 1학년 때 아버지에게 사세보에서 진해로 전근 명령이 내렸다. 그래서 가족 3명, 군함으로 전근되어 진해에 왔습니다."

동급생, 마쓰이 도시코(松井トシ子) 씨도 부친의 전근으로 진해에 왔다.

"아버지는 군인이었습니다. 진해에 가기 전 러일전쟁에 출정했습니다. 남겨진 사진을 보고 있으면, 이코마(生駒)라는 군함에 타고 있었던 것 같습니다. 구레라든지 사세보라든지 진수부를 여기저기 들러, 마지막은 진해에 정착했습니다. 정년으로 제대하면서, 요항부(要港部)라고 하는 군 관계에 근무했던 이유입니다."

오카야마 출신의 히노쓰메 야스코(旭爪泰子) 씨의 부친은 군에 근무하고 있었다.

"아버지는 병역을 마치고, 진해에서 군속으로서 근무한 것 같습니다, 항무부(港務部)라고 하는 배에 관한 일입니다. 엔진이 전문이었습니다. 고향이 같았던 어머니는 보살핌을 받아 아버지 곁으로 시집왔습니다."

라고 부모가 진해에서 살게 된 경위를 이야기한다.

마쓰오 씨의 동급생인 야마시타 후미코(山下文子) 씨(가명)의 이주 이유도 군과 관계가 있다.

"나는 나가사키현 쓰시마의 이즈하라초(厳原町)에서 태어났습니다. 그리고 생후 얼마 되지 않아 진해의 집으로 돌아왔습니다. 아버지는 해군의 군인(간호병)이었습니다. 임무가 만료되어 진해로 초빙받았겠지요. 진해로 건너온 것은, 병합 후의 메이지 40년대의 일입니다.

아버지는 내가 3살 때 병으로 돌아가셨습니다. 아버지의 사후, 어머니는 진해에서 군인들을 상대로 하숙집을 시작했습니다. 항공대 사람들이 묵고 있어, 저녁식사를 준비하고 있던 것을 기억하고 있습니다."

돌아왔다고 표현하고 있는 것은 출산을 위해 모친이 부산까지 가서 쓰시마로 건너갔다는 것을 가리키고 있는 것일까. 친정으로 돌아가는 감각으로 당시는 현해탄을 넘고 있었던 것일까. 나는 『내가 본 '대일본제국'』을 통해, 대만이나 조선반도를 비롯한 일본인의 발자취를 찾아왔지만, 이렇게 문득 나오는 말을 통해서, 일본의 역사를 엿보는 순간을 마주하는 일이 있다.

군 관계는 아니지만 부모의 전근에 의해 이주한 경우는 아직 있다.

"우리 가족이 조선에 이주한 1911년 무렵, 이미 한일병합이 되어 있었습니다. 조선의 개발을 위해 지물사(指物師)*이며 건구(建具) 공사의 책임자로서, 아버지는 그 조(組)를 따라 갔습니다. 그 조(組)란 지금으로 말하면 건설회사입니다. * 지물사: 나무를 다듬어 가구나 문방구 따위를 만드는 것을 직업으로 하는 사람으로 주로 창, 창살, 난간, 마루 따위의 규모가 작은 물건을 만듦.

나는 경성에서 태어나서 곧 진해로 이사한 것 같습니다. 남동생은 진해에서 태어났습니다. 남자 형제만 10형제, 진해에서는 유명했습니다. 병으로 2명, 전쟁에서 1명, 그 후 귀환해 와서 1명 죽고, 지금은 6명이 되었지만…"이라며, 1912년 출생의 후지무라 키요시(藤村浄)씨는 말한다.

후지무라 씨의 집은 마쓰오가와는 막상막하로 아주 빠른 이주이었음을 알 수 있다.

1929년 3월생의, 요코이 미치코(橫井道子) 씨는 이런 것을 가르쳐 주었다.

"할아버지가 이토 히로부미 씨의 시중으로 만주, 조선을 돌아다닌 후에, 진해에 영주했다고 들었습니다. 할아버지는 건축 관계의 일을 했습니다."

일본에 머물 것인가, 조선으로 향할 것인가. 마음을 하나로 정하지 못하고 왔다갔다 했을까, 그렇지 않으면 순조롭게 수월하게 이주를 결정했을까. 그 심경은 이제는 도저히 알 수도 없다.

이토 히로부미, 러일전쟁, 한일병합…… 교과서로밖에 모르는 것이지만, 한 세대, 아니 두 세대 전의 사람들로부터 보면, 아주 가까운 일이기도 했다. 나와 같은 전후 세대가 대문자(大文字)의 역사로 간주하는 사건이나 인물도, 보이는 법이나 친근감이 완전히 다른 법이다.

그러한 감개에 젖으며 여러 많은 분들로부터 이야기를 듣는 중에 일본에서 진해로 이주한 이유는 여러 가지였음을 새삼스럽게 인식했다. 수입, 가정 사정, 인생의 재기, 직장 일로 파견, 일자리 찾기. 일본인을 위해 그리고 기지(基地)로서 개발된 이 도시에 이주해 온 사람들의 생각에 짙고 옅은 정도의 차이는 있지만, 모두 한결같이 새로운 생활에의 기대에 가슴을 부풀리고 있었던 것은 아닐까.

벚꽃, 큰 팽나무, 그리고 해군

벚꽃과 큰 팽나무(大榎, 대가)

2002년, 내가 한국을 스쿠터로 일주했을 때, 모든 거리의 간판이나 신호는 한글만으로, 이전 일본이 통치했다는 사실을 여간해서 실감할 수 없었다. 일본인이 살고있었다는 흔적이 쉽게 눈에 띄지 않았던 것이다. 전쟁 전, 여기가 일본인만 살고있었다니, 마쓰오 씨와 만나기까지는 미처 생각지도 못했다. 일본인은 이 도시에서 어떠한 생활을 하고 있었을까.

단 하나, 내 자신이 접한 적이 있는 진해역에 관해, 진해공립고등여학교의 동창회잡지에, 이러한 기술(記述)이 있었다.

생각나는 것은 빨간 지붕의 진해역에서 지금은 돌아가신 이시이(石井)선생님과 우에노(上野)선생님이 인솔해서 수학여행으로 서울에 갔던 일, 한강의 커다란 도개교*와 남대문시장을 보고 온 일이 그립게 생각납니다(『오우잉(桜蔭)』 제 28호 이구치 무츠코(井口睦子)). * 도개교(跳開橋): 선박이 통과할 수 있도록 몸체가 위로 열리는 구조로 된 다리.

내가 벽돌로 지었다고 생각했던 지붕은 빨간색으로 간주해도 좋다. 그렇다면, 건물의 외관만이 아니고, 지붕 색깔도, 옛날이나 지금이나 변함없다는 것이다. 아마 같은 건물을 계속 사용하고 있을 것이다.

도시의 모습은 어땠을까. 전쟁 전을 잘 아는 후지무라 씨는 다음과 같이 돌이켜보았다.

"진해는 일본인만의 좁은 시가지로, 해군 관계의 사람들이 대부분입니다. 일반 사람도 해군과 관계되는 일을 하고 있었습니다. 큰 팽나무는 너무 그립습니다. 어린시절, 자주 놀러 갔습니다. 연합함대가 입항했을 때 반드시 군악대가 연주한 것을 기억하고 있습니다."

또한 여기는 꽃의 도시이기도 했다.

"이 도시에 해군이 벚꽃을 심어, 4월이 되면 부산, 대구 등의 도시에서 벚꽃구경을 하기 위해 특별히 편성된 관광열차가 찾아왔습니다. 그 무렵 벚꽃은 진해의 명물이었습니다. 그리고 가을에는 야생의 코스모스가 가득히 피었습니다. 일본의 꽃 핀 모습과 비교할 수 없을 정도입니다."

벚꽃에 대해 말하면, 1945년 이후 한 시기는 일본의 상징이라고 하여 많은 나무가 베어지고 모습이 사라졌다고 한다. 그렇다면, 왜 지금 진해에 벚꽃이 이만큼 피어 있는 것인지 그 일이 궁금해 지기 시작한다. 그 이유에 대해서는 나중에 기술한다.

그런데 도시 중심부에는 어떠한 풍경이 펼쳐지고 있었을까. 마쓰오 씨는 이렇게 회상한다.

"중원로터리를 중심으로 경찰서·우체국·은행 등이 있었습니다. 중원로터리에서 북원로터리로 향하는 큰길에 직면하여 마쓰오박신당(松尾博信堂)이 지어져 있었습니다. 서적·문방구·신문을 취급했고 내가 태어난 곳이기도 합니다.

북원로터리를 왼쪽으로 돌면 헌병대, 진해심상고등소학교가 있고, 조금 더 나가면 해군 부대로 들어가는 문이 있습니다. 우체국 옆을 지나는 큰 도로를 나아가면 읍사무소(현 시청)*가 있고, 진행하는 방향 그 왼쪽에 진해신사(鎭海神社)가 있었습니다. 일본해해전기념탑(현 진해탑)은 중원로터리를 정확하게 동쪽으로 진행하면 긴 계단이 있어, 그곳을 끝까지 올라간 곳에 있습니다. * 읍사무소(현 시청): 현재(2021년)는 아파트 건물이 들어서 있음.

초등학교에는 옛 강당의 외곽이 남아 있고, 그 옆에 25미터의 수영장이 있었습니다. 학생수는 패전 때에는 약 1000명이었다고 생각합니다. 당시의 한 학급 정원은 64명이라고 은사에게 들었습니다."

상점과 학교, 관공서 관련의 건물에 신사. 전반적으로 현대의 일본 마을과 손색이 없다. 그러나 결정적으로 다른 것은 해전기념탑과 헌병대, 해군의 기지가 존재한다는 점이다. 현대는 자위대의 기지가 있기는 있지만, 자위대는 일단 군대가 아닌 것으로 되어 있으며, 헌병대 따위, 지금 있다면 문제이다. 일본이 전쟁을 할 수 있는 나라였다는 사실을 새삼스럽게 깨닫게 된다.

시가지에는 벚꽃 외에도 상징이 있었다. 중심가에 있던 수령 약 1000년이라는 팽나무이다. 앞서 말한 것과 같이, 이것은 개발할 때, 굳이 상징물로서 남긴 것이다.

히노쓰메 씨는 중원로터리의 경치를 뚜렷이 생각해 내어 떠올린다.

"큰 팽나무는 커다란 나무로 가을이 되면 단풍으로 물들었습니다. 이 장소에서 군악대가 연주회를 열거나, 여름방학 아침에는 집단으로 라디오체조를 하기도 했습니다. 아침에 신문이나 우유배달이 있었습니다. 우유는 뜨거운 것을 배달했습니다. 살균을 위해 한 번 데운 것입니다"

여름방학 아침, 큰 팽나무 밑에서 아이들이 라디오체조에 열중하는 그 옆을, 신문이나 우유를 배달하는 자전거가 달리고 있었을 것이다.

한편, 밤의 장막이 내리면, 다른 한 면이 얼굴을 슬쩍 내보이는 것 같다. 요코이(橫井)씨가 "중원로터리 주변에는 택시가 달리고 있어, 밤늦게 영화를 보러 갔다가 귀가할 때 이용했답니다."라고 말할 정도이므로 참으로 평화스러운 모습이다.

진수부가 설치되지 않았기 때문에, 인프라 정비는 천천히 진행되었다. 1926년에는 진해역이 개설되어 철도가 개통, 큰길에는 노선버스와 택시가 달리게 된다. 각 가정에 가스는 들어오지 않았지만 전기는 빠짐없이 골고루 들어와 있었다. 길거리에는 상수도로서 사용되는 공동 수도꼭지가 있으며, 동네에는 주변 일대에 둘러친 폭 약 50센티미터의 하수도 도랑(溝)도 있었다. 큰 팽나무를 중심으로 도시 정비가 착실하게 나아가고 있었다.

이질이 발생한 적도 있었던 쇼와 초기에, 이미 하수도가 정비되어 있었다. 위생 상태는 틀림없이 좋았던 것은 아닐까.

"아니, 그것이 하수를 흘러 보내는 도랑은, 시궁창과 같은 것이었습니다. 예를 들면 양조장의 폐기물을 도랑에 자꾸만 내다 버리고 있다. 오수가 시궁창 되어 도랑이 막혀 버린다, 그러한 위생 상태이므로 장티푸스라든지 천연두가 있었다. 천연두 탓으로 눈앞의 길을 막아서 맞은편의 집들이 격리되거나 해서 '길 하나 막아서 왜 이렇게 차별을 하는지, 똑같이 해라'라며 어린아이처럼 생각했지만요."라는, 다키카와 씨.

예상과는 반대의 대답이다. 미리 계획한 아름다움이 있어도, 그다지 위생적이지 않다는 점에서는 진해도 역시 전쟁 전의 일본의 다른 도시와 다르지 않았다. 그와 같이 유소년 시절을 진해에서 보낸 후지무라 씨는, 가족을 전염병으로 잃었다.

"그 무렵은 이질이 유행했습니다. 어린 아이가 하루 만에 죽는 일이 드물지 않았습니다. 우리 집도 어린 나이에 남동생 두 명을 잃었습니다."

나는 이질이라는 말을 들어도 바로 감이 오지 않는다. 고지엔(広辞苑)사전을 찾아보니 다음과 같이 쓰여 있었다.

"어린이, 특히 유아의 점액 설사가 주 증상인 급성감염증. 이질균의 감염에 의한 것이 많고 고열·경련·구토·혼수(의식불명) 등을 일으킨다. 사망률이 높다. 일본국내에서는 최근에는 거의 보이지 않는다."

1970년 출생의 내가 전염병을 모른 채 어른이 될 정도로, 1945년 이후 일본은 이 병을 철저하게 근절하고 유아기 사망률을 극적으로 내린 것이다. 거꾸로 말하면, 이 시대 보통 때에도 어린이가 병으로 죽는 것이 드물지 않았다. 그러므로 지금 나에게 이야기를 들려준 사람은 모두 전쟁 시대뿐만 아니라 질병의 시대를 살아남은 사람인 것이다.

【위】일본통치시대의 진해시가. 오른편 끝에 중심가의 중원로터리와 시가지의 상징이었던 팽나
무가 보인다. 나무 맞은편에 있는 건물은 우체국으로 현존하고 있다.(『桜友』제2호)
【아래】진해요항부 사령부. 후에 진해경비부 사령부. 이 건물은 전후 한국군이 진해 해군작전사
령부로서 이용. 이것도 현존하고 있다.(『桜友』제2호)
→ 이 건물은 해방 후 한 때 미군이 쓰다가 한국 정부가 인수하여 지금은 진해기지사령부 본관
으로 사용중임. 원저에서는 해군작전사령부로 이용했다고 했으나 구 진해방비대 사령부와 혼동
한 것으로 짐작됨.(번역자 추기)

세련된 관사(官舍)

요항부(후에 경비부가 된다) 안에는 전쟁 전부터 패전 때에 걸쳐 계급에 따라 나누어진 관사가 존재했다. 전후, 소련에 억류된 경험을 가진 1925년 출생의 히로세 씨는 말한다.

"진해의 해군은 소위 진수부에 버금가는 요항으로 경비부라고 부르고 있었던 것 같습니다. 그 우두머리는 경비부 사령관이라 하여 해군 중장(中將)이었다. 그 아래 공작부, 경리부, 시설부, 인사부 등이 있고, 그 부장(部長)은 해군 대령입니다. 또 진해 해군항공대가 1935년 무렵에 생겨, 초대 항공대 사령에 해군 소령인가 중위로 이치마루 리노스케(市丸利之助) (이오지마, 硫黄島에서 전사. 루즈벨트 앞으로 보낸 편지를 쓴 것으로 전후 유명해짐)가 부임하였다. 그 장남과 저는 동급생이었으므로, 1년 조금 책상을 나란히 하고 있었다.

당시 해군 장교는 일반 서민과는 다른 구획된 곳에 살고 있었습니다. 관사는 갑호, 을호, 병호, 정호라 부르며 계급에 따라 나누어져 있었다. 갑호는 통상 대령이상, 을호는 소령·대위 등, 병호는 소위, 정호는 부사관장들이 거주하고 있었습니다.

또 진해 헌병대라는 곳이 있어 군인은 물론, 일반 주민을 엄격하게 감시하고 있었다, 요항부에 근무하고 있는 군속이라도 다른 인사부 등에 근무하고 있는 사람이라도 그 구획에 있는 진해 시설에 들어갈 때에 필요에 응해 위병소에서 소지품 검사도 받았습니다."

위병소에서는 '호초토레(歩調とれ)'(발맞추어 행진하라는 의미)를 하고 경례하고 통과하고 있었다고 하니까 긴장감이 감도는 장소였던 것 같다. 역시 군사시설인 만큼 마을에 사는 일반인은 특별한 일이 아니면 인연이 없다고 생각해도 좋을 것이다.

오토나리 씨도 군수부에서 일하는 아버지를 방문할 때 이외는 안에 들어갈 수 없었다.

오츠보씨가 기억하고 있는 것은 전쟁 때의 이런 광경이다.

"우리집은 가게를 하고 있어서 누나와 배달을 하러 간 적이 있습니다. 을호관사에 가기까지 검문을 통과할 필요가 있습니다. 나무감찰(鑑札)을 갖고 가면 관사에 들어갈 수 있었습니다.

배달하는 곳은 너무나 훌륭한 집이었습니다. 집의 뒤쪽 출입구를 돌아가면 그 집 에 사는 사람이 기모노 모습으로 나왔습니다. 그 무렵은 전쟁 중이었으므로, 몸뻬모습이 당연했는데 말입니다. 거실의 부엌(마루방)이 대단히 넓었던 것을 기억합니다. 그 집에 사는 사람이 마루바닥 아래의 뚜껑을 열며 '집안 일을 잘 도우시는군요. 이것하나 드세요'라며 과자를 주셨습니다."

고노 씨는 진해의 사령장관 일가족과의 교류가 있었다.

"초등학교 담임인 기시모토(岸元) 선생님의 소개로 츠카하라 니시조(塚原二四三)사령관의 아들 지로(次郎)군의 친구가 되었습니다. 츠카하라 씨는 진해의 소위 최고 높은 귀인입니다. 한쪽 팔밖에 없었던 것은 폭탄으로 날아갔기 때문일까요. 나는 그 사람으로부터 대단한 귀여움을 받아서 저택에 자주 놀러갔습니다. 표주박 같은 연못이 있고 '너 헤엄쳐'라고 말하면 나는, 알몸으로 헤엄쳤다."

저택이란 관저를 말하는 것이다. 그것은 기지의 한 모퉁이에 있었고 넓은 정원이 있는 진해 제일의 고급주택이었다.

요항부 관사는 이와 같이 해군의 조직과 소속 계급이 그대로 반영되어 있었다.

제6장

잠깐 동안의 평화

'사시오사에(압류)'와 '겟코오(결항)'

　기지(基地) 밖에서는, 일반 사람은 어떤 생활을 보내고 있었을까.

　"매일, 아주 '절약함'의 정신으로 살았습니다. 그것이 사회의 상식이었던 시대이므로, 검소했던 것은 틀림없는 사실입니다."라고 마쓰오 씨는 돌이켜 본다.

　그렇다고는 하나, 마쓰오박신당은 부유한 편이 아니었던가.

　"주거하는 곳에는 9개 방이 있었고, 정원은 뒤쪽 거리까지 펼쳐져 있고, 거기에는 분수가 달린 연못이 있었습니다. 여동생은 4명(귀환 후에 다시 1명이 태어남) 있었습니다만, 아들은 나 혼자이므로 아주 귀하게 컸습니다."

　아직 쇼와(昭和)초기라고 하는데 사진이 많이 있는 것으로 보아도, 얼마나 유복했는지 미루어 짐작할 수 있다. 검소하고 절약했기 때문에 부유하게 되었다고 말할 수 있을 지도 모른다.

　초절구(初節句)* 무렵 사진관에서 찍힌 사진이 한 장 있다. 생후 3

개월 정도의 혈색이 좋은 토실토실한 아기인 마쓰오 씨가 소나무 무늬를 넣은 기모노(着物)에 감싸여 턱받이를 하고 있다. * 초절구(初節句, 하쯔셋쿠): 태어나 처음 맞이하는 행사로 갓난아기가 건강하게 성장하도록 기원하는 명절(일본)로 여자 아이는 3월 3일, 남자 아이는 5월 5일에 함.

또 만개한 벚꽃과 도시를 흐르고 있던 소야가와(征矢川)* 도키와바시(常盤橋)를 배경으로, 나무로 만든 개 모양의 장난감을 끌어당기고 있는 사진(다음 쪽), 손발이 움직이는 셀룰로이드 인형을 손에 들고 있는 사진, 야구 글러브를 가진 초등학교 시절의 사진도 남아 있다. * 현 여좌천을 일컫는 말.

마쓰오 씨는 책을 손에 넣는 것에도 고생은 없었다. 파는 책을 읽을 수도 있었고, 문방구는 다른 아이처럼 조르지 않아도 '(보관되어 있는 것을) 내려줘'라고 말하면 손에 가질 수 있었다.

"서로 알고 지내는 아주머니는 '와카사마(若樣, 도련님)'이라고 귀여워해 주셨다."고, 마쓰오 씨는 말한다.

조부와 모친은 계산대를 담당하고, 조모는 가사를 요령있게 잘했다. 아버지는 배달이나 수금에 나가는 한편, 계산대를 맡는 적도 있었다. 그 외에 조선인 고용인이 늘 5명 정도가 집에서 먹고 자면서 일하고 있었다.

"남자 고용인은 본래, 고조(小僧, 심부름꾼)라고 불러야 하는데, 왜 그런지 모두 반토(番頭, 지배인)로 부르고 있었습니다. 여성은 15살 전후의 '스나'(미혼 고용인)와 '오카미상'*이 있었습니다. 남자 고용인들의 일은 주로 신문배달입니다. 당시부터 아사히신문과의 경쟁은 치열했습니다." * 오카미상: (요릿집, 여관, 상점 등의) 여주인이나 여성지배인을 일컫는 말.

오사카마이니치신문·부산일보의 전매점이기도 했던 박신당에게 있어, 오사카아사히신문은 라이벌이다.

후쿠오카의 모지(門司)에서 인쇄된 신문이 관부(關釜)연락선으로 부산에 운반된다. 부산에서 진해까지는 맨 처음에는 배로, 철도가 개통하자 열차로 운송되게 된다. 각 지사의 배달원이 부두나 역까지 도착한 신문을 가지러 간다. 마쓰오박신당의 경우, 그 역할은 조선인 반토들이 맡았다. 덧붙여서 그들이 입고 있던 '제복'은 핫피(法被)*와 머리를 동여맨 흰색 수건이었다. * 핫피: 상호가 찍힌 겉옷

매일 아침, 얼마나 빨리 배달하는지를 다른 업소와의 서로 경쟁하는 공방(攻防)이 있었다. 오사카마이니치신문과 오사카아사히신문의 배달원은 도착한 신문 다발을 가지러 매일 아침 진해역으로 향한다. 서로 라이벌을 찾아내면 배달을 자유롭지 못하게 활동을 방해했다. 배로 운반되던 시절에는 서로를 바다로 밀어 떨어뜨리고, 철도가 개통하고부터는 역 앞의 벚나무에 핫피의 허리띠로 동여매었다.

신문배달을 하는 아버지 마사미(正巳)나 종업원들 핫피의 깃에는 '오사카마이니치(大阪每日)신문'의 글자. '오사카마이니치신문'은 나중에 마이니치(每日)신문이며, 당시부터 이미 대신문의 하나로서 압도적인 구매부수를 자랑하고 있었다. 현재 판매 부수 톱을 자랑하는 요미우리(読売)신문은 당시, 아직 독자수가 적은 지방 신문이었다.

시가지 중심부에는 거의 일본인밖에 살고 있지 않고, 배달하는 것은 일본어 신문뿐이었다. 당시, 영화관 등의 갱지 단색 인쇄의 끼워넣기 광고를 신문에 접어 넣고 있었는데, 남으면 박신당에서는 변소(便所)의 화장지로 사용했다고 한다.

【위에서 시계 방향으로】
【위】유아기의 마쓰오 씨. 육촌 형제인 가와나미 야스히코(川浪保彦) 씨와 놀고 있다. 진해시가를 흐르는 여좌천의 가장자리에서, 1933년 촬영.
【오른쪽 아래】신문배달부 차림새로 기념 촬영하는 마쓰오 씨의 친척.
【왼쪽 아래】마쓰오박신당에서 기거하며 일하고 있던 조선인 반토. 핫피가 생긴 기념으로 촬영했을 것이다(아래 쪽 사진 두 장 다 쇼와 초기 촬영)

마쓰오박신당은 격렬한 경쟁을 누르고, 신문 확장의 업적 톱(서부 본사 관내)에까지 올랐다.

"업적 1위의 원동력이 된 최고참 고용인인 아오야마 초키치(青山 長吉) 씨는 대단히 열심히 일하는 사람으로 조부나 조모에게 사랑받고 있었다."고 마쓰오 씨는 회상한다.

"역에서 운반해 온 신문을 가지런히 헤아리는 소리가 하루를 시작하는 신호였습니다. 신문이 오지 않거나, 배달도 할 수 없는 일이 여러 번 있어, 그 때 우리집에서는 '사시오사에'와 '겟코'라는 말이 돌아다니고 있었습니다. 어렸을 때는 의미를 몰랐는데 귀환 후 그제야 알아차렸습니다. 군에 의한 '압류'와 모지(門司)에서 인쇄되어 운반해 오는 부관연락선의 '결항'이었습니다."

호외에 해당하는 마이니치신문 특보를 가게 앞에 내걸거나 붙이는 일도 있었다.

"큰 뉴스가 있으면 신문사에서 전화로 알려줍니다. 그 내용을 아버지가 붓으로 써 가게 앞에 게시했습니다. '고이소내각 총사직(小磯内閣総辞職)'과 같이 말입니다. 이 때의 속보는 그 후 바로 발표가 압류되어 흰 종이로 가린 것을 기억하고 있습니다."

출입하는 인물도 마쓰오 씨는 기억하고 있다.

"마이니치신문 진해통신부의 기자도, 조부가 좋아해서 목욕하러 오거나 가게 전화로 회사에 구두로 취재내용을 전하거나 지시를 받는 일을 자주 목격했습니다."

일하는 모습의 한 부분을 때때로 눈으로 보고 있었기 때문인지 마쓰오 씨는 신문기자를 동경하게 된다. 그러나 조모는 '그와 같은 야무지지 못한 직업은 안 된다. 의사가 되어라'고 상대방을 배려하

【위】초기에 이주한 가와나미가(川浪家), 마쓰오가의 벚꽃놀이. 오른쪽에서 세 번째는
가와나미 부인. 네 번째가 마쓰오 씨의 조모 누이(ヌイ), 한 사람 건너 학교 모자를 쓴
마쓰오 씨, 왼쪽에서 세 번째 사람은 가와나미 진이치(川浪甚一)
【아래】해군 수병과 조선의 양반으로 가장한 남성. 수병에게 술을 따르고 있는 사람은
마쓰오 씨의 어머니 하루에. 여관에서의 접대 풍경을 사진관에서 재현한 것
(모두 다이쇼(大正)초기 촬영)

는 마음이 없었다.

그 외에는 거래하는 업자도 출입하고 있었다.

"내지에서 정기적으로 찾아오는 '오로시야상'이라는 사람들이 있었습니다. 상품의 도매상인입니다. 그들 중에 니가타(新潟) 나가오카(長岡)의 쇼잔도(松山堂)라는 붓·먹 도매상이 있었습니다. 『沼博二(누마덴지)』씨라는 사람이 가장 기억에 있습니다. 누마(沼) 씨는 조선 일원을 돌아다녔다고 하니까 이름이 알려진 도매상인이었겠지요. 나를 근처의 치요가하마라는 해수욕장에 데리고 가주기도 했습니다."

본가가 부유하고, 애지중지 자라서, 많은 사람들이 모여든다, 그런 혜택받은 생활을 해왔던 것에 대한 죄악감(罪惡感)같은 것이, 나에게 이야기를 전하는 사람으로서 친구 3명을 추천했던 이유였을까.

각자 나름의 소년시대

초등학교 2학년의 3학기까지 진해에 있었던 노자키 씨의 소년시절은 어땠을까.

"진해는 좋은 곳이었습니다. 계절과 기후도 좋고요. 초등학교 1학년인가 2학년 때 중일전쟁(지나사변)이 시작되었습니다. 지역에서 출정병이 자주 나가므로 깃발을 들고 역까지 배웅하러 갔습니다.

우리 집은 해군시설 안에 있는 일본주택이었습니다. 그 후 이사한 흥남에서는 벽돌로 만든 주택이었지만, 진해는 집이 목조주택이었습니다. 따뜻하기 때문에 벽돌로 할 필요가 없습니다. 주위에 있었던 좌관급(대좌·중좌·소좌)의 관사는 호화저택이라고는 말할 수 없어도 훌륭한 집이었습니다. 하사관의 집은 100퍼센트 보통의 일본 가옥이었습니다."

노자키 씨는 병약하지만 자유분방한 아이였다고 한다.

"아무 집이나 겁내고 두려워하지 않고 들어가는 호기심 꾸러기였습니다. 방과 후, 관사가 늘어서 있는 지역을 뛰어 들어갔다가 동네로 돌아오고, 진해의 구석구석을 걸었습니다. 가부토야마 정상에 있는 일본해해전기념탑에는 늘 올라갔습니다.

메이지 태생인 어머니는 태어나 자란 후쿠이의 다케후 마을에서 혼자인가 두 사람인가 다녔다는 여학교를 졸업했다. 『소년구락부(少年俱楽部)』인가 사 주었던 것은 모친의 덕분, 그 시절의 잡지란 돈이 들었으므로 동급생은 살 수 없었다, 마쓰오는 책방의 아들이라 예외입니다. 그 무렵 나는 병약해서 『아 무정(ああ無情)』이라든가 어머니가 사주었다. 세계명작 이야기를 자주 읽었다. 소학교부터 중학교 시절은 소설만 읽었다. 몰두했습니다. 마쓰오박신당에 가서 마쓰오가 갖고 있던 책을 읽은 적도 자주 있었습니다."

고노 씨는 부친이 시작한 일을 돕고 있었다.

"진해에 이주한 후에도, 아버지는 바로 일을 시작하고자 하지 않았다. 손수 만든 장대로 낚시를 즐겼다. 내가 초등학교에 입학할 무렵, 아버지는 간신히 일을 시작했습니다. 대중목욕탕. 가게는 가부토야마에 있는 진해신사의 바로 밑에 의젓하게 자리잡았습니다. 해군에게 있어 담수(眞水)라는 것은 보물입니다, 선상에서의 생활이 중심인 해군들이 아낌없이 담수를 사용하는 사치를 해보고 싶다고 청하는 것입니다. 그런 점에서 해군을 그만둔 사람에게 대중탕 영업자가 많았던 것 같습니다. 아버지도 그 한 사람입니다.

나의 일과는 목욕탕 물긷기였습니다. 욕조가 가득찰 때까지 발로 밟는 펌프로 물긷기를 했습니다. 형과 함께 했지만 힘든 작업이었습니다. 덕분에 다리와 허리는 강해졌고, 정신력도 길러졌습니다. 그렇지만 아버지는 물에 엄격하기만 합니다. 수도꼭지에서 물방울이 똑똑 떨어지는 것만으로도 많이 맞았습니다. 가끔 계산대를 맡기는 일도 있었습니다. 손님 중에는 요리점에서 일하는 젊고 예쁜 부인도 있어, 덕분에 나는 일찍 성에 눈떴습니다."

고노 씨가 가끔 성(性)에 관한 화제를 섞은 농담을 하는 것은 어렸을 때 카운터에 앉아 목욕탕 내부를 잘 아는 경험 탓인지도 모른다.

부산에 살고 있던 고가 씨는 어땠을까.

"부산 옛 시가지의 서쪽, 경상남도 도청 뒤에 아버지가 몇 채의 집을 빌리고 있었습니다. 부민초(현재의 서구 부민동, 부산역에서 약 2킬로미터 거리에 있다)입니다. 소학교에 들어가기 전에는, 번화가 부근의 인쇄소 근처에 살고 있었습니다. 부산 시내도 부민동도 일본인투성이로, 조선인은 아버지의 지인인지, 장사하는 아주머니 정도였으므로, 한글 간판은 없었습니다. 그러나 큰 시장에서 생선과 쌀을 팔고 있는 상점주인과, 지게라는 나무로 만든 등에 메는 도구와 소달구지(牛車)로 짐을 나르는 조선인의 모습이 때때로 있었습니다."

고가 씨는 굳이 말하자면 내향적인 아이였던 것 같다.

"아버지에게 엄하게 가정교육을 받았습니다. 우리 아버지뿐만이 아니고 사회 전체라고 말해도 좋을까요. 나는 얌전한 아이였습니다. 공부는 잘했으며 그림을 그리는 것도 좋아했습니다."

고가 씨가 그림그리는 것을 자신있어 했던 것은 부친의 직업을 실제로 보고 있었기 때문일 것이다.

"아버지는 납결(臈纈, 蠟纈)염색의 새로운 방법을 모색하면서 염색에 의한 회화(繪畫) 작성이나 도안 작성, 병풍, 노렌(포렴)*, 핸드백 등의 제작 판매를 하고 있었습니다. 조선에서 『日展』에 해당하는 『朝展』에 매년 출품하고, 제자들의 지도도 하고 있었습니다. 디자인은 조선의 전통공예로부터 받아들이고, 조선의 미술품 수집도 열심히 하고 있었습니다. * 노렌(포렴): 상점 입구의 처마 끝 등에 치는 막.

제자나 도와주는 조선인이 몇 사람 출입하고 있었습니다. 하지만, 학교에서 돌아와 노는 친구는 일본인뿐으로, 급우나 근처의 아이들입니다. 깡통차기, 연날리기, 병정놀이 등을 했습니다."

그렇다고 하더라도, 조선인과 전혀 교류가 없었던 것은 아니다.

"일요일에 기독교 교회에서 일요학교를 하고 있어, 아버지의 권유로 여동생들을 데리고 갔습니다. 여기에 조선인 아이도 있었던 느낌이 듭니다. 위화감 없이 함께 그림연극의 설교를 듣고 게임을 하고 찬송가를 부르기도 했습니다."고 회상한다.

잠깐 동안의 평화

마쓰오 씨보다 1학년 아래인 다키카와 씨의 집은 어떤 일을 하며 생계를 꾸려 나갔을까.

"우리집은 사진관이었습니다. 요항(要港)이라는 장소 이름도 있어 해군 관계자의 손님이 많았습니다. 우리 아버지가 술을 좋아해서 술꾼들이 모였습니다. 특히 해군 일행들이. 술을 마시지 않는 검문소 보초병까지 자주 놀러왔습니다.

집에서 50미터 이내에 술집이 4채나 있었다. 담 넘어 몰래 파는 가게도 있어 술 사기에 어렵지는 않았다. 당시는 달라는 양만큼 재서 팔았으니까요."

다음은 오츠보 씨의 이야기이다.

"본가는 일부 식료품을 파는 가게를 했습니다. 처음에는 나니와 탕이라는 대중목욕탕 맞은편에서 야채나 과일을 팔았습니다."

시가지와 떨어진 곳에서 중심부 도모에초(巴町)로 이사온 것은 초등학교 2학년인가 3학년 때였습니다. 여좌천의 바로 옆에 있었습니다. 도모에초 동네로 이사한 무렵은 해군 가족 쪽의 손님이 늘어 해군어용(海軍御用)상인이 되었습니다. 군수부에 물품을 가지고 갔습니다.

취급한 것은 여러 가지 과일, 야채에서부터 통조림 종류, 술, 간장 등, 전쟁이 시작되기 전까지는 상점에는 넘칠 정도의 물건이 있었습니다. 도시락 위에 얹기도 하는 양념 김은 가게 중앙에 두었습니다. 네모난 커다란 병에 한 다발 두 다발 팔고 있었습니다. 간식 대용으로 된다며, 아버지 눈을 피해 먹었습니다.

통조림은 파인애플이나 밀감에, 생선, 게도 있었습니다. 소풍 때는 게 통조림입니다, 너무나 맛있었습니다. 사과는 대구에서 아버지가 사들이고 있었습니다. 학교에서 돌아오면 흠이 난 사과에 소금을 쳐서 먹던 일이 생각납니다. 당시 바나나는 귀중해서 아플 때 한 개씩 먹을 수 있었습니다. 바나나를 가게 문 앞의 가장 눈에 잘 띄는 곳에 장식해 두었던 것이 어린 나에게도 자랑이었습니다."

역시 해군과 깊이 관계를 맺는 것으로, 생활이 이루어지고 있었다.

요코이 씨는 이렇게 술회한다.

"조부가 건축 관계로, 진해에 공립고등소학교를 짓기 위하여 돈을 기부했다는 것으로 천황陛하로부터 술잔(술잔 3단, 미츠가사네)을 받고, 정월에 그 술잔으로 가족이 축하를 했습니다. 조모는 이케노보(池坊) 유파*의 꽃꽂이 선생님, 아버지는 진해해군경리부의 수지(收支)주임으로 근무했습니다. * 이케노보(池坊) 유파: 일본 꽃꽂이 유파의 하나.

집 목욕탕 창 너머 멀리 도고 원수(東鄕 元帥)가 지었다는 하얀 기념탑이 바로 보였습니다. 해군 운동장 근처에는 코스모스 밭이 있어, 분홍색 속에서 빨간 색 꽃을 찾기도 했습니다.

집의 대문에는 장미가 피고 지고 했습니다. 그 외 조모는 딸기도 기르고 있었습니다. 집에는 스나(미혼 여성)짱이 두 사람 있었습니다. 이 밖의 조선인과의 교제는 없습니다."

요코이 씨의 조부는 소학교 건설에 기부할 정도이므로 생활에 어느 정도 여유가 있었을 것이다. 가사 도우미인 조선인, 장미가 가득 핀 대문, 목욕탕에서 보이는 자랑스러운 기념탑과, 어느 것을 보아도 우아한 광경이다.

그들의 소년 소녀 시절은 쇼와 10년대 전반. 이로부터 약 10년 후에 귀환하게 되리라고 어느 누가 예측했을까. 일본인은 이때, 잠깐 동안의 평화를 누리고 있었다.

제7장

전쟁 전야

모두 표준어

1938년, 마쓰오 씨와 고가 씨, 고노 씨, 노자키 씨는, 진해심상고
등소학교에 입학한다.

전교 아동 모두 합하여 800에서 1000명, 교사와 아동 모두 일본
인이었다. 1학년은 2개 학반이며, 두 반 모두 남녀 혼합이다. 한 학
급당 64명. 빈부의 차는 아주 심했던 것 같고 신발을 신지 않고 등
교하는 아이도 있었다.

선조 대대로 이 땅에 뿌리를 내리고 살아왔던 일본인은 당연히
없었다. 규슈(九州)에다 호쿠리쿠(北陸), 산요(山陽) 등 출신지는 여기
저기였다. 전교생이 타지역에서 온 학생이니까, 외부에서 온 아이
는 따돌림을 당하는 일이 어디에나 있는 일이라고 생각하고 있었지
만, 진해에서는 일어나지 않았다. 일어나지 않았다고 할까 일어날
것 같지가 않았다. 마쓰오 씨는 말한다.

"중이염 치료를 위해, 나는 입학이 늦었지만, 따돌림을 당하는 일

은 없었습니다. 유치원 시절의 친구들이 많이 있었기 때문입니다. 진해라는 도시의 지역성도 크게 영향이 있을지도 모릅니다. 모두 표준어를 사용하기도 하고요."

그와 똑같이, 다키가와 씨도 말한다.

"진해 주변은 모두 그런대로 표준어를 사용하고 있었습니다. 나도 그 무렵은 표준어였습니다. 사세보 근처에서 온 군인 자녀는 조금 달라, 표준어를 말할 의도로 말끝에 『~たい(다이)』를 붙여 말했습니다."

일본이 진해의 도시를 개발하기 시작한 것이 러일전쟁 후의 일. 마쓰오 씨 지인들이 소학교에 다니기 시작했던 것은 1930년대 후반이므로, 당시, 개발 초기에 이주해 오기 시작한 사람이라도 30년 남짓 밖에 지나지 않았다. 게다가 군사도시는 사람들의 들어오고 나가는 일이 상당히 많다. 그러한 사정으로 고유의 지역문화나 가치관이 생기기 어려운 것은 아닐까. 당시 황민화 교육의 일환으로 방언이 금지되었지만, 진해의 어린이들이 표준어를 말하고 있었던 것은, 이 도시의 성립과 관계가 있었기 때문인지도 모른다.

몸에 철저히 주입된 나날들

학교의 문을 통과하면, 니노미야 긴지로(二宮金次郎)의 동상이 눈에 들어온다. 학생은 매일 아침, 학교 건물에 들어오기 전에 봉안전 앞에서 최경례를 한다. 이것은 입학하여 철저하게 가르침을 받는 최초의 일이다.

봉안전 안에는 '교육칙어'*와 천황과 황후의 사진이 소중하게 모셔져 있었다. '교육칙어'의 의미를 갓 입학한 어린이에게 가르쳐도 이해할 수 있다고는 생각할 수 없다. 이해시키기 이전에 매일 동작을 통해 습득 능력이 높은 어린이 몸에 철저하게 주입시켰다고 생각하는 것이 자연스럽다. 장래, 군인이 되어 나라를 위하여 죽는다, 고 생각한 어린이는 적지 않다. 이와 같은 행동을 나날이 포개어 쌓는 것으로 그 사상이 길러져 갔을 것이다. * 교육칙어(教育勅語): 1890년 일본 메이지 천황이 천황제에 기반을 둔 교육 방침을 공표한 칙어로 일본 국민의 정신적 규범으로 전시 중에는 유효, 1947년국회에서 무효 결정이 되었음.

수업에는 국어·산수·이과(理科)·국사(전후의 日本史에 해당한다)·지리·체조·무도(武道)·음악(창가, 唱歌)·습자(習字)·수신(修身) 등이 있고, 기본적으로 전 과목을 담임이 혼자서 가르치고 있었다. 1945년 이후와 가장 다른 점은 수신(修身) 수업이 맨 처음 과목으로서 존재했던 것이다. 천황에의 충성심을 기르고, 어린이들을 육해군의 군인이나, 후방을 지키는 여성으로서 기르는 것이 첫째 목적이었다. 학교 강당에 천황·황후의 사진이 있었던 것도 그 때문이다.

설날(간지츠, 元日), 기원절(기겐세츠, 紀元節, 2월 11일), 천장절(텐초세츠, 天長節, 4월 29일), 명치절(메이지세츠, 明治節, 11월 3일)이라는 4대 명절의 날에는, 아동을 학교에 등교시켰다. 그 날은 강당에서 교장에 의한 '교육칙어'나 '청소년에게 보내주시는 칙어(靑少年學徒ニ賜ハリタル勅語)'(쇼와 14년부터)의 봉독(奉讀)이 있었다.

교직원 및 아동은 천황·황후의 사진 앞에 상체를 앞으로 굽힌 상태로 바로 서지 않으면 안 된다. 교장이 절(節, 가락)을 붙여 공손하고 정중한 어조로 봉독하는 중에는, 삼가 듣는다.

"짐이 생각하기를 우리 황실의 선조가 나라를 시작하신 것은 먼

아주 옛날의 일로 대대로 쌓아왔던 덕은 깊고 두터운 것이었습니다…….(朕惟フニ我ガ皇祖皇宗國ヲ肇ムルコト宏遠ニ德ヲ樹ツルコト深厚ナリ…….)"

"……천황 서명과 인(……御名御璽)"으로 교육칙어는 종료하지만, 끝나자마자, 강당에는 언제나처럼 반드시 콧물을 훌쩍이거나 기침 소리가 여기저기서 들렸다고 한다. 받들어 읽을 때에는 소리를 내면 일본 황실에 대한 무례함과 불손함을 이유로 벌을 받은 일도 있었다는 것 같다. 그 후 '기미가요'를 다 같이 부른다.

수업 중에는 군사작전을 위해 목숨을 바친 군인의 미담도 철저히 가르쳤다. 청일전쟁 중, 죽어도 나팔을 놓지 않았다는 나팔수인 기구치 고헤이(木口小平)나, 러일전쟁의 "군신(軍神)" 히로세 다케오(広瀬武夫) 中佐(중좌)는 스토리나 창가(唱歌)가 되어 교과서에 게재되었다.

"국사(国史)의 맨처음에는 신초쿠(神勅)*가 실려 있었습니다. 이것은 아마테라스 오오미카미(天照大神)가 황손(皇孫), 니니기노미코토(瓊瓊杵尊)를 일본 땅에 내려보낼 때에 야타노카가미(八咫鏡, やたのかがみ)와 함께 주셨다는 말씀이라고 배웠습니다. 즉 국사 교과서의 최초에 신화가 실려 있었습니다. 그리고 역대 천황 124대를 강제로 외우게 했습니다. 『황국신민의 서사(皇国臣民の誓詞)』는 소학교와 여학교에서 조례 때 암기하여 소리내어 읽게 했습니다. 외지(外地)에만 했던 것 같고, 내지(內地)에서 온 전학생에게 물어보니 '그런 것은 모른다'고 말했습니다."라고 이야기하는 사람은 사와다 씨이다.

* 신초쿠(神勅) : 신의 계시. 아마테라스 오오미카미가 (니니기노미코토)를 아시하라의 나라에 내릴때 신보(神宝, 야타노카가미)와 함께 내린 말.

히노쓰메 씨는 "매일 '우리들은 황국신민의 서사로----'라며, 맹세를 말해야만 했습니다. 당시, 애국 백인일수＊의 시구(詩句)도 외우게 했습니다. 정월에 '애국 ---'로 쓰기 시작했습니다."고 회상한다. ＊ 백인일수(百人一首, 햐쿠닌잇슈): 100명의 와카 작가의 和歌(와카= 일본 고유 형식의 시가(詩歌) 총칭)를 한 수씩 뽑아 모은 것.

갖가지 수단으로 일정한 체계에 따른 빈틈없는 교육에 의해, 국가는 아직 철도 제대로 들지 않은 나이의 어린이들을 감화(感化)하려고 했다. 이 방식에 관해서는 북한의 교육과 많이 닮아 있는 것 같은 느낌인데 잘 모르겠다.

"사고방식이라는 건 교육이 영향을 주는 것이지요. 우리들도 '25살 정도에 죽을 것이다. 우리들도 싸우지 않으면 안 된다'고 생각하고 있었습니다. 분위기에 휩쓸렸던거지요."

라고 말하는 히노쓰메 씨의 이야기를 듣고, 세뇌(洗腦)라는 말이 뇌리를 스쳤다.

아무리 그렇다고 해도 호기심에 지고 마는 것이 어린 아이다.

노자키 씨는, 초등학교 3학년 때, "천황폐하의 사진을 밟으면 다리가 구부러진다."고 부모에게 주의 받았는데도 불구하고 시험 삼아 밟은 적이 있다.

"모친에게 '다리가 구부러지지 않았다.'고 보고하자, 모친은 어떻게 답했다고 생각합니까? '네가 밟은 후, 내가 빌었던 덕분이야.'라고 말했다고 합니다. 그리고 니노미야 긴지로의 동상에 기어올라가 무엇을 읽고 있는지를 확인한 적도 있었습니다. '충효(忠孝)'라는 두 글자가 쓰여 있었습니다."

군국주의로만 치우친 시대에도 이러한 자유분방하고 어디까지나

순수한 어린이가 있다니, 조금은 마음이 안심이 된다.

그러나 그 때문에 눈에 띄고 만 상황도 있다.

"5학년 무렵일까. 4인 1조로 거적으로 만든 담가*를 사용하여 흙을 운반했습니다. 흙을 운반한 후 교대로 담가를 탔다가 선생님께 들켰습니다. 그런 이유로 학교에서는 자주 맞았습니다. 언제나 손바닥으로 뺨을 때리지만 언젠가 슬리퍼로 맞게 되었습니다. 심할 때는 1시간이나 계속 맞은 적도 있습니다." * 담가(擔架) :천 따위의 양쪽 끝에 긴 채를 대어 앞뒤에서 두 사람이 맞들고 다니도록 만든, 사람이나 물건 따위를 실어나르는 기구.

무슨 말을 들으면, 겸연쩍음을 감추기 위해 빙긋 웃어버리는 버릇이 교사의 신경을 거슬리게 했는지도 모른다.

"소학교 2학년까지 보낸 진해에서는 체벌을 받는 일은 없었다. 그런데 흥남으로 이주하여 학교가 국민학교로 개칭되고부터는 늘 었습니다."

학생에 대한 체벌은 젊은 교사들의 포인트 올리기에 이용되는 일도 있었다. 교장이 옆에 있으면 잘 보이려고 평소보다 요란하게 때렸다고 한다. 어른들 제멋대로의 상황에 따라 따끔한 맛을 당하므로 아이들은 참기 어려웠을 것이다.

더구나 모친이 학교에 호출되면, 집에서는 반드시 아버지의 주먹을 얻어맞고 마는 것이었다.

체벌교사

체벌에 관해서의 증언은 그 외에도 있었다. 오토나리 씨는 이러한 일을 기억하고 있다.

"당시, 전원 참가하는 해양소년단이라는 것이 있었습니다. 6학년 해양소년단으로 담당인 후쿠다선생님으로부터 당치도 않게 많이 맞았습니다. 누군가가 복도에서 검도의 얼굴 방호구를 차서 날린 것을 운 나쁘게 선생님이 지켜보았습니다. 선생님, 화가 나서, 연습이 끝나고 줄을 서있을 때 '방호구(防具)를 걷어찬 놈은 앞으로 나와!'라고 했습니다. 하지만 아무도 나가지 않았습니다. 나는 급장도 뭐도 아무 것도 아니었지만 앞으로 나갔습니다. 선생님은 내가 아닌 것을 알고 있었음에도, 그래도 나를 죽도(竹刀)로 실컷 두들겨 팼습니다."

"한번은, 몇 명인가가 땡땡이치고 우리 집에서 숙제를 했습니다. 그랬더니 누가 고자질을 했는지는 모르지만 해양소년단 선생님이 데리러 왔습니다. '이제 큰일났다.'고 생각했습니다. 이 해양소년단 선생님은 한 명씩 '잘못했습니다.' 사과하게 하고, 이것만으로는 끝나지 않을 거라고 생각했더니, 예상한 대로입니다. 교실에 가서는 '이빨 다물어.'라고 말하며 두들겨팼다, 땡땡이친 녀석들 모두 손바닥으로 뺨을 맞았지. 스물 다섯 대까지는 기억하고 있습니다. 옛날 군대시절과 같습니다. 이미 군국주의가 전성기에 들어간 시기이니까요. 우하하하."

오토나리 씨는 스스로 자기를 비웃듯이 웃어넘겼다. 아직 이야기는 계속된다.

"학교에서 선생님이 때리는 일은 특별하지 않았습니다. 숙제를 전혀 해 오지 않는 녀석은 하루종일 맞았습니다. 선생님, 마지막에는 군화를 개조하여 만든 슬리퍼를 준비하여, 그런 것으로 맞으면 상처투성이가 됩니다. 깜짝 놀랐습니다."

"그런 시절이었다."고 말해버리는 것은 간단하지만, 현대의 감각

마쓰오 씨와 오토나리 씨가 참가하고 있었던 해양소년단.
소년들은 원영(遠泳)등을 통해 심신을 단련할 수 있었다. 뒤에는 해군경비부 사령부가 보인다.

에서 보면 상식의 궤도를 벗어나고 있다.

전쟁놀이

남자아이들은 방과 후가 되면 해군운동장이나 공터에서 놀았다. 깡통차기나 말타기에 열중하고, 밤까지 유리구슬치기 등을 하는 어린이도 있었다. 정구(庭球) 공을 사용한 '삼각 베이스'(야구를 간단히 한 공놀이)나 도지 볼도 유행했다. 오코우치 덴지로(大河内傳次郎)의 『단게사젠(丹下左膳)』이나 아라시 칸주로의(嵐寬壽郎)의 『구라마텐구(鞍

馬天狗)』 따위의 시대활극 영화의 영향도 컸고, 보자기로 두건을 쓰고 칼싸움 놀이에 열중하는 어린이도 드물지 않았다. 당시 후타바야마(双葉山)가 69연승을 기록하고, 매년 활약 중인 씨름꾼이 진해에 찾아오는 일도 있어, 스모(相撲)도 한창 유행했다.

세상의 형세를 반영한 '전쟁놀이'라는 놀이도 있다.

"우리집 뒤에 있던 대나무밭에 로프를 쳐서 판자 조각을 갖고 와 참호(塹壕)같은 것을 만들었다. '척후(斥候) 갔다와'(적군의 상황이나 적지의 지형 따위를 몰래 살핌) 따위도 말하면서 또래에게 명령하고 했지. 땔나무를 우물 정(井)자 모양으로 말리고 있었는데도 그것을 무너뜨리고 참호로 만들어도 어른들이 말없이 봐주었다."고 다키가와 씨는, 개구쟁이 소년시절을 회상한다. '일본 편'과 '중국 편' 혹은 '일본 편'과 '러시아 편' 등의 2개 집단으로 나누어, 제각기 진지(陣地)에서 돌을 서로 던지기도 했다.

남자 아이의 투쟁 본능을 들뜨게 하는 총이나 칼 장난감은 지금이나 옛날이나 인기가 있다.

"어린아이란 총이나 칼을 좋아한다. 시대는 관계가 없다."

마쓰오 씨는 그 무렵을 회상하며 그렇게 말한다. 하지만 나에게는 당시는 전쟁이 어린아이에게 있어서도 가까웠던 만큼, 현재의 어린아이들에게는 없는 동기가 있었던 것처럼 상상한다. '장래에는 군인이 되어 나라를 위해 싸운다.'는 것이 남자아이에게 있어 일반적인 꿈이었고, 그런 점이 놀이에 영향을 끼치지 않은 것은 아니라고 생각하는 것이다. 완전히 새 것인 흰 옷감과 같은 어린이들을 세뇌하는 것은 손쉬울 것이다. 시대가 시대라고 해도 어린아이에게 그런 것을 생각하게 하는 교육은 정상이 아니라고 생각한다. 어린이는 장래를 짊어질 역할이 있다. 있을 수 없는 일이지만 모든 사람이 모든 사람, 나라를 위해 죽어버린다면, 머지않아 이 나라에는 아무도 없어져 버리는 것은 아닌가. 일본이 전쟁에 진 이유는, 과잉된 자기희생의 사상에 있는 것은 아닐까. 그런 생각이 안들 수가 없다.

그러면, 여학생들은 어떠한 놀이를 하고 있었을까.

오토나리 씨에게는 이러한 추억이 있다. 마쓰오 씨의 가게에서 책을 구입하여 귀가하는 도중, '오토나리 씨 지금 몇 시?'라며 학급 여학생으로부터 큰 소리로 놀림을 당했다. 오토나리 씨의 이름은 이치지(市次)였으므로, 이치지(一時=1시)에 맞추어 놀렸을 것이라며, 오토나리 씨는 난처한 듯 창피한 것같은 표정으로 당시의 일을 이야기해 주었다.

오츠보 씨는 "심술궂은 일은 70년 전의 일입니다. 이제 기한이 끝난 것이지요."라 고 말하며 쓴웃음을 짓는다.

말타기나 깡통차기, 그리고 남학생과 여학생의 주고받는 모습을 듣고 절로 미소짓고 싶어졌다.

'군인이 되어 나라를 위해 죽는 것이 꿈'이라고 확언하는 남자 아이들도 천진난만하고 장난꾸러기로, 가끔은 여자 아이에게 꼼짝못했다. 내가 어린이였을 무렵과 변함없는 모습에 친근감이 솟아올랐다.

제8장

'같은 일본인이 아닌가'

조선인과 일본인

'차별'의 실제

조선에서는 어느 곳이든 중심부에는 일본인이 살고 있고, 일본인 거주 지역에는 조선인은 적었다.

진해도 거주하는 마을이 나누어져 있었지만, 다키가와 씨에 의하면, 일본인이 사는 곳에 있던 양복점이나 건어물 가게는 조선인 상점이었다고 한다.

부산에 살고 있던 고가 씨에 의하면, 그 밖에도 이발소, 정육점, 페인트가게 등이 일본인을 상대로 장사하고 있었다고 한다.

"채소 따위를 머리에 이고 팔러 다니는 조선옷차림의 아주머니가 우리 집에 찾아온 적이 있었습니다. 일본어를 말할 수 없어, 어머니에게 '사소, 사소'라 말하며, 사줄 수 없는지 애원하고 있었습니다. 그 외에 일상적으로 출입하는 조선인도 몇 사람인가 있었답니다. 아버지의 일 관계로 정기적으로 찾아오는 남성과 더부살이하는 가사 도우미 젊은 여성도 있었습니다."

일본인 초등학생이 일상적으로 조선인 아이들과 노는 일은 없었다. 일반적으로 조선인은 조선인 거주 마을에 살고 있고, 어린이는 '보통학교'라 부르는 조선인만 다니는 학교에 다녔다. 그들은 여기서 '일본인'이 되기 위한 마음가짐이, "내지"에서 찾아온 일본인 이상으로 강하게 심어져 간다. 황민화교육이다. 그 '성과'라고 할 수 있을까. 마쓰오 씨들이 모르는 듯한 군가(軍歌)까지도 아주 잘 부를 수 있었다고 한다.

"조센, 조센, 바카니스루나, 오나지 닛뽄진쟈나이카(조선, 조선, 무시하지 마라. 같은 일본인이 아닌가)"라는 말을, 당시 고가 씨는 자주 들었다. 이 말에는 무시당하지 않도록, 차별받지 않도록 남보다 갑절이나 열심히 동화하려는 생각이 포함되어 있다.

진해의 조선인 거주 구역은 어떤 곳이었을까. 진해공립심상소학교동창회·진해우지회(鎭海友之会)가 발행한, 진해 귀환자들이 글을 쓴 작은 책자에, 당시 거주지 내에 살고 있던 일본인이 쓴 문장을 찾아내었다. 현대 감각으로는 차별적이라고 받아들이기 어렵지 않은 표현도 있지만, 그대로 인용하겠다.

(1915년 경에) 우리들이 살게 된 곳은 경화동으로 소수의 일본인들이 있었지만, 대부분은 조선 사람들이었다. 마을은 이미 바둑판 모양으로 구획 정리되어 있었지만, 거의 찬합형 칸막이의 작은 초가지붕으로 빨간 고추를 지붕에 올려 늘어놓고 가난한 사람들이 생계를 이어가고 있었다. 우리들 집도 예외 없이 어두컴컴한 온돌방으로 작은 것이었다. 당시는 어린이도 어른도 마을 여러 곳에 분변(糞便)이 아무렇게나 처리되고 돼지나 강아지

의 먹이가 되는 꼴로, 지금 생각하면 그 불결함 속에서 큰 병치
레도 없이 지냈다니 진땀이 납니다. 조선인 사람들은 거의 상투
로 망건이라 부르는 그물코가 있는 액당*을 한 머리는 정수리
에서 달랑 묶어서, 테가 있는 실크모자형의 검은색 그물 모자를
얹혀 대모갑* 같은 가는 끈을 통해 턱에서 받치고, 돈이 있는
양반 정도는 긴 설대 담뱃대를 입에 물고 있었다. 젊은 사람들
속에 드문드문 상투를 자른 단발머리가 보이는 정도였다. *액당:
군용 머리띠의 이마 부분에 넣는 얇은 철판. * 대모갑(玳瑁甲): 바다거북의 하
나인 대모의 등과 배를 싸고 있는 껍데기로 빗, 비녀, 안경테 등의 장식품이나
공예품을 만드는데 쓰인다.

부락에는 한 달에 몇 번인가 정기적으로 서는 장에 근처 사는
사람들이 모여들어 곡물, 생선, 채소, 옷감을 재는 계기(計器) 등
이 거래되어 와자지껄 소란하고 붐볐던 그 안에는 앉은뱅이가
있고 나병 환자가 있고 등이 굽은 사람이 있고 매독 때문에 코
가 떨어져나가 목구멍 안이 보이는 사람이 있어 현대인에게는
상상도 할 수 없는 모양이었다. 파장 후에는 콩 등의 곡류가 흩
어져 있고 먹을 것을 중요시하는 조모를 도우며 주워서 생활에
보탠 일이 생각난다.

당시, 조선 사람들의 의복은 거의 민족의상으로 '물론 현재
무대 따위에서 보는 현란한 것은 아니다.' 마(麻)인지 면(棉)의
변변치 않은 흰옷으로 껴입은 사람은 적었고, 어린이들은 겨울
에도 짧은 윗옷 한 장과 엉덩이 부분에서 갈라진 짧은 잠방이*
를 입은 정도였다. 흰옷이라는 이유도 있어 여성의 일은 낮에는
작은 냇가나 우물가에서 돌 위에 옷을 올려 비누 없이 단지 나
무 방망이로 두들겨 세탁하고 밤에는 옷감을 부드럽게 하기 위

해 다듬이로 두들겨 그 소리가 한밤중에 들렸습니다. (『桜友』 창간호 諸隈寬太郎, 모로쿠미 간타로). *잠방이: 가랑이가 무릎까지 내려오도록 짧게 만든 홑바지.

현지 사람들이 살고 있던 경화동과 일본인이 있던 중원로터리 주변과는 마을의 모습이 너무 달라서, 정말로 거리적으로 가까운 곳인가 반신반의할 정도이다. '일본인에 의한 일본적인 생활'의 바로 옆에는 보통, 일본인이 엿볼 수 없는 생활이 존재하고 있었던 것이다.

서로 구역을 나누어 생존하는 상황에 있어서도 예외는 있다. 고가 씨의 아버지, 염색전문가인 니시나(二科)는 조선 문화에 빠져있었다. 고가 씨는 말한다.

"아버지는 동네의 의사부부나 조선인 등의 지인을 초대하여 '조선의 밤'이라는 저녁 식사 모임을 기회가 있을 때마다 가졌습니다. 자신이 모은 가구나 장롱, 찬장, 밥상, 도자기류를 사랑하며 조선 문화를 충분히 즐기는 것이 모임의 목적입니다. 조선의 옷을 입고, 조선 식기를 사용하고, 조선의 요리를 먹고, 조선의 노래를 불렀습니다."

당시 초등학교 1학년이었던 고가 씨에게는 언짢은 추억이 있다. '조선의 밤' 모임 자리에서의 일이다.

"조선에서 모르는 사람은 없는 이씨조선시대의 연애이야기 『춘향전』이라는 것이 있답니다. 그 이야기 속에 나오는 못된 관리의 대사를 외워보라고 아버지에게서 재촉을 받았습니다. 나, 겁이 나서 울어버리고 말았습니다."

그 무렵, 가족과 같이 본 신협극단(新協劇団)(1934년 결성 진보적 연극

집단. 전시 체제하에서 활동을 계속하지만 1940년에 관계자가 대량으로 체포되어, 강제해산)의 『춘향전』 극중 대사를 고가 씨가 외우고 있음을 눈치챈 부친이 다른 사람 앞에서 시키려고 한 것이다.

그 외에도 이런 에피소드가 있다.

"아버지를 따라 조선식 숙소에 묵으러 간 적이 있습니다. 조선의 오래된 절인 범어사에 사생(寫生)하러 갔겠지요. 그때의 숙박자는 조선인뿐이고, 방은 온돌식, 나오는 것은 고춧가루가 듬뿍 들어간 조선요리였습니다. 그것은 매웠습니다. 너무 매워서 한 입도 먹을 수가 없었습니다."

조선문화를 이해하려고 노력하는 아버지의 영향도 있어서, 고가 씨는 수동적이고 간접적이면서도 '조선체험'을 거듭해 갔던 것이다.

본가가 사진관이었던 다키가와 씨는 말한다.

"우리집에도 젊은 조선인 도우미가 두 명 있었습니다. 집 앞의 고노 주점에도 두 명, 옆집의 마쓰모토 주점에도 한 명, 제각기 조선인 지배인이 있었지요. 그 지배인이 나를 귀여워해 주었습니다. 나는 그 사람의 자택에도 마산(진해만의 가장 안쪽 부분에 있는 도시)에도 데리고 가 준 적이 있습니다. 모형비행기 만드는 도움을 받기도 했습니다."

집이 가구점이었던 후지무라 씨는 이런 일을 기억하고 있다.

"자택에는 조선인 아이돌봄이가 아침에 와서, 밤에는 집으로 돌아갔습니다. 12~13세의 여자 아이로 스나라고 부르고 있었습니다. 그 외에 건구(建具)를 만드는 견습공 직공으로 조선인을 고용하고 있었습니다. 국민성이 다르니까 일본인과 똑같이는 부릴 수 없습니다. 고급 물건은 일본인 직공에게, 해군에 납품하는 것 같은 싼 것은 조선인 조수(견습생)에게 만들게 했다. 대량생산이 요구되었던 시대이므로, 모양만 맞으면 그것으로 괜찮았다."

식료품점을 경영하고 있던 오츠보 씨의 집은 어땠을까.

"15~16세의 젊은 남자 아이가 2명 있었고, 아버지가 배달에 데리고 간 적도 있었습니다. 그들을 총각이라고 부르고 있었습니다. 조선인 어른도 있었습니다. 우리집은 아이들이 많았으므로, 세탁하는 아주머니가 유치원 무렵부터 쭉 오고 있었고, 나를 안아주기도 했습니다."

마쓰오가에서는 이미 쓴 것처럼 조선인 고용인이 많이 있었다.

고용하고 있던 5명 중, 남성은 모두 반토라 부르고 신문배달이 주업무였다. 여성 중 미혼이며 15살 이하의 스나와 기혼 여자 지배인 오카미상이 아기돌봄과 가사를 잘하고 있었다고 한다.

그들은 학교에는 가지 않았지만, 시간이 생기면 열심히 공부했다. 대화는 조선인끼리라도 전부 일본어로 했다고 한다. 식사는 마쓰오가 일가와는 다른 방에서 먹었지만, 먹는 것은 같았다. 마쓰오가는 더부살이로 일하는 그들을 위하여 온돌방을 만들어주기도 하고 생활면에서의 배려를 잊지 않았다고 한다.

차별의 종류

그런가 하면, 마쓰오 씨는 이런 일도 생각해낸다.

"지폐 상자의 지폐를 내가 만지면 '더럽다. 돈은 조선사람도 만지는 것이야.'라고 어머니에게 주의 받았습니다."

그 외에도 마쓰오 씨 같은 신세대에서는 '위생적이지 못한 조선인과 접촉하니까.'라고 다리 난간에 기대는 일도 금지하는 일본인 도 있었다.

바로 옆에서 일을 하고 있던 조선인 노동자가 "사모님, 물 좀 주시겠습니까?"라며 집을 찾아온 것을 소학교 4학년 무렵의 노자키 씨는 기억하고 있다.

"어머니는 '괜찮아요.'라고 말하고 물을 건넸습니다. 그럴 때, 신문지로 둥글게 만 컵을 내밀었습니다. 나는, 이것을 보고 '심한 차별이다. 불쌍하다.'고 생각했습니다, 상대는 마음속으로 화를 내고 있었을 것이라고 생각하고 나중에 어머니에게 말했습니다. '왜 그렇게 해요?'라고. 그랬더니, 어머니는 '세균이 붙어 있으면 어떻게 할래?'라고 대답했습니다."

고노 씨의 모친은 차별이라고 생각하지 않았던 부분이 있다. 이질이 만연하는 일이 종종 있어, 어린이가 죽는 일이 드물지 않았다. 그렇기 때문일까, 생활 수준이 다른 조선인을 만날 때, 일본인은 과민할 정도의 스스로를 지키기 위한 방책을 취했는지도 모른다.

도시를 만들고, 인프라나 교육제도를 정비하고, 조선의 근대화를 일본이 재촉했다는 것에 더해, 자신들이 도시의 중심에 살며 경제적으로 우위의 생활을 하고 있었던 것들 등이 알게 모르게 우월감으로 결부되었을 것이다. 어린이들에게 조선인은 불결하다며 잔소리가 심했던 것은, 부모들이 의식하든 안하든 상관없이 모멸감과 혐오감을 아이들에게 심어준 부분도 있었던 것은 아닐까.

나는 조선인에게의 차별이 있었는지 어떤지, 진해와 관련있는 사람들 20명 남짓 물어보았다.

"차별은 없었다. 사이좋게 지내고 있었다."라는 증언이 눈에 띄고, 그 중에는 이 책의 기초가 되는 연재에 '차별이다.'고 단정적으로 썼을 무렵, 다시 고쳐 쓰기를 부탁해 온 사람도 있었다.

그런가 하면, 시모야마(下山) 씨는 다음과 같이 말한다.

"차별은 심했다. 어른들은 조선인을 "여보"(조선어로 남을 부를 때 사용하는 말. 바뀌어 일본 통치시대에 조선인을 깔보는 말도 되었다)라고 해서 무시하는 표현으로 부르거나 다른 것에 빗대어 무시하고 있었다고 생각한다. 조선인은 상당한 학력이 없으면 제대로 된 정규직은 없습니다. 분뇨 푸기, 엿장수, 군고구마 장사라는, 불안정적인 일을 하는 사람이 많았다. 우리 집에서는 화장실 변기닦기에 중년의 남성이 왔습니다."

그러한 어른들의 사정은 어찌 되었건 어린이는 씩씩하다. 당시 길거리에는 조선 엿장수가 있어 아이들은 이 엿을 대단히 좋아했다.

"조선 엿은 더러우니까 먹지말라고 부모가 말하고 있었습니다. 그렇지만 우리들은 더러운 것이라고는 생각지도 않았답니다. 무너진 집의 오래된 물받이 홈통이나 금속 파편 등을 갖고 가서, 엿과 바꾸었습니다."고, 다키가와 씨는 말한다.

고노 씨도 똑같은 일을 했다고 한다.

"고철을 주워서 업자에게 팔아, 그것으로 얻은 용돈으로 조선엿을 몰래 사먹기도 했다."

쇠부스러기 줍기도 그을림이나 녹 투성이라서 청결하다고는 말할 수 없으므로, 그다지 칭찬받을 행위는 아니다. 그러나 어린이들이 어른의 의식적, 무의식적인 차별을 단번에 날려버리는 이러한 에피소드를 듣고 있으면 통쾌하다.

논픽션 작가인 혼다 야스하루(本田靖春)의 저서 『내 안의 조선인(私のなかの朝鮮人)』 속에, 이러한 기술이 나와 있다.

조선 엿장수라는 것이 있었다. 지금의 일본에서 말한다면, 결국은 오래된 신문이나 잡지 등을 화장지와 교환해 주며 돌아다니는 업자와 같은 것이다. 다만, 조선 엿장수는 확성기를 갖고 있지 않다. '매번 친숙한' 방송을 하며 떠돌아다니는 것은 커다란 가위가 그 소리를 대신하고 있다.

태평양 전쟁에 접어들어 물자가 점차 결핍되기 시작할 무렵, 조선 엿장수에게는 금속 폐품이 통화를 대신하는 것으로 되고 있었다. 리어카를 끈 엿장수가 큰 가위를 찰칵거리면서 길거리에 들어오면 준비하여 기다리고 있던 어린이들은 어딘가에서 마련하여 온 금속류를 손에 들고 뛰어 나간다. 그러면 엿장수 아저씨는 그것을 저울에 달아 그에 맞는 분량의 엿을, 가위로 잘라서 건네주는 것이었다.

혼다는 1933년에 경성(현재의 서울)에서 태어났으므로, 이 책에 등장하는 진해의 아이들과 같은 시대에 조선에 살고 있었던 셈이다. 그러나 혼다는 조선엿을 먹지는 않았다. 혼다의 어머니는 다음과 같이 말했다.

"그렇게도 먹고 싶으면, 한번 조선엿을 만들고 있는 곳을 보고나서 먹어라. 양손에 침을 발라서, 엿덩어리를 펴나가고 있는거야."

어머니가 아이에게 위생 관념을 갖게 하려는 필사적인 모습을 엿볼 수 있다.

그러나 그와 같은 '가정교육'은 차별과 종이 한 장의 차이인 것 같은 기분이 들지 않을 수 없다. 말에 그러한 감정이 자연히 나와 버렸다. 이런 식으로 생각하는 것은 내가 전후세대이기 때문일까.

하지만 어린이에게는 어린이의 세계라는 것이 있다.

"한때 잠시 집 앞에 한국인 가족이 살고 있었습니다. 모친이 싫어해서 '가지말아라.'라고 말해도, 나는 갔습니다."

라고 말한 사람은 다키가와 씨로, 그 가족과 적극적으로 교류하고, 조선말을 어느 사이인가 외울 수 있게 되었다.

"가르치는 쪽도 배우는 쪽도, 나쁜 말만 사용했다. 예를 들면 '우리 당신 반했어.'는 일본어로는 '와타시 아나타가 스키요 = 나 당신을 좋아해요.'인데, 이렇게 희롱하는 말 따위로 기억하고 있습니다."

조선인이 사는 장소는 모험 거리(市街)가 있는 미지의 세계였다. 고 말하는 사람은 노자키 씨이다. 진해에서 이사하여 흥남에서 살고 있었을 때의 일이다. 다음과 같은 체험을 하고 있다.

"학교에서 귀가할 때의 일입니다. 마을 중심에서 떨어진 곳에 있는 조선인 거주 구역에 들어간 적이 있었다. 구경하고 싶어서였지요. 그 때 교복에 교모에 란도셀* 모습이었습니다. 허술한 흙벽이 계속되는 농가의 부락에 들어가자마자 같은 나이 또래의 조선인 아이들에게 갑자기 둘러싸여 '뭐야 너는?'이라고 일본어로 추궁당했습니다." *란도셀: 초등 학생용의 어깨에 매는 네모난 가방.

시기함과 선망과 호기심이 뒤섞인 눈으로 온몸을 훑어보듯이 노려보았다고 한다. 그도 그럴 것이다. 조선인 아이들은 란도셀을 갖고 있지 않았다. 조선옷을 입고 너덜너덜한 가방으로 일본인과는 다른 '보통학교'에 다니고 있었으니까.

"'우-'라든지 '와-'라든지 말하며 주변은 흥분하고 있었습니다. 인디언 마을에서 백인이 포위된 듯한 것입니다. '일이 잘못되었다, 당치도 않은 곳에 와 버렸다.'고 그때 후회했습니다."

결국 노자키 씨는 무사히 집으로 돌아왔다.

"동네 어른들이 말렸습니다. 나를 때려 경찰이 조사하러 오면 손해를 보는 것은 조선인이니까."

약한 입장에 있는 조선인이 필요이상으로 엄격한 호된 감시를 받는 것은 불을 보듯 뻔한 일이었다. 이런 이야기를 들으니, 당연한 일이지만 현지 사람들이 충분히 납득하고 일본인이 없는 장소에 살고 있었던 것이 아님을, 잘 알 수 있다. 일본이 전쟁에 졌을 때, 조선인이 남의 눈을 걱정하지 않고 크게 기뻐했다고 들은 적이 있는데, 그것도 당연한 일처럼 생각되었다.

제9장

산업에 활기가 샘솟는 도시

석탄이 만드는 '밝은 미래'

진해 이외의 장소는 어떠한 모습이었을까.

고노 씨 가족은 진해에서 만주로 다시 이주했다.

"『고단샤의 그림책(講談社の絵本)』이라는 총극채색 시리즈가 당시 있었습니다. 그 안의 『만주 볼거리(満州見物)』에는 항구에 산만큼 쌓여있는 콩이나, 터널을 파서 노천 채굴을 하고 있는 탄광 등의 그림이 실려 있었습니다. 노천 채굴 그림을 본 아버지가 '와, 지하에 들어가지 않아도 석탄을 캘 수 있다.'라면서 굉장히 흥분했습니다. 그 다음 날 아침, 어머니가 훌쩍훌쩍 울면서 '아버지가 만주라는 곳에 잠시 다녀오겠다며, 트렁크 한 개 들고 집을 나갔다.'고 말했습니다."

당시, 중일전쟁으로 물자 통제가 엄격해져, 연료비는 오르고 있었다. 대중목욕탕을 운영하고 있던 고노 씨의 부친 히데오는 장사가 벽에 부딪침을 느끼게 된다. 어린이용 『만주 볼거리(滿州見物)』를 넘긴 것은 마침 그 무렵의 일로 '앞으로는 만주다.'라는, 생각이 순간적으로 머리에 떠올라, 가족을 내버려 두고 만주로 떠나간다. 1939년 이른 봄의 일이었다.

"반년 동안 소식이 없었습니다. 돌아가셨나 생각했습니다."

한 가정의 대들보가 갑자기, 아무런 의논도 없이 사라졌으므로, 그 행동력에는 어이가 없을 수 밖에 없다. 정말로 제멋대로 하는 아버지다.

그러면 히데오는 현지에서 무엇을 하고 있었을까.

"만주에서, 다바오에서 빈털터리가 된 녀석을 만났다고 합니다. 만덴(滿電, 만주전업주식회사, 滿州電業株式会社)에 취직 자리가 있었다 . 하지만 자기 자신과 똑같이 다바오에 살고 있던 남자를 타인으로는 생각되지 않았던 것이겠지요. 아버지는 취직 자리를 양보하고 말았습니다. 그리고 아버지는 자무쓰의 군속(軍屬)이 되었습니다. 그 때의 사단장이 야마시타 도모유키(山下奉文)입니다. 아버지는 생전에 '야마시타 씨를, 잘 알고 있다.'고 말했습니다."

나중에 태평양전쟁에서 말레이 작전을 지휘한 그 야마시타 도모유키는, 2·26 사건 이후, 재외 근무로 발령나, 북중국 방면 군(軍)참모장으로 근무하고 있었던 것이다. 부하의 이름을 잊지 않고 가족 일까지 걱정하는 인정 많은 사람이었다고 히데오가 말하고 있었음을 고노 씨는 기억하고 있다.

히데오가 소속된 부대에 갑자기, 동원지령(動員指令)이 내렸다. 일본만주(日本滿州)와 소련, 몽골 각각의 군대가 노몬한* 일대의 국경을 둘러싸고, 전쟁을 시작했기 때문이다. 1939년 5월 일이다. * 노몬한(Nomonhan) : 1939년 5월, 중국 동북부(당시 만주)와 몽골 국경에서 일어난 러시아와 일본의 무력충돌 사건이 일어난 곳, 일본 패배로 9월에 정전협정 성립.

"자무쓰의 부대도 노몬한 방면으로 갔습니다. 아버지는 부대와 함께 하이라루(海拉爾, 関東軍·満州国軍의 전선 기지·보급지)라는 몽골 국경에 그리 멀지 않은 마을까지 이동했다고 합니다."

이전 해군의 정예(精銳)였던 히데오는 물론 싸울 작정으로 있었습니다. 그런데 말입니다.

"'당신은 해군인데. 과장해서 말하면, 죽을 곳에 오는 것은 아닐세, 가족도 있는데. 쓰루오카의 탄광에 가라. 일자리는 어떻게든 된다. 사택도 있고 가족도 부를 수 있을 것이다.'고 다이사(大佐)가 말했다고 합니다."

노몬한 전쟁은, 구소련에 의한 '소련 측의 손해가 컸다.'는 보고도 있지만, 일본 병사의 전쟁 사상자(死傷者)가 만 수천명 이상의 대단한 격전이었음은 틀림없다. 8월 소련 기계화부대에 의한 대공세로, 현지의 관동군(關東軍)은 거의 괴멸(壞滅), 다음 달 9월에 정전(停戰)이 된다.

"일을 알선해 준 다이사(大佐)의 소식은 모릅니다."고 고노 씨는 말한다.

히데오가 전투에 참가하고 있었다면, 다이사와 같이 그 후의 소식은 파악할 수 없었을지도 모른다.

일을 얻은 히데오는 가족이 그대로 남아 있는 진해에 돌아온다. 함께 만주에 이주하기 위해 데리러 온 것이다. 히데오가 모습이 사라지고 나서 반년 이상 지난 일이었다.

히데오가 만주에서 한반도의 남단까지 철도로 찾아올 수 있었던 것은 한반도가 남북으로 분열되어 있지 않았기 때문이다. 전후, 동아시아는 분단되어, 교통이 몹시 불편하게 되었다고도 말할 수 있다.

가족이 이주한 만주의 쓰루오카(鶴丘)는 소련 국경까지 약 70킬로미터에 위치하고 있었다. 겨울이 되면 영하 30도를 밑도는 혹한의 땅이었다. 1914년에 석탄이 발견되고 나서 급격하게 인구가 증가한 새로운 지방으로, 도시가 된 것은 1926년에 철도가 생긴 후의 일이라고 한다. 그렇다면 당시, 중화민국 정부에 의해 마을이 만들어지고 나서 25년 정도 밖에 지나지 않았음이 된다.

이 지역이 급속히 확대된 이유는 산출하는 석탄의 질이 지극히 좋았다는 이유밖에 없다.

"석탄 경기의 혜택을 받아 계속해서, 굉장한 기세로 일본에서 이주해 왔습니다. 그런 이유로 인구는 급증했습니다."

북만주의 땅은 이전에, '비적(匪賊)'이 가끔 출몰하는 땅이었다. 그 때문에 초창기 개척민은 응전(應戰)을 강요받고 있었다.

전쟁의 구도(構圖)는 고노씨 일가가 이전 이주했던 필리핀의 민다나오와 똑같다. 일본인에 의해 살던 장소에서 내쫓긴 사람들이 들고 일어났다. 만주의 경우는, '비적'의 일부는 관동군을 습격하는 게릴라 부대였다. 그들은 1945년 이후, 항일빨치산으로서 중국 국내에서 영웅시되게 된다.

고노 씨가 다니는 학교의 교장을 임명한 것은 당시의 총리대신이었다. 만주 북부에 일본인을 정착하게 하는 일이 얼마나 힘들고, 동시에 일본정부에 있어 중요한 일이었는지를 알 수 있다. 고노 씨가 다녔던 쓰루오카 심상소학교에는 습격에 대비하여 소총(小銃)을 늘 갖추고 있었다고 한다.

하지만, 그 '비적'도 고노 씨가 여기에 온 무렵에는 이미 제압되어 있었다. 일본인 마을에 이주하여 일본어만으로 생활할 수가 있었다. 중국인(당시는 만주사람으로 불렸다)과 교제하는 일도 없었다고 하니까, 자연환경의 차이를 제외하면 일본 국내에 사는 것과 거의 같다.

만주의 끝이라고 말할 수 있는 지역까지, 이렇게 잘도 철저하게 일본인이 살기 좋도록 '정비'한 것이다. 놀람을 넘어 기가 막혀서 말이 나오지 않는다.

최첨단 공업도시, 흥남

같은 시기, 노자키 씨도 진해를 떠나 있었다. 부친이 조선질소비료(당시의 일본질소비료의 자회사. 일본질소비료는 미나마타병(水俣病)의 가해기업이 된 칫소의 전신)라는 회사의 종합병원에 재취직하기 위해 조선 북부에 있는 흥남이라는 도시로 이사했다. 소학교 3학년으로 올라가기 전의 봄방학때의 일이다.

"경상남도의 부산에서 함경북도의 청진까지 가는 기차를 타고, 흥남에서 내렸습니다."라고 말하므로, 노자키 일가 또한 한반도를 기차로 거의 종단한 셈이 된다. 노자키 씨는 흥남심상소학교의 3학년으로 편입한다. 그리고 일가는 패전까지 이 땅에서 살게 된다.

그런데 청진이라고 듣고 내가 연상한 것은 '불심선(不審船)'*이라든가 '납치문제'라는 말이다. 청진이라는 도시는 나중에 북한에 의한 납치사건이 공개되었을 때, 불심선의 기지(基地), 청진으로서 알려지게 되는데, 이 무렵은 남북 전부가 일본의 식민지이며, 일본 본토와 청진을 잇는 정기 항로가 있었다는 것이 아닌가. * 후신센(不審船, 불심선) : 괴선박(의심스러운 선박)이란 일반적으로는 수상한 행동을 하는 선박

전반을 일컫는 말. 일본에서는 근해에서 종종 목격되는 북한 공작선이나 폭력단 관계자에 의한 불법조업 및 밀수 혐의 선박을 가리키는 경우가 많다.

"옛날, 쓰루가(敦賀)*에서 정기선이 있었습니다. 쓰루가에서 생명보험회사의 외무 사원이 배를 타고 청진에 가서, 이 일대의 세대를 찾아 권유하고 영업을 했으니까요. 한가로운 시절이었습니다. 청진에서 보험계약 대상으로 한 사람은 JAPANESE입니다. 조선인에도 부자는 있었겠지만 몇 안 되었습니다."고, 노자키 씨는 가르쳐 주었다. * 쓰루가 : 敦賀市, 후쿠이현(福井県) 남서부에 있는 시.

쓰루가에 살고 있는 사람은 이웃 마을에 외출하는 듯한 기분으로 바다를 건넜다. 팔 것을 짊어지고 행상하는 아주머니가 왜나막신을 신은 채 배를 타고 현지에서 물품을 팔고다니는 듯한 시대였던 것이다.

노자키 씨 일가가 이주한 흥남은 조선질소의 관련 회사가 있고, 당시 조선 유수의 공업도시로서 알려져 있었다. 공장은 19·8 평방킬로미터에 걸쳐서 펼쳐져 있었다고 한다.

노자키 씨는 아버지가 다니는 회사 소유의 사택에서 생활했다.

"진해는 일본가옥이었지만, 흥남에서는 일본질소의 벽돌로 지은 사택이었습니다. 방은 4개 있었고, 목욕탕도 있었습니다. 부엌은 지금으로 말하면 모두 전력입니다. 난방은 중앙집중식. 석탄을 보일러로 때서, 열기가 배관을 따라 각 가정으로 전달되는 구조로, 겨울에도 유카타(浴衣) 한 장으로 지낼 수 있는 쾌적한 생활이었습니다. 그런 식이었기 때문에 장작 같은 것은 때지 않았습니다. 그 계절, 바깥은 영하이므로 창문은 이중이었습니다."

건물 짓는 방법과 단단한 난방 시스템은 학교에도 도입되어 있었다. 진해가 규슈라고 하면, 흥남은 일본의 도호쿠(동북)나 홋카이도

라고 할 정도로 기후 차이가 있다. 그것 때문에 난방이 완비되어 있었다고 하는 것 같다.

"화장실은 진해의 집에서는 퍼내기식이었지만, 흥남에서는 수세식이었습니다."

이 시기에 수세식 화장실은 상당히 선진적이다. 내가 초등학생이었던 1970년대 오사카 하천지역 안의 저택은 퍼내기식의 화장실로 어렸을 때 발이 미끄러져 빠지기도 하고, 꼽등이라 불리는 벌레가 밑에서부터 기어나오는 것을 자주 보기도 했다. 이야기를 듣고 있으니, 어느 쪽이 나이가 많은지 모르게 되어 버린다.

덧붙여 주택이 전력화되어 있다는 것은 조선질소비료의 계열 회사인 조선수력전기가 비용 부담으로 수력발전을 하고 있었기 때문이다. 발전소는 현재, 중국 국경에 있는 수풍(水豊)댐으로, 현재도 북한의 발전(發電)을 공급하는 중심적인 시설로서 사용되고 있다고 한다.

유럽의 식민지 경영은, 현지의 문화와 관습에는 손을 대지 않고 실질적인 지배권을 잡으면 된다고 하는 간접적 통치가 특징이었다. 한편 일본의 그것은 직접적이었다. 좋게 말하면 돌봄이 좋고, 나쁘게 말하면 쓸데없는 참견으로 하지 않아도 되는 돌봄, 이라는 방식으로 처음부터 끝까지 일관했다. 공장 등의 인프라도 만들고, 교육도 널리 행했다. 북한에 있고 지금도 활용되고 있는 댐, 진해에 남은 다수의 일본 건축은 그 후에도 사용되고 있다는 점에서 일본통치의 좋은 한 면이라고 말할 수 있을 것이다. 하지만 남의 땅을 완력을 행사하여 자신의 것으로 했다는 사실은 뒤바뀌지 않는다. 민족의 자주성을 대수롭지 않게 업신여기고 방식을 강요한 위에, 자국민을 살게 했던 것이다. 전쟁에 패하자마자 일본인을 귀환시키게 된 것은 당연하다고 말할 수 있을 지도 모른다.

진해, 흥남, 쓰루오카(鶴丘). 각각의 땅에서 영위되었던 평온한 생활. 그것은 일본이라는 나라의 힘을 바탕으로 성립되어 있었던, 모래 위의 누각과 같은 것이었는지도 모른다. 살림살이가 풍족하고 사치스러웠던 만큼, 한층 더 그렇다고 강하게 생각해 버린다.

이 다음의 각 장에서는 일본인의 거리가 전쟁에 의해 붕괴되고, 사람들이 귀환해 가는 모습을 묘사하지만, 그 전에 국가총동원체재 아래, 그들이 어떻게 살고 있었는지를 기록해 보고자 한다.

제10장

전쟁이 시작되다

♪기원(紀元)은 2600년

1940년, 마쓰오박신당(松尾博信堂)이 오사카마이니치신문 서부본사의 신문 확장 제1위가 되어 표창을 받았을 때의 기념사진이 남아 있다(원저 111쪽). 잡지가 팔리고 있는 가게 선반에 『고단샤 그림책(講談社の絵本) 山中鹿助*』 광고가 매달려 있다. 광고 맞은 편에는 상품이 진열되어 있어, 물자 유통은 평상시와 같은 듯이 보인다. 때는 육군이 대륙에서 격렬한 전쟁이 한창 벌이지고 있던 때이다. 다음 해에는 태평양전쟁이 발발한다. 그러나 이 사진을 보고 있으면, 평화 바로 그 자체로 전투가 시작된 것 같은 분위기는 전혀 느낄 수 없다. * 山中鹿助(야마나카 시카노스케) : 일본 전국시대(戰國時代)의 무장.

마침 그 때에 진무천황(神武天皇)*으로부터 헤아려서 황기(皇紀)* 2600년을 기념해야 할 해로, 각종 행사가 다양한 규모로 수없이 열리게 되어 있었다. * 진무덴노 : 일본의 제1대 천황(天皇)으로 전설의 인물. * 황기: 일본의 기원을 日本書紀에 기록된 진무천황(神武天皇) 즉위의 해(기원전

660년에 해당함)를 원년으로 하여 1872년에 정한 것.

　도쿄·삿포로 올림픽과 만국박람회가 개최되기로 되어(최종적으로는 모두 중지되었다), 각지의 신사와 절의 건물을 새롭게 고치고 도리이(鳥居)의 신설을 실시하는 시정촌(市町村)도 있었다.

　진해 등의 외지(外地)도 예외는 아니었다. 앞서 말한 『오우유우(桜友)』에는 진해의 여학교 운동회에서 '2600'이라는 사람이 열을 지어 늘어서서 글자 모양을 만든 사진이 실려 있어, 소도시 나름대로의 고조된 분위기를 보여주었음을 짐작할 수 있다.

　"나카쓰지에 무대를 만들어 여러 가지 행사가 이루어졌습니다. 그 중에 구스노키 마사시케(楠木正成)와 구스노키 마사쓰라(楠木正行)의 헤어지는 장면을 묘사한 음악 극(音樂劇)이라는 것이 있어, 나는 게라이*역으로 참가했습니다. 하카마*를 입고 검은 에보시*를 썼습니다."라고, 오츠보 씨는 회상한다. * 게라이: 가신, 하인, 무가(武家;ぶけ)를 시중드는 사람 * 하카마 : (일본옷의) 겉에 입는 주름 잡힌 하의(下衣) * 에보시 : 옛날 公家나 무사가 쓰던 두건(頭巾)의 일종.

　"2600년 축제는 상당히 준비했습니다. 노래와 춤 연습은, 일본의 민요 '2600년의 노래', 매스 게임 등이라든지요. 일본이라는 나라가 자랑스럽게 생각되었습니다."라고 사와다 씨도 열심히 이야기한다.

　이 해에, 진해에서는 아침부터 밤까지 '기원 2600년'이라는, 행진곡풍의 창가(唱歌)가 모든 곳에서 흐르고 있었다. 응모 총수 1만 8천 통 남짓에서 가사를 선정하여, 각 레코드 회사가 일류 스타에게 경쟁시키듯이 노래 부르게 한 유행가이다. 길을 가면 누구나 하루에 몇 번이나 이 노래를 들었다고 한다. 내가 이야기를 여쭤봤던 누

【위】1940년, 오사카마이니치신문 서부본사의 신문 확장 제1위로 표창 받았을 때의 기념사진.
왼쪽부터 마쓰오 씨의 조모 누이, 어머니 하루에, 그리고 어린이들.
그 뒤에 흰 옷을 입은 조선인 고용인 3명이 보인다.
뒤쪽 줄 왼쪽에 아버지 마사미(正巳), 조부 겐이치 (謙一)
【아래】1940년 10월의 진해고등여학교의 추계대운동회에서.
기원2600년을 기념하는 사람이 열을 지어 늘어서서 만든 글자가 학교 운동장에 묘사되었다.
이치노세 미사오(一ノ瀬操) 씨 소장, 『오우유우(桜友)』 제 2호)

구나 지금도 부를 수 있다고 하니 굉장하다. 일본 본토나 조선 전국은 물론, 당시 식민지로 하고 있던 다른 지역에서도 대히트한 이 곡을, 어른부터 아이까지 모든 연령의 사람들이 흥얼거리고 있었다.

"조선인 마을에서는 6살 정도의 여자아이들이 고무줄뛰기 놀이를 하면서 이 노래를 일본어로 부르고 있었습니다."

당시, 조선북부의 도시, 흥남에 살고 있던 노자키 씨는 이렇게 이야기한다.

달아오른 관련행사의 피크는 그 해 11월에 찾아왔다. 도쿄에서 2600년을 기념하는 정식 식전(式典)이 개최된 것이다. 전 세계에서 내빈을 모아 5만 명 이상의 규모로 실시되었다.

하지만 그것이 끝나자 여운에 잠길 틈도 없이, 축제 무드는 금방 사라졌다. '축하 행사는 끝났다. 자 어서 일하자.'라는 슬로건이 선전되어, 국가총동원의 전시체제가 본격화한다. 도시쪽에 살고 있던 사람들은 카키색 국민복을 입게 되고, 설탕이나 성냥이 배급제가 된다. 그리고 금속 공출(供出)이 실시된다. 전쟁 상황이 악화해 가면, 빠짐없이 모두 징병으로 끌려간다.

전시체제를 향해 가는 시대의 변화를 대부분의 어린이들은 실감하고 있지 않았을 것이다.

다만, 어른들 중에는 알아차리고 있는 사람도 있었다. 흥남에 살고 있던 노자키 씨가 '기원 2600'을 흥얼거리고, 악기연주를 하고 있을 때, 부친 도모시로(知城)는 우두커니 중얼거리고 있었다.

'이제부터 쌀이 배급제가 될 것이다.'

세상의 형편이 온통 전쟁으로 물들어 가는 것을 예견하고 있었을 것이다.

국민학교(國民學校)로

1941년 3월 1일에 '국민학교령(國民學校令)'이 공포된다. 그리고 4월에는 심상소학교가 국민학교라는 명칭으로 변경되어, 진해심상 고등소학교는 진해국민학교가 되었다.

'천황의 명령이면 망설이지 않고 즉시 생명을 버리는 것을 싫어 하지 않는 신민(臣民)으로 하기 위한 단련과 훌륭하게 만드는 교육'(『御民ワレ——ボクラ 少国民 제 2부』)이라는 방침은 심상소학교시대 도 특별히 변함이 없지만, 이것을 계기로 그 방침이 명확화되었다. 사실, 국민학교가 되면 군국주의적인 교육방침이 강화되어 있다. 사대절(四大節)에는 의식(교장에 의한 '교육칙어' 봉독 등)이 실시되는 것 외에는, 매일 조례(국기게양이나 궁성요배* '황국신민 서사', 교장 훈화)가 있 고, 운동회 경기는 기마전이나 분열행진이 되는 등 군사색이 짙어 진다. 어린이들에게 역대 천황의 이름을 모두 암기시킨 것도 이 시 기부터다. * 궁성요배(宮城遥拝): 황거를 향해 먼 곳에서 예배를 올림.

이 해, 진해에서는 봉안전 옆에는 '팔굉일우(八紘一宇)'* 탑이 새로 이 세워져있다. 초석(礎石)에는 학생에게 이름과 특정 문구를 먹으 로 쓰게 한 옥사리(주먹만한 크기의 돌)가 사용되어 있었다. * 팔굉일우: 온 세상이 하나의 집안이라는 뜻으로, 일본이 침략 전쟁을 합리화하기 위하여 내건 구호

히노쓰메 씨는 이렇게 증언한다.

"4학년 때 국민학교가 되었는데, 그 때부터 수업의 질이 떨어졌 습니다. 군사기밀이므로 지도가 뒤섞이게 되었고, 교과서 내용에 되풀이가 나왔습니다. 군국주의를 띠고 있다. 긴린부대(銀輪部隊)*, 낙하산 부대의 활약이라든지가 등장했습니다." * 긴린부대(은륜부대)는

【위】진해심상고등소학교 1학년 학생의 단체
사진. 철봉 놀이기구는 이 무렵 아직 금속제였다.
1938년 촬영
【아래】진해의 가부토야마(兜山) 정상에 세워진
일본해해전기념탑에서. 1939년 촬영. 1945년 이
후, 이 탑은 제거되어 진해타워가 세워졌다

태평양전쟁(대동아전쟁)때 주로 남방작전에서 운용된, 자전거로 행군하는 대일본 제국 육군부대의 일본 국내에서의 통칭임.

만주는 어땠을까

"(만주북부에 점재하는) 근린 개척단 돕기라든지, 그런 근로 봉사가 마구 늘었습니다. 아직 소학생인 우리들에게 별안간 소 돌봄을 맡깁니다. 나중에 체육 수업은 군사교련이 되었습니다. 그 외에 들판을 몇 시간 행군하게 하거나 목총으로 허수아비를 찌르기도 하였습니다."

고노 씨는 국민학교로 변했을 때의 일을 잘 기억하고 있었다. 식량이나 물자 부족이라는 생활면에서의 영향이 다른 지역보다도 일찍 미쳤으므로 시대가 변하는 때를 알아차린 것 같다.

"설탕 따윈 없었으니까, 단 것은 부족했다. 그 대신 참외를 먹었다."고 하니까 역시 전쟁 영향을 재빨리 받고 있었던 것 같다.

고노 씨가 다니고 있던 흥산진재만소학교(興山鎭在滿小學校)는 1941년, 쓰루오카재만국민학교(鶴丘在滿國民學校)로 그 이름을 바꾸어, 학생수가 크게 증가했다.

"그 때까지는 임시 학교 건물의 교실에서 복식 학급으로 공부했고, 운동장조차 없었다. 그렇지만 국민학교가 되자. 1학년 두 학급이 되어 새로운 건물과 운동장이 증설되었다. 학생수가 굉장한 기세로 늘어남에 따른 대응이었겠지요."

국민학교로의 변경과 쓰루오카의 폭발적인 호경기 시기가 때마침 일치했다. 미국 대항 전쟁에 대비한 석탄 생산 증강을 위해 쓰루오카의 탄광에는 대량의 인력이 필요하게 되었다. 일을 찾아서, 일본 본토와 조선, 만주 등 각지에서 석탄 광부로 그 가족이 쓰루오카

진해신사 앞에서 찍은 초등학교 졸업사진.
국민제복 모습으로 전투모를 들고 있다(1944년 촬영)

에 한꺼번에 아주 많이 찾아왔다. 그런 이유로 인구가 폭발적으로
늘었던 것이다.

개전(開戰)을 알리는 교내 방송

일본은 어차피 패전할건데 왜 싸우기 시작한 것일까. 미국에 대
들지 않았다면, 일본의 국토는 지금보다도 훨씬 넓었을텐데——.
전후 평화교육을 받은 것도 영향이 있는지, 태평양전쟁 = 어리석
은 전쟁, 이라는 이미지가 나에게는 배여있었다. 전쟁이 시작되었

을 때, 아마 대부분의 사람들이 '결국 시작되어 버렸다.'라는 체념의 기분을 안고, 교통사고와 마주친 것 같은 패닉 상태에 빠졌던 것은 아닐까. 왠지 모르게 그런 식으로 상상하고 있었다.

그런데 그렇지 않았다.

"등교 전에 라디오에서 개전을 전하는 뉴스를 들었습니다. 부모님에게 내용을 설명듣고는 뛰어오를 듯이 기뻤습니다. '와, 항공대는 멋지다. 크면 나도 항공대에 들어가 나라를 위해 도움이 되어야지.'"라고, 노자키 씨가 말하지 않는가.

고가 씨도 또 분발한 한 사람이다.

"학교에 도착하니 이미 교내는 열광하여, 스피커에서는 '대본영 (大本營) 발표 8일 새벽, 제국 육해군은 서태평양에서 전투 상태에 들어감'이라는 방송과 군함행진곡이 들려왔습니다. 그 때 나는, 흥분했습니다. '나도 노력하지 않으면…' 나 자신에게 타일렀습니다."

다른 사람들도 똑같이 기뻐하고, 흥분하고 있다.

"개전 때 '잘 할 수 있다.'로 생각하며 갈팡질팡하지 않았습니다. '잘 했다. 반드시 이긴다.'고 생각했습니다."라고 말하는 사람은 후지무라 씨다.

사회의 분위기는 아주 많이 달라진 것 같다.

"12월 8일에 세상은 확 밝아졌습니다. (개전 전은) 짓눌린 것 같은 분위기가 있었으니까요."

라고 말하는 사람은 사와다 씨다. 세상이 밝아졌다는 발언에는 소스라치게 깜짝 놀랐다.

하지만, 잘 생각해 보면, 미국은 일본을 한 걸음씩 막다른 골목으로 몰아넣고 있었던 것이다. 동시에 중국과의 전투가 오래 끌어 울적해 있던 일도, 미국과 일본의 전쟁 개시를 기뻐한 이유의 하나일

지도 모른다. 정부에 유리한 보도만 내보내고 있기 때문에, 일본인의 애국심이 갑자기 왕성하게 타올라도 전혀 이상하지 않다.

이 때 '에너지를 봉쇄하는 미국을 증오하고, 개전을 단행한 정부의 뛰어난 결단에 갈채를 보내자.'── 라는 것이 여론의 무드였다. 진해에서는 중원로터리에서 개전을 축하하는 이벤트가 몇 번이나 열려, 그 기세의 고조됨을 보여주고 있었다.

히노쓰메 씨는 다음날인 12월 9일, 아버지가 갑자기 머리를 완전히 깎아버린 것을 기억하고 있다.

환희의 소리를 계속해서 올리며, 드디어 시작되는 총력전에, 스스로 활기를 불어넣고, 정신을 긴장시키려는 사람도 있었다.

그러나 어린이들 중에는 얼른 이해가 되지 않는 아이도 있었다.

"만주사변, 1937년의 지나사변(중일전쟁)과 큰 전쟁이 쭉 계속되고 있었습니다. 진해는 군인의 도시이기도 하고, 해군용 하숙집을 운영하고 있었던 관계로 집에는 언제나 군인이 있었습니다만, 아직 초등학생이었던 우리들에게는 얼마나 큰 일이었는지 잘 몰랐거니와 특별한 생각도 없었다."고, 시모야마 씨는 어딘가 자신과는 관계없는 남의 일처럼 말한다.

미국과의 전쟁이 시작되었다고 해도 일상생활이 급격하게 변하는 것은 아니다. 전쟁은 이미 시작되어 있었던 것이다.

쇼와 한 자리 세대가 철들 무렵에는 이미 전쟁을 하고 있었다는 사실에 나는 새삼스러운 생각에 이르렀다. 확실히 미국과의 전쟁 개시는 큰 고비이다. 그러나 미일 개전만이 역사를 바꾼 큰 전쟁이라는 생각은 꼭 그렇다고 믿어버린 것에 지나지 않는다.

전시체제의 생활

남자 어른은 국민복, 여성은 몸뻬라는 스타일이 된 이 시기, 어린이들의 복장도 변해 갔다.

"학교에 갈 때는 게트르(각반)*로 반드시 감지 않으면 안 된다고 하였습니다. 전투모를 쓰고 국민복, 그리고 운동화로 등교했습니다."고 말하는 사람은, 다키가와 씨이다. * 게트르 : 두터운 무명·삼베·라샤(raxa)·가죽 제품으로 무릎을 둘러싸는 의류 제품.

"세일러복에서, 헤치마깃* 모양의 상의에 바지라는 국방복(국민복)으로 바뀌었습니다."고, 히노쓰메 씨도 가르쳐 준다. * 헤치마깃 : 옷깃의 일종으로, 뒤에서 앞까지 자국을 넣지 않고, 약간 둥글게 하여, 수세미와 형태가 비슷.

내가 중학교에 다니고 있던 80년대에도, 풍기(風紀)위원에 의해 교복 점검이 있었지만, 어디까지나 학교 안에서만의 이야기이다. 전시 체제하가 되면, 그러한 운동이 학교뿐 아니라, 일반 사회에까지 영향을 미치고 있었다.

마쓰오 씨는 이러한 것을 기억하고 있다.

"그 무렵 어머니는 '도쿄에서는 애국부인회가 소매가 긴 기모노 모습의 여인이 있으면, 겐로쿠소데(元禄袖, 옷감 자원 절약을 위해 선전된 길이가 짧은 소매)가 되도록 소매를 가위로 잘라내고 있다고 하더라'고 이야기했습니다."

평온한 이야기는 아니지만, 그러나 '잘라내고 있다고 하더라'라는 말투에서는 어딘가 남의 이야기로 받아들이고 있는 모습이 느껴진다. 일본 본토와 조선에서는 전황(戰況)을 이해하는 태도에 큰 차이가 있었던 것 같다.

상품의 자유로운 매매는 제한되어, 식료품은 배급이 기본으로 되어 있었다. 전시 이용이 우선되기 위해 금속류는 도기 등의 다른 소재로, 목면은 스프(스테이플 파이버의 약어, 목재펄프를 원료로 했다)* 라고 하는 대용품으로 되었다. * 스프(staple fiber, 인조섬유)

"니켈은 귀중했으므로, 경화(硬貨)는 알루미늄제로 변해 갔지만, 몹시 부서지기 쉬웠다."고 마쓰오 씨는 말한다. 스프 제복은 낡고 구깃구깃했으며,

"종이로 만든 장화를 산 적이 있지만 그것은 조잡하여 쓰지 못하는 것이었습니다."라고 야마시타 씨는 돌이켜보듯이, 하나에서 열까지 완전히 대용품은 조잡하고 질이 나빴다.

물품부족에 헤어나지 못하게 되면서, 있는 것은 질이 나쁜 것뿐이므로, 상점은 영업이 어렵게 된다. 본가가 소매점을 경영하고 있는 오츠보 씨는 1942년에 이러한 경험을 했다.

"어느 날 갑자기 상점 안이 텅 비어 있었습니다. 깜짝 놀랐습니다. '많이 있었을 때 먹게 해주었으면 좋았을텐데.'라는, 그런 것을 생각했습니다. 나중에 알게 된 것은 '그쪽(해군)의 요청으로 다 사갔습니다.'는 것이었다.

그 일이 있은 이후, 식량이나 생활필수품은 배급제가 되었습니다. 간장 이외는 보리, 옥수수 등 평소 필요한 물건까지 말입니다. 가게를 하고 있으니까 개전후(開戰後)에 쌀은 모자라지 않습니다. 하지만 종전전(終戰前)이 되자 사정이 다릅니다. 해군에게 상품을 팔아치운 후이기도 하고, 배급제가 되어 장사가 안 되므로, 가게는 거의 닫은 상태였습니다. 그 당시 부모는 먹고 사는데 고생했다고 생각합니다."

해군의 요청을 거부할 선택지는 있을 수 없었던 것은 아닐까. 주

위가 식료조달에 고심하고 있는 속에서, 장사를 지속하고 있다면, '저기는 먹을 것을 독차지하고 있다.'고, 시샘받았을지도 모른다. 애당초 매입도 제대로 할 수 없었을 것이다. 통조림이나 쌀이라면 몰라도, 과일 등은 신선도가 나빠지면 팔리지 않게 된다. 해군에의 일괄 매각 이외는 있을 수 없었을지도 모른다. 이런 상점은 아마 드물지는 않았을 것이다.

개전 직전의 8월에 금속류 회수령이 제정되어, 조선에서는 10월부터 공출이 강제적으로 실시되게 되었다.

마쓰오 씨는 다음과 같이 이야기한다.

"학교 운동장의 정글짐 놀이기구가 대나무로 바뀌었습니다. 마디가 있어서 오르기 쉬워졌던 기억이 있습니다. 정글짐은 어느 사이엔지 사라져 갔던 것 같습니다. 공출에 관해 어린이들에게 부정적인 이미지가 없었던 것은 확실합니다. '이길 때까지는 원하지 않겠습니다' '공격을 그만두지 않는다.'의 국가 슬로건이 침투해 있어, 매일 매일의 교육과 보도 규제가 철저해 있었기 때문이겠지요."

이 슬로건은 어린이들에게도 효과가 있었다. 마쓰오 씨의 조모인 누이는 한시도 몸에서 떼지 않고 끼고 있던 플라티나(백금) 반지를, 공출 개시 후는 끼지 않게 되었다. 마쓰오 씨는 반지를 찾으면 공출하도록 하며 설득하고 있었을 것이다.

"반지나 금속제품 등의 공출은 있었다. 그렇지만, 우리 부모는 약삭빠르다. 공출하지 않았다."

라고 말한 것은, 노자키 씨이다. 그리고 이 판단은 현명했다.

소련 참전 후, 38도선보다 북쪽에 있던 일본인은, 남쪽으로 이동하는 것이 금지되었다. 그런 속에서 숨겨 갖고 있던 귀금속류가 가족의 목숨을 구하게 된다. 그 전말에 관해 나중에 기술한다.

복장 제한, 배급, 공출. 국가에 의한 강제는 본토뿐만이 아닌 조선에서도 실시되었다. 정도의 차이는 있었을 테지만, "1944년, 1945년이 되자 일본에서는 곡물이나 야채는 물론, 전부가 통제되었다. 흥남에서는 쌀은 통제했지만, 야채나 곡물은 달랐다."고 노자키 씨는 말한다.

그러면 현지의 조선인에게도 공출하게 시켰을까.

"그런 일을 한다면 폭동을 일으킵니다. 일본인과 교제가 있는 사회적 지위가 높은 사람이, 충성심을 나타내기 위하여 공출을 했습니다. 그렇게 하도록까지는 말하지 않았는데 말입니다."

아무래도 일본본토 보다 전시 체제라는 점에 있어서는 엄격하지 않았음을 알 수 있다. 사실, 식량 사정에 관해서는, 진해는 본토에 비해서는 나쁘지 않았다.

"귀환하기까지 배고픔은 모릅니다. 가게 앞에 눈깔사탕 하나 남지 않게 되었다는 것은 확실하지만, 가끔 다이쇼도(大正堂, 생과자점)에 사람이 줄 서 있는 적이 있었습니다."고 시모야마 씨는 이야기한다.

"옥수수 분말이 배급되어, 그것으로 찐 경단을 만들면 할아버지가 맛있다고 말하며 먹었다고, 가족이 이야기하고 있었던 것이 생각납니다. 밥에는 잡곡이 섞여 있고 콩의 찌꺼기가 들어 있기도 했습니다. 쌀이 손에 들어오기 어렵게 되었으므로, 할머니가 정미소에서 싸라기를 받아 왔던 적도 있습니다. 부스러진 쌀의 혀에 닿는 감촉에는 질렸습니다."라고 마쓰오 씨는 이야기한다.

본토에서는 셀 수 있을 정도의 쌀알(米粒) 밖에 들어 있지 않은 미음같은 '음식'에 줄을 섰다고 하니까, 이것만으로도 진해는 혜택받고 있던 편일 것이다.

그렇다고는 하나 장사가 되면 이야기는 별개다. 군인을 상대로 한 하숙집을 꾸리고 있던 시모야마 집에서는, 제대로 된 영업을 할 수 없게 된다.

"1944년 무렵부터 쌀 배급이 없어졌기 때문에, 하숙에서는 저녁 식사 준비를 할 수 없게 되었습니다."

이 시기에 장사를 계속한다는 것은 어렵게 되어 있었다는 것이다.

동경(憧憬)하는 하리마오

국민에게 전쟁 협력을 강요하고, 배고픔을 참고 견디게 할 수 있게 한 배경에는 철저한 미디어 통제가 있었다.

"정보 조작은 철저했습니다. '퇴각'을 '전진(轉進)'으로 바꾸어 쓰고 있었고, 미드웨이나 과달카날의 패전은 알려지지 않았습니다. 잡지 『소녀의 친구(少女の友)』에 가와바타야스나리(川端康成)의 소설 『아름다운 여행(美しい旅)』이 게재되어 있었는데, 아무런 맥락도 없이 갑자기 군함이 등장했습니다. 군과 관계되는 묘사가 없었다면 세상에는 나오지 못하니까. 지금 되돌아보면, 읽는 책에 프로퍼갠더* 냄새가 충만해 있었던 것 같습니다."라고 사와다 씨는 말한다.

* 프로퍼갠더(propaganda) : (정치 지도자·정당 등에 대한 허위·과장된) 선전.

"당시는, 전시 색깔이 가득합니다. '하와이·말레이 앞바다 해전'이라든가 그런 종류의 영화를 보여주었다. 마지막에는 전국(戰局)을 전하는 영상이 덧붙여 있었습니다. 하지만 보고 있어도 특별히 이상하다고는 생각하지 않았다."고 말하는 사람은 다키가와 씨이다.

전해지는 전쟁의 형세는 여기에서도 '일본군 우세'이다. 이기고 있다고 다 말해 버리면 전의(戰意)가 유지된다고 정부는 생각했는지도 모르지만, 패전의 청구서를 부담하게된 것은 국민 외에 없었다.

정부는 '귀축미영(鬼畜米英)'*이라는 슬로건을 보급시켜, 사람들의 증오를 부채질했다. 부산에 있던 고가 씨는 이러한 일을 기억하고 있다. * 귀축미영: 태평양전쟁 시 일본제국으로 당시 교전국이었던 미영(미합중국, 영국)이 도깨비, 축생을 의미하는 '귀축'에 해당한다는 의미로 사용된 말.

"시내에 있는 미나카이(三中井)백화점의 입구 발밑에, 미국 국기가 그려져 있어 그것을 밟지 않으면 안에 들어갈 수 없도록 되어 있었습니다."

이와 같은 일은 도쿄 등 전국 각지에서 실시되고 있었다.

신문배달을 장사로 하고 있던 마쓰오박신당에서도, 변화는 분명히 있었다. 물자 부족의 영향을 받아 지면이 감소한 탓에 자전거의 짐받이가 점점 가벼워져 간다. 상점 안에 표지가 보이도록 쌓아 놓은 잡지도, 책 수량은 변함이 없는데 쌓아 놓은 높이는 낮아지고, 종류도 이 무렵 격하게 감소했다고 한다.

잡지나 신문이 취급하는 내용은 군사색이 대단히 짙어져 간다. 연재 만화나 소설은 전쟁에서 싸우는 의욕을 높이는 것들 뿐이다.

당시 유행했던 영화 중 한 편에 말레이 반도를 무대로 한 '마라이의 호랑이(マライの虎)'(1943년 공개)가 있다.

사실(史實)에 대폭 각색을 첨가한 히어로물의 전쟁의욕을 고양(高揚)하는 영화로, 말레이 반도에서 자란 다니 유타카(谷豊)라는 일본인 청년이 여동생이 살해된 것을 계기로 하리마오라 불리는 도적이 되는 이야기다. 하리마오는 대전(大戰)중 일본 육군의 첩보원이 되어 활동하지만, 일이 진행되고 있는 거의 절반에 본의 아니게 죽음을 맞는다…….

영화는 어린이들을 흥분시켰다. 당시의 남자 아이들은 1945년 이후의 어린이들이 울트라맨이나 가면라이더에 열중하는 것과 똑같이 하리마오에 몰두하게 되었다.

마쓰오 씨의 6학년 1반에서는 강당에서 실시되는 음악 수업 때, 상당한 사건이 일어났다. 어느 날, 여선생님이 언제나처럼 창가를 부르도록 재촉했다. 그런데 선생님의 피아노 반주에 맞추어 합창해야 할 때, 몇 명의 남자 학생이 '마라이의 호랑이' 주제가를 마음대로 부르기 시작했다.

"♪하리마오~ 하리마오 ~ 마라이의 하리마오 ~"

노래 소리에 선생님이 반주를 붙이자 대합창이 되었다. 흥분한 노랫소리는 더욱 커져 강당 벽이 흔들릴 정도였다고 한다.

어린이들은 전쟁의 두려움을 아무것도 모르고 있었다. 그리고 순수했다. 개전에 가슴이 뛰고, 장래에는 군인이 되고 싶다고 진지하게 생각했다. 순수하므로, 수업에 못지않게 합창한 것이다.

수상한 형세

부산에서는 니노미야긴지로상까지 공출되어, 학교에서 없어져 버렸다.

고가 씨는 그것을 당연한 일이라고 생각하고, 순수하게 전의(戰意)를 높이고 있었다. 물론 일본이 전쟁에 진다는 것 등은 알 리도 없었다.

"1943년 5월말일입니다. '애투 섬*의 일본군 수비대가 옥쇄(玉碎)*했습니다.'라고 조례에서 들었습니다. 그때 나는 '왜 도우러 가지 않을까.'라고 이상하게 생각했습니다." * 애투 섬: 미국, 알류샨열도에 속해 있는 작은 섬으로 태평양전쟁 중 일본군이 점령하여, 1943년 5월 수비대가 전멸함. * 옥쇄: 옥이 아름답게 깨지는 것처럼, 명예나 충의를 소중히 하여, 떳떳하게 죽는 것을 말함.

이때 대본영(大本營)은 처음으로 '옥쇄'라는 말을 공식 발표에 사용하고 있다. 전멸이라고는 말하지 않고, '옥과 같이 아름답게 깨진다.'는 이미지를 빌려 현실을 속인 것이다.

사실, 옥쇄라고 듣고 의미를 금방 이해할 수 있는 사람은 당시는 거의 없었다.

그런 속에, 고가 씨의 삼촌만이, 주변의 어른과 다른 생각을 갖고 있었다. 삼촌은 징병될지도 모르는 연령에 접어들고 있었다.

어느 날, 고가 씨가 "전쟁에 나가 죽는거다."고 말하자, 삼촌은 "죽지 않아도 좋지 않은가?"라고 속삭였다고 한다.

나중에 그는 징역 도피를 했다고 소문이 났다. 그것이 정말이라고 한다면, 간장을 마시고 발병을 가장한지도 모르며 (일시적으로 간염이 된다), 일부러 골절이라도 했는지도 모른다. 그러한 행위는 당시 특별하지 않았다. 사실, 나의 조부도 비슷한 일을 만들어 전쟁에 가지 않았다고 모친은 말했던 적이 있다.

고노 씨가 살고 있던 쓰루오카(鶴丘)에서는 개전 후, 탄광산업은 활황(活況)을 보이고, 인구도 증가하고 있었지만, 전황(戰況)이 위태로워져 정세(情勢)는 악화했다.

"전쟁에 대비하여 석탄 증산을 위해 쓰루오카에 찾아왔을 광부까지, 모조리 군대에 불려갔습니다. 그 때, 나는 '전쟁을 수행가기 위해 석탄을 파는 것이 더 좋았는데.'라고 철부지같이 생각했습니다."

1943년 2월에는 과달카날에서의 옥쇄가 전해졌다. 그래도 고노 씨는 "일본군은 승리를 거듭하고 있다."고 끝까지 믿고 있었다. 그러나 아버지인 히데오는, 더욱 냉정하게 상황을 보고 있었다. 잘못하면 질지도 모른다고 생각하고 있었던 것 같고, 집에서는 그렇게 확실하게 입 밖으로 말하게 되었다.

"이미 군대나 전쟁을 경험했던 사람이 그렇게 말하는 것입니다. 맨처음에는 '그런 바보같은'이라고 생각했다. 하지만 생활환경이 점점 악화해가는 것입니다. 그런 환경에서 '정말 전쟁에서 이길까.'라고 나도 차츰 고개를 갸우뚱거리게 되었습니다."

고노 씨가 살고 있던 흥남에서도 역시 여러 가지 변화가 생기고 있었다. 학교 운동회의 운동이나 활동은 1941년을 마지막으로 없어져 버린다. 전사자가 안치된 '영령(英靈)의 집' 앞을 지나갈 때는 한번 가볍게 절을 하는 것은 항상 하는 일이지만, 이 무렵에는 출정 병사가 늘어, 하나 하나 머리를 숙이고 지나가는 것이 성가실 정도였다.

이 무렵 고노 씨의 형인 도시오(敏夫)가 출정(出征) 한다.

"다음 해 1942년 봄의 일이었습니다. 형은 함경남도의 조선인 학교의 교사를 하고 있었습니다만, 소집에 응하여, 우리집 본적(本籍)이 있는 후쿠이현의 쓰루가의 연대(連隊)에 입영하게 되었습니다. 출정 전에 우리 가족을 만나기 위해 흥남으로 찾아왔습니다."

도시오 씨와, 부모와 자녀들 8명이 중화요리의 풀코스를 먹었다고 한다. 다음 날 아침, 도시오 씨를 배웅하기 위해, 노자키 씨 일가는 흥남역으로 나갔다. 노보리(幟)*도 마을 안의 사람들 모습도 없는 조용한 배웅이었다. * 노보리: 조금 좁은 듯하고 긴 천의 한쪽을 장대에 매단 깃발.

"평소 침착한 아버지가 기차가 출발할때 '반자이, 반자이(만세, 만세)'라고 혼자 목소리로 소리를 질렀습니다 . 나는 그것을 보고, '아니, 부끄럽게'라고 생각했습니다. 그래도 아버지는 '힘껏 싸우고 돌아오너라.' 기분의 고조됨을 참을 수 없어 큰 소리를 질렀다고 생각합니다. 그 기분을 지금은 이해합니다."

그해 6월, 독일군은 소련의 스탈린그라드 공격을 개시한다. 겨울이 되자 독일군은 혹독한 추위 속에 고전을 강행하여, 다음해 2월에 철퇴한다. 독일이 전쟁에 패배한 사실을 알고, 고향 후쿠이에 있던 외할아버지는 노자키 씨 일가의 신변을 걱정하여 '일본으로 돌아오너라.'라며 편지를 보냈다.

그렇지만, 노자키 씨의 부모는 흥남에 머무르기를 결의한다. 지금 후쿠이에 돌아간다 하더라도 일이 없다는 것이 이유였다.

후쿠이에 돌아갔으면 귀환하는 경험을 하지 않고 끝났을테지만, 돌아갔으면 생활은 힘들었을 것이고, 괴멸적인 피해를 초래한 패전 1개월 전의 후쿠이 공습을 만났을 가능성도 있다. 그렇게 희생이 되었다면 내가 이렇게 노자키 씨를 만날 기회는 없었을 것이다.

제11장

동원(動員)과 공습

어디에선가 본 경치

마쓰오 씨를 비롯, 진해에서 생활하고 있던 어린이들은, 전황(戰況)이 평소와 다르게 수상해져 오기 시작하는 무렵, 초등학교를 졸업했다. 진학한 중학교는 어떠한 환경이었을까. 진해중학교 『50년사(五○年史)』라는 소책자가 그 실마리를 찾아 주었다.

대망(待望)의 진해중학교 4월 1일에 개교, 교사(校舍)도 결정
【진해】오랜 세월에 걸쳐 진해읍민의 열망이 보상받아 마침내 설립인가를 받은 진해공립중학교는 이미 학교 건물을 옛 진해요항사령부 부지로 결정, 절대적인 해군당국 지원 아래 4월 1일 개교를 진행으로 오늘까지 여학교만의 중학교를 갖고 있던 진해에서 이 전시(戰時) 아래 중학 설치의 특별한 의도에 감사하며, 특히 해군교육에 중점을 두는 이곳 지방으로서는 이것을 기회로 한층 발전하리라 기대하고 있다. 10일 우치야

마(內山)진해서장과 오늘까지 그 기성회 참사로서 활약한 이토 (伊藤) 진해제일국민학교장은 희망 달성의 환희와 함께 다음과 같이 말했다.

우치야마(內山) 서장 담화　　진해는 특별지대로서 꼭 중학이 필요했다. 그것을 달성했으므로 앞으로 여기에서 연달아 해군사관을 배출하게 되었다. 즉 병학교(兵學校)에의 길을 직접 개척할 수 있다, 이곳에서 훌륭한 해군교육을 실시한 다음 해군병학교에 보내는 것이다, 진해는 조선에서 전국을 통해 가장 좋은 환경에 있으므로 오히려 오늘까지 중학 설립이 늦어졌다고 느끼는 것이다. 그것에 관해서도 총독 각하 영단에 대해 깊이 감사드림과 동시에 점점 이 학교를 전 조선의 제일의 훌륭한 교풍을 만들도록 기대해 마지않는다.

이토(伊藤)학교장 담화　　이번에 해군당국의 절대적인 원조와 민간의 타오르는 듯한 열의, 총독부의 진지한 검토에 의해 이 비상시에 진해중학이 탄생한 것은 참으로 기쁜 일이다. 6년 전, 여기에 여학교가 설립되었을때도 그와 더불어 중학설치의 운동이 일어났지만, 시기의 혜택을 받지 못하고 사라져 버렸다. 그 때문에 진해에 사는 자제(子弟)는 전부 마산 혹은 부산으로 기차 통학을 했고, 그 불편과 위험을 말로는 다 할 수 없는 것이었다. 곧 2학급 100명의 모집을 개시하는데, 학교 건물은 특히 옛 요새사령부 터를 사용하므로 스스로 이 학교의 교풍도 그것에 따라 결정된다고 믿는 바이다, 또 국민학교도 근처에 중학교가 있는 것은 실로 편리하고, 그 이상으로 학부모의 안심과 기쁨이 눈에 보이는 것 같다.

【위】진해중학교 개교식. 식전에 해군관계자가 참렬(參列)하고 있다.(진해중고등학교총동창회 『50년사』)

【아래】군사교련으로 학생이 배낭을 짊어지고 총을 받들고 행진하고 있다.
배속 장교나 교사의 지도는 엄격했다 (『오우유우(桜友)』 제2호)

그 소책자에는 1944년 4월 20일의 진해공립중학교 개교식을 찍은 사진이 게재되어 있다.

국민복을 입은 교장과 학생대표인 소년이 서로 마주보고 있다. 그 뒤에는 천진난만함이 남아 있는 까까머리 사내아이들 약 100명이 줄을 서서 가만히 서 있고, 긴 소매의 상의에 반바지라는 차림새이다. 신발은 모두 신고 있다. 등교 때는 전투모를 쓰고 발목부터 무릎까지 게트르(각반)로 감고 있는데, 개교식은 보통의 모습과는 달랐다.

무기를 손에서 손으로 전달하며, '나라를 위해 용감하게 싸우고 오라.'고 명령한다면, 당장이라도 달려 나갈 것 같은 분위기조차 있다. 해군의 기지 안에 들어갈 수 없어도, 평소부터 군인은 일상에 익숙한 존재이었으며, 출정(出征)하는 풍경은 눈에 익은 것이었다. 전장을 알 리도 없겠지만, 결의만은 누구라도 그 때 가지고 있었을 것이다.

이 사진은 내가 2002년 북한에 갔을 때 눈여겨보았던 교복 모습의 어린이들을 연상하게 한다. 평양의 관광지중 하나인 김일성 생가에 들렀을 때의 일이다. 초등학교 고학년 정도의 어린이가 100명 정도 줄을 지어 견학 차례가 돌아올 때까지 가만히 기다리고 있었다. 규율이 잡혀 있어 개인 이야기는 하지 않고, 걸을 때도 줄을 흩트리지 않고 똑바르게 시선을 향하고 있다.

선군정치*를 실시하고 있는 지금의 북한과 국가총동원체제의 당시 일본과는 정치체제에서 말하면 큰 차이가 없다. * 선군정치(先軍政治) : 군사 및 국방 중심의 정치. 북한에서 1995년 이후부터 내건 정책 방향임.

어느 날, 고가 씨는 나이 어린 시절을 돌아보며, "가장 직감적으로 느껴지는 비유는 북한의 체제일까요? 우리들 어린이의 무렵과 북한은 꼭 같답니다."라고 말해 주었다. 전쟁터에 나가지 않아도 정치체제에 따라 어린이들의 얼굴 모습은 닮아지는 것 같다.

스파르타 수업과 조선인 차별

벚나무 가로수가 아름다운 해군의 도시에 설립된 진해공립중학교의 교장(校章)은 벚꽃과 닻의 형태로 그려져 있었다. 교육의 목적은 해군군인의 수련생을 양성하는 것이었다.

'진해공립중학교의 교문은 해군병학교의 교문으로 통한다.'

개교식에서 교장은 이렇게 훈사(訓辭)했다. 해군병학교는 해군 장교를 양성하는 엄선된 엘리트 학교이며, 입학하기 어려운 관문이었다.

학원(學園)생활은 어떠한 것이었을까.

'하루의 일과는, 조례에 이어 체조와, 겨울 기간에는 건포(乾布, 흰 수세미에 끈이 달린 것)마찰, 오전중 수업, 점심 식사 전에 러닝, 학교 밖을 20분 정도 달렸을까. (중략). 오후는 대개 학교 앞에서 선로 옆까지 펼쳐져 있던 공터를 일구어 감자를 키운다.'고 소책자 『오우유우(桜友)』 제2호에 기록되어 있다.

심신을 단련하고 식량 증산에 힘쓰는 매일, 해군군인의 수련생을 양성하는데 어울리는 스케줄이다.

체육수업은 군사 교련으로 대체하고, 교사나 육군의 배속장교가 엄격하게 지도했다. 모든 것은 군대식 단체 훈련이었다. 정렬, 거수인사, 행진, 그리고 배낭을 짊어지고 포복 전진. 맞은 적이 없던 마쓰오 씨나 고가 씨도 철권체재의 고통에 금방 익숙해졌다.

당시의 일을 오토나리 씨는 다음과 같이 말한다.

"학교에 상주하고 있던 배속 장교는 군인정신 주입봉이라는 것을 들고 있었다. 가장 고통스러운 기억은 중학교 2학년 2월 무렵입니다. 그 날은 영하 15도까지 내려갔습니다. 목형을 깎아 총 형태로 만든 것을 어깨에 메고 행군하는 것입니다, 이것이 상당히 무거워서 아무래도 목총이 움직이고 맙니다. 그것이 '괘씸하다, 무엄하다.'하며, 장교가 군인정신 주입봉으로 팔꿈치를 때립니다. 그만 나도 모르게 목총을 떨어뜨리자, 다시 '멍청한 놈'하며 힘껏 때립니다. 손이 마비될 정도로 추운 시기인데 두드려 맞고 제기랄! 이 빌어먹을!이라고 생각했습니다."

오후는 농업 작업이다. 짚에 분뇨를 섞어 퇴비를 만드는 한편, 고구마 묘종을 황무지를 개간하여 옮겨심었다.

학생들은 체력 증진과 근면, 협력 정신 등 모든 것을 엄격하게 주입 교육받았다. 이지메와도 닮은 스파르타 일변도주의(一辺到主義)와 같았다.

수업도 같은 방식이다.

"처음 영어 수업에서 알파벳도 읽을 수 없는 우리들에게 교과서의 표지 뒤에 나와 있던 수십 개의 동물 이름을 갑자기 읽게 합니다. 덧붙여 말하면 그 때 교과서는 두 명 앞에 1권 밖에 없었습니다. '내일 이 단어 시험을 친다.'고 하므로 학생들은 필사적입니다. 그 날에 모든 지혜를 다 짜내어 발음과 뜻과 철자를 어떻게든 외웠습니다."라고 고가 씨는 말한다.

얼마나 힘든 무턱대고 외우는 식의 교육인 것일까. 하지만, 고가 씨는 "적국의 말인 영어가 배척되는 풍조에 있었던 당시에, 단단히 영어교육을 진행하려고 하신 선생님의 견문과 학식에는 훌륭한 점이 있다고 생각합니다."(『50년사』) 라고, 평가하고 있다.

마쓰오 씨와 그 친구들보다 1학년 아래의 다키가와 씨도,

"'일본이 이기든 지든 영어는 절대 필요하니까 가르친다.'고 진해 중학교 시절, 선생님에게 들었습니다."

라고, 교사들의 확고한 신념과, 학생들에게의 애정이 느껴졌다고 이야기한다. 군인 수련생을 양성한다고 하는 명분은 있었다고 하더라고 교사 자신이 언제 징병될지 모르는 상황에 놓여 있었다. 전쟁에 지면 학교가 어떻게 될지 모른다. 가르칠 수 있는 시기에 가능한 많은 것을 가르쳐 주고 싶다. 훌륭한 군인이 되길 바란다. 교사들은 그와 같이 생각하여 전력투구하고 있었을 것이다.

조선인 동급생

중학교에는 부산이나 경성 등의 멀리 떨어진 곳에서 입학한 학생을 위한 기숙사가 두 채 있었다. 그 중 한 채, 2층의 건물 민가를 이용한 제2 기숙사에는 20명 정도가 머무르고 있었다.

고가 씨는 조선인 기숙사 학생들과 한데 섞여 생활하기로 되었다.

기숙사생의 식사는 집에서 다니고 있던 학생에 비해, 질이 떨어진 것이었다.

"점심은 기숙사에서 만들어 준 옥수수가 많이 들어 있는 도시락을 먹었습니다. 배가 고파 아침, 2교시 끝날 때 먹어 버린 학생은 점심밥을 굶었습니다."

한창 성장할 때인 고가 씨는 '먹고 싶어도 먹을 수 없다.'는 지경에 이르고 말았습니다. 하지만 그것을 누군가의 탓으로 하는 일은

없었다.

"(교장선생님은) 당시의 식량 부족을 극복하기 위해서도 대단한 노력을 하셨다고 듣고 있습니다. (중략). 어떻게든 기숙사 학생의 입에 들어갈 수 있는 먹을 것을 확보하셨습니다. 어느 날 학생 전원에게 사과 2개 씩을 나누어준 일이 있었습니다. 해군 기지 안에서 도로 작업을 했을 때, 벌꿀을 더운 물에 녹인 것을 마시게 해 준 적이 있습니다. 단 맛과 영양을 생각한 좋은 간식이었습니다."(『50년사』) 라며, 원망하기는커녕 고마운 경험으로서 기억하고 있다.

기숙사에 있던 조선인 학우를 어떻게 접하고 있었을까.

"차별한다든지 싸움을 한다든지 하는 일은 없었다. 친구로서 사이좋게 지냈습니다. 그러나 조선인 동급생들이 내심으로 어떻게 생각하고 있었는지는 모릅니다."라고, 고가 씨는 의미심장하게 말한다.

그렇게 말하는 것도 그는 이러한 일을 눈 가까이에서 본 적이 있기 때문이다.

"국한(国漢, 국어·한문) 선생님이, 어느 학생을, '너희들 조선인은!'이라고 매도하고, 전교 학생 앞에서 때린 적이 있었습니다. 그는 심한 타격을 받아 허리 관절을 삐었습니다."

조선인 학생은 민족 차별이라고 받아들여, 깊이 상처 받았을 것입니다. 이 일이 트라우마가 되어, 그는 그 후, 일본인 혐오가 되었는지도 모른다.

이런 일도 있었다. 고가 씨는 유달리 사이좋게 지내고 있던 이전 조선인 기숙사 학생과 전후 30년 지나고 나서 재회했다. 그리워하는 고가 씨에 대해, 그의 태도는 의외로 차가웠다.

"'지금 와서, 일본인 동창을 왜 만나야 하나'고 쌀쌀맞고 무뚝뚝하게 말할 뿐으로, 재회를 조금도 그리워해 주지 않았습니다."

고가 씨는 그와 그 후 만나지 않는다고 한다.

오토나리 씨는, 학급의 조선인 학생이 우수했던 점을 기억하고 있다.

"100명 중, 30명이 조선인이었습니다. 그들은 대단히 일본어를 잘 합니다. 일본인인지 아닌지 구별이 안 될 정도였습니다. 일본인인지 아닌지 물으면, 내지에서 일본어를 말하며 자란 조선인이었습니다. 조선인이라도 상당한 격차가 있어 나의 기억으로는 돈이 많았다든지 명문가 출신이든지 상류 계급의 성적이 좋은 학생들도 와 있었습니다. 실제, 1945년 이후에 한국에서 활약하는 사람도 있었다. 나보다 한 학년 아래의 같은 반에서 한국 해군의 사령관이 된 남자도 우수했습니다."

체격이나 학력은 일본인에 비해서 대체로 한결같이 우수했다. 이것은 일본인과 조선인으로는 합격률이 완전 달랐음에 원인이 있다. 조선인 쪽이 압도적으로 인구가 많음에도 불구하고 합격률은 극히 낮다. 학생의 7-8할을 일본인이 차지하고 있다. 그 때문에 문호(門戶)가 열려 있다고는 해도, 조선인 동급생에게는 입시 재수를 거쳐 합격한 두 세 살 연상의 학생이 드물지 않았다. 엄선하여 모인 학생들이었으니까, 우수한 것은 당연하다면 당연하다.

여학생은 진해고등여학교에 진학하는 것이 일반적이었다.

"근사한 건물로, 강당 등 멋집니다. 조선 전국에서 가장 동경하는 학교였다."고 오토나리 씨가 말하는 대로, 역사 있는 명문교이었던 것 같다. 여학교의 학교 건물은 철근 콘크리트 3층 건물로 훌륭한 기숙사도 있었다. 4년제로 각 학년에 2개 학급이었다.

"학급 50명 중, 조선인은 5명뿐이었습니다. 나는 급장을 하고 있었으므로, 출석부를 볼 수 있었습니다. 출석부는 난(欄)이 2개씩 있고, 오른 편에 4 혹은 5라고 쓰여 있었다. 조선인임을 나타내는 숫자입니다."라고, 사와다 씨는 회상한다.

여기에는 조선 전국에서 학생이 찾아왔다. 진해중학교와 같이 조선인은 선별된 학생이 모여 있었다고 생각해도 될 것이다.

"한국인 여학생은 부자나 엘리트에게 시집가는 양가의 딸입니다. 전후, 내가 한국에 가서 재회했을 때, 기쁘게 맞아주었습니다."고 마쓰이 도시코 씨는 가르쳐 주었다.

또, "한 학년 위에는 나중에 김영삼 씨의 부인이 되는 학생이 있었습니다."(히노쓰메 야스코 旭爪泰子)라고 하는 증언까지 있다. 그 학생은 남편이 대통령이 되었을 때, 일본인 동급생 일동을 청와대(한국의 대통령 관저)에 초대했다고 한다.

또, 히노쓰메 씨는 여학교에서의 학원생활을, 이런 식으로 말해주었다.

"학교 본관은 예과련(豫科練)이 사용하고 있어 우리들 여학생은 동원되어 기숙사에서 작업을 했습니다. 사용하고 있던 교과서는 일본(내지)과 완전 같은 것이었습니다. 배운 것은 요리, 화재(和裁), 양재(洋裁), 음악 정도. 적성어(敵性語)라는 이유로 영어 수업은 폐지되어 있었습니다. 수영, 배구, 달리기와 과외 활동도 바빴습니다."

학교에 따라 영어를 가르칠까 아닐까 판단이 나누어져 있었다는 것이다.

조선 북부는 어땠을까.

"소설만 읽고 국어 이외의 성적이 조금도 좋지 않았다."는 노자키 씨는, 중학교 입학 시험을 치르지 않고 공업학교에 진학했다.

"2,3학년에 비행병이 되어 전쟁에서 죽으니까, 중학교에 들어가지 않아도 된다. 공업학교에 가서 예비련을 받을 자격은 있으니까, 그런 가벼운 기분으로 공업학교 전기과를 선택했습니다. 그렇지만 나만큼이나 공업학교에 맞지 않는 학생은 없었다고 즉시 깨달았습니다. 수학이나 이과 등 이과 과목의 성적은 도저히 안되었습니다."

비행병이 되려면 예비련(해군비행예과 연습생)으로 가는 것이 지름길이었다. 그 예과 연습생으로 들어가려면 중학교 4학년 수료 정도의 학력을 필요로 했다. 하지만 중학에 들어가지 않아도 공업학교에 가면 예과연습생으로 갈 수 있는 가능성이 남겨져 있었던 것이다.

입학한 곳은 흥남공립공업학교라는, 1940년에 신설된 남자 학교였다. 그 지역 기업인 조선질소비료가 약 5 6만엔(현재의 수십억엔)을 출자하여, 건설했다. 벽돌식으로 지은 근사한 학교 건물에는 학생 50명의 학급이 4학급 생겨, 남자 학생은 기계과와 응용화학과 등 4개의 학과로 나누어져 배웠다. 국어나 이과, 수학, 영어 외에 식량 증산을 위한 감자 재배, 그리고 실습 등이 있고, 행진이나 포복전진, 총검술도 배웠다. 체력을 기르기 위해서 군사 교련도 적극적으로 실시되었다. 그러나 전쟁 국면의 악화로 학교로서 기능한 것은 짧고, 1944년의 2학기까지였다.

당시의 실습학교(농·공·상업)는 절반이 조선인 학생이었다고 하니, 진해중학에 비하면 조선인에게 문호가 열려 있었다. 그래도 인구 비율에서 보면 여기도 역시 압도적으로 좁은 문이었다.

만주의 모습은 어땠을까.

고노 씨는 어려움 없이 중학에 진학할 수 있을 만큼의 높은 학력을 갖고 있었다. 중학 졸업 후, 육군의 유년(幼年)학교를 거쳐 사관

학교에 진학, 장래에는 장교가 되고 싶다는 당시로서는 흔한 꿈을 안고 있었다. 그러나 부친인 히데오는, 아들 아키라의 이 생각을 인정하지 않았다.

사실, 고노 씨의 형님은 공작원(工作員)이었다.

"아버지는 나에게도 형인 시게루와 같이 특무기관양성소에 진학하게 하려고 생각했습니다. 그러므로 나의 중학 시험을 허락하지 않았다. 중학에 들어가면 특무기관에 들어갈 수 없었습니다. 그래서 국민학교의 고등과에 진학하게 되었습니다."

형 시게루가 진학한 "만주국 경무총국 특무기관(滿洲國警務總局特務機關)"은 만주 전 국토의 고등소학교 졸업생에서 20명을 선발한다는 극단적으로 경쟁률이 높은 학교로, 다케베 로쿠조(武部六蔵)라는 만주국을 대표하는 관료 직속의 특무기관이었다. 시게루는 그 1기생.

만주 각지에는 민·관과 각종의 특무기관 조직이 활동하고 있었다.

1년 속성의 훈련을 거쳐, 시게루는 15살로 특무기관의 공작원으로 비밀리에 맹렬히 활동했다. 극비 임무를 위해 가족 그 누구도 상세한 것은 알지못했다.

자세하게는 나중에 서술하겠지만, 히데오는 '일본은 전쟁에 진다.'고 입밖으로 말하는 것을 꺼리지 않았다. 그 때문에 경찰에 감시를 받고 있었던 것 같고 신병이 구속되어 있었다. 차남인 아키라에게는 자신과 같이 경찰에 감시받지 않기를 바란다. 시게루처럼 특무기관에 들어가길 바란다고 생각했는지도 모른다. 경찰보다도 센 권한을 갖고 있으면, 안전무사하다고 생각하고 있었던 것은 아닐까.

학도근로동원과 대항(對抗) 연습

　민간인을 말려들게 한 본격적인 무차별 폭격이 일본 각지에서 일어나게 된 1944년, 조선에서도 긴박한 나날이 계속된다. 학교는 본래의 기능을 다하지 못하게 되고, 수업은 거들떠보지도 않고 어린이들에게 학도근로동원이라는 형태로 전쟁 협력을 강요했다.

　"농가에서 보리베기나 벼베기를 하거나, 해군경비부 내의 토목공사에서 '삼태기'로 흙을 날랐습니다. 발파(發破) 현장에서 그 지역 채용의 군무원으로부터 발파 때는 폭파(爆破) 지점이 아닌 위를 올려보고 날아오는 돌에 주의하도록 하고 들은 것은 지금으로 말하면 OJT(on the job training) 교육이었습니다. (중략) 1회생으로서 신설 중학교에 입학하여 겨우 십 수개월의 짧은 기간이었습니다만, 학문 외에 학도동원 체험, 간노(神野)선생님의 지도에 의한 고구마 모종 만들기와, 퇴비만들기, 모종 옮겨심기 등의 농사 작업이, 그립고 귀중한 소년의 매일 추억으로 되었습니다."(『五〇年史』松尾博文)

　"근로동원으로 해군사령부 내의 언덕에 도로건설을 도운 적이 있다. 평소 민간인이 들어갈 수 없는 요새지대 내에 들어가는 자체가 스릴이었습니다. 당당하게 대오(隊伍)를 편성하여 위병소 앞을 통과하고, 나무가 우거진 산 속에 들어간다. 커다란 나무는 베어내고, 어느 정도 개간된 땅을 고르는 작업이다. 아침부터 저녁까지 며칠 동안 노동했다. 점심 도시락이 즐거움이었는데, 그것보다도 휴식시간에 군에서 지급된 벌꿀을 더운 물로 녹힌 음료수가 너무나 고마운 간식이었습니다. 지금도 벌꿀을 맛볼 때마다 이 때의 일을 떠올립니다. 벌꿀은 1두(斗) 깡통에 들어 있었다."(『桜友』제2호 古賀苦住)

고, 마쓰오 씨도 고가 씨도 이 시기의 일을 옛날의 좋은 추억으로 기록하고 있다.

한편 생각하고 싶지도 않은 부당하고 터무니 없는 일도 있었다고, 마쓰오 씨는 말한다.

노동작업이 끝난 후 귀가 길에 학생 한 명이 '게다(나막신)가 없어졌다.'고 말을 꺼냈다. 동원작업은 기본적으로 맨발로 행하는 것이 보통이다. 옆에서 감독하고 있던 해군병학교를 갓 졸업한 젊은 소위는 갑자기 화를 내며 '후박나무로 굽을 단 게다 따위 신고 싶다고?' 트집을 잡듯이 입으로 토해 내었다. 그리고 '연대 책임이다. 서로 마주보고, 서로 때려'라 말하며, 대항 연습이라는 이름의 터무니 없는 싸움질을 시키려고 하였다.

"학생들은 모두 사이가 좋았습니다. 상급생으로부터 이유 없이 맞는 일이 없었다는 점도 그것이 이유인지도 모릅니다. 때려라고 명령받아도, 당연히 적당히 합니다. 그래도 장교는 사정없었다. '더 세게 때려'라고 합니다."

이 한 건으로 학생들은 완전히 해군을 아주 싫어하게 되고 말았다.

한편, 노자키 씨는 폭력이 항상 따라다니는 군사 교련도,

"나, 촐랑거리고 덜렁거린다고 자주 야단맞았습니다. 그래도 교련은 즐거웠다."고 혐오감을 갖고 있지 않았다. 교관에게 주시를 당해도 자신만이 두들겨 맞은 것은 아니었기 때문이다. 상급생에게 명령 받고, 학생끼리 서로 때리기를 하라고 하여 한 적도 있었다. 하지만 심상소학교에서 국민학교에 다니고 있던 무렵, 본보기로 맞은 적이 많았던 노자키 씨는 '모두가 맞는 것이 그래도 낫다.'라고 생각하고 있었다는 것이다.

수류탄을 만들다

일본 패전이 결정적으로 되어가던 1945년 4월도 진해는 벚꽃으로 뒤덮였다. 그 때까지 기숙사 생활을 보내고 있던 학생들도 희망하면, 본가 근처의 학교로 전학할 수가 있었다.

학교는 수업하는 곳이 아니게 되었다. 학교 건물에는 수류탄이나 척탄통(휴대용의 소형 박격포)의 재료인 화약이나 주물(鑄物)통 등이 반입되었다.

"수류탄과 박격포의 탄환을 만들었다고 기억하고 있다. 50명씩 한 학급으로 합계 100명으로 2개조 합동으로 말입니다. 전쟁이 끝날 때까지 만들었습니다. 나는 매일 아침, 신관(信管)*을 장착하는 담당이었다. 학교의 급사가 신관을 떨어뜨린 적이 있어 폭발할 것이라고 생각했지만, 불발로 아무 일도 없었다. 깜짝 놀란 것은 성냥의 축(軸)이었습니다. 비가 내리면 소용없게 되지 않을까 어린이끼리 이야기한 것을 기억합니다. 그러한 수류탄으로 전쟁을 할 수 있을까 하는 느낌이었습니다."라고, 오토나리씨는 말한다. * 신관(信管) : 탄약을 구성하는 부품 중 하나로, 탄약의 종류와 용도에 따라 원하는 시기와 장소에서 탄약을 작동시키기 위한 장치임.

만들고 있었던 수류탄은 짜임새가 원시적이었다. 핀이나 캡 등의 안전 장치를 뽑는 대신에 끝부분의 성냥을 마찰하여 점화한다는 대용물이었던 것이다. 밀어넣는식의 뚜껑이 붙은 주물제(鑄物製) 대롱에 화약을 스콥으로 떠내어 넣어 갔다. 성냥을 마찰하는 쪽의 약은 온기(溫氣)가 들어가지 않도록 파라핀으로 방수한 종이 봉투다.

만들고 있었던 것은 국민이 제각기 무장(武裝)하기 위한 국민총무장 병기(兵器)라 부른 것이다. 적군이 상륙해 오면, 여성이나 아이들도 무기를 사용하여 대항하라는 이유입니다. 황거(皇居)나 대본영(大本營) 등 국가 중추기능을 나가노현(長野縣)의 마쓰시로(松代)에 소개(疎開)시킬 계획이 있어, 거대한 지하공간이 만들어져 있었던 이 무렵, 군부(軍部)는 가까운 장래 일어날 수 있는 본토 결전에 대비하고 있었다. 조선의 중학생에게 무기를 만들게 한 것도 그 일환이었을 것이다

이 해 4월, 학업 중간에 부산으로 돌아온 고가 씨도, 편입한 부산공업고등학교에서 무기 만들기에 강제로 종사했다.

"모래를 굳혀 주형(鑄型)을 따라 떠내려보낸다는 수류탄만들기 연습을 했습니다. 상급생은 진짜를 만들고 있었는지 모릅니다."

흥남에 있었던 노자키 씨도 같은 상황이다. 2학년생으로 진급했을 때 수업 그 자체가 완전히 없어져 버려, "있는 것은 학도 동원뿐이었다."라고 한다. 화약, 비료, 약품, 비누 등, 여러 가지 제품을 만들어 내는 컴비나트인 흥남공장지대에는 상업학교나 농림학교, 여학교 등으로부터 학생을 모았다. 노자키 씨의 동기들은 군사 물자를 직접 생산하는 부서는 아니고, 공장 내의 정리정돈 등 단순 노동만 시켜서 헀다.

"장소도 포함해서 매일, 일은 바뀌었습니다. 무개차(無蓋車)에서 석탄을 내리는 일은 1주간 계속되었는데, 그 일은 힘들었다. 얼굴이 새까맣게 되었다. 사실은 선반(旋盤)을 하든지 해서, 나라를 위해 최선을 다하고 싶었지만, 이루어지지 않았습니다."

만주에 있던 고노 씨도 역시 4월 이후는 근로봉사만 힘쓰는 매일매일을 보내고 있었다. 이 무렵, 그는 1년 늦게 중학교에 다니고 있었다.

"나의 방침으로 아키라는 고등과에 입학시켰지만, 만약 아키라

가 내년부터라도 중학에 간다고 하면 보낸다.'고 어머니에게 말을 남겨두고, 아버지는 출정했다."

고노 씨는 자무쓰 중학의 시험에 어려움 없이 합격하고 기숙사 생활을 시작했다. 아침 저녁의 청소나 변소 청소, 기숙사 경비에 이르기까지가 하급생의 일이었다. 기숙사의 사감(감독자)을 했던 체육교사는 거의 매일 밤 점호를 취하고 무엇인가의 이유를 대어, 떡갈나무 딱따기*로 힘껏 학생들의 얼굴을 때렸다. 연대 책임이니까 맞는 것은 기숙사 학생 전원이었다. 기숙사 생활은 병영생활 그대로의 엄격한 것이었다. 어렵게 들어왔는데 중학교에서는 수업을 받을수 없었다. 게다가 나날의 식량은 부족했다. 공복과의 싸움은 치열했다. * 딱따기: 밤에 야경을 돌때 서로 마주쳐서 '딱딱' 소리를 내게 만든 두 짝의 나무토막.

여학교에서도 제대로 수업이 실시되는 적은 없었다. 사와다 씨는 말한다.

"1942년에 입학하여, 그 1년동안만 어쨌든 수업은 있었습니다. 전시 중인 이 무렵은 단지 2년 다르다는 것만으로 상황은 꽤 다릅니다.

수업은 점차 없어져 갔습니다. 2학년이 되자 우선 영어 수업이 없어졌습니다. 그 대신 방공호파기, 단추 달기, 모심기 돕기. 우리들은 교육을 받아야 할 때 아침부터 밤까지 그런 일만 하는동안 해가 저물었습니다. 당시는 군대를 돕는 것이 당연한 일 같은 분위기였습니다. 공부하기 싫어서인지 '나라를 위해 싸우고 싶다'고 흑판에 쓰기도 했습니다. 당시는, 마지막에는 '가미카제가 분다(神風が吹く)' 라고 생각했습니다."

다른 여학생은 어떠한 체험을 했을까.

"테니스 코트에 감자를 심거나, 방공호를 파거나. 수련은 했지만, 남자와 같은 군사 교련은 없었습니다. 죽창(竹槍)은 나기나타(언월도)*와 같이 했습니다만. 그리고 2학년이 되면 수업은 완전히 없어졌습니다."라고, 요코이 씨도 회상한다. * 나기나타(언월도): 도검의 일종. 칼끝이 넓게 휘어진 칼로 중심 슴베를 길게 하고 긴 손잡이를 붙인 것.

테니스 코트가 식량 증산에 사용되었다니——. 진해도 전쟁 말기에는 식료품이 부족하게 되어 있었던 것 같다.

시모야마 씨의 이런 증언도 있다.

"전쟁 상황이 나빠져서 공부를 제대로 할 수 있었던 것은 정말 조금이었습니다. 노동봉사, 송근유(松根油)를 파러 가서 수기(手旗)신호를 하고, 화약을 채우고, 무엇이든 전쟁에 관한 일만 하게 되었습니다."

송근유란 소나무의 뿌리를 건류*시켜 만드는 기름으로 항공연료가 된다고 들었습니다. * 건류: 석탄이나 목재 따위 고체 유기물을 공기가 없는 상태에서 높은 온도로 가열하여 휘발 성분과 비휘발 성분으로 나누는 일.

이 무렵, 송근유 외에, 비행기 엔진의 윤활유로 하기 위해 피마자기름을 채취할 목적으로 '아주까리'가 가정에서도 재배되었다고, 마쓰오 씨가 가르쳐 주었다.

여학교가 군수(軍需)공장으로 되어가는 모습을 상세하게 소개하자.

"학교 건물이 해군항공대의 특공대에 접수되었습니다. 어린이의 안전을 보증할 수 없다고 하므로 다른 지방에서 온 기숙사 학생은 고향으로 돌려보냈습니다. 빈 기숙사에서 탄알제조를 하거나 손깃발(바닷바람을 맞으므로 모직물이었다)이나 특공복을 깁거나 했습니다. 특공복은 조끼 같은 것에 화약을 채워 뇌관(雷管)을 채웁니다. 충격으로 폭발한다는 짜임새입니다."라고, 히노쓰메 씨는 설명한다.

오츠보 씨도, "여학교의 2학년으로 진급하여 곧 신호용 손깃발 만들기를 강제로 시켰습니다. 깃발을 3개 접어 막대기에 누빕니다. 그리고 가장자리를 접어 공그르기(기운 선이 보이지 않도록 깁다)를 합니다. 그 외에는 신문지를 접어 자루나 주머니를 만들어, 그것을 기름으로 쏘아올렸습니다. 그 주머니는 화약을 채우기 위해 사용하는 것이었습니다."라고 이야기한다. 역시 여학생은 꼼꼼한 작업을 요청하는 일을 담당했던 것 같다.

기총소사(機銃掃射)

도쿄는 3월 10일의 공습으로 이미 초토화되고 일본의 대도시라는 대도시에 연일, 소이탄*의 비가 내리고 있었다. * 소이탄 : 사람이나 건조물 등을 화염이나 고열로 불살라서 살상하거나 파괴하는 폭탄 또는 포탄.

"1945년에 들어서자, 전쟁에 휘말리고 있음을 실감했습니다. 공습경보가 여러 번 자주 있고, 한밤중에 방공호에 들어갈 때도 있었습니다. 공습경보를 만나, 모두 지면에 엎드린 적도 있습니다. 그때는 무서웠습니다."라는, 오츠보 씨.

"어느 비오는 날, 교실 창문 밖에 미국 비행기가 지나갔습니다. 전파를 교란시키는 리본을 내리고 있던 적도 있습니다."고, 요코이 씨도 말하듯이, 적은 이미 진해 상공까지 찾아와 있었다.

적기(敵機)가 날아올 때, 경계경보 사이렌이 울려 퍼졌다. 등화관제(燈火管制)가 깔려 있었기 때문에, 각자 집에서는 전등에 검은 삿

갓을 씌워 밖으로 빛이 새는 것을 방지했다.

오토나리 씨는 말한다.

"사이판이 함락되기 전, 중국 청두(成都)에 B29의 기지가 있어, 그 곳에서부터 기타규슈(北九州)를 폭격했다. 야하타(八幡)제철이나 사세보(佐世保)를 겨냥했던 것이다. 그 비행기가 마침 진해 위를 지나간다. 그러면 경계경보나 공습경보가 울린다. 그래서 돌아가는 길에 남은 폭탄을 똑똑 그쪽 부근에 떨어뜨리고 가는 겁니다."

미군기는 진해에는 아무 것도 떨어뜨리지 않고 통과하는 것이 보통이었지만, 패전 전에 한번의 공습이 있었다. 그 모습을 다키카와 씨는 속속들이 분명하게 기억하고 있다.

"진해만의 저편을 비행기가 좌측방향으로 날고 있던 것이 보였습니다. '어이 봐, 저렇게 빠른 전투기가 일본에도 있을 거야!'라고, 학생 한 명이 말했습니다. 그렇지만 곧 기념탑의 왼쪽 위에서 '따따따따'라는 기총소사가 시작되었습니다. 조금 늦게 기념탑의 공습경보가 울리기 시작했습니다. 날아온 것은 미군의 P51(통칭 Mustang)입니다. 나는 그 순간, 신체가 교착상태가 되었다. 선생님이 '퇴피'라고 호령을 걸었을 때, 적기는 머리 위를 넘어 갔다고 생각합니다. 4기 편대였습니다. 그 후, 공작부 바로 옆의 배 기관포(機關砲)가 으르렁거리고, 포탄이 작렬하여 공기가 진동했습니다. 화약에서 나는 소리가 아닌, 굉장히 큰 소리로, 살아있는 기분이 아니었다. 이식대정(二式大艇, 4發의 비행정(飛行艇))이 적기에 당했던 것 같은데, 검은 연기가 지금도 눈에 떠오릅니다."

오토나리 씨도 이 때의 일을 어제의 일처럼 이야기해 주었다.

"P51이 군항 쪽으로 날아갔다. 그래서 일본군은 '따따따따' 지상에서 쏘아댔습니다. 그렇지만 사정(射程)거리가 짧았던지, 한 대도 떨어지지 않았다. 군항에는 제로센*에 플로트*를 붙인 수상전투기와 가와니시 대정(川西 大艇)*이라는 굉장히 성능이 좋은 비행정(飛行艇)이 배치 준비되어 있었는데 말입니다. P51 추격을 위해 5기(5대)인가 10기(10대)의 수상 전투기가 '윙'하고 하늘에 올라갔습니다. 나중에 'P51을 떨어뜨렸다.'고 하는 이야기가 들려와, 모두 '와아'하며 기뻐한 것을 기억한다. '역시 일본은 강하다.'며. 정말 떨어뜨렸는지 아닌지 모르면서 그랬습니다. 전쟁의 공포라는 것은 그러한 곳에 있습니다." * 제로센[零戰]: 제로기, 제로 식 함상전투기에 대한 통칭, 태평양전쟁 당시, 일본 해군의 주력전투기. * 플로트 : 수상 비행기의 물에 뜨는 작은 배. * 가와니시: 항공기 제조회사명, 1945년 이후에도 오랫동안 프로펠라식 비행정으로 세계으뜸의 성능을 자랑함.

부산에 돌아와 있던 고가 씨도 공습경보의 사이렌을 종종 들었다. 그러나 폭탄이 떨어지는 일은 없었다.

"미군기가 겨냥하고 있는 것은 어디까지나 본토의 기타큐슈입니다. 단지 상공을 통과만 하는 것이라고 알았으니까, 그러는 사이 날아와도 공습경보가 나오지 않은 적이 있었습니다. 매일 밤을 일어나게 되어 수면부족이 되어 있는 시민에게 당국이 상황을 판단하여 마음을 써 일부러 내보지 않았겠지요."

노자키 씨가 살고 있던 흥남에도 1945년 3월, 한 대의 B29가 날아왔다. 그러나 이 때의 노자키 씨는 "비행기가 네 갈래 비행 구름을 그리며 날아갔다. '아름답다'라고 생각했습니다."라고, 어떻게든 편안하게 생각했다.

그런데, 본토의 일본인은 완전히 달랐다.

오츠보 씨의 친척 일가는 8월 6일에 히로시마에서 피폭했고, 삼촌이 목숨을 잃었다. 마쓰오 씨의 친척 두 사람은 8월 9일 나가사키에서 피폭, 이 가운데 사촌은 목숨을 잃었다.

'8월 9일 적의 대형 두 대가 나가사키시에 침입하여 신형폭탄과 같은 것을 사용 / 피해는 비교적 근소(僅少)한 것으로 예상'

기사에는, 사실과는 다른 내용이 적혀 있었다.

물론, 이 시점에서는 마쓰오네 가족이나 오츠보 씨들이 친척의 피폭을 알 리도 없었다.

제12장

소집(召集)

있을 수 없는 징병

고노 씨의 아버지, 히데오는 1944년 정월이 끝날 무렵, 경찰서에 참고인으로서 호출되었다. 친구가, 고노 씨의 집에서 술을 마시고, 귀택 후에 변사했다는 사건이 발생했기 때문이다. 하고 싶은 말은 확실히 말한다. 그러한 성격이었기 때문일까, 아무런 죄도 없는데 2. 3일 구류되었다.

"취조 중, 세게 때리고 걷어차는 폭행을 받았다고 합니다. 누명을 당하고 반항한 것이 경찰관의 심증(心証)을 명백하게 방해했겠지요.

아버지는 돌아오자마자 '빨간 종이(소집영장)가 아마 올 것이다.'고 말했습니다. 아마 자신이 어떻게 될 것인지 알고 있었다."

라고, 고노 씨는 중얼거린다.

8월에 들어, 히데오에게 소집 영장이 도착한다. 패전이 임박하자 일본군은 40세 이상이라도 남김없이 몽땅 소집하도록 되어 갔던 것이다. 수개월만에 소집 연령의 상한계인 45세가 되는 참이었다.

"원래부터 감시를 받아왔겠지요. 집에서는 해군에서 길들여진 울려퍼지는 목소리로 '미국과의 전쟁에서 일본이 이길 리가 없다. 일본은 진다.'는 말을, 자주 했습니다. 아버지는 출정할 때 '돌아온다고 생각하지 말라.'고 말을 남겼습니다."

그 후, 히데오는, 철도로 만주를 남하하여, 배로 현해탄을 건넜다. 징병되어 간 곳은 해군출신의 히데오에게 있어 그리운 사세보의 해병단이었다. 거기서 1개월간 훈련을 받은 후, 오키나와 나하부대에 배속이 정해졌다.

배에서 동지나해를 남하해 간다. 같은 배를 탄 병사에는 비슷한 연령이 많았다. 해군에서 단련해 둔 육체를 가진 히데오는 '이런 자들을 데리고 가서 전쟁이 되겠나.'며 고개를 갸웃거렸다.

히데오로부터의 연락은, 11월에 "오키나와에 배속되었다."라는 편지를 마지막으로 끊겼다. 미국에 제해권(制海權)을 뺏겼기 때문에, 우편 선박의 왕래가 어렵게 되었기 때문이다.

다음 해 4월, 오키나와 본섬에 미국군이 상륙한다. 군대와 민간 모두 합해서 18만 명 이상의 사망자를 냈다, 피투성이 전쟁이 계속되고 있었다. 아버지의 안부를 모르고, 게다가 공부할 수 있는 환경도 아닌 고노 씨는, 마음이 다른 곳에 사로잡혀 눈 앞의 일에 집중할 수 없는 중학 생활을 보냈다. 6월 23일, 오키나와는 함락된다.

"그 때 저는 기숙사에서 이불을 덮어쓰고 엉엉 울었습니다. 아버지가 죽었다고 믿어버렸습니다."

1944년, 마쓰오 씨의 아버지 마사미 씨도 소집되어, 조선반도의 남쪽에 떠있는 제주도의 기지에 파견된다. 을종(乙種) 소집이다.

"40살 가까이의 아버지까지 징병으로 소집되었음에 깜짝 놀랐습니다.”

마쓰오 씨는 일본의 열세를 암암리에 알고, 쇼크를 받았다.

소집영장은 고가 씨의 아버지인 40대의 니시나 쥬로에게도 도착하여, 동해를 마주보는 조선 북부의 원산에 배속되었다.

이 무렵 학교에서도 교사가 소집에 응해 대체 교원이 많아져 간다.

“다리를 질질 끌고 있던 교사에게까지 소집영장이 온다는 것은, 일본은 위험하다.”라고 오토나리 씨는, 어린이이지만 생각했다고 한다.

전쟁말기, 일본군의 인재 부족은 심각했다. 세 번의 소집에 응하고, 당시 30세를 넘은 후지무라 씨는 다음과 같이 말한다.

“나는 병대(兵隊) 검사에서 갑종 합격입니다만, 교육은 받지 않았다. 42세 정도까지는 재향군인으로서 소집되었다. 전쟁도 말기 무렵은 더욱 연령을 높여 소집하거나, 병종(丙種) 합격이라도 소집을 받았으니까요. 나의 친구는 병종으로 소집되어 시베리아에 억류된 친구도 있다.”

외국과 싸우고, 영토가 침범될 것 같이 되면, 국가는 권력을 남용하여 국민을 사용하고 버리려고 한다. 그것이 일본의 역사 속에서 가장 노골적으로 확실하게 나타난 시기가, 1944년의 중반에서 종전까지의 시기였던 것은 아닐까.

남쪽으로 간 사람은 돌아오지 않는다

대동아전쟁, 지금 말하는 태평양전쟁이 시작된 것이 1941년. 후지무라 씨는 그 앞 해에 기병대(騎兵隊)의 행리반(行李班)*으로서 중국에 가 있었다. * 행리, 행장: 군대의 전투 또는 숙영에 필요한 탄약·군량·기구 등을 나르는 부대.

"황허(黃河)의 윈청(運城)*에서 쩌저우(澤州)에 들어가 로안(露安)이라는 곳으로 갔습니다. 허베이성(河北省)이지요. 소집을 받아 부대에 도착하기 전에, 옆에 있던 사람이 복부에 탄환을 맞아 죽었다. 누가 한 짓인지 모른다. * 윈청(Yuncheng): 중국 산시 성(山西省) 남서부의 도시. * 쩌저우(澤州): 중국 산시 성 진청 시의 행정구역.

맑은 날, 웅덩이에 돌을 던지니, 주위의 지면에서 흙먼지가 일어납니다. 적이 공격한 걸로 잘못 생각하고, 웅덩이 방향을 겨냥하여 어디에선가 공격해 왔다는 것입니다. 총소리는 '펑' 소리일까 생각했더니, '딱딱딱'이었습니다. 그런 소리가 여기저기에서 들려온다. 무슨 일인가 하고 생각하니 그것이 적의 습격이었습니다." 중일전쟁의 발단인 노구교(盧溝橋) 사건*이 일어난 것은 1937년의 일. 후지무라 씨가 허베이성에 있던 당시, 일본은 '국민정부'라는 괴뢰정권을 수립한 것, 국민당의 장개석(蔣介石)과의 사이에서 화평으로 이르지 않고, 전쟁이 진흙탕으로 들어가는 양상을 보이기 시작하고 있던 무렵이다. * 노구교사건(盧溝橋事件): 중일 전쟁의 발단이 된 사건. 1937년 7월 7일 밤, 루거우차오(盧溝橋) 부근에서 훈련 중이던 일본군이 총격을 받게되고, 이것을 불법으로 인식, 다음 날인 8일 이른 새벽 중국군을 공격해 양군이 교전에 이르게 됨.

그 후, 후지무라 씨는 귀향한다.

"1941년 1월, 진해에 돌아왔습니다. 그 해 12월에 대동아전쟁이 시작됩니다. 함께 중국의 전쟁터에 갔던 사람은, 전부 소집되었습니다. 나는 헌병대에 소집되어, 보조헌병을 했습니다. 반년 정도만에 소집 해제가 되었습니다만, 진해에 돌아올 때 '소집은 오지 않겠지. 하지만 장기 여행은 안 된다.'는 헌병대의 상부 지시가 있었습니다. 그 후 아무 일도 없어, 소집은 이제 오지 않을 것이라고 생각하고 있는데, 1945년 7월에 또 왔습니다. 무척 쓸 사람이 없었겠지요. 더 이상 어쩔 수 없다. '가 주라'고 듣고 7월 20일 경 입대했습니다.

목적지로 간 곳은 조선의 대구 육군입니다. 사실은 남양(南洋)에 갈 예정이었지만, 그 무렵 남쪽으로 가는 배가 없으므로 나는 살았습니다. 나보다 먼저 소집된 사람은 전원 남쪽으로 보내져 아무도 돌아오지 않았다.

그렇다면, 제주도를 지켜라는 것으로 되어, 야전(野戰) 병원의 정비(整備)를 명령받았습니다. 신설 부대이므로 아무 것도 없었습니다. 모두 분담하여 고향에 있는 모든 것을 갖고 오라고 합니다. 나는 집에서 건구상(建具商)*을 하고 있었고, 해군 일을 하고 있었으므로 자재(資財)는 많이 있어, 부대에 도움이 되었습니다. * 건구상: 문짝·창문 등 방을 칸막이하기 위해 다는 물건을 취급하는 가게.

그런데 얼마 후에 제주도에도 갈 수 없다는 사실을 알았다. 미국의 잠수함 공격으로 일본의 배가 파괴되었습니다. 제해권은 커녕 배조차 없다. 이동 준비를 하고 있는 사이에 그대로 종전이 되고 말았다."

임팔(Imphal) 작전

*임팔(Imphal): 인도 동쪽 끝에 있는 도시로 1944년, 일본군이 침공하려 했지만 퇴패한 지역임.

최전선에 투입되어 있어도 살아 돌아온 자도 있다. 이미 쓴 것처럼, 노자키 씨는 가족과 함께 출정하는 형 도시오 씨를 배웅한다.

1945년 봄, 노자키 씨는 육군연소학교(陸軍年少學校)의 원서를 제출하려고 했다. 하지만 아버지인 도모시로(知城)는 승낙서에 도장을 찍지 않았다.

"아직 어린데 군대학교에 갈 필요는 없다. 도시오가 이미 전쟁터에서 국가에 전력을 다하고 있으니 너는 가지 않아도 좋다. 공부해라."라고 강하게 반대하는 아버지를, 노자키 씨는 '비국민이다'라고 생각했다.

그리고 그는 인감을 훔쳐 마음대로 서류에 날인하고, 원서를 제출하고 말았다. 하지만 다행인지 불행인지 흉위(胸圍)가 모자라, 예비 신체검사에서 떨어졌다. 그래도 끝까지 포기할 수 없었던 노자키 씨는, 매일 목도(木刀)단련, 연습을 스스로의 과제로 이행했다. 학교 가기 전에 매일 아침, 100회이다.

전쟁터로부터 도착하는 형의 편지는 그러한 노자키 씨의 마음을 받쳐주었을 것이다. 그러나 종종 도착했던 편지가, 중국에서 동남아시아로 옮기고부터는 뚝 끊어져 버린다.

그 무렵 도시오 씨는 총원 약 85600명 중 적어도 2만 이상의 사망자와 행방불명자가 속출했다고 하는 임팔(Imphal) 작전에 투입되고 있었던 것이다.

인도를 식민지로 하고 있던 영국과 버마까지 점령한 일본이 국경 부근에서 격돌한다. 영국군의 보급 기지를 공격하기 위해 국경 근처를 흐르는 큰 강인 친드원강*을 건넌 후, 해발 2000미터 급 험준한 산에 늘어선 정글을, 보급다운 보급 없이 진격해 간다는 무모한 작전이었다. * 친드원강(Chindwin River): 상(上)미얀마 지방을 흐르는 이라와

디 강의 주요 지류.

본인이, 당시의 일을 이렇게 가르쳐 주었다.

"맨처음에는 중국에 있었습니다. 장인(江陰)(상하이에서 서북서로 약 140킬로미터 지점)의 기지에서 경비를 섰습니다. 비적(匪賊)이 많이 있어 1주일에 한 번 정도는 교전(交戰)이 있었습니다. 그 무렵 집에 편지를 보냈지만, 물론 내가 있는 장소는 쓸 수가 없었습니다."

수렁에 빠져가는 대륙전선(大陸戰線)의 소용돌이 속에 더욱 격렬한 전쟁터로 옮겨다녔습니다.

"샹하이에서 배를 탔습니다. 13척의 수송선(넓적한 물윗배)에 병사가 나누어 타고, 앞에 서서 인도하는 구축함, 비행기에 호위되면서 목적지를 향했습니다. 대만해협 근처부터 앞으로, 선단(船團)은 일부러 뿔뿔이 흩어져 목적지로 향해 나아갔습니다. 전멸을 방지하기 위해서이겠지요. 가는 곳은 알려지지 않았지만, 남쪽으로 가고 있다는 것은 막연히 알았습니다.

출항부터 1주일 정도 걸려 도착한 곳은 베트남 사이공이었습니다. 그곳에서 배로 강을 거슬러 올라갔습니다. 도중에 기차로 바꾸어 타고, 샤무(현재의 태국)로 이동합니다. 수도 방콕, 북상하여 치앙마이로 향했습니다.

그렇지만 치앙마이에서 그 앞은 철도가 없습니다. 버마의 만다레까지는 정글 속을 걸어서 길을 만들며 행군했습니다. 몹시 더운 날씨라 무척 힘들었다. 그렇지만 일본이 점령하고 있으므로 길을 가는 도중은 안전했습니다."

도시오 씨가 소속한 곳은 제15사단 67연대 제2대대 제7중대로, 통칭 '마쓰리(祭)' 부대다. 부대마다 나누어져 임팔을 포위하기 위하여, 버마와 인도 국경의 길 없는 길을 행군한다. 정글에 뒤덮여 있으므로, 어디를 걷고 있는지 알 수 없다. 병참(전선의 후방에 있으며, 군수품이나 병기를 보내거나, 보급·수리 등을 실시하는 기관·임무)이 연기되고 있으므로 보급은 없다. 먹고 마시지 않고 계속 걸을 수밖에 없다.

임팔 부근에 도착한 '마쓰리(祭)' 부대는 공격을 개시한다. 전투차 100대로 공격을 착수하려고 하지만, 여기저기 녹슬고 구멍이 뚫려 있고, 쓸 수 있는 것이 아니고, 무기를 갖고 있지 않음에 가까운 백병전(白兵戰)을 강행하였다.

"포위하여 기습할 작정이었는데 완전히 공격당했습니다. 영국군은 전투차와 비행기로 공격해 왔다. 포복전진을 하면 허리에서 아래로 늘어진 잡낭(雜囊)이 적의 총격에 의해 순식간에 너덜너덜하게 되었습니다, 연대 깃발의 호위는 본래는 계급이 위인 사람이 하는데, 모두 죽었으므로 내가 했습니다. 그럴 때 '좋다, 하고 만다.'며 의욕을 불어넣었습니다. 그런데 전투차도 비행기도 파괴되어버려 하나도 없습니다. 작전은 성공하지 않았으므로, 버마를 목표로 하기로 했습니다. 제공권(制空權)이 없는 군대이므로 야간에만 활동할 수 있었습니다."

계절은 비가 많이 오는 한창때, 극한 상태 속에, 도시오 씨 일행은 필사로 '전진(転進)'해 간다.

"낮에 자고, 진지(陣地)를 쌓아 도망가고 또 진지를 쌓아 공격. 반복이었습니다. 물론 항복은 하지 않습니다. 그런 짓을 하면 아군에게 당합니다."

한데 모여 움직이면 적군의 공격을 받을 가능성이 있었다. 그 때문에 제각기 적은 인원수로 이동하고 있었다. 이정표(道標)가 된 것은 아군의 백골이었다고 한다.

"도중에 전우가 죽는 것은 당연한 광경이었다. 적의 공격 외에는 영양실조로 쇠약하거나 말라리아에 걸리거나 하여 죽어갔습니다. 몸서리치는 자, 변을 흘리면서 도망가는 자. 살아남은 것은 그러한 병사뿐이었습니다. 정글 속을 기어 돌아다니며, 해골(骸骨)이 굴러다니는 속을, 도망치려고 갈팡질팡한다. 보급은 없다, 붕붕하는 적의 전투차 소리가 들렸지만, 정글이므로 자신들이 어디에 있는지 모릅니다."

물론 일이 되어가는 형편이나 사정은 바뀌지 않는다. 막다른 곳까지 추적당한 일본군은 병력이 떨어져 간다. 그 중에는 수류탄으로 자결하는 자, 영국군에게 가솔린이 뿌려져 불이 붙은 자, 그 가운데는 호랑이에게 먹혀 절명하는 병사도 있었다.

"정신이 들자 모두 전멸입니다. 동료 한 명을 보니, 새까맣게 되었습니다. 가까이 다가가 보니 붕하고 검은 것이 사방으로 날아갔습니다. 파리가 온통 덮고 있었습니다. 그 중에 알을 낳아 구더기가 우리편 병사를 먹어버려, 해골과 군복만이 남았습니다. 너무나 비참한 것이었습니다."

동료가 쓰러져 가는 속에 도시오 씨는 기적적으로 살아 남는다.

"도중에 마을이 있으면 군표(軍票)로 식료를 사서, 배고픔을 참고 견뎠습니다. 무기 사용은 하지 않았습니다. 약탈도 하지 않았습니다. 강에 다다르면, 뗏목에 총기를 쌓아 모아두고, 자신들은 헤엄쳐 건넜습니다. 악어가 우글우글 잠수하는 강도 있었지만, 헤엄쳐 건널 수밖에 없습니다. 그러한 모습으로 만다레까지 어떻게든 갔습니다. 나중에 알게 된 것은 결국 우리들이 최후의 철수였습니다. 우리쪽 군대의 기지를 더듬어 찾아 도착했을 때, 피골뿐이었습니다. 200명의 중대는 괴멸, 나를 포함한 4명만이 살아남았습니다."

도시오 씨는 마치 어제의 일처럼 상세하게 이야기했다. 음울하고 처참한 사건이므로 침묵하여 이야기하지 않는 사람은 적지 않았지만, 도시오 씨는 달랐다. 출정 전, 교사였던 도시오 씨에게는 스스로의 경험을 후세에 전해야 한다는 사명감이 있는 것일까.

'일본은 진다'

진해에 있던 총후(銃後)의 일본인은 어떻게 지내고 있었을까. 마쓰오 씨는 이런 일을 가르쳐 주었다. * 총후 : 1.전쟁터의 후방 2.직접 전투에 참가하지 않는 일반 국민.

"할아버지 겐이치가 종전 해 4월에 뇌졸중으로 돌아가셨습니다. 기억하고 있는 것은 물자부족 때문에 나무관(棺桶)의 크기가 신장보다도 조금 짧았다는 것입니다 할머니 누이가 '일본은 전쟁에 진다.'고 말하게 된 것은 그 무렵부터입니다. 나는 격렬하게 반론했습니다. '필승의 신념을 가지지 않으면'이라고 말입니다. 사실은 할머니 누이의 말에는 확실한 근거가 있었습니다. 박신당의 손님인 해군 군인들이 '크게 패배한 함선뿐이다.'는 이야기를 누이 앞에서 그만 흘리고 있었습니다. 그것도 한 번이나 두 번이 아니다. 진해요항부에 수리를 위해 기항한 함선이라는 함선이 손을 쓸 방법이 없을 정도로 파괴되어 있었습니다. 그러므로 누이 할머니는 전황(戰況)의 진실을 두루 살펴서 알고 있었습니다."

그 무렵의 신문은 '패배=옥쇄(玉碎)'라는 지극히 완곡한 표현법으로 처음부터 끝까지 한결 같았다. 덧붙여, 1944년 2월, 마이니치 신문의 '죽창(竹槍)으로는 맞지 않다, 비행기다, 해양항공기다.'라는 표제가 요동치는 기사가 게재되었다. 항공 병력의 정비야말로 중요하다고 설명하는 한편, 도조(東条)가 나서서 주장하는 본토 결전론의 어리석음을 공연히 비판한 것이다. 기사를 읽은 도조 히데키(東條英機)는 격노하여 게재지를 발매 금지시키고 게다가 집필한 기자를 징벌 소집, 격전지 필리핀으로 보냈다. 그 후 속보는 없고 다른 지면도 계속되지 않았다.

그러나 다음 해가 되자, 신문이 어떻게 보도를 하든 많은 사람은 패전의 징후를 느끼고 있었다.

"8월 초 무렵, 어린이들 사이에서도 일본은 질 것 같다고 소문나 있었다. 우리들은 진해에 살고 있는 것이 당연하니까, 자신들이 어떻게 될까 잘 모른다. 일본과 조선의 병합 등 그 무렵은 몰랐습니다."라고, 야마시타 씨는 회상한다.

"어머니는 죽창 연습을 강제로 하고 있었습니다. 적이 상륙했을 때 상대를 찌르는 것이 목적입니다. 어머니는 훈련하면서도 승리를 확신하고 있었던 것은 아니었다. 신문을 읽으면서 '사실은 졌다.'고 말한 적이 있어, 큰일났다고 생각했습니다. 종전 직전이 되자. 옥쇄라는 말이 신문에 자주 실리게끔 되어, 그 때마다 어머니는 눈물을 흘리고 있었습니다."라고, 오츠보 씨도 말한다.

후지무라 씨는, 이런 일도 기억하고 있다.

"이오지마 전투(硫黄島の戦い)* (1945년 2월에서 3월) 후. 해군은 인재 부족 때문에 조선인 장정(성년 남자)에게도 소집을 하기 시작했습니다. 그들의 교육은 해군의 기지 내입니다. 일요일은 잠시의 휴식일로, 하사관이 그들을 데리고 나와 중원로터리 근처에서 해산시키면, 자유행동입니다. 그렇지만 집합시간이 되어도 아무도 돌아오지 않는다. * 이오지마 전투(1945년 2월 19일~1945년 3월 26일): 태평양전쟁 말기에 도쿄도 오가사와라 제도의 이오지마에서 일본군과 미군 간에 벌어진 전투.

인솔 하사관은 당연히 당황합니다. 찾아도 간단히 눈에 띄지 않습니다. 그러던 중 밤이 되어 우리들 재향 군인에게 소집이 걸려 분담하여 찾게 됩니다. 그러나 조선인이 은밀히 숨겨준다든지 산 속으로 도망가 버리거나 하여, 절반은 찾을 수가 없다. 그러한 탈주 사건이 2~3회 있었습니다.

일본의 패전을 알고 있었겠지요. 붙잡힌 한 명은 이렇게 말했습니다. '머지않아 일본은 진다. 우리들에게는 김일성이라는 훌륭한 장군이 있으니까.'라고 말합니다.

상관에게 보고하자, '김일성 따윈 가공의 인물이다. 그들은 헛소리로 그렇게 말하고 있는 것이다.'고 대답하니까, 나도 그렇게 생각했다."

그러나 왜 그들은 일본의 열세를 재빨리 알 수 있었을까. 조선공산당의 연락망 같은 것이 있었을까.

"있으니까 조선인은 징병을 받아도 도망치는 것이지요. 일본인은 도망가는 것은 수치로 생각하며, 천황폐하를 위해 싸우려고 생각하겠지만, 조선인은 그렇게 생각하지 않는다. '김일성이라는 위대한 장군이 도와주러 온다.'고 생각하고 있었다. 그리고 실제 그렇게 되고 말았다."

후지무라 씨의 이야기가 정말이라면, 조선인만이 공유할 수 있는 네트워크가 진해에도 널리 퍼져 있었다는 것을 의미한다.

일본인이 모르는 곳에서, 이 무렵 이미 전후(戰後)가 시작되고 있었다고 말할 수 있는지도 모른다. 그들은 새로운 시대를 만드는 인물을 알고 있었기 때문이야말로 붙잡혀도 태도를 돌변하고 있었던 것이다.

제13장

개개인의 종전기념일

진해의 옥음(玉音)*방송

8월 15일. 일본에서는 종전기념일이라고 부르고 온통 애도 분위기가 된다. 매스컴이 매년, 여름이 되면 '전쟁을 다음 세대에 전하지 않으면'이라고 되풀이하여 외치기 때문에, 이 날에 전쟁이 끝났다고 하는 인식이 국민 전체에 널리 퍼져 있다. 한국에서는 광복절이라 부르고, 식민지 지배로부터 벗어난 날로서 축하 무드에 휩싸인다. *옥음: 일왕의 목소리를 일컫는 말.

조선반도에 있었던 일본인은 그 날을 어떻게 맞이했을까. 우선 진해의 상황부터 쫓아가 보자.

근로동원 중으로, 모든 학교의 학생들에게 여름방학이 없었다. 진해중학교에 다니고 있던 오토나리 씨는, 8월 15일도 여느 때와 같이 등교했다.

그러나 교사의 태도가 달랐다. 아침에 교장은 학생들을 운동장에 집합시켜, 이렇게 말했다.

"오늘은 천황폐하의 중요한 방송이 있으므로 라디오가 집에 있는 학생은 귀가하라."

오토나리 씨도 자택에서 라디오를 들었다.

"그것이, 잡음으로 잘 알아들을 수 없었습니다. 소련에 대한 선전 포고일 것이라 생각했는데, 아나운서가 우는 목소리로, 아무래도 모양이 이상하다."

"나도, 무엇을 말하고 있는지를, 영문을 몰랐습니다."고 말하는 마쓰오 씨도, 뜻밖의 방송을 이해할 수 없었던 한 사람이었다.

국민이 처음 듣는 천황폐하의 육성(肉聲)이었다. 포츠담 선언을 수락하고, 패전을 인정했다는 내용을, 육성으로 이해하는 것은 꽤 어려웠다. 아나운서의 해설이 덧붙여졌지만, 그래도 일부 사람에게밖에 전해지지 않았던 것 같다.

"정오에 교장이, 다시 모두 집합시켜서 무언가 말했습니다. 이야기가 잘 들리지 않았다. 나를 포함해 교장의 이야기 등 아무도 알아들을 수 없다고 생각했다. 그런데 친구들이 집으로 돌아가기 시작하면서 '일본, 전쟁에 진 것 같다.'고 하는 것입니다. '그런 일이 있을 수 있나.' '그래, 일본이 질 리가 없다.' '그건 틀릴 거야.' '아직 지지는 않았을 거야.' 등 모두 제각기 반론했습니다"

이것은 전쟁이 끝난 후 동창회에서 어떤 사람이 말하고 있던 이야기입니다만. 8월 16일에, 선생님이 옆에 살고 있던 학생 집에 '일본은 정말로 졌을까?'라고 물으러 왔다고 다키가와 씨가 말할 정도이므로, 어른들조차 사태를 금방 파악할 수 없었던 모습을 엿볼 수 있다.

오토나리 씨의 급우인 시오이 스에유키(塩井末幸) 씨가 저술한 책

『언제나 시대를 보고 있었다(いつも時代を見ていた)』(프레나스, Plenus)
에는,

"종전일, 라디오에서 흐르는 '천황폐하의 말씀'을 들었다. 누나들
은 쓰러져 울고 있었다.

일본이 졌다. 많은 어른들에게 있어 그것은 믿을 수 없는 사건이
었다. 그러나 시오이 소년에게는 특히 커다란 감개(感慨)는 없었다
고 한다. 단지, '조선 사람들에게 언제 쫓겨날까.' '일본에 돌아가면
어떤 생활이 기다리고 있을까.'라는 불안은 있었다."

라고 쓰여 있다.

히노쓰메 씨는 당일의 모습을 다음과 같이 말한다.

"중대한 발표가 있다고 하여, 여학교의 기숙사에 학생들이 모여,
선생님들과 함께 라디오로 옥음방송을 들었습니다. 방송 후, 선생
님은 '전쟁이 끝났다.'라든가 '졌다.'라고는 말하지 않고, '잘 들리
지 않았다. 집에 돌아가라.'라고만 말씀하셨습니다."

여학교 4학년이었던 사와다 씨는, 옥음방송 후의 아나운서의 해
설에서 '패전'을 깨달았다.

"시간이 되어 다시 라디오에 귀를 기울이니 전파 상태가 나쁘다.
잘 알아들을 수 없지만 '국가 체제는 보호하여 지켰습니다. 그러나
一'와 같은 내용을, 아나운서가 말하고 있습니다. '그러나'라는 말
에 걸려, '졌다.'는 사실을 알아차렸습니다. 어리둥절했습니다. '졌
으니까, 어떻게든 내지로 돌아가지 않으면'라고 생각하고, 그 이후
귀환 준비에 대단히 바빴습니다."

늦고 빠름의 차이는 있지만 어린이들에게는 그날 중으로 알려졌
던 것을 알 수 있다. 갑작스런 통지를 믿을 수 없는 사람, 불안 가득
한 사람, 쇼크로 우는 사람, 기분을 재빠르게 바꿀 수 있는 사람, 반

응은 여러 가지였다는 것 같다.

그렇다고 하나 진해에서는 8월 15일 후, 급격한 변화는 없었다.

"신변의 위험을 느끼는 듯한 일은 전혀 없었습니다. 해군이 있으니까 평온하다고 어른들이 이야기하고 있던 기억이 있습니다. 마쓰오박신당은 15일 이후도 영업을 하고 있었기도 했고 신문 배달도 계속해 나갔습니다. 조선인 종업원 덕분입니다. 배달한 신문은 잉크 절약을 위해서일까요. 뒷면이 인쇄되어있지 않은 타블로이드판 1장 (서부 본사판만, 다른 지구(地區)에서는 뒷면이 존재했다) 이었지만요."라고 말하는 사람은 마쓰오 씨이다.

"그곳은 해군이 있었으니까, 치안은 그렇게 나쁘지 않았다."고 하는 사람은 그 외에도 있으며, 무장 해제되어 있지 않았기 때문에 치안을 유지하는 기능이 군에는 아직 갖추어져 있었음을 엿볼 수 있다.

"전쟁에 져도 주위의 어른들 태도에 특별한 변화는 없었습니다. 조선인이 폭력을 휘두르는 일도 없으며, 시내에 거칠고 난폭하며 살벌한 분위기는 없었습니다. 인상적이었던 것은 밤, 전등이 켜진 일과 진해항공대의 수상(水上)비행기가 윙윙 자포자기로 날고 있었던 일입니다. 조종사는 아직 싸울 작정이었겠지요."라고, 히노쓰메 씨는 말한다.

죽을 각오로 있었던 셈이므로, 기분을 간단히 바꾸는 따윈 할 수 없었을 것이다.

사와다 씨는. 이런 일을 기억하고 있다.

"여학교의 강당에서 『승리의 날까지』(1944년에 발표된 전시가(戰時歌) 및 다음 해 공개한 영화)의 피아노 곡조가 들려온 적이 있습니다. 누가 치고 있었는지 알 수 없지만, 그 광란한 듯한 음색이 굉장히 인상적이었습니다. 마음을 풀 곳이 없었는지도 모릅니다."

번쩍 치켜 올린 주먹을 쓸 곳에 곤란해 한 것은 군국주의에 물들어 있던 마쓰오 씨도 똑같습니다.

"8월 16일에 정처 없이 시내에 나갔습니다. 미국병사가 상륙해 온다면 서로 맞찌르려고 칠하지 않은 나무 칼집의 단도를 배에 숨기고 있었습니다. 그렇지만 단도 전체를 포대로 둘둘 말았기 때문에 이래서는 비상시에 뺄 수가 없습니다. 지금 생각하면, 자신의 상당한 어리석음에 어이없어집니다."

반격을 시도한 사람도 그 중에는 있었던 것 같다. 오토나리 씨는 이렇게 말한다.

"철저히 항전할 작정으로 있었던 이웃의 어른이 '자네도 싸울건가?'라고 물어서 '예'라고 대답했습니다. 탄약나르기를 시켜서 했습니다."

9월 2일, 일본은 항복 문서의 조인식을 행했다. 엄밀하게 말하면 그 식이 끝날 때까지 전쟁은 끝나지 않았다. 게다가 손상이 없는 진해에는 병기(兵器)가 어느 정도는 그대로 남겨져 있었다. 이러한 사정으로 보아, 아직 싸울 수 있다고 생각하고 있던 사람이 있었다고 해도 조금도 어색하지 않다.

하지만, 그러한 진해도 조금씩 변화해 간다.

"진해역 앞에 암시장이 생겼습니다. 군수부가 관리하고 있어야 할 시라사야 군도(白鞘 軍刀)가 팔리고 있었습니다. 나의 기억으로는 1000엔이었습니다. 젊은 패거리가 그것을 허리에 차고 시내를 여기저기 싸돌아다녔습니다. 그 외에, 군(軍)은 저장해둔 생땅콩을 모두 시내에 방출했습니다. 거리 곳곳마다 콩을 팔고 있는겁니다. 그것을 구워서 꽤 많이 먹었습니다."

더욱이 거리에서 헌병이 걷는 것을 보고 놀랐다. 철포(鐵砲) 끝에 칼을 붙이고 있으니까. 그러한 모습. 종전 전에는 전혀 본 적이 없었습니다. 헌병이 10명 이상 암시장에 찾아와서는 장사하려는 무리를 내쫓고 있었습니다. 자기가 살고 있는 곳에서 수확한 사과나 밀감을 팔러 왔을 뿐인데 말이지요. '치안유지이건 나발이건 알게 뭐냐'라고 생각했습니다."

이 다키가와 씨의 이야기는 본토의 불탄 자리에 '자연발생' 한 암시장의 광경과도 겹쳐진다. 여기서도 시대의 톱니바퀴는 확실하게 돌기 시작하고 있었다.

'일본이 고개 숙여 절을 했다'

진해 이외의 장소에 있었던 세 사람은 어떻게 지내고 있었을까?

부산에 있었던 고가 씨는 8월 15일을 이렇게 말한다.

"근로동원에 불려나가서, 급우 사오십 명과 교실에서 손수류탄 만들기를 하고 있었습니다. 오전 중의 작업이 끝나면, 교내 방송으로 라디오가 흘러나왔습니다. 하지만, 무엇을 말하고 있는지는 확실하지 않았습니다.

방송 후, 선생님으로부터의 해설이나 훈사(訓辭)가 있을까 하고 생각했더니, 그와 같은 것은 없다. 무엇인가 풀이 죽은 의기소침한 모습으로, '작업은 계속하지 않아도 된다.'라고만 말하고 아무 말이 없었습니다. 왜 내용을 해설해 주지 않는 것일까라고 수상히 여겼습니다.

할 일이 없으므로, 할 수 없이 집으로 돌아가기로 했습니다. 노면 전차를 타고 들어가 2인 조의 병사와 같이 있었는데, 병사는 평소와는 달리, 허리의 단검을 차지 않고 있었습니다. 왜 무장해 있지 않을까. 어쩌면 선생님이 풀이 죽어 있던 것과 관계가 있는 것일까 하고 이상하게 생각하고 대담하게 말을 걸었습니다. "오늘 방송은 무엇이었습니까?"라고 말입니다.

그러자 '일본이 미국·영국, 소련과 중국에 고개를 숙여 절을 했단다.'라고 완곡하게 에둘러 표현합니다. 내가 실망하지 않도록 배려해 주었겠지요. 그것으로 아 하고 감이 왔습니다."

전쟁이 끝나도 역시 시내 전차가 달리고 평정이 유지되고 있었음에 놀랍니다. 다 불타버린 일본의 풍경과는 완전히 다르다.

전쟁에 졌음을 알았을 때, 어떤 것을 생각했을까. 이 날 이후, 일본인은 적에 맞서 싸우겠다는 의지를 버리고, 미국군이나 미국 정부에 고분고분히 명령에 따르겠다는 뜻을 표하고, 부흥에 전심전력을 다해나갔다고 나는 믿고 있었다. 그런데 고가 씨의 대답은 의외이었다.

"'적에게 어떤 일을 당할지 모른다.'라고 전율(戰慄)했습니다. 미국의 병사가 일본이나 조선에 상륙해 와서, 사정없이 모두 죽이는 장면을 마음속으로 떠올렸습니다. 어떻게 될 것인가 하는 불안이 점점 더해가, 전차를 내릴 때까지 내내 기분 정리가 되지 않고, 창밖을 멍청히 바라보기만 했습니다."

집에 돌아온 고가 씨는 정말로 전쟁에 졌을까를 신문이나 라디오에서 나름대로 확인해 보려고 했다.

"이날, 조간은 없고, 석간이 배달되어 있었습니다. 타블로이드판 1장으로 표지 뒤에 인쇄되어 있는 것입니다. 처음부터 끝까지 읽으니, 옥음방송의 내용에 관한 기사와 패전에 관한 사설이 나와 있었던 것 같습니다. 다시 저녁 6시에 라디오의 뉴스 방송을 들으니,

'이 전쟁에서 죽은 인원은 200만에서 300만 명을 윗돕니다.'고 말합니다. 그 숫자에 놀랐다. '아니, 그렇게 많이?'라고 말입니다. 전쟁의 두려움을 처음 뼈저리게 느꼈습니다."

그 날 밤의 일을, 고가 씨는 선명하게 기억하고 있다.

"아버지는 출정하여 집에 없었기 때문에. 나와 여동생 4명, 그리고 어머니와 서로 이야기했습니다. '미국군은 신용할 수 없다. 전쟁이 끝났다고 말하면서 이쪽의 방심을 틈타, 공습을 시작해 올 지도 모른다. 오늘밤만은 등화관제로 해 두자.'고 한 의견에 일치했습니다."

이러한 생각은 그렇게 특별하지 않았는지도 모른다. "자 오늘부터 다른 시대가 시작되었다."라며, 간단하게 기분을 전환할 수 있을 리가 없다.

고가 씨는, 그 날 밤, 어두운 불빛 아래에서 일본의 재건(再建)을 맹세하는 문장을, 편지지 3장에 걸쳐 장황하게 쓰고 있다.

천황폐하로부터 그와 같은 말씀을 받은 것은 우리 국민의 불충불의(不忠不義)에 있고, 참으로 국민의 책임이다. 다음의 일본을 짊어질 것은 소국민(少國民)인 우리들이다. 일본의 기세를 만회하여 세계의 평화를 확립하지 않으면 안 된다. 일본이 진 것은 우리들의 단결심이 부족했기 때문이다. 민족이 멸망하지 않도록 어쩔 수 없이 화평(和平)에 이르렀다. 항복에 이르게 된 것도 국민의 책임이다. 크게 분기(奮起)하고, 또한 한층 노력하지 않으면 재건은 할 수 없다. 나, 크게 맹세하고 분기하지 않으면 안 된다. 단호히 재건은 나의 손으로 할 것을 맹세한다.

중학 2학년이라고는 생각할 수 없는, 훌륭한 문면*이다. 고가 씨는 이것을 다 작성한 후, 왼손의 새끼손가락 끝을 잘라 '재건'이라고 혈서하고, 그 피로 손도장을 찍었다. *문면(文面) : 글이나 말 따위에서, 표면적으로 드러나는 대강의 뜻.

나는, 전후 태생이 일반적으로 믿고 있는 '일본의 침략 전쟁은 나쁘다.'라는 역사관과는 완전 다른 인식을 고가 씨가 갖고 있었던 것에, 소박하게 놀랐다. 전후의 척도를 적용시켜 선악(善惡)을 말하는 것은 공평하지 않을 것이다.

고가 씨의 이야기를 계속하자.

"패전한 날로부터 이틀 지났을 무렵일까요. 벌벌 떨며 밖으로 나와 보니, 일본인 상점으로 꽉 메우고 있는 번화가를 한국옷을 입은 남자들이 어깨동무를 하고, 도로 가득 늘어서서,

'만세 만세'를 부르며 웃음을 띠며 이쪽으로 향해 오는 것이 보였습니다. 무슨 일을 당할지 알 수 없다. 신변 위험을 느껴, 허둥지둥 총총히 집에 돌아왔습니다."

해군의 도시였던 진해와 달리, 부산에는 재빨리 변화의 파도가 찾아오고 있었던 것이다. 결의(決意)를 숨긴 고가 씨만이 아닌, 시내 쪽도 확실하게 새롭게 다시 태어나려고 하고 있었다.

혼란의 시간

다음은, 조선 북부의 흥남에 있었던 노자키 씨의 이야기이다.

"오전 중, 교내에서 동굴파기 작업을 했습니다. 도시락을 다 먹고, 오후 작업에 착수하려고 했을 때입니다. 직원실에서 조선인 선생님이 당황한 모습으로 오셔서 느닷없이 말합니다. '작업은 중지.

곧 귀가하도록. 전쟁은 끝났다……' 그렇게 말하고, 그 장소에서 사라져 버렸습니다.

의미를 바로 알아채지 못했다. 100만 명의 군대 세력을 자랑하는 관동군(關東軍)은 아직 건재할 것이며, 연합함대는 소중하게 보존되어 있다. 그러므로 일본이 질 리가 없다. 그렇게 믿고 있었으니까요. 만약 그 장소에 강한 지도자가 있어

'신주불멸(神州不滅)*'을 외치고 '황군불패(皇軍不敗)*'를 호소한다면 동조하고 있었겠지요. * 신슈불멸(神州不滅) : 신슈(神州, 神国)는 불멸하다는 의미로, 일본에서는 미토학(水戶)의 존왕론 등에서 볼 수 있으며, 특히 쇼와(昭和)에서 태평양전쟁 종결까지는 군부에 의한 슬로건으로도 사용되었다. * 황군불패: 황군 불패의 신화에서 일본군은 절대로 져서는 안 된다는 의미.

주변도 똑같이 생각했던 것 같습니다. 그 증거로 모두, 당황하여 얼굴을 서로 쳐다볼 뿐. 후회하여 울기도 하고, 격하게 감정이 흥분된 사람은 아무도 없었다. 그래도 귀가명령에 따르지 않고 다시 작업을 시작할 수는 없습니다. 대부분의 학생은 당황하여, 불안을 껴안고 집으로 돌아갔습니다."

노자키 씨는 곧장 집으로 돌아가지 않았다. 확인하고 싶은 일이 있었던 것이다.

"학교에는 7월에 대륙에서 온 부대가 주류(駐留)하고 있어, 화학실험실이 병기(兵器)담당의 방이 되었습니다. 그날 아침, 앞을 지나쳤을 때, 구구식소총(九九式小銃)을 나무 상자에서 꺼내 윤활유로 닦으면서 '이것은 최신식이다.'고 설명하며 총을 늘어놓았다."

그 병사가 어떻게 지내고 있을까 걱정이 되어, 만나러 갔습니다. 그랬더니 그는 소총을 원래 나무 상자에 다시 넣고 두껑을 못으로 쳐서 닫고 있었습니다. '전쟁에 졌으므로 뒷산에 옆으로 뚫은 방공

호에 묻으라는 명령이다.'라며 무책임하게 말하지 않겠습니까. 그
것을 듣고 일의 중대함을 겨우 알아차렸습니다. '전쟁에 졌다고 하
면 조선에 있을 수 없게 된다. 이것은 큰일이다.'라고."

어른도 또 혼란스러워 하고 있었다.

"밤, 등화관제의 검은 천막을 걷어내니 전등이 휘황하게 빛나 보
였다. 그러자 곧 도나리구미*에서 '등화관제는 계속하도록. 정전(停
戰) 교섭중이며 결렬되면 또 전쟁이다.'라는 문서로 알림이 있었습
니다. 나는 그것을 듣고, 납득했습니다. '그렇지. 일본이 그렇게 간
단히 질 리가 없다. 그것이 진짜다.'라고 말입니다." * 도나리구미(隣
組): 제2차 세계대전 당시 국민통제를 위해 만들어진 지역 조직.

전쟁에 졌다는 사실에 노자키 소년의 마음은 아직 흔들리고 있었
다는 셈이지만, 주위의 어른도 패전에 반신반의(半信半疑)한 것 같았
다.

다음은 경상북도에 있었던 후지무라 씨의 이야기이다.

"나는 (경상북도의) 대구 기지에 있었습니다. 15일은, 준위관(准尉官)
에게서 '천황폐하의 방송이 있으니까 작업은 그만 두자. 너희들은
본대에 빨리 돌아가.'라고 들었다. 아내의 친정이 양품 잡화점을 하
고 있었으므로, 거기에 병사를 데리고 가서 아침부터 목욕물을 데
워 목욕탕에 들어가, 다다미방에 배를 깔고 길게 누워 라디오를 듣
고 있었습니다. 그러자 '12시에 천황폐하의 방송이 있습니다.'라 하
지 않습니까. 그 당시는 천황폐하라는 목소리를 들으면, 군인은 직
립부동(直立不動)이 되지 않으면 안 됩니다. 그러므로 모두 벌거벗고
기립하여 부동자세를 취했습니다. 천황폐하의 말씀은 무슨 뜻인지
이해할 수 없었지만, 어쨌든 전쟁에 졌다는 사실은 알았습니다. '이
렇다면 빨리 부대에 되돌아오라고 알리지 않겠나.'라고 생각했다.

서둘러 부하에게 군인복장을 하게 해서 시내에 나왔다. 그랬더니, 조선인 어린이들이 돌을 막 던졌다.

겨우 부대에 돌아오니, 소집되어 있던 조선인은 모두 도망가 버렸다. 남은 자는 암페라 거적을 깔고 길게 누워 있었다. '참 대단하다, 이 사람들은'라고 생각했지만, 어찌할 방법이 없었습니다."

오토나리 씨의 아버지는 재빨리 행동으로 옮겼다.

"나의 아버지는 구루메(久留米) 포병부대였다. 2회 째 소집 때였던가, 구루메의 포병부대가 평양에 가서, 거기서 종전이 되었던 것입니다. 러시아군에게 무장해제되어, 이대로라면 소련에게 연행되어 갈 가능성이 있다는 정보를 아버지는 입수했습니다. 부친은 고초*였으므로 부하와 5명으로, 중대장이 있는 곳에 '오늘 밤 탈출하겠습니다.'고 전했다. 그렇지만, 중대장은 '농담이 아니야.'라고 말했다. * 고초(伍長, 오장) : 5명을 1조로 하는 조장.

그래도 아버지는 도망가기로 했다. 38도선 이북의 기차는 소련이 진압해버려 운행이 정지되었으므로, 경성까지 걸어서 남하했다. 도중에 습격될지도 모르므로, 일본도(日本刀) 2 자루와 피스톨 3정(丁)을 숨겨 식량을 갖고 야밤을 틈타 도망갔습니다.

도중에 조선인부락 근처 가까이 가면 '우와~'라며 사람이 밀어닥친다. 일본인을 붙잡아 소련군에게 인도하면 상을 받을 수 있다. '죽어버려'라는 것이겠지요. 아버지 일행은 피스톨과 일본도로 반격했습니다. 그런 일이 있고부터는 낮에는 수수밭에서 자고, 밤이 되고나서 바스락바스락 소리를 내며 걸어, 1주일 걸쳐서 경성까지 걸어 왔다. 경성에서 그 아래로는 기차가 다니고 있었으니까요. 기차로 진해까지 돌아왔습니다."

그와 같이 평양에서도 더욱 가혹한 운명을 더듬어 걸어온 자도 있다. 히로세 씨는 1948년까지 억류되어 있었다.

"종전은 평양에서 맞이했습니다. 공격해 온 소련군의 포로가 되어, 반년 정도는 남하해 온 관동군과 함께 평양 교외의 삼합리(三合里)수용소에서 지냈습니다. 그 후, 함흥의 수용소로 이동하여, 1946년 가을에 소련으로 이송되었습니다. 우크라이나의 오뎃사 근처의 수용소를 2년 정도 이리저리 정한 데 없이 옮겨다녔습니다."

만주국 붕괴

패전 시, 만주북부의 쓰루오카에 있던 고노 씨는 어땠을까.

"저녁, 숙사에 공군 중위가 두 명 찾아와, 별안간 전해줍니다. '오늘밤, 오전 영시를 기해, 소련군이 침공해 온다. 따라서 제군들의 노동봉사는 중지. 내일, 아침 식사가 끝나면, 즉시 귀환하도록!'라고 말입니다."

자무쓰는 소련 국경에서는 그리 멀지 않다. 아침 중에 도망가지 않으면 전화(戰禍)에 휘말리려 버린다. 만주북부에 살고 있는 일본인에게 남겨진 시간은 거의 없었다.

다음 날 실시된 중학교 해산식은 교장이 '자무쓰중학교는 해산한다. 제군은 신속하게 가족 곁으로 돌아가, 서둘러 피난하도록'라고 훈시했을 뿐으로, 끝나고 말았다.

"재학증명서도 다른 것도 아무 것도 없었습니다. 식이 끝날 때까지 30초일까 아닐까 할 만큼 짧았습니다. 이때만은 머리를 싸맸습니다. '가족 곁으로 돌아가도록'이라고 들어도, 돌아갈 방법이 없다. 트럭으로 태워준다고 해도 걸어가는 도중에 습격당할지도 모른다. 무사히 귀가할 수 있어도 가족을 만날 수 있을지 없을지 모르는 것입니다.”

무엇이 일어날지 모른 채 불안했지만, 다가오는 사태에 대비하여, 고노 씨는 언제라도 도피할 수 있도록 몸차림을 준비했다.

“그랬더니, 관동군 병사가 찾아와 ‘쑹화 강(松花江)의 부두에서 정크(배)에 탄약 싣기 작업을 해라.’고 명령받았습니다. 덧붙여 말하면 쑹화 강은 헤이룽 강, 러시아에서 말하는 아무루강의 지류(支流)로 강의 폭이 몇 킬로미터나 되는 큰 강입니다. 그 때 관동군은 소련의 대일 참전을 받아 방위선의 대폭 후퇴를 결정했습니다. 우리들에게 그 철수하는데 도와주는 일을 시켰습니다.”

민간인을 내버려두고 관동군은 앞다투어 도망치려고 했다. 고노 씨 일행은 함께 그 일에 가담을 하게된 것이다.

그 후에도 명령은 계속되었다.

“해가 질 무렵, 탄환 싣기가 끝날 때, 다음의 지령(指令)이 내려왔습니다. ‘내일 아침, 피난 준비를 해서 헌병대에 집합하라.’고 합니다. 이것은 자무쓰 배속의 헌병대에 의한 출두 명령입니다. 이 다음부터 우리들 신분은 헌병대 아래에 놓였습니다. 재향 군인이 전쟁터에 불려 나갔으니까 우리들 정도 밖에 도움이 될 것 같은 사람이 없었겠지요.

다음날 아침 출두하자 38식 보병총을 건네주는 젊은 헌병중위에게 권총으로 위협당했습니다. ‘이후, 너희들은 나의 지휘 아래, 피난민의 경호에 임한다. 나의 명령에 따르지 않는 자는 이 권총으로 사살한다.’며, 눈앞에서 협박한다. 그것에 기겁을 했다. 그렇지만 잠자코 있을 수 밖에 없다. 그 날 밤은 역 근처에 피난해, 사람이 없는 민가에서 여러 곳으로 나뉘어서 잤습니다.

그 다음 날 아침, 자무쓰역에 가서, 임무에 착수하니, 피난민이 몹시 혼잡했습니다. 소련군의 침공을 피해 남하하여 피난하려는 일본인들뿐입니다. 너무 너무 사람이 많으니까, 용변을 볼 장소조차 없는 상태였습니다. 역 주변은 그야말로 분뇨로 발을 디딜 데가 없을 정도였습니다. 이미 엉망진창입니다."

내가 분뇨 투성이 광경을 눈앞에 본 경험은 인생에서 두 번 있다. 한 번은 한신대지진(阪神大震災) 때 물이 나오지 않는 간이 화장실에서, 또 한 번은 전란이 계속 중인 아프가니스탄에서이다. 난민이 넘치는 비상사태를, 이 정도 시각과 후각으로 말할 것은 아니다. 자무쓰역은 실로 카오스였을 것이다.

고노 씨는 이 때 여기저기에서 검은 연기가 피어오르는 것을 목격했다. 군이나 관리, 공무원들이 철수하기에 앞서 증거 인멸을 꾀하기 위했다고도 생각할 수 있지만, 그 대 횡행했던 중국인에 의한 일본인 가옥에의 습격·약탈일 가능성도 있다. 진상은 어떻든 마을이 긴박상태임은 의심의 여지가 없었다.

"경호활동을 실시하고 있던 오전 중 일입니다. 머리 위에 검은 빛이 번쩍이는 소련기가 날아와 항복을 재촉하는 일본어 전단을 뿌리고 날아가 버렸습니다. 헌병 중위는 우리들, 학생에게 '피난민이 전단을 읽지 않도록 잘 감시하라.'고 지시했습니다. 나는 벌써, 전단이 자신의 주위에 대량으로 떨어져 오지 않도록, 혼란이 널리퍼지지 않기를 하며 기도하는 기분이었습니다."

해가 지려고 할 때, 피난민의 흐름이 겨우 일단락된다. 학생에게 중위는 한층 더 명령을 내렸다.

"너희들도 열차를 타고 피난하라. 이것이 자무쓰를 출발하는 최후의 열차가 된다. 열차 통과 후는 수비대를 일부 남기고 철교를 폭파한다."

　사령부가 있었던 자무쓰로부터도 관동군은 철수하는 것이었다. 쓰루오카에서 자무쓰, 자무쓰 서쪽 방향에 있는 쑤이화(綏化)로 방위선은 급속하게 후퇴하고 있었다. 고노 씨는 만주국에서 붕괴하는 그 한창 때에 있었던 것이다. 쑹화 강에 걸친 철교를 폭파한다면, 철도로의 이동이 불가능하게 된다. 소련군의 추격(追擊)을 방어하기 위해 도망치지 못한 피난민을 구하지 못한 것도 어쩔 수 없다고 관동군은 판단한 것이다. 내 멋대로의 생각이지만, 군인이 남아서 소련군과 대치할 여유가 있었을까라면, 아마 없었을 것임에 틀림없다.

　고노 씨가 탄 것은 스치(쑤이화와 자무쓰 간의) 선로이다. 북만주 유수의 농업 도시인 쑤이화까지 내륙부를 사행(蛇行)하며 이어져 있다. 381.8킬로미터의 노선이었다. 열차는 철교를 통과하고 자무쓰를 떠나간다. 긴 도피행의 시작이었다.

　"한밤중에 석탄운반용의 무개화물차에 옮겨탔던 그 순간입니다. 물통을 뒤엎은 것 같은 장대비가 내렸습니다. 팬티부터 온 몸까지 흠뻑 젖었습니다. 나중에 알았습니다만 북만주에서는 60몇 년 만의 홍수가 시작되었다고 합니다. 대홍수로 큐슈의 2~3배 크기의 호수가 생겼습니다.

　낮에는 30도이고 밤은 15도까지 내려갔습니다. 무개차이기도 하고 맞은 편 바람을 맞으니까 더욱 더 체감 온도는 내려갔습니다. 만 하루 이상 비가 내리기만 하고, 아무 것도 먹지 못하여 지쳤습니다. 이래서는 제대로 잠을 잘 수 없습니다. 그렇지만 눈앞에 중위 한 사람만 비옷을 입고 시원한 얼굴을 하고 오이를 씹으며 위스키 작은 병을 홀짝홀짝 마시고 있었다.

다음 날 다시 한 번 보통 차량으로 옮겼습니다만, 멈추고 움직이고 움직이다가 정지하고, 좀처럼 나아가지 않습니다. 소련군의 움직임을 경계했는지도 모릅니다. 결국 쑤이화에 도착한 것은 3일 째입니다.

내려서 서있는 역도 피난민으로 대혼잡이었습니다. 플랫폼에는 큰 문자로 '무개차 아래의 노선에는 절대로 들어가지 말 것.'이라고, 경고문이 붙어 있었습니다. 공복과 피로에 고통받는 피난민에게 있어 차량 아래는 쉼터 같은 곳이니까요. 홍수를 피하기 위해 정차 중인 무개차 아래에 숨어들어간 사람이 있었다. 그렇지만 갑자기 열차가 움직이기 시작했다. 순식간에 열차에 치여, 다수의 부상자와 사망자가 발생했습니다——."

틀림없이, 시끄럽고 어수선했을 것이라고 생각했지만,

"아무 일도 없었던 듯이 지나쳐 갔습니다."라고 고노 씨는 고개를 흔든다.

"누구라도 다른 사람의 불행에 마음을 쓸 여유라곤 없었다. 앞으로 어떻게 살아갈 것인가 모두 제각기 필사적이었으므로"

전쟁터에서는 죽음이 일상에서 늘 일어나는 대수롭지 않은 일이다. 생명의 위험이 다가오고, 기진맥진하면 죽음에 관해서도 아무것도 느끼지 않게 된다는 말을 들은 적이 있다. 나는 이 상황을 어떻게든 상상하려고 했지만, 아무래도 할 수 없었다. 감각이 마비될 정도의 극한 상황에서 들은 옥음방송에, 고노 씨는 어떤 감상을 품게 되었을까.

"라디오는 잡음이 많아서, 누가 무엇을 말하고 있는지 상세하게 알 수 없다. 그렇지만 전쟁에 진 것은 알았다. 충격을 받았는가 하면, 충격 같은 것 특별히 없었습니다."

이날까지의 고생을 생각하면, 패전 소식 등 동요할 가치가 없다고 하는 것일까. 하지만 고노 씨는 인생 최대의 충격을 아직 만나지 않았다. 이 다음 어떠한 경험을 했는지는, 나중 페이지로 미루고 싶다.

제14장

귀환의 명암(明暗)
조선 남부

연줄이 도움이 되다

그때까지 일본이 지배하고 있었던 지역은 패전 직후, 어떠한 상황이었을까. 실마리는 1945년 9월 2일에 이루어진 항복문서의 조인식에 있다.

조인 후, GHQ(연합국군총사령부)는 일본 측에 '일반 명령 제1호'를 직접 전하고 있다. 이것은 무장 해제, 전투 정지, 외지(外地)에 있어서 일본의 항복을 결정한 것이다. 조인을 받고, 천황폐하는 항복문서의 이행을 국민에게 명령하는 조서(詔書)를 보내고 있다. 옥음방송으로부터 2주간 남짓 지나, 일본의 패배를 서서히 확정한 것이다. 이후, 군인, 민간인을 불문하고, 현지에 있는 모든 일본인이 각국(各國)의 군대 지배하에 들어가게 되었다.

각각의 영토가 어느 나라 지배하에 들어갔을까. 『전후귀환의 기록』(若槻泰雄)을 참고로 기록해 보자. 지역·지배한 군(軍)·지배하에 들어간 일본인의 군민 합한 수라는 순서로 열거하고 있다.

- 만주를 제외한 중국, 타이완, 북위 16도 이북의 프랑스령 인도 차이나 → 중국군 약 200만 명
- 만주, 북위 38도선 이북의 조선, 사할린 및 쿠릴열도 → 소련군 약 272만 명
- 보르네오와 영국령 뉴기니 등 → 오스트레일리아군 약 14만 명
- 미크로네시아제도, 오가사와라제도*, 필리핀, 기타 태평양제도, 조선남부 → 미국군 약 99만 명 * 오가사와라제도(小笠原諸島): 일본의 도쿄 23구에서 남쪽으로 약 1,000킬로미터 떨어진 군도이다. 행정구역상으로는 도쿄도에 속해 있다.

각국의 세력권에 의거하여, 일본군이 항복하는 곳이 지정되었다. 이것이 일본인의 운명을 크게 좌우하게 되었다. 살고 있던 장소가 당연히 생사의 갈림길이 된 것이다. 진해에서 귀환한 마쓰오 씨는, 자신의 체험을 '대단한 일은 아니다.'라고 말했지만, 소련군에 항복한 지역에 살고 있던 노자키 씨나 고노 씨의 체험을 듣고 알게 됨에 따라, 그 말에 나는 납득하게 되었다. 과혹함이 전혀 다르다.

8월 15일을 시점으로 해외의 일본지배 지역에 있던 일본인은, 군대를 포함하여 650만 명 정도. 그 중 일반인은 약 350만 명이었다.

8월 중순에, 일본정부는 '거류민의 정착'을 속행시킬 작정이었다. 그러나 방침은 금방 변경되었다. 8월 21일에는 거류민의 귀환 계획의 입안을 내무성(內務省) 관리국 등에 맡길 것을 결정하고 있다. 라고 한 것도, '각지에 있어 재류민에 대한 박해, 특히 소련 점령 지구에 있어서 사태의 중대화가 영향'(앞의 글)하고 있었기 때문일 것이다. 소련 점령하의 만주와 사할린, 조선 북부 등에서는 통신·교통은 차단되어, 일본군·행정기관·재외공관은 해체되어 있었다. 일본 정

부가 현지의 상황을 파악할 수 없게 되어 있었던 것이다.

조선반도에 있었던 일본인은, 북과 남에서 상황이 크게 달랐다. 이번 장(章)에서는 38선 이남의 조선(지금의 한국)으로부터 귀환한 체험을, 그리고 다음 장에서는 이북(지금의 북한), 및 만주에서 귀환한 체험을 소개한다.

38도선 이남에서는 이렇다 할만한 공습은 없었으며, 외국군이 공격해 올 기색도 없었다. 미군이 상륙하기까지, 일본군이 무장해제 되는 적도 없었다. 그렇다고 하나, 독립의 환희는 확실하게 질서 붕괴를 동반하여. 도시에서 지방으로, 그 움직임은 눈에 띄게 전파하고 있었다. 경성(현재의 서울)의 15일 이후의 모습은 격동이라는 말이 잘 어울리는 것이었다.

"서대문형무소 옥상에는 '혁명 마침내 성공한다.'라는 크게 쓴 현수막이 드높이 게양되어, 막 석방된 정치범을 선두로, 각종단체의 데모는 태극기를 세게 흔들며 '독립만세'를 외치며, 이 마을에서 저 마을로 행렬을 지어 걸었다.

고함을 치는 소리와 노호(怒號)에 뒤덮여 시끄럽고 어수선한 상태를 배경으로, 경성에는 이윽고 '치안대(治安隊)' '보안대(保安隊)' 등의 완장을 찬 한 무리가 경찰서와 파출소를 습격하고, 경찰관을 그곳에서 쫓아내고 그 무기를 빼앗았다. 신문사나 회사와 공장, 대학 등에도, 접수(接收)를 요구하는 정체불명의 조선인 한 떼가 나타나, 시내는 그날로 질서를 잃기 시작했던 것이다, 그리고 이와 같은 혼란은 하루 이틀의 시차를 갖고 급속하게 지방으로 전파해 나갔다." 고 『조선 종전의 기록(朝鮮終戰の記録)』에서 모리타 요시오(森田芳夫)는 기록하고 있다.

앞에서 쓴 것과 같이, 조선 각지의 대도시에서는, 사람들이 일본으로부터의 해방을 기뻐하고, '만세 만세'와 만세삼창을 반복하면서 마을을 행렬지어 천천히 걷는 광경이 펼쳐졌다.

조선 재류(在留)의 일본인들은 동요했다. 본토 일본으로 귀환하려고 하는 자들이, 조선 각지의 항구로 밀려들었다. 화물선, 어선, 군함 등, 사용할 수 있는 배만 있으면 무엇이든 괜찮다는 것이다. 돈을 갖고 있는 자는 암선(闇船)을 빌리고, 배를 내는 것을 장사로 하는 자도 나타났다. 관청이나 일본인회(日本人會)가 어떤 형태로든 배를 중개하는 경우도 있다고 한다.

진해의 일본인도 순차적으로 시내를 떠나 귀환해 간다.

저서 『언제나 시대를 보고 있었다(いつも時代を見ていた)』에서 '종전 2일 후에는 일본에 돌아와 있었다.'고, 시오이 씨는 회상하고 있다.

"놀랄 정도로 빨리 귀국의 길에 이를 수 있었던 것은 진해라는 해협 하나 떨어진 땅의 장점과 함께 아버지가 군사부(軍事部)와 관계가 깊었던 점도 있다. 귀환선의 수배에 관해서는, 군인이었던 기요코(喜代子) 누나의 남편이 힘을 써주었다, 그 때문에 귀환때에 탄 배는 군함이었다. (중략) 별도로 보낸 가재(家財)도구 등의 짐은 사가현(佐賀県)의 가라쓰항(唐津港)에 도착할 예정이었지만, 하역할 때에 태풍을 만나 거의 대부분이 휩쓸려가 버렸다."

라고 써져 있지만, 이때 태풍의 위력은 대단했다.

"승객이 400명 정도 타고 있었기 때문에 확실히 초만원이었습니다. 몸을 움직일 수 없습니다. 태풍을 경과한 후 간신히 가라쓰에 상륙할 수 있었습니다만, 그 때는 당연히 목숨 걸었습니다."고, 그날의 일을 시오이 씨는 돌이켜본다. 같은 무렵, 다른 배로 귀환해 온 다른 사람도 태풍의 무서움을 지금도 선명하게 기억해 내며, 이렇게 증언하고 있다.

"태풍으로부터 피해 다니며, 일본해를 휙 우회했습니다. 목숨만 겨우 건져 돗토리현(鳥取県)의 사카이미나토(境港)에 고생 끝에 도착했을 때, 출항한지 4일이나 지나고 있었습니다."

그 정도의 가혹한 항해였다. 지금, 나는 이렇게 이야기를 듣고 있는 것이 기적과 같이 생각되었다.

그런데 시오이 씨와 같이, 군(軍)의 연고로 빠른 시기에 귀환할 수 있었던 경우는 드물지 않다. 다음에 소개하는 오토나리 씨도 마찬가지다.

"8월 24일에 일본에 돌아왔습니다. 아버지는 아직 전지(戰地)에서 복원(復員)해 있지 않았으므로, 어머니와 나 둘이서. '9월 1일에 미군이 상륙한다면, 여성들은 어떤 일을 당할지 모릅니다, 빨리 돌아가시오.'라고 군대가 해방함(海防艦, 연안 경비 등을 담당하는 배)을 준비해주었습니다. 부자들은 암선(闇船)을 빌려 몇 번이나 재산을 가지러 돌아오기도 했습니다. 우리 집은 재산도 아무 것도 없다. 그 때는 확실히 한 가정에 500엔 주었습니다. 그 후는 아무 것도 없었다."

아버지를 남겨두고 한 걸음 앞서 귀환한 이유가, 조선인으로부터의 습격이 아니고 미군의 습격을 피하기 위해서라는 점이 나에게는 의외로 생각되었다. 전후 일본은 미국을 동맹국으로 간주하고, 매스컴이 그와 같이 열렬하게 선전한다. 그러한 보도에 일상적으로 접하고 있으니까, 미군이 일본인을 공격한다는 발상이 잘 떠오르지 않는 것이다.

그러면, 두고 가게 된 화물은 어떻게 되었을까.

"우리집에서 일하고 있던 조선인이 물품 전부를 사겠다고 합니다. 하지만 이쪽은 여자와 아이이므로 발목이 잡혀 있다. 청구권이고 뭐도 없었습니다. 돈을 지불하지 않아도 배는 출발하고 일본인은 귀환할 것을 정확하게 예측하고 있다. 배가 출발할 때 돈을 지불하러 온다고 말하고 오지 않았습니다."

나중에 귀환해 오는 오토나리 씨의 부친이 한차례 소동을 일으키지만, 이것에 관해서는 나중에 서술한다.

마쓰오 씨가 진해를 떠난 것도 그 무렵이다. 8월 23일 새벽, 마쓰오 씨는 해방함(海防艦)에 들어와 타고 있다. 조모 누이가 이끌고, 마쓰오 씨와 4명의 여동생, 친척인 가와나미가(家)의 여성들과 아이들이 배에 들어왔다. 마쓰오 씨의 어머니는 병으로 마룻바닥에 누워 있고, 소집에 응한 아버지는 제주도에서 지금껏 병역에서 해제되어 귀향하지 않았으므로 동행하고 있지 않다.

"나 자신은 단 한 명의 남자로서 집을 지키지 않으면 안되는 자각과 한껏 북돋워 높아진 기분은 전혀 갖고 있지 않았다고 생각합니다. 대신 조모가 단단히 리더십을 발휘하고 있었습니다."

여기서 나는 고가 씨가 마쓰오 씨에게 당신은 '혜택 받았군요.'라고 말하고 있던 것을 지금 다시 생각했다.

"우리집은 짐이 많았습니다. 크고 작은 것 40개 정도 들고 왔습니다만, 그 중에는 『마쓰오박신당』의 이름이 들은 지우산*이나 사진 앨범, 그리고 쌀 한 섬이 있었습니다. 운반은 이전의 첫 번째 지배인으로 경화당에 박신당 지점을 내고 있던 아오야마 조키치(青山長吉) 씨가 육친처럼 친절하게 도와주었습니다" * 지우산: 대나무로 만든 골격에 종이를 붙이고 기름을 칠한 허술한 우산.

마쓰오 씨가 두드러지지 않게 행동함은, 식량이나 물자 면에서 혜택을 받고 있던 것에 더해, 몸과 마음이 되어 준 조선인의 존재가 있었음도 포함되어 있을 것이다.

그렇다고 하나, 여행은 편안하지 않았다.

"함내에서는 갑판이 있는 곳이었습니다. 그 해 태풍의 내습이 많았습니다만, 그날의 바다는 다행히 잔잔해 있어 구름 한 점 없는 뜨거운 태양 아래였습니다. 덕분에 따가운 햇살과 배멀미로 몸 상태가 나빠지는 사람들이 많았습니다. 가장 막내인 2살 막 된 여동생 세츠코(節子)가 경련을 일으켜 '세츠코의 모습이 이상하다. 죽는다! 죽는다!'며, 배짱이 두둑한 조모가 당황했습니다. 그러나 큰일까지는 가지 않고 저녁 5시 경에 사세보 군항 해안에 닿았습니다.

들고 간 쌀을 답례로 배에 두고 지인의 집에서 1박하고, 다음날 복귀하는 군인으로 넘치는 기차를 타고 사가현 아리타초에 있는 조부 겐이치(謙一)의 본가에 겨우 도착했습니다. 덧붙여 말하면 아버지의 본가는 농가로, 그 무렵 아직 부모님이 건재했으므로 가끔 쌀을 얻으러 갔습니다."

그 후는 혹독한 기아를 체험하는 적은 없이 학업도 늦어지지 않았다. 신학기부터 마쓰오 씨는 일본의 중학교에 다니는 한 명의 학생이 되어 있었다.

고가 씨나, 고노 씨, 노자키 씨가 이 시점에서 귀환해 있지 않은 것을 생각하면, 마쓰오 씨는 전후라는 시대의 개막을 아무런 장애도 없이, 옆에서 볼 때 실로 원활하게 맞이할 수 있게 된 것 같은 모습이다. 그러나 그것이 과연 고가 씨가 말하는 것처럼 '혜택 받았다.'고 말할 수 있을까——. 체험을 느끼는 법은 사람마다 제각각이다. 본인에게 힘들다고 느꼈다면, 그것은 명백하게 고통스러운 추억이 아닐까.

"너, 죽었던 것 아니니?"

오토나리 씨, 마쓰오 씨와 거의 같은 시기에 귀환했던 사람은 히노쓰메 씨이다.

"조선으로부터 돌아올 마음은 없었습니다. 그런 일은 생각도 하지 않았다. 그러나 조선에 있을 수 없음을 알고, 결국은 귀환하게 되었습니다.

우리들은 아버지가 타고 있던 어용선=해방함으로 일본에 돌아오게 되었습니다. 짐싸기 등 정리를 도와 준 여성 종업원들은 '살기 어려우면 조선에 돌아오세요.'라고 울어주었습니다. 짐을 배에 운반한 다음 날, 정든 집과 이별을 고하고, 항구로 향했습니다. 그렇지만 배를 도둑맞아 흔적도 없다. 할 수 없이 집에 다시 돌아왔습니다."

미군은 그 무렵, 일본인의 이동에 제한을 걸려고 하고 있었다. 25일 이후는 100톤 이하의 작은 배로 밖에 귀환할 수 없게 되어, 결국 히노쓰메 씨는 8월 23일 밤, 다른 배로 출항하게 되었다.

"현해탄의 풍랑이 아주 거칠었습니다. 도착할 때까지 하룻밤 걸렸을까. 하카타에 도착하여 할 수 없이 부두에 노숙했더니, 새 자전거나 앨범을 눈앞에서 도둑맞았습니다."

그러나 운명이란 알 수 없는 법이다.

"우리들이 탈 예정이었던 도둑맞은 배는, 기뢰를 맞았던 것 같습니다. 파편이 항구에 떠다니는 것 같았습니다. 불쌍하게도. 아마 미국에 의한 해상(海上) 봉쇄 탓. 기뢰를 그 주변의 바다에 가득 떠내려 보내고 있었겠지요. 모두 내가 죽어버렸다고 생각하고 있었던 것 같아, 그 후 아무도 연락해 오지 않았습니다."

그녀가 살아 있음을 이전의 급우가 알게 된 것은, 1950년 무렵의 일이다.

"히로시마의 시내를 걷고 있으니, 진해의 동급생 모습이 우연히 눈에 들어왔습니다. 말을 거니 '어머나, 너, 죽은 것 아니었니?'라고 말을 하는 겁니다. '너의 아버지가 타고 있던 배 파편이 부두에 떠내려 왔으니, 기뢰로 사고를 당했다, 안됐다고 모두 이야기하고 있었어.'라고 들었답니다."

9월이 되어 아직 현지에 남아 있는 일본인은 적어졌다.

오토나리 씨의 부친은 전지(戰地)에서 가족이 기다리는 진해로 돌아왔을 때, 가족은 이미 사가현에 돌아가 있었다.

"평양에서 38도선을 걸어서 넘고, 진해에 돌아온 것은 9월 초 무렵. 그렇지만 가족은 벌써 일본에 귀환했다. 그래서 아버지는 우선 군수부(軍需部)에 사정을 물으러 갔습니다. 그러자 아내와 자녀가 이미 사가현에 돌아가 있음을 알았다. 그것은 괜찮았지만, 모든 짐을 맡아준 조선인이 가지고 갔음도 알았다, 그래서 아버지는 '이것 참, 그 놈 죽인다.'며, 피스톨을 갖고 조선인 집에 갔다고 합니다. 그랬더니 여자들 밖에 없어서 죽여도 소용없다며, 아무 짓도 하지 않고 돌아왔다. 그 후 혼자서 사가현으로 찾아왔다고 한다.

그렇지만, 치미는 분노를 참을 수 없습니다. 사가현에 돌아왔을 때 눈에 핏발을 세워서 '집에 일본도가 있었지'라고 말합니다. 우리 집은 오랜 가문이었으므로 일본도가 있었다. 칼을 미군에게 의무적으로 내어놓지 않으면 안되었지만, 몰래 감추어 두었습니다.

　'여기에도 조선인이 있다. 죽이러 간다.'라는 아버지를 '농담이 아니다.'며, 모두 같이 말린 기억이 있습니다. 종전의 난장판에서 여행길이나 진해에서 조선인에게 좋지 않은 경험을 당했으므로, '이 빌어먹을, 제기랄'이라는 기분이 있었겠지요."

　전쟁의 본질을 엿볼 수 있을 듯한 이야기이다.

　귀환 시기가 늦어질수록 상황은 나빠진다.

　"해군의 경리부 수지(收支) 주임을 하고 있었으므로, 아버지는 '마지막까지 있어주길 바란다.'고 들었다고 합니다. 덕분에 귀환은 9월 말로 늦어졌습니다."고 말하는 사람은 요코이 씨이다.

　"짐꾸리기는 조선 사람이 해 주었습니다. 들고 갈 수 있는 짐은 정말 조금입니다. 장롱도 이불도 그 외 대부분의 물건은 그대로 두고 갔습니다. 30명 남짓 꽃꽂이를 가르치고 있었습니다만, 꽃꽂이 도구도 갖고 갈 수 없습니다. 한 집당 5개의 화물 밖에 갖고 갈 수 없다는 규칙 때문입니다. 맥아더 원수는 재산을 보장한다고 말했지만, 결국은 제로가 되었습니다.

　여동생의 기저귀를 들고, 다섯 살 남동생의 손을 잡고, 겨우 짐과 함께 해군의 마지막 배를 탔습니다."

　부모가 상점을 경영하고 있었던 오츠보 씨도 화물 제한의 영향을 받고 있다.

　"귀환한 것은 9월 23일이었습니다. 9월이 된 것은 가게 정리를 하고 있었기 때문입니다. 잘 대해 주셨던 사람들에게 상품을 나누어주기도 하고 팔기도 했습니다.

　화물은 1사람 당 1개까지 정해져 있었습니다. 파는 물건인 차(茶)

를 넣어 두었던 상자에 짐을 꽉 채워보니 꽤 들어갔습니다. 들어가지 않은 짐은 암선(闇船)으로 후쿠야마(히로시마현)까지 보냈습니다. 가구(家具)나 미싱이라는 거치식 물건이나 부피가 큰 물건은 하는 수 없이 놔두고 가기로 했습니다."

오츠보 씨는 정든 땅을 떠나는 것을 어떻게 느꼈을까.

"진해에 머문다는 것은 포기하고 있었습니다. 돌아갈 곳도 있었으며, 아버지는 장남이었으므로 돌아가지 않을 수 없다. 나 자신은 호기심도 있어, 일본으로 돌아가 보고 싶었습니다. 친구들도 일본으로 귀환했고요. 하지만 정작 귀환할 때가 되자, 헤어짐의 아픔이 마음에 사무쳤습니다.

우리집에 와 주었던 조선인 세탁도우미 할머니가 울며 울며, '데리고 가 주세요.'라고 간절히 원했습니다. 의지할 데가 없는 사람으로 40대 정도인데 할머니라고 부르고 있던 사람이었습니다.

집 뒤에는 남편이 일본인, 부인이 조선인인 부부가 살고 있어, 그들과의 헤어짐도 슬펐습니다. 부인이 나를 아주 귀여워해 주셨습니다. 일본인이 차례차례 귀환해 가는 중, 남편은 부인을 생각하고 진해에 머물렀습니다."

오츠보 씨 일가는 해군의 연락선으로 귀환했다.

하카타에 상륙한 후 여관에서 하룻밤 묵었습니다. 갖고 온 쌀을 건네 밥은 지어주었고, 반찬은 통조림으로 먹었습니다. 다음 날 아버지가 쇼우센(省線, 지금의 JR)역으로 가니까 '지금은 기차는 출발하지 않는다.'고 하지 않습니까. 조금 전에 일어났던 홍수 때문입니다. 하지만 갖고 온 김인가 무엇인가를 역장에게 건네며 간절히 부탁하니, 전세 열차를 내어주게 되었습니다."

오츠보 씨 일가는 쌀과 통조림이라는 식료품을 비축해 두고 있어, 귀환 때 도움이 될 수 있었다. 가게를 공들여 운영하고 있던 보람이 드러났다.

배는 노호(怒號)를 싣고

모험 활극과 같은 체험을 한 사람은 다키카와 씨이다.

"종전에서 아직 1개월 지나지 않은 시기입니다. 오카야마(岡山)출신의 병조장(兵曹長)이 집에 뛰어 들어왔습니다. '나의 목숨을 노리고 있다. 죽일지 모르니까 숨겨주십시오.'라고 합니다. 이 사람 그때까지 조선인을 해병단에서 훈련하고 있었습니다만, 다른 사람보다도 난폭하게 대했던 것 같습니다. 그러므로 원한을 산지도 모릅니다.

'숨겨주어도 금방 들킬 것이다. 그렇다면 가능한 빨리 일본으로 귀환하는 것이 좋다.'고 실현을 목표로 계획을 세웠습니다.

아버지는 아는 상인이 배에 화물을 싣고 출발한다는 정보를 들었습니다. 이번에는 그 상인에게 교섭하여 나와 병조장은 형제라는 소문을 미리 내어 마침내 배를 타게 되었습니다.

출발은 15시, 탄 배는 해군시설부의 전세배였습니다. 어른 중에 풍덩 뛰어드는 배 여행. 배 안에 아는 사람은 아무도 없었습니다."

다키가와 씨는 아직 10대 초반. 마음이 안놓이는 걱정스런 여행길이었을 것이다.

"두 척의 본선이 제각기 단베에부네(団平船, 화물선)을 끌고 달렸습니다.

예선(曳船)은 20톤 정도, 끌고 가는 쪽은 50톤 정도일까요. 양쪽 다 목선(木船)입니다. 예선은 야키다마 엔진으로, 힘을 걸면 쿵소리로 멈추거나 합니다. 그래도 부산 먼바다까지 순조롭게 항해했습니다.

해거름이 다가올 무렵이었을까. 2척의 배 선원들이 배 너머로 무엇인가 큰소리로 이야기하고 시끄러워졌습니다. 무슨 일이지 하고 주위에 물어보니, 화물선의 접속을 바꾸어 속도를 조정하는 것입니다. 이것이 나중에 크게 운명을 가른다고는 생각하지도 못한 일이었습니다.

내가 탄 가장 큰 화물선은 약 1800개의 화물이 실려져 있었습니다. 선내는 여성과 어린 아이들이 타고 있고 발 놓을 곳 조차 없을 정도이며, 당연히 선실은 만실이었습니다. 그곳에서 나는 돛과 화물 빈틈에 자리를 잡고 있었습니다.

아침, 눈이 뜨였을 때는 어렴풋이 시야가 밝아져 왔습니다. 검은 빛을 띤 바다. 흘수선(吃水線)*에서 고작 1.5부터 2미터 정도밖에 되지 않은 위치에서 처음 보는 현해탄의 경치였습니다. 그렇지만 어디를 향해도 수평선입니다. 얼마간 불안을 느꼈습니다. * 흘수선 : 배가 물 위에 떠 있을 때 배와 수면이 접하는, 경계가 되는 선.

바로 근처를 등지느러미와 꼬리지느러미를 내고 상어가 쓱쓱 헤엄치고 있습니다. 처음 보았으니 주눅이 들어 조금 뒷걸음질을 쳤습니다.

함께 출항한 요선(僚船)과 화물선은 일행에서 떨어졌는지 보이지 않습니다. 우리들이 타고 있던 본선은 또 하나의 다른 본선에 의지하여 해도(海圖)도 나침반도 갖고 있지 않습니다. 마구 무턱대고 남동 방향으로 항해하려 했더니 오른 쪽에 희미하게 섬이 보였습니다. 모두 '쓰시마 쓰시마'라고 말했으니까 꽤 일본해 측에 흘러들어온 것 같습니다. 내지에 가는 것 밖에 알려지지 않았지만, 겨우 오카야마 시모쓰이항(下津井港)을 목표로 하고 있음을 알았다.

그러다가 모선의 엔진이 고장났습니다. '엔진 상태를 보고 올테니까.'라고 승조원이 말했다고 생각하자, 예선은 화물선을 놓고 어딘가에 가버렸습니다. 우리들은 이것이야말로 돛단배(범선) 같다고 하고 정크(junk, 중국의 범선)와 같은 요령으로 나아갈 수밖에 없다. 그렇지만 해군 병사가 몇 사람 탔으니까 그렇게 걱정은 하지 않았습니다. 함께 탄 수양 형님은 범선의 경험이 있는 것 같고, 큰 소리로 지시를 내기 시작했습니다. 그 후 어디서인가도 모르게 본선이 나타나 또 연결되었습니다."

오후 3시경, 즐비한 굴뚝이 희미하게 보이기 시작했다. 기타규슈의 야하타제철소(八幡製鐵所)인 것 같다. 육지가 보여, 이것으로 일단 안심이라고 생각했지만, 그렇게 일은 잘 진척되지는 않았다.

"선내에 미묘하게 움직이는 사람들의 모습이 눈에 들어왔다. 북쪽에서 도망쳐온 도망 병사라 칭하는 남자가, 운반하는 짐 중에서 일부를 몰래 빼기, 즉 짐을 마음대로 빼내어 바다에 버렸습니다. 그 중에는 보아서 잘 알고 있는 나의 가죽 책가방이 있었습니다. 게다가 그들은 우리집의 짐에도 손을 대려고 합니다. 내가 '그것은 우리집 물건'이라고 소리를 질렀다, 그러자 느닷없이 무서운 형상으로 '현해탄에 집어던진다.'라고 호통쳤습니다. 그 때의 공포는 지금도 선명합니다."

그런데 말입니다. 역시 나쁜 일은 벌어졌습니다. 간몬해협(關門海峽) 입구에서 맹렬하게 큰 소용돌이가 쳐서 두 척 다 휘말리고 말았다. 무서웠습니다. 어떻게 될까, 생각했다. 노호(怒號)가 날아와서 '이 탓 저 탓'이라며 모두 필사적. 나쁜 짓을 하면 벌을 받는다고 생각했는지 그것으로 짐을 몰래 빼는 짓은 멈추었습니다."

어떻게든 배가 바다의 기슭에 와닿고 본토의 땅을 밟은 후의 발자취를 따라가 보자.

"모지항(門司港)의 뒤쪽에 있는 작은 항구에 고생 끝에 도착했습니다. 24시간 이상의 항해였습니다. 간몬해협에는 멀리 보이는 한, 헤아릴 수 없을 정도가 배가 가라앉았습니다. 안벽(岸壁)에 달려들어 주위보다도 조금 높게 튀어나온 것도 있다. 이런 일에는 깜짝 놀랐습니다. 나중에 알았습니다만, 미군이 해상 봉쇄를 위해 12,000발의 기뢰를 투하했다고 합니다.

진해에서는, 내가 탄 배를 쓰시마 먼바다에서 폭발시켜 물속으로 가라앉혔다고 대소동이었다고 합니다. 요선에 탔던 사람은 죽었다고 합니다. 많은 날이 지나서 쓰시마 먼바다에서 기뢰를 맞아 폭발하여 가라앉았다고 알았습니다."

그 후, 다키카와 씨가 탔던 배는 예정대로 세토나이카이(瀬戸内海)를 항해하고 있었지만, 패전까지 진수부(鎭守府)가 있던 히로시마의 구레항(呉港) 근처에서 해면에 닿을까말까 아슬아슬하게 떠올랐던 폭침한 전함 무쓰(陸奥) 같은 함선의 갑판과 하마터면 부딪힐것 같았지만, 배는 잔해(殘骸)에 충돌하지 않고 어떻게든 무사히 항해를 계속할 수 있었다. 자칫 잘못했으면 죽어도 이상하지 않을 정도의 위험한 항해였다.

다키가와 씨 보다 더욱 늦게 귀환한 사람들은 어떠한 상태였을까. 이 무렵에는 일본인은 꽤 적어졌다.

시모야마 씨의 귀환이 늦어진 데는 사정이 있다. 가족의 귀가를 기다리고 있었던 것이다.

"나의 가족은 뿔뿔이 흩어져 있었습니다. 위의 오빠(18세)가 경성의 전문학교에서 돌아오지 않았습니다. 게다가 여동생(초등학교 5학년)은 북조선(전후에 건국된 북한)의 친척집에 여름방학으로 놀러 가 있어 소식불명입니다. 그러므로 어머니는 귀환을 늦추기로 했습니다.

그 무렵 매일 밤, 먼 곳에서 총소리가 났습니다. '젊은 여자를 데리고 갔다.'라는 소문이 난무했으며, 일본인이 점점 귀환해 간다며 불안하여 견딜 수 없었습니다.

배가 없어지면, 이것도 저것도 죄다 잃습니다. 이 이상은 기다릴 수 없다고 판단하여 어머니와 두 번 째 오빠와 나 3명으로 군의 배를 탔습니다. 10월 23일의 일입니다. 갖고 갈 수 있는 짐의 양은 겨우 알게 되었습니다. 그 중에는 근사한 단장롱을 짊어지고 있는 남성이 있어, 그 사실에는 놀랐습니다. 상당히 아까웠겠지요.

승선 전에 화물검사를 받았습니다. 담당 미병사는 명랑하고 영양상태가 좋았다. 짐 속에 있는 나의 사진을 보고, 휘파람을 불며 웃던 일을 회상합니다.

하카타항에는 다음 날, 도착했습니다. 공교롭게도 비가 내리고 있어, 한층 비참한 기분이 되었습니다. 갈 곳이 없습니다. 어머니의 직장의 지인 친척이 이이즈카에 있다고 하므로, 결국 3일 정도 그곳에 있었다고 생각합니다. 인상에 남아 있는 것은 알몸으로 면 이불만을 입고 있는 사람을 길을 가면서 보게되는 일입니다. 그 사람들 정도는 아니지만, 우리들 가족도 숨이 끊일락 말락한 생활을 보내고 있었습니다. 긴 전쟁으로 모든 것을 잃어버렸습니다."

시모야마 씨의 가족은 의지할 친척이 없는 속에서 전후를 시작하지 않으면 안 되었다.

목숨을 버려야 할 나라는 이미 없다

부산에 있었던 고가 씨도 귀환이 늦었다.

"조선 북부에 출정했던 아버지가 돌아오기를 기다리는 동안, 고구마로 만든 즉석 일본 과자를 국민학교 6학년인 여동생과 걸어서 약 1시간의 부산항에 팔러 갔습니다. 감자를 찌고, 으깨고 둥글게 뭉치고 아버지가 일에 사용하고 있던 염료로 색깔을 내고, 그리고 맛있게 보이도록 칠했습니다.

항구에는 많은 사람들로 몹시 북적거렸습니다. 조선 남부 각지에서 귀환하려고 하는 일본인이 공공시설에 머물며 출항을 기다리고 있었습니다. '설탕이 들어 있습니까?'라고 물으면 '아주 조금만 들어 있어요.'라고 대답합니다. 사실은 들어있지 않았습니다만, 매번 다 팔았습니다. 덕분에 귀환까지의 기간동안은 생활을 유지할 수 있었습니다."

이윽고 염직가(染織家)인 아버지가 병역에서 해제되어 돌아왔습니다.

"아버지는 조선에 머물 것을 희망했습니다. 조선의 전통 공예나 미술품이 좋아서 여러 가지 수집하고 있었고 그러한 것들을 재료로 연구를 하고 있는 이상, 여기서 제작활동을 하는 것이 바람직하다고 생각했기 때문입니다. 일본에 돌아가게 되면 정열을 쏟아 계속 수집한 조선의 전통공예품을 두고 가지 않으면 안 되니까요.

그런데 10월, 모든 일본인은 귀국하라고 명령 받아, 잔류를 포기하지 않으면 안 되게 되었습니다. 고민하던 아버지는 나에게 짊어지게 할 거대한 배낭을 손수 만들어 중요한 콜렉션의 일부를 그것에 빈틈없이 채우고 갔습니다."

드디어 내일 출발이라고 할 때, 당치도 않은 터무니없는 사건이 일어난다.

"밤, 눈을 뜨니 방에서 일본도를 빼낸 조선인이 몇 명 있습니다. '돈이 아까운가, 목숨이 아까운가?'라고 협박해 왔습니다. 나는 '목숨이 아깝다.'고 대답하고, 일본 과자를 판매한 돈이 든 지갑을 주었습니다. 그렇게 대답한 것은 전쟁에 졌으므로, 목숨을 버려야 할 나라는 이미 없다, 고 생각했기 때문입니다.

얼마 뒤, 일본도의 예리한 부분이 살려달라고 애걸하는 아버지의 팔에 맞아 붉은 피가 뿜어 나왔습니다. 그러자 강도는 당황하여 칼을 바닥에 두고, 벽에 걸려 있던 아버지의 와이셔츠로 지혈을 하려고 팔에 빙빙 둘러 감았습니다. 그리고 '전리품'을 갖고 달아났습니다. 그들은 초보 강도이었겠지요. 사람이 없어진 집을 침입하여 놓고 간 물건을 모으거나 아직 남아 있는 일본인으로부터 돈이나 물품을 위협하여 뺏으려고 기획하고 있었겠지요."

밤이 밝아 일가(一家)는 예정대로 항구로 향했다.

"다음 날, 부산항 근처에 있는 공터에서 다른 귀환자와 노숙했습니다. 그리고 이틀 지난 밤, 미국병사가 DDT를 분무한 후, 배를 탔습니다. 부관연락선의 창 없는 선실에 온가족이 같이 자리잡고 앉았습니다. 배가 자주 흔들렸습니다. 옆 가족과 귀환 이야기를 서로 나누거나 하며, 다음 날 아침 야마구치현의 센자키항에 도착했습니다.

내가 내지를 제대로 본 것은 이것이 처음이었습니다. 조국은 얼마나 녹음이 짙은지 생각했습니다. 조선은 녹음이 적은 바위산뿐이므로, 초록색 짙음을 보니 마음이 위로받는 생각이 들었습니다."

그 후, 고가 씨 일가는 열차를 타고, 가고시마혼센의 남쪽으로 내려갔다. 백부의 집이 있는 야나가와(柳川)에 가기 위해서이다.

"아버지에게는 돌아가기 어려운 장소였다고 생각합니다. 백부와 의견이 맞지 않아 집을 나왔기 때문입니다. 그렇지만 그 외에 의지할 장소는 없고, 딴 일을 돌볼 겨를이 없었습니다. 극단적으로 식료품이 부족한 한창 때, 끼여들어 사는 생활이므로 체면이 서지 않고 부끄러웠습니다."

시모야마 씨도 고가 씨도 사양하지 않고 의지할 수 있는 사람이 없었다. 나는 이전에 고가 씨가 마쓰오 씨에 대해 냉정하게 말했던 '당신은 시내에서 선택받은 사람이군요.'하던 말을, 여기서도 다시 생각했다.

다시 조선 반도에

간신히 귀환했다고 생각하는데, 고가 씨는 다시 조선반도에 되돌아가게 된다.

그는 귀환 후 규슈의 친척 집에서 신세를 지고 있었다.

"12월경, 아버지에게서 돌연 이런 일을 부탁받았습니다. '부산에 가서 집에 남아 있는 짐을 조금이라도 갖고 와 주지 않겠는가. 그 집에는 아직 이동생(처남)이 남아 있으니까 어떻게 될 것이다.'고 합니다. 아버지는 그 무렵 염색 일을 재개시킬 관계자와 만나고 있었습니다. 그 중 한 사람인 조선인이 조국 귀환에 이용하는 일본의 군함 함장으로, 그 함장으로부터 '아이라면 군함에 혼잡을 틈타 태워 줄 수 있다.'고 들었다고 합니다."

아직 중학생이라고 하는데, 고가 씨는 중책을 짊어지게 되고 말았다.

"나는 이리저리 생각을 굴렸습니다. '만약 저쪽에서 일본인이라고 들키면, 구류되어 몇 년이나 일하게 될 것이다. 그렇지 않으면 즉각 귀국당하는 것일까. 함장은 모든 것을 알고 있으니까, 승조원인 일본인 수병은 걱정하지 않아도 된다. 문제는 배를 내리고 나서부터이다. 시내에서는 요령 있게 다른 사람의 눈을 피해야 할 것이다. 부산에서 돌아가는 배는 일본인 귀환자와 함께이므로 문제 없겠지만.' 그런 식으로 생각하고, 결국, 나는 건너가기로 결정했습니다. 태어난 곳에서 그리운 물건을 갖고 오는 일은 아버지뿐 아니라, 나에게도 기쁜 일이었습니다.

출항일, 아버지가 만든 특대 륙색을 메고, 아버지 지인 해군 병사에게 이끌려 항구로 향했습니다. 타고 들어가는 배는 기뢰에 부딪혀도 괜찮다는 소해정(掃海艇)*이었던 것 같습니다. * 소해정 : 바다에 부설된 기뢰 따위의 위험물을 수색, 제거하는 일을 담당하는 배.

나는 수십 명의 조선인과 함께 탔습니다. 일본에서의 생활이 길어, 조국의 말을 모르는 자에 대한 배려해서일까요. 리더 격인 젊은 조선인이 일본어로 지시를 내렸습니다. '일본 군함이 귀국 업무를 인수받아 주고 있으므로, 선실 내를 더럽히지 않도록 규율을 갖고 행동합시다.'고 말합니다.

나는 밀항이 들키지 않을까 하는 불안과 긴장으로, 출항하고 나서 즉시 멀미 구토를 하게 되었습니다. 바다에 토하려고 했지만, 그만 늦어 갑판에 '왝'하고 쏟아내고 말았습니다. 선내는 청소되어 있으므로, 이대로는 나쁘다. 그렇지만 청소할 도구가 보이지 않는다. 다음날 아침 리더 격인 청년이 모두를 모아 오물을 문제로 삼았습니다. 그들에게 '죄송합니다.'라고 생각하면서도 일본인이라고 들켜버릴지도 모르니까 나의 이름을 대며 나갈 수가 없었습니다.

부산항에서 시영전철을 타고 빨리 집으로 찾아갈 수 있었지만, 시영전철에 타고 있는 사람은 조선 사람뿐. 어떤 때라도 일본인임이 들켜버릴지도 모르니까, 집까지 걸어가기로 했습니다. 정든 곳이라 길을 잃지는 않습니다.

집에는 숙부가 있어 놀라면서도 기쁘게 맞아 주었습니다. 그는 조선인 연인과 함께 살고 있었습니다. 그녀를 일본에 데리고 갈까 말까 결정하지 못한 채 귀환이 늦어지고 있었습니다. 다행히, 집은 귀환했을 때와 같이 그대로 있었습니다. 비어있는 간장병이라든지, 추억의 물품을 중심으로 룩색에 가득 넣어 갔습니다. 가족의 누구라도 그리워할 것이 틀림없다고 생각하면서요."

하지만, 가족의 반응은 뜻밖의 것이었다.

"여장을 풀자, 아버지는 낙담하는 것이 아닙니까. '왜 이런 물건을 갖고 왔느냐. 더 중요한 물건이 있었는데.'라고 합니다. 원한 것은 공예품이었습니다. 아버지는 다시 한 번 갔다오라고 명령했습니다."

그렇다면 아버지 자신이 다녀오면 좋지 않은가, 라고 나라면 반론할 것이다. 하지만 고가 소년은 달랐다.

"수 주간 후에 다시 배를 탔습니다. 아침에 배를 내려, 또 집으로 달려갔습니다. 그 때, 숙부는 아직 있었습니다만, 때는 이미 늦었습니다, 화물에는 압류를 나타내는 봉인 종이가 붙여져 있고, 끈이 묶여 있었습니다, 가치 있는 듯한 물건은 한국정부가 몰수한다. 손 댈 수가 없는 상태였습니다.

그래서 나는 값나가지 않는 물건을 찾기로 했습니다. 나무판자 모양(板狀)의 납판*이 방치된 채로 되어 있다. 언뜻 보기에 가치가 없는 것으로 보이지만, 염료 작업에는 대량으로 필요한 물건입니

229

다. 가능한 한 갖고 돌아가려고 애써 모았습니다. 두둑하게 륙색이 무거웠습니다.” * 납판(蠟版) : 나무판자의 중앙부를 직사각형으로 도려내고 거기에 납을 발라 만든 판.

재앙이 바뀌어……

후지무라 씨도, 사정이 있어 조선반도에 곧 되돌아온 한 사람이다.

“10월의 중반, 어머니와 아내 등 가족을 먼저 귀환시키고, 나는 남동생들과 진해에 남아 있었다. 일본인 세와타이(世話隊, 보살핌대)라는 것을 만들어, 10명 정도로 조선의 북측에서 피해온 일본인들을 보살피고 있었습니다. 귀환으로 빈집이 된 집에 일단 들어가게 하고, 준비가 되는대로 일본의 귀로를 돕는다. 그런 일을 하고 있었습니다. 고사이마루(光済丸)나 류우헤이마루(龍平丸)라는 해군의 어용선이 매일, 하카타를 향해 출항하고 있었다. 일본인은 그 배를 타고 진해에서 귀환해 갔다.”

그가 즉시 돌아온 것은 세와타이의 일원으로서 활동하고 있을 때의 일이다. 배가 하카다에 도착하여 짐을 내리자마자, 같은 배에서 되돌아간 것이다.

“한 번으로 끝내는 것보다는 한 번 더 왕복하여 또 배를 타는 편이 보다 많은 짐을 갖고 돌아올 수 있겠지요.”

일본인이 조선에 가는 것은 밀항이 아니면 어렵다.

“보살펴 준 일본인에게 100엔 씩 받아, 그것을 선장에게 건넵니다. 그러면 선장은 내가 하카타에서 타는 것을 묵인해 주었습니다.”

타고 들어간 배는 현해탄을 넘어 무사히 진해에 도착한다. 그러나 일체의 사항은 원활하게 나아가지 않는다. 미군에 의한 일본인 귀환 명령이 있었기 때문에 바로는 내릴 수 없었던 것이다.

"난처해 있을 때 일본인 해군 사관이 지나쳤습니다. 처음에는 '이런 곳에서 무엇을 하고 있나.'고 의심받았습니다. 그러나 결국은 그 사관이 수속을 해 주어, 배에서 내릴 수가 있었습니다."

'실로 재앙이 바뀌어 복이 된다.'고 하는 전개이다.

그 후도 여행 도중에는 재앙이 귀찮게 붙어다닌다.

그가 진해의 자택에 도착하여 세와타이의 동료들과 합류하여, 짐을 정리하고 이번에야말로 귀환이라고 의기를 불어넣었음에도, 그 때까지 매일 나갔던 하카타행의 배가 뚝 없어져 버린 것이다.

그러나 그곳에 생각지 않은 행운이 따라왔다.

"조선인 보안대에서 도망쳐 나온 야키다마엔진*의 배(暗船)가 진해에 찾아왔다. 그 배를 탔습니다" * 야키다마엔진(燒玉エンジン): 작은 배 엔진으로 퐁 퐁 퐁 퐁 굴뚝에서 연기를 내뿜으면서 달리고 있었으므로 '퐁퐁선'이라고 불렀다고 함(마쓰오님의 설명).

원래 그 배는 진해에 들어올 예정은 없었다. 일본에서 조선인을 태우고, 부산에 도착한 것으로, 항구를 감시하고 있던 보안대 감시망에 걸려 버린 것 같다. 엔진은 몰수되고 일본인 선주가 체포되었다.

"그래도 배는 출발했습니다. 기관장이 숨겨갖고 있던 예비 엔진을 밤중에 몰래 배에 장착했습니다. 도망쳐 나온 그 배가 찾아온 곳이 진해였다는 것이지요."

후지무라 씨가 일단 하카타에 돌아온 무렵부터는 일본과 조선 간의 왕래가 급격하게 곤란하게 되었다. 진해에 암선이 찾아와도 간단히 출항할 수 있는 상황이 아니게 되어 있었다.

"근처 통영이라는 어항에서, 일본인 30~40명이 조선인에게 감시되어 있던 것을, 미국군이 구출하고 진해로 데리고 왔던 참이었습니다. 나는 그 사람들의 귀국을 명목으로 하여 일본 해군에게 울며 매달렸습니다. 그러자 무사히 출항 허가를 해 주었습니다.

출항은 새벽 전이었습니다. 작은 배이므로 만원입니다. 조수(潮水)에 떠내려가 도착한 것은 목적지인 하카타가 아닌 모지였습니다. 모지에는 사촌이 있어 신사(神社)의 봉찬전(奉贊殿)에서 보낼 수 있도록 준비해 주었습니다. 다른 사람이 모두 출발한 후, 마지막으로 나는 어머니와 아내가 기다리고 있던 야마구치현의 하기(萩)로 향했습니다."

덧붙여 말하면 1995년 1월에 후지무라 씨는 한신아와지대지진(阪神淡路大震災)에서 재앙을 입었다. 순식간에 주변 일대의 집이라는 집은 붕괴하고 폐허물로 산이 되어 버렸지만, 준공이 얼마남지 않은 후지무라 씨가 소유한 맨션은 다행히 무사했다. 그래서 후지무라 씨는 그 아파트를 이웃 사람들에게 피난소로 개방했다. 귀환해서 거의 반세기 후, 재차 곤란한 사람들에게 손을 내민 것이다.

귀축미영(鬼畜米英)*은 어디에
*일본이 태평양전쟁에서 미국과 영국을 적시하여 멸시한 말.

38도선 이남으로부터 귀환은 특별한 경우를 제외하고 1945년 중에 대략 종료했다.

그러나 진해에 살고 있었던 사와다 씨의 가족에게는 돌아가려고 해도 돌아갈 수 없는 사정이 있었다.

"1945년 5월에 어머니가 신장염에 걸려버렸습니다. 일본인은 귀환해 갔습니다만, 병상에 누운 어머니를 두고 갈 수는 없습니다."

상륙하여 온 미군에게 아버지가 영어로 직접 담판한 보람이 있어, 체재를 인정받았다.

패전 후, 일본인은 체면이 서지 않는 창피스러운 생각을 하게 된다.

"8월 15일 이후, 집에 조선인이 협박하러 오게 되었습니다. 물론 일본어로 위협합니다. 때로는 조선인이 헌병을 죽이는 적도 있었습니다. 빗살이 빠져 있듯이 일본인이 없어지고 남은 사람들은 서로 신세지며 몸을 의탁하였습니다.

패전일부터 2,3개월이 지난 무렵, 옛 요항부(要港部) 갑호관사로 이동하게 되었습니다. 해군의 경비부는 패전 후, 진주군(進駐軍)에게 접수(接收)되었습니다. '무섭다, 두렵다.'고 미국군에게 하소연하였더니, 안으로 들어가게 해 주었습니다. 덕분에 어머니는 다음해 까지 쭉 안정적으로 지낼 수 있었습니다"

지역차가 있다고는 말해도, 역시 치안은 확실히 나빠졌던 것입니다. 이미 이제는 일본인만으로 조선에서는 살아갈 수 없었다.

사와다 씨의 생활은 와르르 변한다.

"갑호 관사는 주둔하고 있는 장교용의 숙사로, 가장 안쪽에 있었습니다, 주위에 아무도 없는 환경이었지만, 미국군 장교들이 자주 놀러왔습니다. 여성 장교도 와 있었습니다. 그들은 접촉해 보면 좋은 사람들로 일본정부가 주창하고 있던 귀축미영이라는 말과는 완전 적합하지 않는 인상이었습니다. 원래 나에게는 전시 중에도 '정부가 그렇게 말하고 있을 뿐.'이라는 분별은 했습니다만."

식사 면에서는 꽤 혜택 받은 것 같다.

"전쟁이 끝나는 기간까지, 설탕은 없고 주식은 보리가 섞인 밥으로, 어쨌든 식량에 곤란해 있었습니다. 그러므로 옛 관사에서의 식사는 분명히 꿈만 같은 것으로, 어찌 됐든 무엇을 먹더라도 맛있었습니다, 고기, 빵, 햄에 잼. 내용은 지금으로 말하는 패밀리 레스토랑의 메뉴와 같습니다. 미국의 맛있는 음식이 가득 나왔습니다."

미국군의 배려는 그것만이 아니다.

"우리들 가족이 시간이 너무 많이 있는 것처럼 보였을까. '댁은 여성이 3명이나 있으니까 식사 준비를 도와주지 않겠습니까?'라고 일을 소개해 준 적도 있었습니다."

그런 세심한 배려를 해 주는 것이다. 미국군에 대해 나쁜 감정을 가질 리가 없었다.

그러한 갑호 관사에서의 생활도 고별을 고한다. 일가(一家)는 일본에 귀환하게 되었다.

"귀환은 마침 패전에서 1년 후인 1946년 8월 14일이었습니다. 한반도에서의 마지막 귀환입니다. 부산까지는 미국이 트럭을 보내 주었습니다. 부산에 1박하고 미군의 LST(전차 양육함, 戰車揚陸艦)에 가족 모두 탔습니다. 배 바닥에 1000명 정도가 들러붙어 있었습니다. 귀환할 때, 나는 나쓰메 소세키(夏目漱石)의 『산시로오(三四郎)』만을 들고 갔습니다. 책에 나오는 밀감이 맛있는 것처럼 생각되었기 때문입니다."

도착한 곳은 사세보의 우라가시라(浦頭)라는 항구였다. 1945년 10월부터 약 5년에 걸쳐 실로 약 140만 명의 일본인이 이 장소에 귀환하고 있다. 사와다 씨는 그 한 사람이었다.

"상륙하자 DDT를 분무했습니다. 그리고 여성은 한 사람씩 별실에 불려가, '무엇인가 이야기할 것이 있습니까?'라고 묻습니다. 도중에 강간당했는지 어떤지, 임신은 하고 있는지 라고 의심받았습니다. 임신인지 알면 낙태를 합니다. 마취조차 없이 비위생적인 환경에서 그것도 꽤 몇 개월이 지나도 처치하고 있었으므로, 낙태당한 여성이 많았습니다."

DDT 세례를 받은 후, 그들을 기다리고 있었던 것은 먹을 것이 부족한 갈 곳이 보이지 않는 생활이었다. 그러나 뒷걸음질은 할 수 없다.

"우라가시라 부두에서 7킬로미터 정도 산길을 걸었습니다. 그리고 수속 후, 문제가 없으면 귀환 열차를 타게 되는데, 하에노사키(南風崎) 수용소에서 우리들은 잠시 남아있게 되었습니다. 콜레라가 발생했으므로 격리된 것입니다."

사와다 씨는, 실로 40일이나 격리생활을 하게 된다. 그 동안은 미역, 건빵, 보리밥 등을 먹었다고 하니까, 갑호관사에서의 식생활과는 많은 격차가 있었다. 그 후 하에노사키역에서 기차를 타고, 나라(奈良)로 귀환했다.

사와다 씨가 유치된 이 수용소는 그 후, 자위대의 기지가 되어 1989년 이후 들어서는 네덜란드 거리를 재현한 데마파크로 바뀌었다. 하우스텐보스이다. 수용소의 자취를 1밀리미터조차도 찾아낼 수 없는 것은, 역사에서 배우고 싶다고 원하는 전후 세대에 있어서는 대단히 유감스런 일이다. 그러나 흔적이 언제까지나 남아 있는 것보다도 개발되어 흔적도 없어지는 쪽이 과거를 리셋하여 적극적으로 살아가기 손쉽고, 자기 자신 속의 단락을 나눌 수 있다. 그렇게 생각한 귀환자는 사실은 많지는 않았을까. 그런 기분이 자꾸 든다.

제15장

시작되지 않은 전후(戰後)
조선 북부와 만주

소련 지배지역으로부터의 탈출

만주나 조선 북부, 남사할린 등 소련 점령지역에 있었던 일본인은, 대만이나 조선남부에 있었던 사람들보다 귀환에 시간을 필요로 하게 되면서, 그 대부분은 비참한 체험을 함께했다. 덧붙여 말하면 소련에 항복한 지역은 앞서 말한 것처럼 만주, 북위 38도선 이북의 조선(북한), 사할린·쿠릴 열도이다. 조선북부의 흥남에 살고 있었던 노자키 씨와 만주 북부에 살고 있었던 고노 씨는 어떠한 일을 경험했을까.

종전 당시, 해당하는 지역에 있던 군인·민간인은 약 272만 명으로, 그 비율은 외국에 있었던 일본인의 실로 41퍼센트를 웃돌고 있다(『전후귀환의 기록』).

8월 9일에 대일(對日) 참전하여, 국경으로부터 밀어닥친 소련군에 대하여, 관동군을 중심으로 남쪽으로 부대를 파견하고 있었던 일본은, 정면으로 맞겨룰 수가 없었다. 남자라는 남자는 전투원이 아니라도 소련에 억류되어 몇 년이나 돌아올 수 없게 되었다. 여성과 아이들, 노인 등 남아있는 일본인은 금방 피난할 수가 없고, 어찌할 방법이 없었다. 약탈과 살인, 강간의 우려를 하는 사람도 적지 않았다.

아이를 데리고 만주에서 목숨만 간신히 건져 귀환한 모습을 기록한, 후지와라 테이의 『흐르는 별은 살아 있다(流れる星は生きている)』가 전후 얼마 되지 않아 베스트셀러가 된 것은 당시의 일본인이 자기 자신의 일처럼 받아들였기 때문일 것이다. 이 장에서 소개하는 노자키 씨와 고노 씨의 이야기는, 272만 명 중의 단지 두 개의 경우밖에 지나지 않는다. 하지만, 많은 귀환자의 그 사실과 무엇인가 공통점이 있음에 틀림없다.

여자를 내놔, 빵을 넘겨줘

8월 15일, 노자키 씨는 조선 북부의 흥남에 있었다.

"패전 초기는, 독립 만세를 부르는 소규모의 데모를 가끔 보는 정도로 비교적 평온했다. 하지만 22일에 소련군의 선견대(先遣隊)가 흥남에 진주(進駐)하여 8월 하순, 거리에서 소련 병사를 보게 되면서, 생활이 아주 많이 달라졌습니다. 길거리에서 일본인으로부터 손목시계나 만년필을 빼앗는 노상강도를 시작으로, 적은 숫자로 일본인 민가에 불법으로 침입한다든지, 마지막에는 조선인의 안내로 트럭에 탄 채로 집까지 와 송두리째 값비싼 물건을 약탈하거나 하며 범죄는 점점 확대해 갔습니다. 혼기의 부녀자는 강간되지 않도록 까까머리에 남장을 해서 도망다녔습니다. 우리 누나 두 명도 까까머리를 했습니다.

소련군이 오는 것을 알게 되면 도망갔습니다. 처음에는 마루 밑에 숨었지만, 그래도 위험하다고 하여, 그 때마다 매번 몸을 숨겼습니다. 민가에 불법 침범한 소련 병사로부터 딸을 구하려다 사살된 부친도 있었고, 모두 필사적이었습니다."

습격당한 여성 중에는 '나는 이제 틀렸다.'고 고민하여 자살한 사람도 있었다. 어린이들은 '마담, 다와이(여자를 내놔).' '후레브 다와이(빵을 넘겨줘).'라는 러시아어를 금방 외웠다. 그것은 얼마나 범죄가 가득 번지고 있었는지를 말한다.

노자키 씨 자신도, 신변의 위험에 노출되었다. 8월 말 경의 일이다. 근처에 강탈한 것으로 보이는, 청색 줄무늬의 바지를 입은 소련 병사가 찾아왔다. 병사의 모습을 발견한 가족은 뒷집에 피난했지만, 노자키 씨만은 남아 있었다. 소련 병사가 어떠한 사람들이었는지, 보고 싶었기 때문이다.

"여닫이문의 문틈으로 엿보았습니다. 그랬더니 갑자기 문이 열리고 마주쳤습니다. '큰일났다. 가만히 있었으면 될 걸.'하고 후회했지만, 이미 때는 늦었다. 병사는 앞집에 침입해 있었습니다. 병사는 나를 발견하자 갉아먹고 있던 사과를 내팽개치며, 총을 쏠 자세를 취했습니다. 총구는 나를 향해 있었다. 그와 나와의 거리는 2미터 정도. 달려서 도망가고 싶었지만, 뒤로 총을 맞을 것 같아서 한발한발 뒷걸음질을 쳤습니다. 5미터 정도 떨어진 곳에서 병사는 총을 내렸습니다. 쏠 마음이 없는 것 같아 보였으므로, 등을 돌려 안전한 곳까지 걸어 도망쳤다. 그랬더니 다리가 별안간 부들부들 떨리기 시작했습니다."

노자키 씨와 같은 일본인들을 매일 매일, 위험한 장면에 처하게 한 소련 병사는 어떤 사람들이었을까.

"모자의 차양이 없는 전투모, 기름으로 더렵혀진 번들번들하고 너덜너덜한 바지와 각반, 일본병사보다도 초라한 모습이었습니다. 대조적으로 어깨에 걸친 자동 소총이 무척 훌륭했던 것을 기억합니다. 팔목시계를 짤랑짤랑 몇 개나 차고 기뻐하며, 움직이지 않게 되면 나사를 감기 전에 망가졌다고 믿어버리거나 하는 무지한 사람들이었습니다. 죄수를 그대로 병사로서 파견했다고 하니, 수준이 나쁜 병사가 모여 있는 것 같았습니다."

『전후귀환의 기록』에는 남하해 온 소련 병사에 관해 이렇게 적혀 있다.

만주에 침입한 소련군은 8월 19일에는 벌써 외부와의 일체의 통신수단을 차단했다. 그리고 세계의 눈으로부터 격절(隔絶)*된 속에, 소련 군대는 거의 예외없이, 피점령국민인 일본인에게 약탈·폭행·부녀자 폭행을 제멋대로 했던 것이다. (중략)

독일과 소련의 전쟁 이후 여러 곳에서 많은 싸움을 겪어 구두도 제대로 신고 있지 않은 듯한 의복이나 몸이 진흙범벅이 되어 더러워진 소련 군대는 2~3일 만에 일본인으로부터의 약탈품으로 몰라볼 정도로 복장이 변한 것이었다. *격절: 서로 사이가 멀어져서 연락이 끊어짐.

그러나 이렇게도 적혀 있다.

소련군의 무법적인 행위는 그것이 죄수부대이었기 때문이라는 의견을 말하는 사람도 있지만, 만주에 국한하지 않고 북조선, 사할린에 침입한 100만 이상의 소련군이 모두 죄수라고 말하는 것은 있을 수 없다.

진위(眞僞)는 확실하지 않지만, 어차피 일본인에게 있어서는 위험한 존재였다. 그런데도, 노자키 씨는 소련 병사가 제멋대로 날뛰는 마을에 왜 계속 체재한 것일까.

"이동이 금지되어 있기 때문이었습니다. 남쪽으로 피난 가는 것이 발각되면 체포되어 역송(逆送)된다. 그렇게 되면 목숨의 보증(保證)은 없었습니다."

역송이란 조선당국(소련군)에 본래의 거주지로 연행되어 돌려보내진다는 것을 의미한다. 어떠한 방법으로 당국에 처벌받지 않는다고 해도, 생활하기 위한 짐은 모두 처분하고 있는 것이다. 역송되면 그곳에서 오래 살기가 곤란하게 되어, 죽은 자도 많았다. 모순이지만, 생명을 지키기 위해 무리하게 위험한 도시에 머물러야만 했던 것이다.

그렇다고는 하지만, 일본인이 전혀 무저항했던 것은 아니다.

"참을 수 없게 된 일본인 중에는, 소련 병사에게서 총을 압수하고 체포하여, 소련의 헌병에게 넘긴 사람도 있었다. 그렇지만 그 다음 날 아침, 그 마을에 소련군의 상관(上官) 같은 군조(軍曹)*가 다가와 '너희들이 빼앗은 총 부품을 반납하도록. 찾지 않으면 남자는 전원 총살이다.'고 당치도 않은 말을 했다. 빼앗은 사실이 없음을 알고 있으면서 생트집입니다. 단지 돈을 원한 것입니다. * 군조: 일제강점기의 일본군 하사관 계급 중 하나.

이후 일본인세화회(日本人世話会, 돌봄회)에는 '로스케(소련군 병사)에게 얽히지 않도록'이라는 통지가 있었습니다. 지역마다 파수꾼을 세워 '로스케가 왔다.'고 큰 소리를 내어 알리면, 일본인은 뿔뿔이 도망갔습니다. 지역에 따라서는 그런 일이 매일 밤 계속되었습니다. 그때마다 여자들은 도망가 숨고(사탕수수 정도의 높이인)수수밭이 망가져 경작하고 있던 조선인이 배상을 요구해 온 적도 있었습니다."

유일한 희망은 귀환

8월말 소집 해제된 일본인 남자들이 돌아왔다. 그러나 상황은 더욱 나쁘게 된다.

"소련군은 재소집을 해 왔다. 부대의 실제 인원과 명부의 인원수가 다르다고 하는 것이 이유에서였습니다. 정직하게 출두한 사람은 모두 시베리아에 보내졌습니다. 그래서 모자(母子)가정이 늘었습니다."

가차 없는 처사에 대해 할 수 있는 방도는 없었다. 그렇기는 커녕 그건 고사하고, 소련군은 더욱 내몰기에 박차를 가한다. 일본인에 의한 현지의 통치 시스템을 괴멸(壞滅)시킨 것이다.

"8월말, 조선 정부에 소련은 행정권이나 금융·재정·교통·통신·산업과 모든 권한을 부여했습니다. 경관(警官)은 무장 해제되어 체포되고, 대신 조선인 보안대가 경찰서에 들어왔습니다. 공장의 간부가 잇달아 검거된 것도 그 무렵의 일입니다. 조선공산당(조선노동당의 전신) 정권은 일본인의 옛 지배체제를 파괴하려고 했다. 일본인은 공장의 출입이 금지되고, 자재(資材) 장부가 맞지 않는다 등의 구실을 붙여 일반 종업원이 폭력을 당했습니다. 특히 경비계에 대한 폭력은 아주 심했다. 일의 성질상 공장의 물품 반출을 감시하고, 조선인 검사 등으로 경찰에 협력하고 있었으므로, 보복은 잔혹의 극을 달렸다. 이것이 일본인 사회에 심각한 충격을 주었습니다.

그래서 다시 9월 초에는 무기나 라디오, 자전거나 카메라를 공출해라는 명령이 내려졌습니다. '일본인의 소유물은 제국주의적 착취에 의한 것이므로, 우리들이 소유할 권리가 있다.'는 이론이었습니다.

저금의 지불은 정지되고, 급료도 일도 없다. 그래서 일본인은 가재도구를 처분하고 생계를 꾸리려고 하였습니다. 그렇지만, 공산당 정권은 '경제 교란'을 이유로 가재(家財)의 매각을 금지했습니다.

우리집은 금지되기 전에 물건을 팔았습니다. 이조(李朝) 자기(磁器)와 족자에 카메라. 리어카 1대분 있었을까. 잠시 지나자, 물건을 산 조선인이 '보안대에 몰수되었으니까 돈을 돌려달라.'고 말하러 왔다. 거짓말이라고 알고 있어도 돈을 돌려주지 않을 수 없었습니다."

게다가 상황은 더욱 악화된다.

"9월 15일부터는 3회로 나누어, 공장 사택에서 나가라는 강제 퇴거를 재촉받았습니다. 일 다음은 주거를 박탈하려는 것입니다. 제1회 통지는 오전 10시로 갑작스런 일이었습니다."

통지 항목은 다음과 같다.

- 금일 오후 3시까지 사택을 넘긴다
- 가구나 서적은 두고 간다
- 각자 반출은 1회만
- 15일분의 식료와 생활용품은 갖고 가도 좋다

이대로라면, 거의 몸에 걸친 옷밖에는 아무 것도 없이 그대로 추

방되는 것과 마찬가지이다.

"별안간의 명령, 게다가 이동에 소달구지나 리어카를 사용하면 안 된다. 그러므로 미친 듯이 혼란했습니다. 우리들이 이동하는 곳은 조선인의 사택이었습니다. 가장 먼 곳으로 6킬로미터 정도.

나중에 들어오는 조선인에게 가능한 많은 가재도구를 건네려고 하니, 조선인 자경단(自警團)이 엄하게 우리들을 감시했다, 그 다음 번부터는 일본인 세화회가 교섭하여 사택을 비워주는 기한을 다음 날 아침으로 늦출 수 있었지만, 부당함에는 큰 차이가 없습니다. 비워준다는 그 자체가 뒤바뀔 리가 없으니까요.

그 가운데에는 이동을 도와주려는 조선인도 있었다. 지인인 일본인을 위해서 몰래 소달구지와 업자를 수배했다. 그렇지만 그 사람, 운 나쁘게 공산당 정권의 선전반에 체포되어 두드려 맞고 소달구지에 실은 짐을 질질 끌어내리고 말았다 그 때, '36년간 혹사당하고, 너희들은 아직 일본인에게 혹사당하나.'라고 설득당했다고 한다.

우리들의 집에는 조선인 노동자가 들어왔다. 처지가 역전되었습니다. 가구는 들고 나갈 수 없었지만, 소달구지 두 대에 이불, 의류, 생활도구, 변소에 사용하는 헌 신문까지 쌓아갈 수가 있었다. 아버지 친구인 친절한 조선인의 덕분입니다.

이사에 즈음하여 솔선하여 움직인 것은 사범학교에 다니고 있던 차녀(次女)였습니다. 여성의 강인함을 알게 되었습니다."

그 후는 어떻게 되었을까.

"사택도 쫓겨났습니다. 9월 21일의 일입니다. 장남을 제외한 9명의 대가족이 내쫓긴 후 배당된 곳은, 다다미 4조 내지 3조 정도의 방. 9명이 그 방에 가두어졌습니다. 조선인의 하급노동자 사택으로 온돌방. 외출은 자유이므로 소위 수용소 생활과는 다릅니다. 시장에 장보러 가든 일하러 가든 무엇을 하든 자유이므로 소위 연금(軟禁)상태입니다."

이윽고 계절은 겨울이 되었다.

"겨우 갖고 나온 의류(특히 방한구)나 공출하지 않았던 귀금속을 팔아서 굶주림은 면했다. 조선인은 외투도 갖고 있지 않았고 봄가을 코트도 양복도 갖고 있지 않았다. 그렇지만 기꺼이 사 주었다. 소위 우리구이*였습니다" * 우리구이: 売(り)食い, 수입이 없어 가재도구를 팔아 살아감.

곤경에 빠진 노자키 씨에게 동장군의 맹위가 한층 뒤쫓아오며 공격을 가한다.

"간신히 농가 돕기 일이 있었지만, 그것도 없어져 추위가 기아와 함께 서서히 밀어닥쳤습니다. 그런 속에서도 어머니는 띠의 심지로 가족 전원의 륙색을 만들며, 짐을 정리하여 언제라도 귀환할 수 있도록 몸차림은 하고 있었습니다."

어른들은 괴로운 나날 중, 고향을 생각하는 것으로 희망을 이어 가려고 했다.

"어른들은 일본의 산과 강의 아름다움이라든가, 어릴 때 먹었던 것을 이야기하며, 고향을 생각했다. 그렇지만 나는 태어난 곳도 자란 곳도 조선이므로 그 느낌이 쉽게 와닿지 않는다. 일본에 돌아간들 어떻게 될 것인지 짐작도 되지 않았다."

그런 속에, 노자키 씨의 부친은 현실적이었다. 제1차 대전 후에 쓰라린 경험을 맛본 독일을 예로 들어, '전쟁에 진 일본은 배상을 요구받아 20년은 일어서지 못할 것이다. 일본에서의 생활은 아주 힘들 것임에 틀림없다.'고 이야기했다고 한다.

"하지만 그런 이야기를 들어도 모두 일본에 돌아가고 싶어합니

다. 조국에의 귀환이 배고품과 굴욕 투성이가 된 곳에서부터 빠져
나오는 유일한 희망이었습니다.”

　나날이 일본에 돌아갈 것만을 생각하며 살아남았다.

　소련 병사의 난폭하고 낭자함은 10월 즈음을 경계로 줄어들었다.
일본인으로부터 빼앗을 것은 아무것도 없어졌기 때문이다. 하지만
겨울의 추위는 인정사정 봐주지 않았다.

　“북만주보다는 나을지 모르지만, 흥남도 겨울은 혹독했다. 최고
기온이 마이너스 10도 이하는 당연하다는 혹한의 날이 계속됩니
다. 가루눈이므로 눈이 쌓이는 적은 없었습니다. 그렇지만 지면은
딱딱하게 얼어붙었습니다.

　많은 사람이 해를 넘기지 못하고 죽어 갔습니다. 목숨을 잃은 사
람은 이웃 도시의 함흥 근교의 원래 육군 병사(兵舍)에 수용되어 있
던 피난민입니다. 청진 등 북쪽 방면으로부터 흥남에 피난해 온 사
람들은 그 때 입은 옷 그대로 여름옷이었으며, 약 1500명이 죽었습
니다.”

　앞서 말한 베스트셀러 『흐르는 별은 살아 있다』는 만주에서 조선
북부로 남하하여, 오랜 동안 발이 묶인 끝에 귀환해 온 가족의 이야
기이다. 노자키 씨가 말하는 피난민이란 그들과 같은 사람들의 일
이다.

　나는 심술궂음을 알고 있으면서, “노자키 씨 친척이 구원의 손을
내밀지 않았습니까?”라고 물어 보았다.

　“후쿠이현 출신이라면 같은 후쿠이 출신자를 당연히 의지한다.
집이 있었을 때는 목욕탕을 사용하게도 하고 옷이나 식기(食器)를
주기도 했습니다. 그렇지만, 가재가 몰수되어 일용품 짐만 갖고 쫓

겨났으므로 어떻게 도울 수 있을까? 부모님은 자신들의 7명 아이들을 먹이는 것만으로도 필사적으로 노력합니다."

궁극의 상황에서 사람을 도울 수 있다고 해도 경우에 따라서는 노자키 씨 일가는 굶주림이나 추위로 죽었을지도 모른다. 내가 이러한 환경을 강요받았다고 한다면, 역시 돕는 것은 어려웠을 것이다.

힘들고 괴로운 세월은 해를 넘겨서도 계속되었다.

"설날이 되어도 떡은 없습니다. 깎아서 밥 한 그릇의 흰쌀을 지어 설날을 축하할 뿐입니다. 그 때 어머니가 밝고 들뜬 분위기로 이상한 말을 했습니다. '(일본에 사는) 할머니가 떡을 갖고 온다. 역에 도착했다는 전화가 왔으니까 누군가 마중 나가주기 바란다.'고 말합니다. 부잣집 따님 태생인 어머니는 떡이 없는 설날을 참고 견디기는 도저히 힘들었던 것 같습니다. 당황하여 허둥거리며 어머니를 달래어 재웠습니다."

언제 귀환할 수 있을까. 언제 죽을지도 모르는 환경에서 일시적으로 정신에 상태의 변화를 갖고 오고 만 것 같다.

"그 무렵 귀환하는 배가 떠난다고 하는 소문이 몇 번이나 흘렀다. 모두 거짓말이었다. 희망이 보이지 않는 생활이었다. 그렇지만 기력을 유지하기 위해 배불리 먹지 못해도 적당히 먹었더니, 식료가 없어져 버립니다. 수수죽을 조금씩 먹으며 살아남기 위한 수단은 없었다. 오로지 추위와 배고픔에 참고 견디는 나날들. 추위가 심해지면 절망만이 널리 퍼집니다. 영양부족으로 몸이 나른하고 얼굴을 씻을 기분조차 없습니다. 데굴데굴 누워서 뒹굴며 헌 잡지를 읽으며 시간을 보내는 것 외에 할 일이 없는 그런 생활이었습니다."

겨울 한번에 3천 명

배고픔과 추위에 덧붙여, 위생 문제도 떠올랐다.

"마을의 공동 욕장으로부터 일본인이 내쫓겨 입욕이 금지되었습니다. 그랬더니 폐렴이나 발진티푸스가 유행했습니다. 발진티푸스라는 것은, 이가 옮기는 병으로, 고열과 두통 후, 빨간 발진이 생긴다. 중증 환자는 뇌가 못쓰게 되어 죽어버린다. 목욕탕에 들어가 열소독한 옷을 입으면 예방할 수 있는데 위생 상태의 악화는 우리들 거류민의 목숨도 빼앗았습니다. 연초에는 사망자까지 나와, 4월까지 3천 명 정도가 목숨을 잃었습니다."

흥남에 있었던 일본인 약 3만 명의 약 1할에 해당한다.

"전후 얼마 되지 않았을 때는, 사람이 죽으면 화장을 했습니다. 그렇지만 연료 대금의 비용이 드는 데다 사망자가 늘어나므로 처리할 수 없었습니다. 그래서 마을에서 북동쪽으로 5킬로미터에 위치하는 통칭 삼각산(三角山)을 일본인용 묘지로 지정했다. 유해(遺骸)를 멍석에 감아, 새끼로 묶어 매어달아, 두 사람이 같이 짊어지고 무덤의 구덩이에 넣었다. 아침부터 하루종일 걸려 매장한다. 이 무렵이 되면 시체를 보아도 아무런 감정도 느낌도 일어나지 않게 되어 버렸습니다.

지면이 얼어붙는 겨울철에 매장하는 것은 불가능하다. 그래서 겨울이 본격적으로 찾아오기 전에 깊이와 폭이 2미터, 길이 1킬로미터에 이르는 흙구덩이를 파게 되어, 일본인세화회가 그 준비를 했다. 일본인세화회는 한 번의 겨울에 그 만큼 죽을 것을 예상했던 것이다."

그러나 사망자의 인원은 예상보다 웃도는 속도로 크게 늘어난다.

"매월 30~40명이 목숨을 잃었습니다. 1월 중에 흙구덩이는 사망자로 가득 차버렸습니다. 그래서 장작불로 얼은 땅을 녹여 무덤을 파서 새로운 구덩이를 만들게 되었습니다. 그러던 중 사체(死體)에 흙을 조금만 덮게 되고, 산기슭에 버리는 일도 있었습니다. 너무나 많이 죽으므로, 소련군도 '방역을 하지 않으면 안 된다.'라는 말을 꺼내고, 우리 아버지와 조선인 의사들로 의료반을 만들어 돌았습니다. 소련군이 급여로 검은 빵을 주었습니다. 그래서 가족 9명이 어떻게든 죽지 않고 살았습니다."

너무나 사람이 많이 죽었기 때문에, 배고프지 않고 살았다라고 하면, 완전히 얄궂은 이야기이다.

이리저리 하는 사이에 봄이 찾아왔다.

"봄이 되자 얼어붙은 땅은 녹고, 삼각산 일대에 시체 냄새가 퍼졌습니다. 매장하는 방법이 정확하지 않았기도 하고, 그대로 드러난 사체도 적지 않았다. 들개에 들쑤시어, 뼈가 주위에 흩어져 있고, 목(首)만이 굴러다니기도 했다. 그런 만큼 공산당 정권은 매장을 다시 하라는 명령을 내렸습니다.

나는 아직 아이였으므로, 유체의 매장을 돕지는 않았다. 그렇지만 '그런 식으로 죽는 것은 싫다. 그런 식으로 되고 싶지 않다.'는 생각은 했습니다."

직면한 상황의 역전

봄이 될 무렵에는 조선인이 권력을 잡고 그들은 일본인을 벌레 같은 인간처럼 다루었다.

"그 무렵 손으로 만든 게다를 신고, 낡아 너덜한 국방색 누더기를 입고 있었습니다. 목욕탕조차 들어갈 수 없는 마치 부랑아입니다. 조선의 아이들이 깔보거나 제대로 상대를 해 주지 않았습니다.

같은 학교에 다니고 있던 조선인 농가의 아이가 있어, 종전 직후는 제도용 도구나 스케이트를 내가 준다든지 하여 사이가 좋았는데, 3월 말에 만났을 때, 태도가 분명히 달랐습니다. '우리집 돼지를 왜 칼로 베었나?'라고 옛날의 다툼을 원망하며 나무라는 듯이 말을 꺼냈습니다. 전시(戰時) 중, 조선 아이의 집 돼지가 우리 밭을 자주 망가뜨렸습니다. 밭에서 쫓아낼 셈으로 훈련 연습에 사용하고 있던 칼로 가볍게 베어 상처를 낸 적이 있었습니다. 말이 잘 나오지 않아 머뭇거리고 있으니 '돼지는 야채를 먹지 않는다. 돼지가 밭에 갈 리가 없다. 칼로 벤 것은 침략자의 잘난체하는 교만이다.'라고 장황하게 캐물어, 추궁당하는 것과 같이 되었습니다. 노획물을 추적하는 사냥개와 같이 졸개 두 명이 빙빙 달라붙어 오며, 마지막에는 등을 몇 번인가 때렸습니다. 나는 손을 대지 않았습니다. 그건 그렇습니다. 패전국민이 손을 대면 어떤 일을 당할지 모릅니다."

그 외에 이런 일도 있었다.

"4월의 일이었다. 흥남중학 앞을 지나칠 때, 조선인 학생 두 명이 이쪽으로 걸어옵니다. 전시(戰時) 중, 조선인 학생과 길에서 스쳐 지나갈 때 서로 노려본 적이 있어, 긴장했습니다. 그래서 몸을 구부려 스쳐지났습니다. 그렇지만 나를 한 번 흘낏 쳐다보지도 않습니다. 일본에서 독립하여 평화를 누리고 있었기 때문일까요. 부랑아를 쳐다도 보지 않는 반응에 큰 타격을 입은 생각이 들었습니다."

차별받는 쪽이 되었던 경험을 노자키 씨는 몸소 체험한 것이다.

한편, 그 무렵 상황에 변화의 징조가 나타난다.

"일본인의 이동을 금지하고 있었던 공산당 정권이 조선인의 식료가 부족하게 되었다는 이유로, 이 무렵은 이동을 묵인하게 되었습니다. 그래서 일본인세화회는 탈출을 결의했습니다. 봄이 되었으므로 노숙을 해도 생명의 위험은 없다. 괜찮을 것이라고 판단했겠지요. 세심한 주의를 기울여 사전 공작은 소홀하지 않게 한 것 같습니다. 통과 예정의 각지 보안대는 『건국 자금』의 명목으로 돈을 출발 전에, 쥐어주었다고 합니다."

노자키 씨 일가가 흥남을 떠난 것은 4월 23일이었다. 살고 있던 류코(竜興) 지구에서는 일본인세화회가 귀환단을 조직하고, 남쪽에 있는 원산까지는 도보, 그곳부터는 철도로 38도선을 넘는 계획을 세웠다. 임팔(Impal)에 있었던 장남과 부친 이외의 8명이 귀환하게 되었다.

"우리들은 100명의 집단으로 참가했습니다. 아버지는 소련군에게 이동을 금지당했으므로 남아서 의사로서 일했습니다. 출발하기에 앞서, 소련 군표(軍票)를 일본은행이나 조선은행의 원(돈)으로 교환하여, 속옷 등에 꿰어 숨겼습니다. 그리고 볶은 쌀과 콩을 3합씩, 각자 비상식품으로 휴대했습니다. 출발 전, 어머니에게 '히로시는 참지 못하는 아이니까, 이 볶은 쌀과 콩을 금방 먹어버리고 싶겠지. 그렇지만 아무리 배가 고파도 먹어서는 안 된다. 이것이 있으면 만일의 경우 1개월은 더 살아 남을 수 있으니까.'라고 들었습니다. 나에게는 전과가 있었습니다. 귀환선이 오고 데마*가 유포될 때 준비해 온 비상용 볶은 쌀을 먹어버렸습니다. 그런 일로 어머니는 걱정했겠지요. * 데마(Demagogie의 준말): 대중을 선동하기 위한 선동적인 악선전, 헛소문을 말함.

아침 8시에 출발했으면 좋았겠지만, 작은 아이나 여성, 나이든 어

251

른도 있고, 게다가 모두 굶주려 쇠약했습니다. 그래서 걸음걸이도 늦습니다. 첫날은 단지 13킬로미터 정도입니다. 저녁에는 도로 옆에서 노숙했습니다. 식사는 수수죽뿐입니다. 조선의 4월은 입은 옷 그대로 야영하기에는 너무 추웠습니다. 옷과 이불은 이미 처분했습니다. 그래도 내가 어떻게든 잠을 잘 수 있었던 것은 어머니가 보자기를 위에서 덮어주었기 때문입니다. 그것이 담요와 같이 따뜻했습니다."

적(敵)은 피로와 추위만이 아니다.

"조선의 보안대에는 돈을 건네 두었으므로 다시 이전으로 돌려보내질 가능성은 없지만, 그래도 안심할 수는 없습니다. 가는 곳마다 한층 더 금품이 요구되기 때문입니다. 그럴 듯한 이유로 짐 검사를 합니다. '이전에 통과한 일본인이 우물에 독을 넣었으므로 사망자가 나왔다. 그러므로 짐 검사를 한다.'라든지. 그렇게 해서 검사 때마다 금품을 빼앗겼습니다."

우물에 독이라는 것은, 관동대지진 때, 조선인 학살의 구실이 된 유언비어이다. 조선인으로서는 보복을 암시한 것인지도 모르지만, 실제로는 금품을 갈취하기 위한 구실이었다. 노자키 씨의 일가족은 자주 생트집을 잡혔다.

"징용되어 왼손이 없어진 것 같은 젊은 남성에게 '36년의 원한을 풀겠다.'고 호통을 당하고, 조선인 젊은이들에게 포위된 적도 있었습니다."

그 후 어떻게 되었을까.

"5살인 남동생은 피곤하면 칭얼대고 꾸물거리고, 두 번째 누나의 룩색 위에 탑니다. 걷게 하면 꾸물거리고, 룩색에 태우다가 걷게 합니다. 그 일의 반복이었습니다. 그렇지만, 점점 꾸물거리면 데리고 가지 못한다는 것을 알아차렸는지, 말없이 따라오게 되었습니다. 륙색에는 더 이상 타지 않게 되었습니다. 다른 집 아이도 본능적으로 두고 갈 것을 두려워하는지 필사적으로 따라왔습니다. 칭얼거리며 꾸물거리는 아이는 한 명도 없습니다. 갓난아기를 가슴에 동여매고, 큰 륙색을 짊어진 여성은 끈이 어깨에 깊숙이 파고들어 몹시 아팠을 것 같습니다. 울면서 걷고 있었습니다. 그 남편은 긴 나뭇가지에 기저귀를 몇 장 묶어서 깃발처럼 펄럭이며 말리면서 걷고 있었습니다. 정신이 이상한 남자와 '무언가 주세요.'라고 조르며 돌아다니는 미망인이 한 그룹으로 섞여 있었는데, 도중에 낙오했습니다.”

일행은 6일 째에 원산에서 잠깐 쉰다. 여기서부터 앞으로는, 철도로 이동하기로 되어 있었다.

“원산에 도착하자 우리들은 히가시혼간지(東本願寺, 동본원사)에 머물렀습니다. 그곳은 조선 북부나 만주에서 피난 온 난민들로 몹시 혼잡했습니다. 그 중에는 만몽개척청소년의용군(滿蒙開拓靑少年義勇軍)의 소년들이 있었다. 소련국경 근처에 파견된 생존 소년들이었겠지요. 그들은 개척 농민과 함께 만주를 도망친 것입니다. 무장하고 있었기 때문에 폭도(暴徒)는 습격해 오지 않았다. 그래서 어떻게든 국경으로 목적지까지 간신히 도착할 수 있었습니다.

그 소년들이 밤이 되면, 『황국의 어머니(皇国の母)』라는 노래를 몇 번이나 합창했습니다. 국책(國策)의 장단에 놀아나 멀리 북만주의 땅까지 파견되어, 종전 직전에 유랑 여행을 계속한 그들이 왜 새삼스럽게 이 노래인가?라고 생각했습니다. 그렇지만 그들의 참뜻은 황국이 아니고, 어머니에게의 기분이었다고 생각합니다. 고향이나

가족을 생각하는 기분이 공통되고 있기 때문일까, 어느 누구도 그만두라고는 말하지 않았습니다."

노자키 씨는. 시간을 내어 원산의 마을을 탐색했다고 한다.

"청결하고 고급스러운 소련 해군 장교를 우연히 보았습니다. 키가 크고 지적인 분위기의 남자입니다. 그만 마음에 들어 뒤따라가니까 그 남자, 쇼와 초기의 문화주택풍의 저택으로 들어갔습니다. 살짝 창문으로 들여다보니 일본옷(和服)차림의 여성이 보였습니다. 테이블에는 흥남에서는 본 적이 없었던 흰 빵이 놓여 있었다. 지금 생각하면, 여성은 장교 전용의 창부(러시안·마담)였을까요. 자세한 사정은 알 수 없습니다 . 그렇지만 그 집 내부만은 딴 세상과 같이 평화로웠습니다."

강행군

귀환단에 예상 외의 일이 발생한다.

"정세(情勢)의 변화에 따라, 전원이 열차를 탈 수 없다고 일본인세화회 대표가 말합니다. 그래서 우리 집은 두 편으로 흩어지기로 했습니다. 8명 중, 어머니와 여동생 2명(초등학교 2학년과 4학년), 5살의 남동생을 특별요금으로 열차에 태우고, 나와 누나 2명, 남동생(초등학교 6학년)은 걷기 조(組)입니다.

이틀을 묵은 후, 그룹을 다시 편성하여 100명으로 출발했습니다. 오후에는 노인과 어린이를 포함하지 않은 30명으로 분리하여, 우리들은 그쪽 그룹으로 들어가 걷기 시작했습니다. 강을 건너고 험준한 산을 기어올랐습니다.

야영을 하니 비가 내릴 것 같은 하늘 모양이었습니다. 그 때 살았습니다. 우리들은 생각지도 못한 친절에 구원받았습니다. 근처의 농가가 '비가 오니까 우리 헛간에 들어오시오.'하고 말을 걸어주었습니다. 게다가 다음 날 아침에는 흰 밥과 김치, 된장국에다 콩나물이라는 부차적인 채소가 풍부한 식사로 대접해 주었습니다. 덕분에 발걸음이 가벼워져 야영 예정지에는 빨리 도착했습니다."

행운은 노자키 씨의 편을 더욱 들어 주었다.

"저녁, 야영을 위해 장작이 될 만한 작은 가지를 남동생과 선로 근처에서 주워 모으고 있으니, 멀리서 기적(汽笛)이 들립니다. 어쩌면 어머니 일행이 타 있지 않을까. 그렇지만 때마침 열차가 지나갈 리가 없겠지 하는 그런 생각을 하면서, 소용없음을 알면서도 시선을 향하자, 잘 연결된 무개차(無蓋車)에 가득 탄 일본인 속에, 어머니와 여동생이 서 있었습니다. 나와 남동생은 놀라서 얼굴을 마주보며 기쁨을 서로 나누었습니다."

이 후, 귀환하는 곳에서 거듭, 기적이 일어나지만, 지금은 덮어 두자.

원산에서 다시금 걷기 시작하여 4일 째, 노자키 씨 일행에게는 또다시 위기가 덮친다.

"낮이 지나 소련 병사와 우연히 마주쳐버렸습니다. 3명이었습니다. 트럭에 타고. 그 때 '여기까지 왔는데 체포될 것인가, 역송되어 참을 것인가.' 하고는 개미새끼가 흩어지듯 사방으로 흩어져 달아났습니다. 다행히 소련 병사는 논 안까지 쫓아오지는 않았고 총으로 쏘는 일도 없었습니다. 우리들은 무사히 끝까지 도망쳤습니다. 그 이후 우리들은 강행군으로 남쪽으로 내려가게 되었습니다. 잠도 자는 둥 마는 둥 밤새도록 걸어서 산과 언덕을 넘었습니다. '이대로라면 언제 붙잡혀도 이상하지 않다.'고, 리더가 판단했겠지요."

산맥을 넘어, 38도선까지 조금만 더 가면 되는 지점에 접어들었던 곳에서 다음 위기가 찾아온다.

"또다시 보안대의 소지품 검사입니다. 남조선과의 경계선이 가깝기 때문에 꼼꼼하게 조사했습니다. 대원 두 명이 일본인을 한 사람씩 조사하는 겁니다. 이 때 위험했습니다. 가장 위의 누나가 상처에 바르는 약을 쌀 주머니 밑에 순간 숨기니, 그것을 보고 있던 마을 사람들이, 예리한 목소리로 지적해 왔습니다. 즉시 대원이 달려와 상처에 바르는 약을 집어들고 누나에게 따귀를 때렸습니다.

여기서 역송을 당하게 되는 것일까 하며 그 때는 내 정신이 아니었습니다. 그래도 대원들은 눈감아 주었습니다.

하지만 우리들이 보안서(保安署)에서 나와, 십 수 미터 걸어간 곳에서, '펑'하는 총소리가 났다. 깜짝 놀라 모두 동시에 뒤돌아보니, 대원이 38식 보병총을 쏠 자세를 취해 우리들 모습을 보면서, 히죽 웃고 있었습니다."

귀환은 참으로 한 치 앞도 예측할 수 없다. 상대가 공연히 화가 나면, 흥남으로 되돌려 보내져 죽었을지도 모른다.

"린고노 우타(リンゴの唄, 사과의 노래)"를 처음 들었던 날

노자키 씨 일행은 고생 끝에 어떻게든 38도선에 도착한다.

"밤까지 잠시 쉰 후, 달이 밝은 밤 10시에 출발했습니다. 산과 산 사이를 걸으니 한밤중인 1시 경, 폭 2미터 정도의 작은 내에 접어들었습니다. 그것이 38도선이었다. 바지를 걷어 올리고 내를 건넜습니다. 로스케를 경계하면서, 소리 없이 도망쳤습니다."

흥남에서부터 약 220킬로미터의 여정을 전부 걸어서, 남조선으로 들어오는 순간이었다.

"38도선에서 조금이라도 벗어나고 싶어서 우리들은 모두 동시에, 힘이 빠져 주저앉을 때까지 달렸다. 그리고 아침이 되자 산을 내려왔습니다, 그랬더니 경성(京城, 서울)으로 이어지는 자동차 도로에 당도했다. 이제 공산당의 보안대나 소련군에 붙잡혀 되돌려지는 일은 없어졌다. 휴우 가슴을 쓸어내렸습니다. 도중에 트럭이 마침 그곳을 지나가며, 경성 입구까지 태워주었습니다. 트럭에서 내리자 그곳은 초등학교 건물이었습니다. 방역소로 되어 있어, 미병사는 우리들에게 DDT를 분무했습니다.(안개처럼 뿜어냈습니다.)"

노자키 씨도 또 DDT 세례를 받은 것이다.

"그날은 일본인세화회의 보살핌으로 히가시혼간지(東本願寺, 동본원사)에 묵었습니다. 처음입니다, 다다미 위에서 잔 것은. 급식을 받아 다음 날 아침, 부산으로 출발했습니다. 유개차(有蓋車)*였지만 화물차였습니다. 부산에서는 허술한 소형 화물선으로 현해탄을 건넜습니다. 배 안은 3단 침대가 있는 판자를 깐 곳입니다. 일본배로 선원도 일본인이었습니다. 미(美)병사가 혼자 출항까지의 경비를 서고 있었습니다. 20대 전반의 혈색이 좋은 젊은이였습니다. 총을 차고 휙 돌려 바통처럼 갖고 놀고 있었다. '보오토·타임?'이라 물으면 손목시계를 손으로 가리키며 가르쳐주었습니다. 중년 나이의 초라하고 보잘 것 없는 소련 병사와는 크게 다르다. 우리들 난민에게 인간으로서 대접해 주었습니다." * 유개차(有蓋車): 비나 눈 따위를 맞지 않도록 지붕을 만들어 덮은 차.

목적지인 하카타에 도착한 것은 5월 12일이었다.

"콜레라 예방을 위해 배 안에서 1주간 발이 묶였지만, 선내의 분위기는 밝고 희망에 차있었습니다. 남겨온 비상 식품인 볶은 쌀, 콩을 씹으며 지냈습니다. 보리밥 급식이 맛있어 만족했습니다.

갑판 위에서 연예 공연이 개최되었습니다. 홀로 스모(相撲) 흉내를 내어 돈을 구걸하는 혼자하는 스모가 재미있었다. 미인 아가씨가 『사욘노 우타(サヨンの歌)』를 부르기도 했다. 좁은 갑판은 만원으로, 모두의 표정도 밝고 개방감이 넘치고 있었습니다. 마음 깊은 곳으로부터 웃으며, 노래하고, 연회(宴會)는 계속되었다. 그 때 배의 통신실 라디오에서 '린고노 우타(사과의 노래)'가 흘러나왔다. 그 노래를 들은 것은, 그것이 처음이었습니다."

노자키 씨는 가까스로 일본에 상륙할 수 있었다. 그 다음은 남은 가족과의 재회를 이루는 것만이다. 그리고 그 기회는 상륙하고 나서 곧 찾아왔다.

"산책하는 길에 항구에 갔답니다. 그랬더니 도착한 배에서 어머니, 계속하여 여동생과 남동생도 내려오지 않겠습니까. 뿔뿔이 흩어져 귀환한 가족이 3주 만에 우연히 만날 수 있었답니다. 그 외에도 귀환하는 항구가 있다고 하는데 말입니다. 이때 어떻게 항구로 발이 향했는지, 알 수 없습니다. 어쩐지 모르게 어머니와 가족들이 있다는 예감이 들었겠지요. 실로 운이 억세게 좋았다고 밖에 말할 길이 없습니다."

노자키 씨가 귀환 체험을 어딘가 밝게 이야기하는 것은, 누구 한 사람도 빠짐없이 가족이 돌아올 수 있었던 것, 기적적으로 시기가 맞아 모두 만날 수 있었다는 것이 관계하고 있는 것은 아닐까.

동란(動亂)의 만주

고노 씨가 살고 있었던 만주북부는 더욱 상황이 나빴다. 8월 9일의 소련참전에 의해 도미노 무너짐과 같이 사회체제가 단숨에 산산이 무너져 갔다. 옥음 방송을 들은 충격을 고노 씨에게 물어도 '그런 일은 특별히 없었다.'는 대답밖에 돌아오지 않았는데, 그것도 그럴 것이다, 도저히 그런 정도는 아니었던 것이다.

고노 씨의 귀환 체험을 들으면, 패전 보도는 비극의 예고뿐임을 알 수 있다.

언젠가 고노 씨에게 "책을 쓰려고 생각한 적은 없습니까?"라고 물은 적이 있다. 그러자, "'귀환 체험을 써주기 바란다.'고 지금까지 몇 번이나 듣고 있다. '자네, 아쿠타가와상(芥川賞)이라든가 나오키상(直木賞) 받을 수 있다.'든지. 그러나 쓸려고 뒤돌아보면, 그럴때마다 괴로운 생각이 들어서 그런 것은 잘 쓸 수가 없다."고 말하며 말을 꺼냈다가 그만두었다.

또, 나는 고노 씨의 이러한 모습도 목격하고 있다. 2010년에 진해심상고등소학교(국민학교)의 동급생이 모였을 때, 나도 동행하여. 고노 씨와 같은 방에서 묵었다. 밤중, 고노 씨가 몸을 일으켰다. 화장실에 가려는 것 같은데, 눈이 나쁜 것인지 장소를 모르는 것인지, 벽을 잡고 걸으며 이동하고 있다. 표정은 몽롱하여 몽유병환자와 같이도 보였다. 무서운 체험을 한 사람이 아니면 하는, 오싹할 만큼 무서운 기척이 치밀어 오르는 무엇인가 있었다.

도대체, 고노 씨는 무엇을 보고 무엇을 느껴왔던 것일까.

"8월 15일의 낮을 기해 피난민 경호의 임무가 해제되었습니다. '전쟁에 졌으니까 해산이다. 부모가 있는 곳으로 가라. 이것이 마지막이었다.'고 말하며, 헌병이 부타지루(豚汁)*를 먹게 하였다. 그 후 지급되었던 38식 보병총을 두고, 북만주 각지의 사람들이 수용되어 있다고 하는 쑤이화의 비행장으로 향했습니다. 헌병대에 미리

조사 받은 일도 있어 가족과는 금방 재회할 수가 있었습니다." * 부
타지루: 돼지고기를 잘게 썰어 채소와 함께 넣어서 끓인 장국.

고노 씨의 어머니, 도키는 이런 피난 과정을 더듬어왔다.

"어머니의 이야기에 의하면, 8월 9일에 이웃 일행이 '소련 참전
으로 피난을 한다. 피난은 몇일동안이므로 문단속을 하고 가능한한
몸차림을 가볍게 하여 집합하라.'고 명령했다고 합니다. 식중독으
로 입원했던 2살 밖에 안 되는 가장 어린 여동생을 포함하여, 아이
들 4명을 데리고 거의 입은 옷 그대로 임시 열차를 탔다고 합니다.
치부리(千振)는 알고 있지요? 개척지로서 선전에 사용되어 유명했던
장소입니다. 어머니 일행은 우선 그곳으로 피난하게 되어 있었습니
다. 일행은 약 700명 있었다고 합니다."

이전에 치부리라고 부르던 이 땅은 현재 헤이룽장성 자무쓰시 화
난(黑龍江省 佳木斯市 樺南)으로 되어 있다. 치부리역이 있고, 주위에
개척단 마을이 점재하고 있었다. 치부리역은 현재, 화난역(樺南驛)이
라 부르며, 자무쓰역에서는 남동쪽으로 76킬로미터 떨어져 있다.

"치부리역에서 치부리 마을까지는 도보 이동입니다. 거기서 대홍
수. 비가 4일간 계속 내렸다고 합니다. 모두 온몸이 흠뻑 젖고 길은
진흙탕으로 질퍽질퍽, 미친 듯이 기이한 소리를 지르는 자, 움직일
수 없게 된 자, 울부짖으며 도움을 구하는 자, 길거리에서 갓난아기
를 출산하려는자……. 이미 엉망진창이었다고 합니다. 어떻게든 마
을에 도착했지만, 치부리 마을은 위험하다고 하여, 마을에 있는 소
학교에서 하룻밤 묵은 것만으로 다시 역으로 되돌아갔다. 열차로
자무쓰에 가려고 하나 쑤이화에서 발이 묶였다. 8월 13일의 일입니
다. 하는 수 없이 일행이 비행기의 격납고에 묵고 있는데 내가 왔다
고 합니다."

동란이 한창때 재회했다. 서로의 무사함에 잠시 기뻤했을 것이다, 그러나 앞이 보이지 않는 난민생활이 계속되는 불안도 있었음에 틀림없다.

"홍수가 계속되었다. 그래서 그 이상 남쪽으로 내려갈 수 없다. 격납고 안은 몹시 혼잡했다. 약 700명이 꽉 차 있었다. 다리를 펼 여유가 없을 정도였습니다. 바닥은 콘크리트.『암페라(수수의 줄기를 엮은 거적)』는 깔려 있지만 딱딱하고 차가웠다. 모포나 천도 없다. 뿐만 아니라 습기가 많아서 생활 환경은 열악했습니다. 목욕을 할 수 없다. 옷은 입은 옷 한 벌뿐. 화장실은 밖에 구덩이를 파, 막대기를 세워 주위를 거적으로 덮었을 뿐입니다."

더욱 더 타격을 가한 것은 공복, 굶주림이다.

"홍수의 영향일까 물은 오염되어 있어 마실 수 없다. 먹을 것은 매일 매일 부족해 간다. 비가 계속 내리므로 끓이고 볶는 것은 할 수 없다. 쑤이화역에 도착했을 때, 소고기 조림 통조림이 한 사람당 한 개씩 지급되었지만 벌써 먹어 버렸다. 하루 3번의 죽이 2회가 되고, 쌀죽이 수수죽이 되고 그러다가 거의 미음이 되었다. 돈이 있는 사람은 중국인으로부터 물건을 살 수 있었지만, 없는 자는 들고 온 음식을 찔끔찔끔 조금씩 아껴먹든지, 근처의 밭에서 훔치는 것 외에는 없다. 나는 맹렬한 굶주림과 갈증에 위협받았다. 배고픔은 10일 지나면 감각이 마비됩니다. 그러나 갈증만은 어떻게 할 수가 없었다. 죽을 정도로 힘들었습니다.

피난민들은 쇠약해 갔습니다. 영양실조가 되면 갈비뼈가 배어나오고, 눈동자 주위가 움푹 들어간다. 볼은 수척해져, 피부가 꺼칠꺼칠해진다. 어린이는 머리가 마구 크게 보이고, 아귀(餓鬼)와 같이 배가 부풀어 오른다. 온몸은 때 투성이. 젖은 옷을 계속 입고 있으니까 대량의 이가 들끓고 있다. 그런 비위생적인 상태라니 이질이 유행했습니다.

대부분의 사람들이 설사를 만났습니다. 밖에 만든 벼락치기 화장실과 격납고 사이를 왔다 갔다 합니다. 1시간마다 쌀뜨물과 같은 액변을 되풀이하는 콜레라, 발진티푸스, 이질, 홍역이나 폐렴이 발생한다. 나는 결막염에 괴로워했습니다. 병에 걸려도 격리되지 않습니다. 소독액도 없다. 게다가 사람이 꽉 차있으니 감염은 맹렬하게 확대되어 매일 사람이 픽픽 죽어갔다.”

“어른은 임시 소집되어 그대로 시베리아에 보내진 자가 많았다. 나머지 심신이 피곤해서 무너질 듯한 힘없는 남자 밖에 없었다. 중학생인 우리들이 어떻게든 남자 노릇을 하는, 도움이 될 것 같이 보였습니다. 그래서 사체 처리는 전부 우리에게 돌아왔다는 것입니다.

겨우 연명하고 있는 속에, 콜레라로 죽은 사람의 사체를 치웠습니다. 덧문짝에 사체를 얹혀 나르고, 비행장의 초원에 판 구덩이에 묻었습니다. 태우는 것도 뜻대로 되지 않으므로 그대로 버립니다. 일하는 사람은 중요하므로, 끝나면 주먹밥을 한 개 씩 얻어먹었습니다. 생각나는 것은 같이 주먹밥을 먹었던 녀석들이 곧잘 죽었습니다. 사체를 치운 후 소독도 하지 않고 먹었기 때문이겠지요.”

고노 씨 자신, 언제 병으로 죽어도 이상하지는 않았다. 필리핀, 민다나오섬의 정글에서 태어나 어렸을 때 원숭이와 나무에 오르는 생활을 보냈던 고노 씨였기에, 살아남았을까.

“아침에 일어나면 촛불의 불을 세는 것이 습관이 되었다, 그 빛은 야간에 죽은 사람의 숫자로 즉 그날 묻는 시체의 수였기 때문입니다. 많을 때는 10명, 쑤이화에 있던 40일동안 약 200명. 쓰루오카의 피난민 4분의 1 이상이 거기서 죽었다."

날이 갈수록 격납고 안에서 다리를 펴고 잘 수 있게 되었다. 유아와 노인, 병약자가 연이어 목숨을 잃고 있었기 때문이다.

비계(脂肪) 덩어리

9월 중반 이후, 피난민은 순서를 따라, 쑤이화에서 남쪽의 대도시로 이동해 갔다. 고노 씨 일가족이 향했던 곳은 패전 직후에 창춘(長春)이라고 개칭된 신징(新京)이었다.

"우리들은 신징으로 내려갔다. 탄 열차는 무개차이며 빈틈없이 꽉 차 있었습니다. 다리를 펼 수 없었습니다. 며칠이나 밥도 먹지 못하고 수명이 줄어드는 것이 얼마나 고통인지 아십니까. 하반신이 저려 눈앞이 아찔해집니다."

목적지까지는 보통은 12시간이면 도착했다. 그러나 때는 비상시이다.

"움직이기 시작해서 얼마뒤 열차는 역이 아닌 곳에서 멈추었다. 대홍수로 갑자기 호수가 발생하여 바람에 이끌린 파도가 열차에 밀어닥쳤다. 수수밭에 배가 떠다닙니다.

열차는 움직일 기색이 없는 채 밤이 되었습니다. 북만주의 가을밤은 일본의 겨울보다도 춥다고 하는데 우리는 여름 셔츠에 짧은바지 차림입니다. 그것도 때투성이, 습기찬 셔츠와 바지. 필리핀 태생이므로, 나는 원래 추위에 약하고 게다가 영양실조상태입니다. 호수 저편에서 '휭'하고 차가운 바람이 불어닥칩니다. 그러면 피부에 바늘을 찌르는 듯한 통증입니다. 뼛속까지 아팠습니다."

그 후도 열차는 달리기 시작했는가 하고 생각하면, 갑자기 정차하고 갑자기 또 발차합니다.

"정차할 때마다, 모두 내려서 용변을 봅니다, 밤은 그야말로 불빛이 없으니 위험하므로 열차에서 너무 떨어지면 안 됩니다. 사람들 눈에 띄지 않는 그늘에서 용변을 보려고 하던 여성은 그 후 돌아오지 않았습니다. 그런 여성이 꽤 있었습니다. 채여갔겠지요. '꺅' 하는 비명이 들려온 것이 마지막입니다. 자칫하면 이쪽이 죽음을 당하니까 도우러 갈 수도 없습니다."

열차를 움직이고 있었던 것은 중국 측이다. 역이나 철교의 경비는 소련 병사이다. 중국인 운전사는 소련 병사에게 들은 대로 곧잘 열차를 정차시키고 있었다.

"특히 철교에서는 자주 멈추었습니다. 거기에는 소련의 수비 병사가 있다. 그들이 우리들 피난민에게 공갈강탈을 할 셈입니다. '여자를 내놓아'라든가 '시계 내놔' '돈 내라' 등. 여자를 내놓지 않으면, 차 안은 나와 같은 어린이라도 알 수 있을 정도로 긴박한, 보통과는 다른 분위기가 됩니다. 여성들은 서로 불신감의 덩어리가 되어 버립니다.

하얼빈 바로 앞에서 멈추었을 때는, 꽤 오랫동안 정차했습니다. 이 때 여성 한 명이 '접객업을 한 여자나, 매춘을 한 적이 있는 여자, 누군가 나가면 좋으련만'하고 중얼거리는 것을 들었습니다. 실로 모파상의 소설 『비계 덩어리』의 세계입니다. '고상한 얼굴을 하고 있는 자라도 영혼이 맑다라고는 할 수 없다. 다른 사람에게 싫은 역할을 억지로 맡기는 것만을 생각하고 있는 품위 있는 여자보다 자진해서 나가는 쪽이 영혼이 깨끗하지 않은가.'라고 그 때 생각했습니다. 물론 '여자를 내놓아'라고 말한 소련군이 가장 나쁩니다.

그래서, 저쪽이 요구하는 인원을 내보내면, 겨우 철교를 통과하게 해 주었다. 열차가 움직이는 것은 결국은 누군가가 희생이 되었다는 것입니다. 접객업자이든 매춘의 전력이 있는 사람이든 대신 희생되었습니다. 실로 인신(人身) 공양입니다."

그녀들 속에는 그대로 돌아오지 않았던 자도 있고, 몸을 계속 팔면서 어떻게든 본토 귀환에 성공한 자도 있었다.

그러나 그렇게 해서 목숨 간신히 돌아와도 결국은 비참한 결말밖에 그녀들에게는 준비되어 있지 않았다.

"다자이후(大宰府)에 가까운 후쓰카이치(二日市)에 러시아 병사의 아이를 가진 만주에서 돌아온 여성의 인공 유산을 하고 있던 병원이 있었다. 마취도 하지 않고 소독도 제대로 하지 않은 상태에서 긁어내어 처치되는 여성은 지옥의 고통을 맛보았다. 시기적으로 늦은 경우도 포함하여 처치하는 것 이외는 방법이 없으므로 많은 희생자가 나왔습니다."

낙태 수술이 당시 실시되고 있었다는 사실은, 사와다 씨의 증언과도 공통한다.

"마취가 없으니까 처치는 아팠을텐데도 울거나 소리치는 사람은 없었다고 합니다. 그랬을 것이라고 생각합니다. 몸이 홀가분하게 되는 것이 필요했겠지요…"라며, 사와다 씨는 언뜻 목메어 울었다. 같은 시대를 살아온 여성들의 슬픔에 생각이 미쳤을까.

목숨 간신히 조국의 땅을 겨우 밟은 것이다. 꺼림칙한 과거를 깨끗하게 버리고 싶다. 들러붙은 불결함(不淨)을 지우고 싶다. 그런 의미에서도 낙태한 여성이 있었을 것임은 상상하기 어렵지 않다. 하지만 마음의 상처는 내가 마음속에 그려볼 수 없을 정도로 깊은 것이 아닐까. 나는 말없이 사와다 씨가 다시 이야기를 시작하는 것을 기다릴 수밖에 없었다.

고노 씨의 이야기로 돌아가자. 고노 씨에게는 선명하게 기억하고 있는 장면이 있다.

"우리들 쓰루오카 난민이 쑤이화에서 신징으로 남하할 때, 북쪽 방면으로 향하여 올라가는 무개차를 목격했다. 무개차에는 시베리아로 보내지는 일본인이 가득 차 있었다. 스쳐지나갈 때 서로 『간바로 간바로(힘내자, 힘내자)』라고 외쳤습니다. 어제 일처럼 확실히 기억하고 있다."

하나 더 잊을 수 없는 것은, 이런 광경이다.

"차 안은 아주 나쁜 환경이므로, 쇠약해서 죽는 사람이 속출했다. 그런데 그 가족은 사체를 내버려 둡니다. 사체가 방해가 되니까 다른 사람이 억지로 끌어내어 차 밖으로 던져버렸습니다. 나쁜 병을 갖고 있기도 하니까요.

그런데 던지는 법이 많이 서투르니까 잘 던져지지 않습니다. 달리는 열차에서 개울을 겨냥해서 던지면 둑에 떨어졌다, 그런데 몇 명이나 열차에서 던져버리고 있는 사이에 점점 모두 잘 던지게 되었다. 그런 장면을 아직 선악의 판단력이 없는 어린 시절에 보거나 경험하거나 하여 혹독한 생활이었다."

여동생의 죽음

신징에 도착한 것은 9월 19일 밤. 쑤이화를 출발하여 약 1주일이 지났다.

"인입선*에 정차한 무개차 안에서 하룻밤을 밝혔습니다. 주위에 소련 병사가 가득 있었습니다. 그들은 무식한 무법자들입니다. 그런데 추위를 잊으려고 노래하면 훌륭한 4부 합창입니다. 깜짝 놀랐습니다. 철도 선로가 강하게 울리는 듯한 큰 소리였습니다. 러시아 사람들의 정력적인 힘은 굉장합니다. 압도되었습니다. * 인입선 : 철도의 본선에서 공장이나 차고로 끌어들인 선로

다음 날 아침. 고다마(児玉)공원에 도보로 이동했습니다. 역 앞 광장에 우뚝 솟은 소련의 거대한 전승비 탑을 보고 '아아, 정말로 일본은 전쟁에 졌구나.'하고 실감했습니다. 이름대로 이 공원은 고다마 겐타로(児玉源太郎)*를 기념한 것으로, 말 위에서 고다마 겐타로가 경례하는 동상이 서 있었습니다. 하지만 그 후, 공원에 가니 동상의 목이 잘려나가 굴러다니고 있었습니다." * 고다마 겐타로 : 일본의 육군군인, 정치가. 러일전쟁에서 만주군총참모장을 역임.

그 일대는 진해와 같이, 일본인이 처음부터 만들어 낸 도시로, 견고하고 훌륭한 건물이 늘어서고 넓은 도로가 정비되어, 여기저기에 로터리와 공원이 배치되어 있었다. 전선(電線)은 지하에 묻었고, 전봇대는 전혀 없었다. 만주국의 수도로서 잘 어울린다. 당시로서는 선진적인 도시 계획이 되어 있었다.

일가족이 걸은 도로는 대동대가(大同大街)라는 번화가였다. 길의 폭은 70~100미터, 연도(沿道)는 전쟁 전 일본의 건축 견본시(見本市)의 양상을 띠고 있었다. 오른쪽에는 관동군사령부, 헌병대사령부, 중앙은행, 왼쪽에 강덕회관, 동탁(동척)빌딩 등, 벽돌이나 콘크리트의 건축물이 즐비해 있었던 것이다. 국력의 기세를 드러내 보이려는 건물을, 굶주리고 쇠약한 난민들이 줄줄이 걸어서 지나쳤다.

"배고픈 생각을 하면서, 7킬로미터 정도 걸어서 신징 동식물원을 힘들게 찾아갔습니다. 우리들이 수용된 곳은 동식물원의 입구에 있는 도코기숙사(東光寮, 만주중공업·만주광산합동 사원기숙사)라는 곳으로, 그곳은 콘크리트 3층 건물이었습니다. 다다미 방은 반년만이었습

니다.

　여기서 일본인세화회가 단무지와 주먹밥 1개를 지급해 주었다. 8월 15일에 돼지고기 야채국을 먹은 이후, 제대로 된 것을 먹지 못했다 어떻든 고마웠다. 3일간의 체재 중 계속 지급해 주었다. 그렇지만 주먹밥 다툼이 원인으로, 딸이 그 어머니를 3층 창에서 떠밀어 아래로 떨어뜨린 일과 같은 것이 일어났습니다.”

　고노 씨는 형 시게루와 이 때 합류하고 있었다.

　“재회는 1월 이후, 8개월만이었습니다. 패전에 의해 특무기관은 소멸되고, 형은 연합국 측의 지명 수배를 받았다. 시내에 숨어 있었다고 합니다. 역시 특무기관의 일을 하고 있었던 만큼 있을 수 있는 일이다. 난민의 이동 상황에 관해 매일 정보를 취하고 있었던 것이지요, 쓰루오카의 난민이 도코기숙사에 들어온 것을 알게 된 형은 그 날 중에 나타나, 도망 자금의 일부를 어머니에게 건넸습니다. 그리고 ‘내일 또 온다.’고 말하고, 이 때는 돌아갔습니다. 다음 날 합류할 때까지 숨어살던 곳의 정리를 하고 있었겠지요.”

　고노 씨의 여동생은, 이 직후 죽어버립니다.

　“안심이 되었는지, 쇠약의 한계를 맞이한 것인지, 가장 아래 여동생 후미코(文子)가 숨을 거두었습니다, 9월 21일의 일입니다. 그 무렵, 죽은 다른 6명의 망해(亡骸)와 함께 여동생을 매장했습니다. 도코기숙사의 방공호 터에서 입니다.”

　고노 씨는 담담하게 이야기를 계속한다.

　“원래 후미코는 선천성 고관절탈구(股關節脫臼)로 허리에는 깁스를 했습니다. 격납고는 콘크리트 바닥으로 침구는 없었다. 9월이라도 규슈의 겨울 정도로 냉랭한데, 이래서는 잠을 잘 수도 없습니다. 게다가 패전으로 물가가 크게 뛰어올라 먹을 것을 살 수가 없습니다.

의사는 없고 약도 없고. 그런 중에 신징에 겨우 도착하기까지 후미코는 잘 살아 있었다고 생각합니다. 살아 있던 덕분에 형은 후미코의 죽음을 만날 수 있었습니다."

운명의 갈림길

패전 전, 만주국의 수도, 신징에 있었던 중국인 수는 12만 명을 헤아렸다. 그러나 패전에 따라 7만 명이 남쪽으로 피난, 교체하듯이 만주 북부에서 약 15만 명의 일본인 난민이 흘러 들어왔다고 한다.(『전후귀환의 기록』). 겨울로 향하는 도중, 식량 확보는 곤란하고 목숨을 잃는 자가 여기서도 속출했다. 귀환이 개시되는 1946년 여름까지 사이에 2~3만명이 죽었다고 한다.

과혹한 환경 속에서 고노씨 일행은 어떻게 해서 살아남았을까.

"합류한 형이 제안했다. '수용소에 들어가지 말고 난닝(南嶺, 창춘의 남쪽 교외)의 친척에게 신세지게 해 달라고 부탁하러 가자. 큰 식당을 하고 있었으니까 집은 넓고, 자신도 한 번 간 적이 있으니 금방 알 것이다.'고 합니다. 지금 생각하면 이 판단이 우리들 가족 운명의 갈림길의 하나가 되었습니다.

어머니는 병치레가 많았습니다. 귀환 직전에 복수(腹水)가 퉁퉁 부풀어 오르는 중병에 걸려, '귀국은 무리'라고 의사가 확실히 말했습니다. 그래서 되든 안되든 역요법으로 복수에 정맥 주사를 놓았습니다. 그랬더니 한 방에 효과가 있어 그 때 일단 건강해졌습니다. 어머니가 회복하지 않아 그대로 수용소에 갔다고 한다면 우리들은 아마 고아가 되었겠지요. 영양실조나 추위로 길 위에서 객사했는지도 모릅니다. 혹은 중국인의 양자가 되었는 지도 모릅니다. 덧붙여 이야기하면 도쿄기숙사에 있었던 다른 난민은 서쪽 교외의 녹원(綠園)이나 대방신(大房身)의 수용소로 이동했다고 하며, 겨울을 넘기지 못하고 거의 죽은 것 같습니다."

고노 씨 일행이 의지한 곳은 아버지 히데오의 길러준 아버지라고도 할 수 있는 노부부였다. 소련의 블라고베시첸스크에서 40년 정도 장사하여 모은 돈을 밑천으로 난닝(南嶺)에서 식당을 경영하고 있었다.

"출신지 사가현의 『미카즈키무라(三日月村)』에 연유한 미카즈키(三日月)식당이라는 상호의 큰 식당이었다. 그곳은 관동군의 자동차 부대병영의 입구에 있어 손님은 주로 군인이었다. 작은 댄스홀도 있었다, 2층에는 연회용의 큰 방 3개와 중간 방이 한 개, 작은 방이 1층에 2개 있었다. 거기에 지인 가족과 함께 우리들도 들어가 폐를 끼치게 되었습니다.

그 집에는 아버지 쪽의 친척 모자(母子)도 있어, 총 13명이 남의 집에서 신세를 지고 있었습니다. 이 중에 장년 남자는 한 사람뿐입니다. 젊었을 무렵, 특급아시아(만주철도가 다롄과 하얼빈 사이에 운행하고 있던 특급)의 기관사를 했다고 합니다. 임시 소집 때 동료와 미리 짜고 뿔뿔이 흩어져 끝까지 도망친 남자입니다. 이 사람은 소련 병사가 철퇴할 때까지 거의 밖으로 나가지 않았다.

집주인은 생활이 어려워 뜻하지 않게 들어온 13명의 사람들로 대단히 힘들었다고 생각합니다. 그렇지 않아도 소련군에게 통역으로서 때때로 불려 나가기도 합니다. 치안은 악화되고 식료품 가격은 치솟아 오르고 전후 100배가 되어 있는 셈입니다. 추위가 한층 심해져 와도 연료의 확보도 뜻대로 되지 않는다. 페치카는 연료부족 때문에 소용도 없고, 화로밖에 사용할 수 없다. 우리들과 함께 신세를 지러 들어왔던 구마모토(熊本)의 모녀는 신경이 쓰여 결국 1개월 정도만에 녹원(綠園)으로 떠나갔습니다."

구사일생으로

소련군이 사역(使役) 공출명령을 내면, 일본인회가 통지를 내기로 되어 있었다. 하지만 응할 수 있는 사람은 거의 없었다. 그래서 아직 중학생인 고노 씨와 형이 사역에 빨리 불려나갔다.

"중국인과 일본인의 집이 주변에 제각기 십 수 채밖에 없어서 사람이 적어, 도망갈 수 없습니다. 형은 지명수배의 몸이므로, 다른 사람 눈에 띄면 안 됩니다. 그런 일, 특무기관의 일을 하고 있으면 알고 있었을 것입니다. 그렇지만 어떻게 할 수가 없었다. 형과 나는 소련군의 자동차 부대에 끌려갔다. 춥고 제대로 먹지못하고 너무 힘듭니다. 너무 심해서 참을 수 없었다. 하지만 피점령지의 패전 국민, 어찌할 수가 없다. 나는 딱 한 번 사역에서 도망친 일이 있었다. 마담을 데리고 오라는 명령. 그런 일을 할 수 있을 리가 없다. 거부하면 얼굴을 기억하여 며칠 후 소련 병사에 붙잡혀 버립니다. 게으름 피움의 본보기로 총살한다고 한다. 일본인회의 사무소 밖으로 끌려 나가 총을 쏠 태세였습니다, 자신에게 향하여 있는 총구를 보고 머리가 하얗게 되었습니다. 그랬더니 병사들 중의 한 명이 '마린키, 마린키'라고 말했습니다."

마린키란 러시아어로 작다고 하는 의미이다. 상대는 아마 '이 녀석은 아직 어리니까 총을 쏠 것까지는 없다.'라고 말했을 것이다. 결국 본보기 사살은 중지되었다.

총살형은 자주 행해지고 있었다. 고노 씨의 여동생은 난닝의 공원 광장에 공개 처형을 보러 간 적이 있었을 정도이므로, 특별한 것이 아닌지도 모른다. 하지만 이 경험이 고노 씨의 인생에 큰 영향을 미치게 된다.”

“이 때부터 사람이 변한 것 같이 이상하게 되었습니다. 주눅이 들어서 뒷걸음질 치고 말입니다. 아, 낭패입니다. 그런 경험이란. 지금도 늘 사살되는 꿈을 꿉니다. 나 자신 측은, 불쌍합니다.”

고노 씨가 담배를 배운 것도 그 무렵이다.

“아직 14살이었습니다. 언제 어떻게 될지 모르는 몸, 담배도 모르고 죽을지도 모른다, 묘한 반항심과 호기심 때문입니다. 처음에는 숨이 막혔다. 머리는 어질어질하고 깊이 들여 마시면 토할 것 같다. 그래서 이까짓 것 하는 빌어먹을 고집에 피웠다. 피우니 공복감이 가라앉음을 알아차린 것도 습관화의 원인이었다고 생각할 수 있었습니다. 물론 담배를 살 돈은 없다, 그러므로 소련 병사에게 '파피로스, 다와이(종궐련담배를 주세요)'라고 졸랐습니다. 그들이 피우는 것 같은 니코틴의 강렬하고 조잡한 담배에서 시작했으므로, 바로 담배 중독자가 되었다.”

고노 씨는 소련 병사에 관해 이렇게 말한다.

“소수민족인 것 같은 사람도 있고, 문신을 한 사람도 많이 있었습니다. 유럽 전선에서 살아남은 사람들을 대량으로 최전선에 들여왔습니다. 소련 병사는 강도 집단이었다. 정부로서는 먹이를 주고 자꾸자꾸 전선으로 보내 죽이려는 방침이었다. 관동군과 싸워 상당한 희생자가 나온다고 간주한 것 같지만, 간단하게 함락해 버렸으므로, 힘이 남아돌았다. 그래서 강간 등을 당연한 듯이 저질렀다. 약탈이나 살인 등도 하여 가스제거를 했다는 것이 한결같은 소문이었습니다.”

사람이 아닌 비인간의 소련 병사를 고노 씨는 싫을 정도로 눈앞에서 보았다.

예를 들면 이런 일이 있었다.

"당시 내가 있었던 난닝의 작은 일본인 개인 의원에, 임질병이라든지 매독의 소련 병사가 줄지어 있었습니다. 병사들은 치료를 기다리는 사이에 창으로 철포로 손버릇이 나쁜 중국인을 재미있어 하며 쏘았습니다. 팡 소리가 나면, 훔친 물건을 짊어진 중국인이 날아오르며 죽었습니다. 소련 병사에게는 치료 대기 중의 심심풀이였겠지요"

"형님은 죽어서 다행이었다."

4월 15일, 소련군은 창춘에서 완전 철퇴했다. 그것을 받아 미군은 국민당정부에 일본인의 귀환을 지시했다. 미군은 그 해 처음부터, 일본인의 귀환에 즈음하여 국민당과 연휴, 협력하고 있었던 것이다.

그런데, 일은 원만하게 진행되지 않았다. 소련은 팔로군(八路軍, 공산당군)이 창춘을 점령할 수 있도록 뒤에서 꾸미고 있었다. 소련군 철퇴와 함께 팔로군이 거리를 포위하여 공격을 시작한 것이다. 여기에 국부군(國府軍)이 응전했다. 국공내전(國共內戰)이다.

난닝에서도 이른 새벽부터 소규모 시가전(市街戰)이 있었다고 고노 씨는 회상한다, 그리고 형과 헤어진 날은 갑자기 찾아왔다.

"소련군이 난닝에서 철수한 4월 15일 아침, 형이 사살되었습니다. 총에 맞아 죽었습니다. 바깥 모습을 이층 창에서 살짝 형과 함께 엿볼 때의 일입니다. '핏'하는 소리가 났습니다. 한마디 소리도 내지 못하고 형은 위를 향해 쓰러져 얼굴에서 맹렬한 피가 뿜어져 나왔습니다. 순식간에 나는 의사를 부르러 달렸습니다. 하지만 의사는 '지금은 위험하니까 갈 수 없다. 상황을 보고 간다.'고 말합니다. 할 수 없이 집에 돌아오니 어머니가 피바다에 드러누운 형에게 매달려 큰소리로 울고 있었습니다. 1시간 정도 지나 의사가 왔지만, 진단은 오른쪽 눈 아래의 맹관총창(盲貫銃創)에 의한 즉사. 탄환이 두개골 속을 빙빙 돌았습니다. 향년 17세였습니다."

그다지 전투가 격렬하지 않았던 난닝에서, 시게루가 목숨을 잃은 것은 왜였을까.

"형은 패전까지 만주국의 특무기관에 근무하고 있어, 팔로군(赤軍, 적군)의 숨겨진 사실을 밝혀내는 일을 맡았습니다. 붙잡힌 중국인은 하얼빈 교외의 731부대에 보내져 마루타(인체실험의 희생물)가 되었다는 이야기입니다. 당국은 죄를 무겁게 보았겠지요. 형은 연합군의 지명 수배 리스트 40명 중에 들어 있었습니다. 총격전의 난장판 틈에 남몰래 사살하는 '처형'이 처음부터 사전에 결정되어 있었다. 팔로군 침공 때, 겨냥되고 있었다는 것이지요. 블라고베시첸스크에서 식당을 경영하고 있던, 러시아어를 말할 수 있는 친척은 그러한 정보를 알아낸 것 같지만, 알았을 때는 어떻게 할 수가 없었다.

이것은 귀환하고 나서 알게 된 일이지만, 난닝의 숙모들은 친한 중국인들로부터, 집에 스파이가 있다는 소문을 얼핏 듣고 있었습니다. 소련의 장교(大佐)가 난닝 친척 집에 일본인 애인을 맡기고 있었는데, 그것은 어쩌면 형의 동향 확인을 위한 것이었는지도 모릅니다."

형의 죽음은 고노 씨에게는 커다란 영향을 미쳤다.

"형이 사살되었던 것은 내 자신의 인생, 한 가족의 운명에 있어 결정적으로 중대한 일이었다."고 말한 후, 달관한 것 같이 계속했다.

"아이였던 나에게는 솔직히, 형이 지명 수배되어 있는 일의 의미까지는 몰랐습니다. 그렇지만 큰 일이 일어날 예감은 어쩐지 모르게 있었습니다.

형은 자신이 붙잡은 중국인이 어떻게 되었는지는 알고 있었다고 생각합니다. 설령 처형되지 않았다고 해도, 한평생 고생했을테지요. 형은 괴로웠을 것입니다.

선배에 산코(三光)작전*에 한사람의 병졸로 관계되는 모 사립대 교수가 있다. 상관(上官)을 모두 죽이라는 명령에 따라, 아기를 안고 목숨을 구걸하는 모친을 아기와 함께 사살했다. 그렇게 하지 않으면, 자신이 상관에게 당하는 것이다. 그 사람 어느 날 이렇게 말했습니다. '나는 평생 행복해질 수 없습니다. 살아가는 것이 괴롭다, 자살하면 좋은데 못합니다. 내 자신에게 아이가 생겼을 때 자신이 죽인 모친의 기분을 비로소 알았다. 왜 그런 짓을 했을까. 내 자신의 평생은 쓸모없습니다.'라고. 그 교수와 비교하면, 형은 낫습니다. 형이 거기서 죽어서 다행이었다고 생각합니다." * 산코작전: 중·일 전쟁때 일본군의 잔학하고 비인도적인 전술에 대한 중국측의 호칭.

이런 식으로 말할 수 있을 때까지, 도대체 어느 정도 시간을 소모했을까——.

창춘 중심부의 전투는 난닝보다도 격렬했다. 양쪽의 진영에는 관동군의 잔재 부대가 참가하고 있었으므로, 중국인끼리만이 아닌 일본인끼리에 의한 서로 죽이기라는 측면도 있었다. 팔로군은 중앙은행 사택에 거리낌없이 들어와 국부군(國府軍)의 병사를 겨냥해 쏘기도 하고 중앙은행에 틀어박혀 방어하는 국부군을 불을 붙여 공격하여, 많이 죽인 적도 있었다.

그러나 이 내전에 의해 고노 씨들은 생각지도 못한 행운을 붙잡게 된다.

만주에서 탈출하다

창춘에서 국민당정부로부터 귀환 통지가 일본인회에 전달된 것은 7월 5일이다.

"통지를 받고, 우리들 가족은 창춘을 나왔습니다. 창춘을 출발하여 잠시 지났을 무렵, 멀리서 울리는 우렛소리와 같은 포성(砲聲)을 몇 번인가 들었습니다.

귀환에 있어서는 화물 제한이 있고, 륙색과 손에 드는 정도밖에 들게 해 주지 않았다. 귀금속, 사진, 문서류는 휴대 일체 금지의 전달이 있었다. 현금도 제한되었습니다. 우리 일가족은 북만주로부터의 난민이었으므로, 애초에 갖고 있는 것이 전혀없다. 신세를 진 친척의 돈을 맡았을 뿐이었습니다. 역에서 승차 전에 금지물의 소지가 있는지 엄격하게 조사받았습니다. 특히 귀금속은 아무리 감추고 있어도 금속탐지기로 조사하므로 금방 발각된다, 발각된 경우는 귀국을 할 수 없게 된다고 위협했습니다. 실제, 탐지기는 없었다.

화물제한은 사전에 통지되었지만, 대량으로 운반해 온 사람이 제법 있었다. 타고 들어간 열차는 무개화물차. 그 안에 빈틈없이 꽉 채우니까, 큰 화물은 갖고 갈 수가 없는 것이다. 역 주변에 버려진 화물이 산더미를 이루고 있었다."

승선 대기를 하는 진저우(錦州)는 랴오동반도(遼東半島)가 붙어 있는 쪽의 서쪽에 위치하고 있었다. 여기까지는 열차로 하루 반. 승차 중, 고노 씨 일행은 마시지도 먹지도 않은 채였다.

배가 출발할 때까지, 그 동안 머무르고 있었던 곳은 이전 병영(兵營)의 수용소이다. 여기도 쑤이화와 같았다, 다리를 펴고 앉을 수 없을 정도로 사람이 가득했다.

"수용소에서는 여러 번 DDT 소독을 받았다. 덕택에 그 정도로 많이 있었던 이가 완전히 없어지게 되었다. 여기서는 조잡하고 적은 양의 급식은 있었지만, 배가 굶주려 병영의 주위에 중국인이 팔러 온 만두와 토마토, 오이 등을 사는 사람도 많이 있었다. 그 탓인지 모르지만, 콜레라가 자주 발생했다.

환자가 나오지 않을 때까지는, 배를 탈 수 없는 것입니다. 여기서도 젊은 남자들의 일은 사체를 치우는 일입니다. 발이 묶인 것은 삼십 몇 일에 이르렀습니다."

콜레라가 진정되고, 승선을 위해 후뤼다오(葫蘆島, 진저우의 서남에 위치하는 반도. 1946년 이후 이 땅에서 100만 명 이상의 일본인이 귀환하고 있다)에 무개화물열차로 향했던 것은 8월 하순의 일이었다.

"후뤼다오에 가까이 다가가, 지평선의 저편에 반짝반짝 선(線)과 같이 바다가 보였을 때, 누군가가 큰 소리로 '바다다!!'라고 외쳤다. 그 순간, 자극적인 조수 냄새가 난 것을 지금도 확실히 기억하고 있습니다. 바다까지의 거리는 수 킬로미터었다고 생각했습니다만."

여기까지 왔다면, 귀환선은 눈과 코 바로 앞이다.

"귀환선은, 리버티(liberty)라 부르는 미국의 화물선이었습니다. 선원은 일본인. 대나무나 갈대로 짠 발을 깔은 배 바닥에 선반이 고정되어 있고, 그 위에 가득 채워졌습니다. 우리 가족은 배 바닥에 앉았습니다. 대나무 발 아래에는 물때가 쌓여 배가 움직일 때마다 철벅철벅 소리를 냈습니다. 식사는 더할 나위 없이 아주 조금이었지만 하루 세 번 지급되었다. 예를 들면 점심 식사가 작은 건빵 7개와 별사탕 2개라는 정도였지만."

그리고, 고노 씨는 가까스로 일본을 눈앞에 본다.

"출발하여 만 이틀 만에 하카타항에 도착했습니다. 가장 먼저 본 것은 안개가 낀 하늘에 보인 일본의 운젠다케(雲仙岳) 정상이었습니다. 푸른 바다, 초록색 짙은 섬, 얼마나 일본은 아름다운 나라일까라고 아이답게 생각했다. 실로 봉래(蓬萊, 중국 전설에서 신선이 사는 불노불사의 땅이라는 영산)의 나라입니다.

그렇지만, 하카타에 도착해도 금방 내릴 수 없었다. 상륙하기 전에 한 명 한 명 콜레라 검사를 합니다. 나무젓가락을 혈전에 폭 찌르면 가시가 박혔습니다. 아팠다, 정말 아팠습니다. 게다가 여성의 경우 갑판 위의 간단한 울타리에서 변 검사가 있었습니다, 친구들은 여성의 '음부'를 보고 싶어하며 엿보았습니다. 그랬더니 이 놈하고 맞았습니다. 하하하."

여기서도 콜레라 발생이 확인되어, 다시 억류, 발이 묶이게 된다. 상륙을 눈앞에 두고 있는데 이루어지지 않는다. 시련은 여행의 마지막까지 따라다녔다.

"상륙은 여간해서 할 수 없었습니다. 정신이 이상해 졌는지 헤엄쳐 상륙하려고 생각했는지 몇 사람인가 바다에 뛰어들었다. 하지만 물속에 가라앉고는 뜨지 않습니다. 그 정도로 고난을 헤치고 살아남아 일본에 도착하여 왜 자살할까. 역시 이상한 사태였습니다."

무시무시한 체험을 고노 씨는 담담하게 이야기한다. 나는 상대방의 말에 호응하는수 밖에 할 수 없다.

상륙 허가가 나온 것은, 하카타항에 도착하여 1주일 가까이 지난 8월 말일이었다.

"상륙 후는 넓은 수용소 같은 곳에서 휴식을 취했습니다. 그 동안에는 귀국 수속입니다. 어른들에게는 간단히 현지 상황 등의 조사를 위한 사정을 묻고, 소련군의 폭행이 있었는지 어땠는지 등을 확인하였습니다. 그것이 끝나자, 우리들은 어머니의 고향인 후쿠오카 시의 메이노하마(姪浜)로 향했습니다."

고노 씨 일가족의 전후(戰後)가 시작되고 있었다.

제16장

패전의 고향에서 살아남다

고난의 연속

후생성(厚生省) 귀환원호국(引揚援護局)이 작성한 표에 의하면, 민간인 귀환 인원은 대략 다음과 같다. 소련 약 1만9천 명, 만주 약 100만 명, 남사할린·쿠릴열도 약 28만 명, 조선북부 약 30만 명, 조선 남부 약 42만 명, 중국 약 50만 명, 대만 약 32만 명, 태평양제도 약 3만 명, 동남아시아 약 5만6천 명 등.

패전 후, 귀국을 위해 사용할 수 있는 선박은 적고, 각자의 귀환은 곤란의 극한을 치달았다. 기아(飢餓)·질병·내전 등에 의해, 약 20만 명이 고국에 도달하기 전에 사망했다.

일본에 돌아온 일본인 수는. 군인과 민간인 합하면 약 650만 명. 이미 서술한 바와 같이 전후(戰後), 당시 인구의 1할이 귀국한 셈이다. 이만큼 인구가 증가한 것이다. 식량이 부족하게 되는 것은 당연했다.

고노 씨는 그 후 어떠한 생활을 보냈을까.

"온통 불타버린 허허벌판 후쿠오카 중심부를 빠져나와, 메이노하마에서 전차(電車)를 내리자, 어머니는 우리들 아이 4명을 정류소에 기다리게 하고 어딘가로 사라졌다. 얼마 뒤 중년 여성 한 명과 함께 돌아왔다. '아버지는 살아 있어.'라고, 큰소리로 외쳤습니다."

고노 씨는, 모친의 고향에서 오키나와 전쟁에 소집되었던 부친, 히데오의 무사함을 알았다.

"나하(那覇)부대라고 해도 미나미다이토지마(南大東島)*에 근무했으므로 살아남았다. 아버지는 제1포대장으로 슈호초(酒保長)*를 겸하고 있었다. '머지않아 일본은 진다, 그러므로 절대 쏘지말라. 그것보다 소주를 마시자.'라 말하며, 부하와 산호초(珊瑚礁)로 된 동굴에 숨어 있었다. 깊이는 10미터나 된다고 하였습니다. 여기라면 함포 사격은 도달하지 않는다. 전후, 아버지는 으스댔다. '부하에게 한 명도 전사자를 내지 않았다.'라고 합니다." * 미나미타이토지마(南大東島)는 오키나와 본섬에서 약 400킬로미터 동쪽 방향에 위치하는 섬. *슈호초: 군대주둔지 병영 시설내 매점장.

병역에서 해제되어 돌아온 것은 1945년 12월 8일. 미국군이 본토로 돌려 보낸 것이다. 히데오는 섬에서 갖고 돌아온 설탕을 도쿄에서 팔아, 그 자금을 밑천으로 후쿠오카로 돌아왔다.

"아버지는 만주의 여러 가지 이야기를 듣고, 현지에 남겨둔 가족이 무사히 있을 가능성은 낮다고 생각했다. 그렇지만 만약 살아서 돌아온다고 한다면, 어머니가 태어나 자란 이 장소라고 생각했다. 그래서 아버지는 그 하마노메이에서 농가 외양간의 반을 빌려, 판자를 대어 다다미 넉 장 반 정도의 창고에 살고 있었다. 여기서 아버지는 미나미다이토지마에서 배워온 소금만들기를 하며 생활하고, 가족을 기다리고 있었다. 그리고 우리들은 무사히 메이노하마에서 아버지와 재회했습니다."

재회한 것은 다행이었지만, 그 후의 생활은 매우 가난하고 어려웠다.

"가족 여섯 명이 이 외양간의 작은 방에서 살게 되었다. 귀환한 다음날부터는 소금만들기 돕기입니다. 바다의 짠물을 솥에 길어와 넣어, 장작을 때어 소금을 취하는 원시적인 소금제조법이라, 땔감 준비가 중노동이었습니다. 게다가 귀환해 온 1946년 가을은 일본인이 잇달아 귀국하고 있던 일도 있어, 식량사정은 극단으로 나빴다. 주식인 쌀과 보리나 감자 등은 배급제이고, 제대로 배급되어도 부족한데, 그것조차 늦게 배달, 배달 없음입니다, 다행히 소금은 귀중품이라, 만들면 닥치는대로 팔렸다. 소금만들기를 하고 있지 않았다면 일가족은 굶어죽었습니다. 이러한 생활이었으므로 집에는 수도는 없습니다. 근처 집에서 물을 물통으로 길어 날랐습니다.

빌리고 있던 방을 다음 해 봄에 쫓겨나고부터는, 소금만드는 작은 방 바로 옆에 삼나무줄기에서 벗겨낸 껍질의(땅에 바로 기둥을 세운) 초라한 오두막을 지어서 살았습니다. 현해탄에서 세차게 불어치는 겨울의 바다에서 불어오는 바람은 온몸에 사무쳤다. 게다가, 집 전체가 모래투성이입니다. 틈사이로 눈이 몰아쳐 들어오기도 했습니다. 또 비가 많이 내리면 비가 새서 집은 흠뻑 젖었습니다."

먹을 것을 살 돈이 없었다.

"홍수 후, 바로 근처에 흐르는 쥬로가와(十郞川)에서 떠내려온 야채 찌꺼기, 겨울폭풍으로 파도에 밀려온 바닷말 안에 들어 있는 부패하기 시작한 물고기를 먹었다. 집오리, 닭, 토끼, 염소도 2마리씩 길렀다.

그런 아주 나쁜 생활환경 탓이었을까. 어느 날 땔감을 준비하는데 갑자기 숨쉬기가 어려워졌다, 거울로 목 안을 보고 기겁을 했습니다. 입천장에서 목 안까지 빽빽이 두부를 으깨놓은 듯한 것이 가득 차 막혔습니다. 그렇지만 페니실린으로 입안을 헹구니 나았습니다.

한 가지 재난이 사라지고 또 한 가지 재난. 이번에는 모친이 병으로 쓰러져 버립니다. 그 때문에 20킬로미터 떨어진 병원에 화물차로 몇 번이나 옮기는 나날이 계속되었다. 하지만 그런 고난이 연속된 나날에 있었어도, 고노 씨는 학교에 간다는 꿈을 안고 있었다.

"가계(家計)는 몹시 쪼달려, 중학 편입학은 경제적으로 무리라는 것을, 아버지와 큰 싸움을 한 끝에 납득시켰다. 1946년 10월 편입한 것은 명문 슈유칸(修猷館)중학입니다."

어떻게든 입학할 수 있었는데, 가난하기 때문에 통학을 단념하게 된다.

"학교에서 돌아오면 밤중까지 매일 일하는 것이 조건이었지만, 결국 고등학교 1학년으로 퇴학을 결의했다."

소금만들기 일은 1년 반 정도로 돈벌이가 되지 않았다. 외국에서 싼 소금이 들어오게 되었기 때문이다. 히데오는 토목·건설현장에서 일용직 일을 하게 되었다. 고노 씨도 휴일에는 일용직으로 도왔다.

1948년 학제 개혁이 있어, 슈유칸중학은 자동적으로 슈유칸고등학교로 되었다. 그 무렵 가계는 더욱 매우 절박하여, 공부하면서 집을 지탱하는 일은 이제와서는 한계를 맞이하고 있었다.

"고국에 돌아온 이후가 고난의 연속이었다."고 말하는 사람은, 오토나리 씨이다. 그도 또 가혹한 환경에 휘둘린 한 사람이다.

"아버지는 나에게 '전쟁에 졌으므로 이제 학교에 가도 시시하다. 농부가 되어라.'고 말했다. 그렇지만 도쿄여자대학에 간 이모가 맹렬히 진학을 권유했다. 그래서 전학 시험을 쳐서 학교에 다니게 되었다. 맨 처음에는 하숙했다. 기차를 타고 통학했지만, 기차는 복원한 사람으로 붐벼서 그사이에 학생은 탈 수 없게 되었다. 학교 근처 역까지 매일 12킬로미터를 걸었습니다. 쌀이 없는 시대였지요. 그러는 사이에 하숙비 30엔 대신에 쌀을 갖고 오라고 듣게 되었다. 처음에 3되 주었는데 5되, 5되가 7되. 기차를 탈 수 없는데 하숙비는 자꾸 올라갔습니다.

이리저리 하는 사이에 특공보트 신요(震洋)*대원이었던 형이 오키나와의 병사 두 명을 데리고 돌아왔습니다. 하지만 먹여 줄 것이 없습니다. '갖고 갈 쌀이 이제 없다. 학교를 그만두라.'고 합니다. * 신요(震洋)는 태평양 전쟁에서 일본 해군이 개발하여 사용한 특공 무기(소형 특공 보트).

그리고 1년은, 농사를 짓거나 행상(行商)도 했습니다. 내 스스로 힘내어 노력했다고 생각합니다. 옛날 우비에 진파치(甚八)라는 도롱이를 걸치고 약이든 뭐든 팔았습니다. 조잡한 물품뿐입니다. '요전에 자네에게 산 비누, 벌써 녹아 없어졌다.'라는 말을 듣고 아무 대답도 못했습니다. 나무꾼의 부엌데기도 했습니다. 그 무렵은 탄광 붐이었으므로 갱목(坑木)*을 산에서 베었다. 구마노가와 온천의 산에 들어가 소나무를 베는 일에 남자 7명이 가기로 되었다. 일당은 30~50엔. 2개월 간, 아침 점심 저녁 식사를 짓고, 목욕물을 데우는 일이었지만, 아직 중학 3학년으로 요령이 없으니까 그 정도의 일만으로도 무척 힘들었습니다. *갱목 : 구덩이나 갱도 따위가 무너지지 않도록 받치는 기둥

이러는 사이에 새로운체제의 중학이 생겼다. 그러자 선생님이 '돌아오너라. 중퇴한 그대로라면 운전수 정도 밖에 되지 않는다.'라고 한다. 그 때, 졸업하면 도와주면 된다며, 친척중에 학자금을 내어 줄 사람이 생겼다. 그래서 또 중학생이 되었습니다."

시모야마 씨도 또 고생을 맛보았다.

"귀환하여 에히메현(愛媛県) 니하마(新居浜)에 있는 큰아버지 집에 갔습니다. 벌써 먼저 온 손님이 있고, 공습(空襲)으로 불이나 집을 잃은 가족인 것 같았습니다. 우리들은 다다미가 없는 곳에 돗자리를 깔고 생활했습니다. 1945년의 10월 하순경이었을까요, 경성(서울)의 학교에 다니고 있던 맏형이 돌아왔습니다. 여동생의 행방은 전혀 모릅니다.

매일 해변에서 조개를 줍고, 적은 양의 쌀로 죽을 만들어 먹었습니다. 근처에 사는 백부의 처가쪽 친척이라는 사람이 드물게 심한 구두쇠로 배려라곤 손톱만큼도 없고 나가라고만 말하는 차가운 처사를 받았습니다. 논과 밭이 있어 꿀벌을 기르고 딸 부부는 이발소를 하고 있는 아무런 어려움도 없이 생활하고 있는 사람들인데 말입니다. 집 주인인 백부가 있었으면, 우리들 가족에게도 잘 대해주었을거라고 생각합니다. 백부는 그 때 시베리아에 있다가 그 후 돌아가셨음을 알았습니다.

그러한 까닭으로 또 이동입니다. 아주 조금의 쌀을 짊어지고 조금씩 죽으로 겨우 끼니를 때우며 살아온 몇 개월이었습니다. 귀환하여 4년 정도는 전기도 없는 생활이었습니다. 여름은 벼룩과 모기 겨울은 이(Mallophage)에 고통받는 참으로 원시생활이 계속되었습니다. 큰 돌 3개로 부뚜막을 만들어 산으로 땔감을 구하러 가고, 우물의 더러운 물을 사용하여 죽을 끓였습니다. 거지에 가까운 생활이었지만 그래도 다음 해부터는 어떻게든 학교에 다니기 시작했습니다"

굶지 않고 끝난 사람들

굶주림을 경험하지 않고 끝난, 비교적 운이 좋은 경우도 있다.

노자키 씨는 다음과 같이 이야기하고 있다.

"가족 8명이 아버지의 고향인 후쿠이현 다케후(武生)에 도착한 것은 살고 있던 흥남을 출발하여 1개월 후의 일이었습니다. 대체로, 귀환자가 되돌아왔다 해도 식량이란 없다. 그러므로 귀환자는 냉담하게 당한 사람이 많았습니다. 우리들의 경우 모친의 친정이 유복했으므로 그렇게는 비참한 생각을 하지 않고 살았다. 밭을 빌려서 고구마 등 채소를 길러 먹었습니다."

학교에는 언제 돌아갔을까.

"나는 5월 중에 공업학교에 편입했습니다. 후쿠이는 공습으로 피해를 입었으므로 학교에서 제대로 공부할 수 있는 환경이 아니었다. 그렇기 때문에 수업은 2부제였습니다. 교과서는 검게 칠해졌지만* '전쟁에 졌으므로 어쩔 수 없다.'고 생각했습니다. 공부하는 것보다 불탄 자리의 암시장을 돌아다니는 것이 일과이었습니다." *패전 후 미국은 일본 지방까지 군정을 실시하여 교과서도 제국주의적 표현이나 원수 갚음, 복수 등은 금지되고 검열에서 문제가 되면 먹을 묻힌 붓으로 글자를 말소시킨 것을 말함— 마쓰오 씨 설명.

의료 활동을 위해 흥남에 남겨진 아버지와 맏형은 어떻게 되었을까.

"아버지는 우리들이 귀환한 3개월 후에 우리들과 똑같이 집단으로 걸어서 남하하여 열차로 38도선을 넘었다고 생각합니다. 의료 활동을 하고 있는 자는 이동금지였으므로 가짜 이름을 사용하여 숨어다녔겠지요. 다음 달에는 임팔 전선에 불려나갔던 형이 병역 복무를 마치고 돌아왔습니다. 가족 전원이 모여 온 집안이 밝아졌습니다. 한 사람도 빠짐없이 돌아올 수 있었던 것은 행복합니다."

나는 노자키 씨가 "행복"이라고 말한 것에 위화감을 느꼈다. 죽을 것 같은 경험을 많이 해 왔으므로, "참혹한 장면을 만났다"라고 표현하는 것이 자연스럽지 않을까. 하지만 곰곰이 생각하면, 그것은 목숨의 위험을 모르는 인간의 발상인지도 모른다.

"형은 싸움터에서 돌아왔을 때, 야위지 않았다. '영국군의 작업을 하고 있었다. 많이 먹게 해 주었다.'라고 말했습니다. 형은 1년 정도 공장에서 노동에 종사한 후에 교원으로 복직했습니다. 큰누나도 교원으로 복직했습니다. 아버지도 돌아와, 보건소에 근무하게 되었다. 그러므로 어느 정도 일가족의 식생활 상태는 좋았습니다."

굶주리지 않고 끝난 것도 또, "행복"의 유일한 이유였는지도 모른다.

패전 시. 대구의 기지에 있었던 후지무라 씨도 또 가혹한 굶주림을 체험하지 않았다.

"가장 먼저 자리잡은 하기(萩)에서 몸을 데우기 위해 숯을 사러 가니까, 가게 직원이 '뭔가 덤을 붙여 사지 않으면 팔 수 없다.'고 말했습니다. 재해를 겪지 않은 마을은 사람이 나쁩니다. 이런 곳에서 있으면 아무 것도 살 수 없으므로 히로시마에 갔다. 그랬더니 마을 전체가 원폭으로 피해를 입지 않았습니까. 건물이 무너져있고 여기저기에 사체가 늘려 있고, 여기도 도저히 있을 수 없다고 생각했다.

그럴 때 효고현(兵庫縣) 니시노미야(西宮)에 있는 목수인 사촌이 '니시노미야에 오라'고 권해 주었으므로, 그 지역으로 이사해 살았습니다.

니시노미야는 허허벌판이므로, 도구를 메고 가면 일은 있다. 부자들은 안채가 불탄 후에는 곳간에 살고 있지만, 창고에서는 생활할 수 없으니까 불탄 자리에서 사용할 수 있는 듯한 재료를 끌어내어 와, 그들을 위해 선반이나 입구를 만들거나 하는 일이 있었습니다. 복원하지 않은 사람이 많았으므로, 인기가 있었습니다. 그런데 그것만으로는 『용달사』이므로, 가게를 차리려고 생각했다. 불난 자리에 판잣집을 세워서, 그것이 지금 살고 있는 맨션의 장소입니다.

우리들은 다른 사람을 돌볼 수 있을 정도의 여유가 있었습니다. 식량난으로 곤란한 적은 없습니다. 갖고 돌아온 물자를 팔아서 먹고 살았다. 어느 날 태풍이 와서 짐이 젖은 일이 있었다. 어머니가 밖에 쭉 짐을 늘어놓고 말리고 있으니 '이렇게 하면 곤란하다.'고 삼촌이 말했다. 쭉 일본에 있었던 사람은 물자가 없어서 곤란했으니까, 질투한다고 생각했겠지요."

가게를 닫고, 히로시마로 귀환한 오츠보 씨의 집도 먹을 것에 곤란한 적은 없었다.

"아버지의 고향인 노우미시마(能美島)에 가족이 함께 자리잡았습니다. 아버지는 마을로 나가고 싶다고 생각하고 여러 가지 직업을 찾았지만 찾지 못하고 결국은 집에서 간장, 담배 등 자질구레한 것까지 다 파는 장사를 하고 있었습니다. 시골에서 여러 가지 농사를 짓고 있었으므로 먹을 것으로 곤란한 적은 없었습니다."

오츠보 씨는 전후라는 시대의 세례를 음식부터 받았다. 노우미시마 맞은 편 물가(對岸)에 미국군 병사들이 주둔하고 있었다.

"맞은 편 물가의 에타지마(江田島)에는 주둔군이 있어, 휴일에는 배로 자주 놀러 갔습니다(에타지마는 연합군에 접수(接收)되어 있었다). 가게에도 자주 와서 집을 지키고 있는 할아버지에게 늘 영어로 재잘재잘 잇달아 말하고 있었습니다. 집에는 구두 신은 채로 들어오려고 한 적이 있고 할아버지가 굉장히 화를 낸 것을 회상합니다. 내가 볼 때는, 귀축미영(鬼畜米英)이라는 인상과는 전혀 다르다. 전쟁에 승리한 여유일까요. 초콜릿을 주기도 하고 배에 초대해 주기도 했습니다. 당시 아직 일본에서 그다지 빵을 먹지 않는 시절. 귀중했던 빵, 그것도 폭신하게 부풀어 오른 식빵을 구워 버터를 발라 일본어로 '오아가리'라고 말하며 대접해 주었습니다. 정말로 맛있었습니다. 전후(戰後)가 아니면 느낄 수 없는 맛입니다." *오아가리: 다됐다.

하지만 오츠보 씨의 부모님은, 그들과 접촉을 하려고 하지 않았다.

"친구처럼 가끔 불러 주는 낌새는 있었지만, 부친이 반대하여 화를 내므로 찾아 가는 일을 그만두었습니다. 아버지가 그렇게 말한 것은 미국에 굴절된 감정도 있기 때문이겠지요. 삼촌이 원폭으로 사망했고, 살아남은 숙모라고 해도 얼굴과 손에는 켈로이드* 흔적이 남아 있었습니다. 하지만 나는 '아 얼마나 친절하고 상냥한 사람들일까.'라는 그런 인상뿐입니다. 기타를 치며 미국 노래를 불러주기도 했고요. 그러한 모습을 보고 '참 근사하다.'고 생각했습니다. 전쟁의 피해를 실제로 입지 않았으므로 그렇게 생각했었겠지요."
* 켈로이드: 궤양, 화상 등이 아문 자리에 생기는 게발 모양의 불거진 융기.

다키가와 씨는 하카타에서 미군을 위해 일하고 있다.

"각 마을에서 몇 명인가 사역을 내놓으라고 합니다. 아스팔트 도로 등은 없으니까 포장을 위한 땅고르기 등을, 미국인 감독 아래 하게 되는데, 나는 몸이 컸기 때문에 몇 번이나 사역에 불려갔습니다. 아이 취급을 당합니다. 그 때 처음으로 미국사람을 가까이에서 보았다. 전후까지는 귀축미영이라 하여 아주 나쁜 짓을 하는 놈들이라고 배웠지만 실제는 그렇지 않다. 그렇게 나쁜 인상은 없었습니다.

그렇지만 너무나 우리와 달라서 압도되었다. 그 모습을 보니까, 이제 진다, 이미 전쟁에 지는 것이 당연하다고 생각했다. 그 당시 사이토자키(西戸崎)라는 섬에 미군 기지가 있어 수륙양용(水陸両用) 자동차에 몇 사람이 타고 하카다만 바다 위를 똑바로 달려 와서 갑자기 해안 물가로 올라오는 것입니다. 지금처럼 바닷가 잘 정비되어 있지 않은 물가입니다. 이래서는 이길 리가 없다고 생각했습니다."

후쿠이에 귀환하기 전의 노자키 씨도 미국병사에게 압도된 것을 기억하고 있다.

"하카타에서 미국병사가 비행장을 만들기 위해 불도저로 흙을 고르고 있는 것을 보았습니다. 그 외에도 미국병사가 추잉 껌을 씹으면서 포크리프트(지게차)를 운전한 것을 본 적이 있습니다. 일본병사라면 10명의 인력으로 하는 일입니다. 아, 이래서는 전쟁에 이길 리가 없다고 생각했습니다."

그 후, 노자키 씨는 미국문화에 온마음을 기울여 열중한다. "공산권은 소용없다. 그것에 비하여 미국은 훨씬 좋다."며, 힐리우드 영화를 보고 『리더스·다이제스트』를 읽었다.

전후 일본인의 전형적인 미국관념(美國觀念)을 노자키 씨도 또 갖고 있었을 것이다. 그가 자주 '오케이 오케이' 등 짧은 몇 마디 영어를 회화에 섞어 말하는 것은 이 무렵의 경험이 바탕이 되어 있는 것은 아닐까, 라고 나는 생각했다.

자녀를 생각하는 부모

이야기를 패전 후 그 바로 뒤로 돌아가자.

배고팠던 날을 이야기하는 사람, 먹을 것에 어려움이 없었던 사람. 친척집에 의지한 사람, 의지할 수 없었던 사람. 경우는 제각기 다르지만, 많은 사람이 부모에게 감사한다고 말한다.

고가 씨는, 이렇게 이야기한다.

"후쿠오카의 야나가와에 귀환했습니다. 1946년 2월, 덴슈칸중학 (伝習館中学) 1학년에 편입했습니다. 그 무렵은 도시락을 학교에 갖고 갈 수 없는 학생이 많았기 때문에 수업이 오전 뿐, 이라는 것도 있었습니다. 장부나 용지가 부족했기 때문에 신문 끝 여백을 잘게 잘라 메모용지 대신으로 사용했습니다. 그 신문에는 도회지에서는 아사자(餓死者)가 나왔다는 뉴스도 실려 있었습니다.

배급만으로 의지하고 있는데, 지극히 적었으므로 언제나 배가 고팠습니다. 쌀 등 곡물의 배급은 특히 적어, 고구마를 농가에서 나누어 준 적도 있습니다. 식량의 운반은 금지되어 있어, 리어카로 운반하던 것을 경찰관에게 압수되었습니다. 야나가와에서는, 아리아케 카이(有明海) 바지락조개를 캘 수 있으므로 바지락조개를 주식 대신으로 먹었습니다. 너무나 바지락조개만 계속 먹으므로 『아침도 조개, 낮에도 조개, 무슨 힘이 나오겠는가』라고 익살스런 노래를 지었습니다.

그 해 여름, 친구들이 집으로 찾아왔습니다. 이 친구는 구루메(久

留米)로 귀환하여 학교 강당에서 많은 사람과 함께 생활하고 있었습니다. 마침 점심 무렵에 어머니가 식사를 차려 주었습니다. 밥그릇에 감자죽이 가득입니다. 감자가 한 개, 쌀이 세 알 정도 들어 있었다. 갑자기 온 손님이었으므로, 지금 생각하면 어머니는 자신의 몫을 거른 지도 모릅니다"

잘 알지 못하는 사람과의 집단생활에서는, 먹을 것을 조달할 수 있다고는 생각할 수 없다. 친구는 꽤 굶주린 생활을 하고 있었을 것이다. 고가 씨의 모친은 그것을 꿰뚫어보고 있었던 것은 아닐까.

히노쓰메 씨는, 부모가 자신을 학교에 가게 해 준 사실에 감사하고 있다.

"부모의 본가인 오카야마(岡山)에 귀환했습니다만, 거기는 산 속이어서 힘들었습니다. 1945년 11월, 시험을 치고, 현립(県立)여학교에 편입했습니다. 전쟁으로 버스 편이 없어졌으므로, 편도 12킬로미터를 매일 걸어서 다녔습니다. 우리들은 표준어 밖에 말할 수 없으므로 처음에는 어울릴 수 없었어요.

굶주림은 다행히 없었는데 그것만으로 다행입니다. 없어진 집과 땅 자리를 밭으로 일구어 잡곡을 재배하고 있었기 때문입니다. 그래도 부모는 어떻게 해서 가족 모두 생활해 갈 것인지 고민했을 것이라고 생각합니다. 아버지는 눈에 상처를 입어 일할 수 없어 집에는 돈이 없었다. 나는 진해 시절의 교복을 입고 학교에 다녔습니다."

혹독한 생활에 있으면서도, 부모는 진학을 지원했다. 재산이 없으니까 교육을 받게해 주려는 생각은 당시, 주위 사람들은 금방 이해되지 않았을 것이다. 그래도 히노쓰메 씨는 고등학교를 졸업하고 히로시마대학으로 진학한다. 전후(戰後), 히노쓰메 씨는 도쿄에서 국어교사가 되었다. 젊었을 때 진학하지 않았다면, 인생은 다른 길이 되어 있었던 것은 아닐까.

서로 부딪히는 감정

그런데, 고가 씨에게 "선택받은 사람이다"고 평가된 마쓰오 씨의 귀환 후는 어떤 것이었을까.

종전에서 약 1주간 후라는 꽤 이른 시기에, 군대 배로 할머니와 여동생과 함께. 많은 짐을 갖고 돌아온 후, 마쓰오 씨는 본가의 가옥에 자리잡았다.

여름방학이 끝나고, 기차로 30분 걸리는 다케오(武雄)중학교에 편입한다. 마쓰오 씨는 귀환에 따라 학업 복귀가 늦어진 일은 없었다. 이윽고 부모도 귀환해 와서, 일가족은 무사히 얼굴을 마주대했다. 이것만으로도 비교적 운이 좋았다고 말할 수 있다.

그 마쓰오 씨도 역시 부모에 대한 감사를 소리내어 말한다.

"집 안에 밭을 일구었습니다. 불모지에서 채소를 재배하는 일로 고생했습니다. 삽으로 일구고, 분뇨를 뿌려도 겨우 호박을 수확할 정도입니다. 부모는 자녀들에게 먹이기 위해 여기저기 분주하게 뛰어다니며 힘들었을거라고 생각합니다.

특히 어머니의 노력함이 인상적으로 남아 있습니다. 야마우치무라(山內村, 현 다케오시)의 농가에 감 등을 매입하러 가서 륙색으로 나르며 사세보까지 매일 다니는, (생산지에서 직접 물건을 지고 와서 파는) 장사를 하고 있었습니다. 그 후 아리타 마을에 생긴 암시장에 가게를 내어 혼자서 열심히 장사했습니다. 도련님으로 애지중지 자란 나에게는 그 모든 것이 부끄러워서 보고도 못본 체하며 중학교에 다녔습니다."

　이윽고 부모는 마이니치신문의 판매권을 손에 넣어 재출발을 시도한다. 조선인 종업원은 이제 없다. 중학생인 마쓰오 씨와 여동생들도 신문대금의 수금을 도왔다.

　"신문가게를 시작하고 나서도 집이 기차역(驛)과 배달 영역으로부터 떨어져 있었기 때문에 점포를 빌려, 신문 이외에 닥치는 대로 상품을 취급했습니다. 신문 배달은 아버지와 신문소년들이 하고 수금은 주로 어머니 담당이었지만, 걸어서 돌아다니기에는 너무나 지역은 광대했습니다. 어머니가 나이가 많아져도 다리가 튼튼한 것은 수금으로 걸어 다닌 덕분이라고 자주 말했습니다. 시골의 신문대리점으로 부수도 적고 당시는 접어넣기 광고전단지도 없는 시절이었으므로 진해의 영업과는 달리, 신문사에 빚이 쌓이기만 했습니다. 내가 그것을 지적했더니 '빚이 있으니까 상거래가 계속되는 거야'라는 말을 합니다. 그 말을 듣고 장사치 근성의 한 부분을 본 느낌이 들었습니다."

　그 후, 마쓰오 씨는 고등학교, 대학에 진학한다.

　"대학시절에는, 피를 팔면서 파리한 얼굴색으로 통학하고 있는 선배도 있었습니다. 나는 대일본육영회(大日本育英会)의 장학금을 받으며, 다케오에 생긴 세이코(清香)장학회의 제1회 장학생이 된 덕분인지 조금의 아르바이트를 경험하고 졸업에 이르렀습니다."고 말하므로, 여기서도 마쓰오 씨는 상황적으로는 운이 좋았다.

　비교적, 순풍만범(順風滿帆)*의 전후의 생활을 보내온 듯한 인상을 갖지만, 사실은 그렇게 사정은 단순하지 않았다. 어느 날 마쓰오 씨와 전화로 이야기하며, 전후(戰後)의 물자부족이 얼마나 힘들었는지를 가르쳐 주십시오 라고 말하니, 갑자기 아무 말이 없어져 버렸다.

*순풍만범: 배가 가는 쪽으로 부는 바람이 돛에 차서 가득하다는 뜻으로, 일이 뜻대로 잘되어 가는 형편을 이르는 말.

"말하고 싶은 것과, 말하고 싶지 않는 일이 있다……."

며, 울음 섞인 목소리가 전화에서 들려온다. "와카사마(若樣, 도련님)"라 불리며 귀하게 자란 진해 시절과 비교하면, 식량 사정이나 주거환경은 믿을 수 없을 정도로 나빴던 것이며, 힘들었던 생각도 한 것임에 틀림없다.

그럼에도 불구하고, 말할 수 있을 정도의 체험을 하고 있지 않다고, 이전 나에게 말한 것은 무슨 이유였을까. 말하는 것도 힘들다는 생각과, 동급생의 체험에 비하면 대단한 일은 없다고 하는 생각과는 서로 부딪히고 있는 것일까. 그렇지 않으면 부모님에 대한 감사와 마음의 약한 부분이, 그 이유일까. 갈등은 전후 68년이 지난 지금도 마음속에서 소용돌이 치고 있을지도 모른다. 물자가 풍부한 시대에 태어나 자란 내가 그 고통을 상상하려고 했지만, 어떻게 해도 그것은 이루어지지 않은 일이었다.

고도경제성장의 발자취

패전 직후. 귀환자를 기다리고 있었던 것은 황폐한 국토와 굶주림이었다.

가장 가혹한 환경에서 생활하고 있었던 고노 씨에 의하면 "식량 부족은 금방은 개선하지 않았다."고 한다.

집안의 살림살이를 지탱하기 위해 고등학교 퇴학을 결의한 후, 고노 씨는 같은 슈유칸고등학교의 정시제(야간제)에 편입, 낮에는 경찰의 서기생(書記生), 밤에는 면학에 힘썼다. 그리고 5년 늦게 규슈대학(九州大学) 교육학부에 입학하여, 치과 기공 보조나 여러 가지 아르바이트를 하여, 집에 송금까지 했습니다. 태풍으로 집이 떠내려가는 참사를 만났지만, 대학에 계속 다녀, 학생운동에도 투신하면서 무사히 졸업을 완수했습니다.

"사회과 교원 자격증을 취득했지만 취직이 잘 되지 않아, 긴급 피난적으로 대학원에 들어갔습니다. 대학원에 들어가 1년이 지났을 때 결혼해서, 아내 집에서 밥을 얻어먹으며 지냈습니다. 그때입니다. 오랜 기간 공부에서 겨우 해방된 것은. 1960년의 일입니다."

고노 씨에 의하면, 종전 15년 가까이나 만족하게 먹을 수가 없었다고 한다. 이 이야기는 비교적 빨리 일본은 부흥했다고 믿고 있었던 나에게는, 놀라움이었다.

"1961년 무렵까지 배고픔이 계속되었던 것 같습니다. 식품이 겨우 온 일본에 빠짐없이 미친 것은 그 무렵부터이겠지요."라고 고가 씨도 말하므로, 식량난은 오랫동안 계속되었던 것 같다.

덧붙여, 1960년은 이런 일이 일어났던 해이다.

- 미일 상호협력 및 안전보장조약(신안보조약), 워싱턴에서 체결
- 안보투쟁이 격화하다
- 안보 발효후 기시노부스케(岸信介)내각이 총사직
- 후임 이케다 하야토(池田勇人) 수상이 "소득배증(所得倍增)"을 슬로건으로 걸고, 경제중시 내정주의(內政主義)를 제창하다
- NHK 등 6개 방송국이 컬러텔레비젼의 본방송을 개시

가전제품이 보급, 가정에서 자동차를 가지게 되는 등, 비약적으로 풍요롭게 되어 간다. 그 수년 전부터 냉장고나 세탁기가 보급되

기 시작했고, 인스턴트 식품이 세상에 나오고 나서 식탁의 광경도 변한다. 또한 이 무렵부터 육고기나 밀가루 등이 대량으로 수입하게 되어, 식문화의 서양화가 급속하게 진행해 간다. 확실히 나는 그 무렵 이미, 사람들은 고도성장을 노래하고 있었다고 생각했는데, 그 은혜를 대부분의 일본인이 받고 있었던 것은 아니었다.

고노 씨의 경우는 "다음 해 1961년에 아이가 태어났습니다. 이제 처의 집에서 먹고 지낼 수는 없다. 그래서 대학원을 중퇴하고 입시 학원을 친구와 둘이서 시작했습니다. 은사 도움도 있어 잘 되어서 귀환 후 15년이 지나서 겨우 이제 생활이 안정되었습니다."고 말할 정도, 궤도에 오르는데 상당한 시간이 걸렸다.

이와 관련하여 이 시절, 다른 사람들은 어떻게 하고 있었을까.

마쓰오 씨는 규슈대학 경제학부를 졸업한 후, 생명보험회사에 입사한 후에는 지방 전근을 되풀이하고 있다.

고가 씨는 와세다대학(早稲田大学) 문학부 영문학과를 졸업 후, 대학이나 고등학교에서 영문학을 가르치고 있었다.

노자키 씨는 공업학교를 졸업 후 수출직물검사협회에 입사.

오토나리 씨는 브리지스톤(Bridgestone)에 입사하여, 마쓰오 씨와 같은 모양, 전근에 이어 또 전근의 나날을 보내고 있다.

네 명 다 결혼하여 아이의 아버지가 되어 있었다.

사업을 일으켜 성공한 사람도 있다.

다키가와 씨는, 하이테크 분야를 전문으로 하는 회사를 설립. 전력·철도나 경찰 등에 통신제어 시스템을 제공하고, 지금이야말로 이 업계에서는 확고한 지위를 차지하고 있다,

시오이 씨는, 이 무렵 사무기기 회사를 설립한다. 그 후, 테이크아웃 도시락 점포를 스스로 직접 담당하여 바야흐로 체인 점포 수

일본 제일의 "홋토 못토(ほっともっと)"를 전개하는 주식회사 프레나스(Plenus)의 창업자이며 회장이다.

여성쪽은 어땠을까. 오츠보 씨는 앞서 말한 바와 같이, 교사가 되었다.

"여학교를 졸업 후 1948년에 임시 교원이 되었습니다. 4년간 근무하고 결혼 후 퇴직했습니다. 그 무렵은 '결혼하면 가정으로 들어가는 것이 당연한 일'이라는 생각이 강했습니다."

대학 졸업 후, 도쿄 시내의 구립(区立)중학교에서 국어교사로 일하며, 일교조(日敎組, 일본교직원조합)의 조합원이 된 사람은 히노쓰메 씨이다.

사와다 씨는 출판사에 근무하여 서적 편집의 일을 계속했다.

이 시대, 그녀들처럼 일하는 여성의 존재는 소수파였다.

고도성장이 시작된 것은 한국 6.25전쟁 후인 1955년으로, 종언을 맞이한 것은 1973년이다. 나에게 이야기를 들려 준 귀환자의 연령에 맞추어보면, 20대 후반에 시작되어 40대 중반에 끝났다는 계산이 된다. 인생에서 가장 일에 의욕이 왕성하고 한창 일한 시기가 고도성장기 기간과 꼭 들어맞는다.

"회사는 희망에 차 있었다. 10년 저금하면, 이자로 금액이 배가 되었다 그러니까 저금으로 하와이에 장기간 체재도 할 수 있었습니다."라고, 노자키 씨는 나에게는 아무래도 꿈과 같은 일을 말한다.

"고도성장 시대는 지금 중국과 같은 것으로, 고양감(高揚感)이 있고 기분이 좋았다."고 말하는 사람은 사와다 씨다. 이 세대의 사람들이 고도성장을 키웠을까, 고도성장이 이 시대의 일본인을 만들어 낸 것일까. 어느 쪽이 진짜인지는 모른다. 확실한 것은, 그들이 새로운 시대의 원동력이 되었다는 것이다.

태평양전쟁과 귀환, 불탄 자리와 굶주림, 그리고 고도경제성장의 최고 전성기. 지금까지 나는 이러한 일을 연결하여 묶어 생각한 적은 없었다. 어떻게 전쟁에 이르고, 전쟁에 졌을까. 전후(戰後) 어떻게 하여 부흥하고, 굶주림에서 극복했을까. 처음부터 끝까지 일부 보여왔던 것은, 격동의 시대를 최대한 힘껏 살아온 사람들의 제각기의 "개인적인 이야기"였다. 그들의 생업 영위가 겹겹이 쌓여, 시대가 만들어져 갔던 것이다. 이 일에 차츰 생각이 미쳤다. 내 자신에게 연결되는 일로서, 내가 태어나기 전의 과거를 파악할 수가 있었다. 전쟁(戰爭), 전후(戰後), 그리고 지금(只今). 단절해 있었던 시대가 의식 속에서 서서히 연결된 것이다. 그들의 이야기를 들은 것은, 여기에 이르기까지 긴 도정(道程)이었던 것 같이 생각한다.

고향은 어디에

'한국'의 벚꽃

전세 버스로 부산을 출발하여 1시간 남짓. 국도 연도(沿道)에는 벚나무가 계속된다. 나무들은 멋지게 활짝 꽃을 피우고 있다.

'예쁘네요-' '굉장하네요-' '우와-'

쇼와 1자리수 세대(昭和一桁世代)* 여성들의 환성이 높아진다. *쇼와 1자리수는, (1926년) 12월 25일부터 (1934년) 말일까지의 8년 7일간. 1920년대 후반의 대부분과 1930년대 전반에 해당한다.

"경화역에는 벚꽃이 만개입니다. 버스를 주차하니, 여러분 다녀오십시오."

한국인 가이드가 일본어로 알린다.

경화는 진해의 교외에 있다. 일본통치시대, 주로 조선인이 살고 있던 경화동 일대에 해당한다. 여기까지 오면 진해 시가지까지는 아주 가깝다. 버스로 15분 정도 가면 진해역에 도착할 것이다.

'경화역(慶和驛)'이라는 표시가 보인다.

주위에 경화동 시절의 시가지는 눈에 띄지 않는다. 70년 가까이 세월이 경과하고 있으니, 거리의 경치가 아주 많이 달라져도 이상하지 않다. 진해 시가지는 이전의 분위기를 어느 정도 남기고 있을까.

소년소녀 시절을 여기서 보냈던 사람들과 함께 투어에 참가한 나는, 버스에서 내려 플랫폼으로 나갔다. 선로에 만개한 벚꽃이 끝없이 덮여 있어, 마치 터널 같다. 벚꽃 터널 아래를 젊은 한국인 커플이 많이 걷고 있다. 멋쟁이 여성을 일안(一眼) 리플렉스 카메라로 찍기도 하고, 그 여자 친구에게 나뭇가지를 꺾어 귀걸이로 내미는 남성은 바지런하다.

버스에서 내린 일본인 여성들은 이 커플 이상으로 신이 나서 들뜬 표정으로, 사이좋게 벚꽃을 배경으로 기념촬영을 찰칵찰칵 셔터를 누르고 있다.

일본의 벚꽃도 볼 만하지만, 여기 경화동의 벚꽃은 더욱더 철저하다. 온 마을을 벚꽃천지로 하겠다는 기세까지 강하게 느껴진다. 눈에 보이지 않는 기백과 같은 것에 나는 당황했다. 일본문화의 잔재 청산을 국가 국정의 방침으로 해 온 해방 이후 한국에서 왜 일본의 상징이라고도 말할 수 있는 듯한 벚나무가 늘어난 것일까.

'코네스토'라는 한국여행전문 웹사이트(『진해군항제가이드』)에는 다음과 같이 기록되어 있다.

이전 일본통치시대에 군사도시로서 개발된 진해에는, 일본을 상징하는 벚꽃이 곳곳에 심어졌습니다. 해방 후 꺼림칙한 역사를 생각하게 하는 벚꽃은, 시민의 손으로 거의 베어 넘어뜨렸지만, 60년대에 들어와 진해에 많았던 벚꽃의 품종, 왕벚나무의 원산지가 제주도임이 판명. 박정희 대통령이 벚나무 식수를 지시한 것도 순풍이 되어, 이후 본격적인 식수가 시작. 이리하여 현재와 같은 "벚꽃의 도시"가 되었습니다.

친일파 박대통령의 일이다. 어쩌면 반일 무드를 완화하려는 목적으로, 굳이 벚꽃을 식수시켰는지도 모른다. 정말인지 아닌지 그것까지는 모르지만, 일제강점기의 소메이요시노와 광복 후의 왕벚나무는 다른 종류이기도 하고 소메이요시노의 수명은 약 60년이라고도 한다. 한국전쟁 때 땔감으로 사용되었다는 이야기도 있다. 베어 쓰러뜨렸든 그렇지 않았든 당시 그대로의 벚나무 가로수일 리가 없다.

한편 오토나리 씨는 동창회 잡지에, 이런 문장을 기고하고 있다.

진해의 벚꽃
봄이 오고, 정원의 벚꽃이 꽃을 피우면, 진해의 벚꽃을 다시 생각한다.
그 수는 5만 그루, 굉장한 아름다움이었다. 소학교 교문, 그리고 안뜰, 입학식의 추억은 벚꽃에 장식되어 참으로 벚꽃, 벚꽃이다.
1974년 4월, 진해중학창립 30주년에 초대받아 진해 땅을 밟았다.
유감스러웠던 것은 그 근사한 벚꽃이 없다. 마음을 지탱해 주던 것이 없어진 듯한 나목의 진해, 그런 느낌조차 가졌다.

그 1년 전, 한국의 진해중학 동기생으로부터, 벚꽃 진해의 원 상태로 되돌리고 싶다. 한국에는 벚나무 묘목이 없으므로 보내 주기 바란다는 신청을 받았다.

모두 함께 협의하다. 수월하게 여러 사람들의 의견이 한 번에 결정됨(衆議一決), 하자는 것으로 되었다.

모두 함께 고심하여 200그루의 묘목을 보내고, 진해중학교 동창회장인 고가(古賀)군이 대표로 건너와 식수를 했다.

진해중학, 진해고등학교 전원이 모인 속에서, 식수는 엄숙하게 행해졌다.

다음 해, 우리들은 진해중학의 교정에서 아장아장 걸음을 시작한 벚나무 묘목을 보았다.

그 때 진해상공회의소의 총무과장을 하고 있던 강(姜) 군이 "여러분들의 행위가 마중물이 되어, 옛날 벚꽃의 진해로 만들자는 운동이 널리 알려지기 시작했습니다."고 말했다…….

(중략)

진해 출신의 문태일 씨라는 사람이 매년 1만 그루씩 보내, 올해로 3만 그루가 되었다고 한다.

또한 울산 출신 동광(東光)롯데 사장이, 겹벚나무(八重桜, 야에자쿠라)를 5천 그루 보냈다.

다시 나중에 2만 그루 더 보낸다고 한다. 그렇게 하면, 5만 5천 그루가 되고 해방전을 능가하는 벚꽃마을이 된다.

요시노벚나무는 3천 그루, 워싱턴이 수 천 그루, 진해 벚꽃은 세계 으뜸이 되는 셈이다.

우리들의 자그만한 행위가, 마중물이 되었다고는 하나, 진해의 벚꽃이 세계 최고가 되다. 훌륭한 일이다.

마산으로부터 터널을 빠져나오면 진해다. 여기서부터 시가지를 내리면 도로주변에 7천 그루. 제황산으로 이름이 바뀐 가부토야마(兜山)에는 3천 그루. 벚꽃으로 묻힌 세계 최고의 진해를 보아야 할 것, 우리들은 다시 진해 땅을 밟아야 한다(『오우유우(桜友)』 창간호).

"벚꽃에 뒤덮인 세계 최고의 진해를 볼 것, 우리들은 다시 진해 땅을 밟아야 한다."고 쓰여 있는데, 지금이 그 순간이다. 내가 이 현장에 마침 같이 있는 것은, 투어의 일원이며, 기획자인 마쓰오 씨가 권해 주었기 때문이다.

차창으로 보이는 벚꽃 휘날림을 보면서, 나는 일본인과 한국인의 벚꽃에 대한 눈길이 마음에 걸렸다. 이전에 그곳에 살았던 사람이 아니라도 일본인이라면 일본통치시대의 시가지를 상상하지 않을까. 한편 한국인은 화려하게 피는 벚꽃을 보면, 광복 후의 번영을 자랑으로 생각할 지도 모른다. 같은 아름다운 벚꽃을 앞에 두고, 두 나라의 마음 속은 아마 같지 않을 것이다. 이 벚꽃 가로수는 단추를 잘못 낀 것 같이 계속되는 한일관계를 상징하고 있는지도 모른다고 문득 생각했다. 그러나 이렇게도 생각하기로 했다. 원래 진해에서 태어난 아이를 오래간만에 맞이한다, 이 정도로 뛰어나고 근사한 마중은 없다, 나쁘지 않지 않은가, 라고.

소식을 찾아다니다

투어는 전체 인원 약 30명. 오토나리 씨, 마쓰오 씨 외에 시오이 씨, 노자키 씨, 고노 씨, 히노쓰메 씨라는 진해심상고등소학교(국민학교)의 동급생이 2008년 4월, 벚꽃 계절에 맞추어 3일간의 일정으로 부산에서 전세 버스로 진해에 찾아왔다. 군항제라는 행사가 열리고 있어 번잡하고 북적거리는 시기이기도 했다.

귀환하고 나서 이 시점으로 이미 60년 이상의 세월이 흐르고 있었다. 그런데도 급우 64명 중 약 반 수가 모였다. 굉장한 단결력이다. 그러나 전후 쭉 단결력을 유지해 왔던 것은 아니다. 전후 얼마 동안은 제각기 살아감에 필사적이었고, 여러 장소에 흩어진 동료의 소식을 찾는 일도 간단하지 않았다.

움직임이 일어난 것은, 1970년 무렵의 일이다.

그 해, 고가 씨는 일 관계로 한국에 가기로 결정되어 있었다. 고가 씨는 한국 신문에 "동급생으로 이 기사를 읽고 있다면 소식을 알려 주기 바란다."는 문장을 게재한다. 이것을 계기로, 중학 시절의 급우들이 자기 이름을 알려주어 재회를 이루게 되었다. 고가 씨는 그 이후, 일본에서도 진해 관계자를 신문의 소식란 등을 연줄로 찾게 되었다.

마침 이 무렵, 고노 씨는 후생성(厚生省)의 귀환원호국이나 친구를 통해 진해의 심상고등소학교시절의 은사 소식을 조사하고 있었다.

노자키 씨와 마쓰오 씨가 서로 소식을 알게 된 것도 우연이다. 1975년 무렵, 월간지 『문예춘추(文藝春秋, 분게이슌쥬)』의 독자란에, 노자키 씨가 진해에 관해 쓴 글이 게재된다. 마쓰오 씨가 때마침 그것을 발견하고, 노자키 씨를 찾기 시작한 것이다.

"여보세요. 마쓰오 히로후미라고 합니다."

"어, 그 마쓰오인가?"

전화의 저쪽에서 30년 만에 들려오는 그리운 목소리에, 노자키 씨는 흥분을 감출 수 없었다. 이야기는 활기를 띠어, 오랜만에 모두 만나자고 하여 만나게 된다, 이리하여 점과 점이 선으로 연결되었다.

이것을 계기로. 다른 동급생이나 은사를 찾아내어, 학급회가 개최되었다. 현역에서 물러나 시간이 생기고 나서는 한 해에 몇 번이나 모이게 되었다. 그리고 오늘, 드디어 진해에 찾아왔다는 것이다.

여기에 일본인이 살고 있었다

경화역을 출발한 버스가 문득 정차했다. 창밖으로 눈을 돌리니, 본 기억이 있는 아담한 삼각형지붕 건물이 보인다.

삼각지붕, 산타클로스가 들어가고 나오고 하는 듯한 굴뚝, 평범한 역앞 광장. 진해역임에 틀림없다. 2002년. 처음 내가 여기에 왔을 때, 벽돌로 지은 것이라고 생각했던 지붕은 슬레이트 지붕이었다.

모두 다 함께 버스를 내린다. 역사(驛舍)에는 낮 시간인데도 승객은 아무도 없고 실내등도 켜져 있지 않다. 쇼와(昭和) 시대를 새기고 있는 듯한 노스탤지어 분위기는 전에 왔을 때 그대로이다.

"역은 대체로 그대로인 것 같군요."라고, 고노 씨가 소곤거렸다.

약 70년 만에 방문한 고노 씨. 한편 나에게 있어서 여기는, 『내가 본 '대일본제국'』을 쓰기 위해 들렀던 추억이 깊은 장소이다. 이 역에서 만주를 거쳐 목숨 간신히 귀환한 고노 씨와, 한낱 보잘것없는 나그네였던 나의 기억이 교차하는 순간이었다.

그 후, 나는 마쓰오 씨와 노자키 씨, 히노쓰메 씨 일행과 함께 이전의 나카쓰지(中辻), 현재의 중원로터리 주변을 걸었다. 상징이었던 큰 팽나무는 말라죽어버렸고, 로터리 한가운데는 광장으로 되어 있어 모습이 많이 변해 있었다.

　시가지의 도로 그 자체는 없어지지 않았다. 지도와 견주어보아도, 도로는 일본 통치시대의 그대로이다. 그러면 일본 통치시대 귀환자가 살았던 시가지는 어느 정도 남아있을까. 흔적도 없이 헐어, 맨션이 새로 들어서 있어도 이상하지 않다. 많은 체험 이야기를 들려주어서 들었다. 그 드라마의 무대를 이 눈으로 보고 싶다. 제발 헐지 않고 그대로 남아 있기를, 나는 마음속으로 원했다.

　마쓰오박신당(松尾博信堂)은 마쓰오 씨가 가르쳐준 대로, 중원로터리에서 코앞에 남아 있었다. 이전에는 미닫이를 활짝 열면, 일층에서 모두가 입구로 되어있었는데, 현재는 반씩 구획이 나누어져 사무실과 결혼용품점*으로 되어 있다. 그러나, 큰 도로에 마주하는 큰 입구, 그리고 창문과 지붕의 위치는 마쓰오 씨가 소학교 4학년이었던 무렵에 찍은 사진과 크게 변하지 않았다. 생가(生家)가 남아 있음이 마음 속 깊이 기뻤을까. 마쓰오 씨는 웃음 지으며, 평소 이상으로 상냥하고 느긋하게 웃는 얼굴을 보였다. * 2021년 현재는 댄스교실이 들어서있다.

　나는 여태까지 많은 분에게 이야기를 들었지만, 진해의 생활에 관해서만은 솔직하게 말해서 시각적으로 이미지하기가 어려웠다. 너무나 가혹한 체험이었을 것이든 아무리 즐거운 추억이든, 먼 옛날의 일로서 듣고 있는 기분이 되어 버린다. 이주, 패전, 귀환, 고도성장이라는 체험을 대충 들음으로써, 내 자신과 연결되는 것으로서 파악할 수 있게 되었음에도 불구하고 말이다.

　하지만 박신당(博信堂)을 내 눈으로 보았을 때, 이상한 일이 일어났다. 많은 분이 이야기해 준 인생의 드라마가, 갑자기 피가 통한

【위】 진해타워 위에서 진해시가를 내려다보다. 방사상(放射狀)의 도로, 로터리 등 시가지의 기본적인 구조는 변함없다. 원형 부분이 이전에 나카쓰지라고 부른 중원로터리.
팽나무는 이제 없다(2013년 촬영)

【아래】 마쓰오박신당이 있었던 장소에 선 마쓰오 씨. 건물이 지금도 사용되고 있다(2008년 촬영)

것과 같이 되살아 숨쉬어 오는 기분이 들었다. 내 자신이 전전(戰前)의 이 땅에 살고 있었던 것 같은 기묘한 생각조차 끓어왔다. 그렇게 느끼는 것은, 착각 이외의 어떤 것도 아니다. 그러면 복받치는 이 감정 도대체 무엇일까. 전쟁과 귀환을 체험하고 있지 않은 세대의 인간에게도 역사는 이어받을 수 있다는 것을 증명할 무엇인가가 여기에는 있다고 설명할 수 밖에 없다——.

건물을 배경으로 사진을 찍고 있으니, 중년의 한국인이 "벚꽃이 활짝 피었는데, 당신들은 왜 벚꽃을 등지고 사진을 찍습니까?"라고 한국어로 말을 걸었다.

이 사람은 이전 이 일대에 일본인이 살고 있었다는 것을 모를지도 모른다. 역사가 풍화(風化)할 정도로, 세월이 흐른 것이다. 현재의 진해는 그와 같이, 제2차 세계대전, 아니 한국전쟁까지 모르는 세대가 떠받치고 있음에, 생각이 미친다.

추억으로서

대충 추억의 장소를 빙 돌고, 투어는 끝내게 되었다. 버스는 오후 3시 전에 떠나, 호텔로 되돌아가기 시작했다. 아니, 추억의 장소인데 벌써 돌아갑니까? 라고 나는 생각했지만, 참가자가 고령이라는 것뿐만 아니라, 거기에는 다른 이유가 있는 것 같이도 생각되었다.

진해는 이미 일본이 아니다. 그렇기 때문에 이 곳에 대한 생각은 한결같지 않다.

마쓰오 씨는, "책이나, 매일 아침 배달되는 신문이랑, 각종 문방구에 쌓인 넓은 가게와 집. 벚꽃 경치를 비롯하여, 걸어서 갈 수 있는 해수욕장과 시가지 모습. 마치 살던 곳에 대한 애착은 깊고, 고향이라고 부를 장소는 진해밖에 생각할 수 없습니다."고 말한다.

약간 복잡한 생각이 혼합되어 있는 것은, 마쓰이 씨이다.

"여기는 태어나 자란 장소입니다. 전쟁에 지고 고통스러운 생각을 해도. 고향은 고향입니다. 산도 강도 놀았던 장소도 버릴 수 없다. 하지만, 전후, 시가지가 변해 버린 것은 어쩔 수 없다, 한국의 땅이 되었으니까. 우리들은 외국인인 걸요."

연장(年長)의 요코이 씨는, 이렇게 솔직하게 말한다.

"태어난 곳이니까 고향입니다. 전쟁이 끝난 후, 한국인의 진해가 되었으므로 귀환은 어쩔 수 없다. 역시 진해는 한국인의 땅."

"제 2의 고향"이라고 완곡한 표현을 하고 있는 사람은, 오토나리 씨.

""진해" 이 지명은, 나의 마음에 새겨져 평생 떠날 수 없다. 유년기·사춘기를 보낸 땅이며, 게다가 전쟁이라는, 인간이 극한으로 살아갈 것을 강요받은 시기를 지낸 땅이기 때문이겠지.

전쟁에 지고, 쫓겨나듯이 떠나야 했던 제2의 고향 진해!!"라고 기록하고 있다(오우잉 『桜蔭』 제18호).

사와다 씨와 같이, 냉정하게 상황을 돌아보는 사람도 있다.

"나는 코스모스를 좋아하는데, 그것은 분명히 진해에 많이 피어 있었기 때문인지도 모릅니다. 그렇게 영향을 받았고, 특별한 존재였으며, 친근감은 있지만, 고향이라고 해도 언뜻 와닿지 않습니다. 진해에 머물 선택지는 없었다. 살아야할 장소가 아니었으므로."

일본과 한국이 국교를 정상화하여 얼마되지 않아 진해에 건너온 적이 있는 후지무라씨는, 이렇게 말한다.

"1965년경에 한 번 갔습니다. 그랬더니 벚나무가 말라 죽어버려

한 그루도 없었다. 우리들은 한국인이 일본의 나무이니까 벤 것일까 생각했습니다. 그러나 벚나무에는 수명이 있다. 수명을 다한 후, 한국에서 묘목을 심었던 것이, 지금 근사하게 되어 있구나하며 생각하고 있다. 한 번 가본 후 한국인의 기분 등을 생각해서 두 번 다시 가지 않을 것이라 생각했다.”

1945년 이후, 후지무라 씨의 마음속에 늘 있었던 일본통치시대의 진해 시가지, 그리고 추억은 환상이 되었다. 이전 눈으로 본 벚꽃은 없어졌기도 하고, 간판의 글자도 한글이 되었다. 변화를 눈앞에 본 후지무라 씨는, 여기는 이제 자신의 고향이 아니게 되었음을 실감했을 것이다.

“옛날의 진해는 일본인만의 살기 좋은 시가지였습니다. 진해는 나에게 있어 고향입니다. 하지만 그 고향이란 마음속에 있다.”

표현은 여러 가지이지만, 한결같이 꿋꿋한 생각을 안고 있음을 알 수 있다.

보통 생각하면 한 명 정도 “진해를 떠나고 싶지 않다.”고 말을 꺼내는 사람이 있어도 이상하지 않다. 하지만 그런 사람이 없었던 것은 무엇인가 공통되는 감개(感慨)를 안고 있었기 때문인지 모른다.

나에게 있어, 고향이란 물리적으로도 심리적으로도 돌아갈 수 있는 장소를 가리킨다. 매년 여러 번, 태어난 고향인 오사카(大阪)에 돌아간다. 본가에는 부모, 그리고 고등학생이 될 때까지 사용하고 있던 공부 도구나 졸업문집, 그리운 공책이나 사진이 기다리고 있다. 근처에는 유소년 때에 본 그대로의 모습으로 건물이 곳곳에 남아 있고, 이웃 할머니와 이전 동급생과 우연히 맞닥뜨리기도 한다. 돌아갈 수 있는 장소—— 그것이 나의 고향의 존재, 모습인 것이다.

그러나 진해를 비롯, 이전 일본영토에서 태어나 자란 사람들에게 있어서는, 사정은 완전히 다르다. 지금은 외국이며, 이미 이제는 돌아갈 장소가 아니게 되어 버렸으므로. 진해 출신의 동료로 빈번히 얼굴을 마주하는 것도, 내가 동창회에서 급우와 만나는 것과는 다른 의미를 가지고 있을 것이다. 고향은, 추억 속에 같은 시대를 지낸 동급생과의 추억 이야기 속에 존재하고 있다. 마음 깊은 곳에 각자의 고향이, 그 당시의 모습 그대로 숨쉬고 있다———.

후기

    취재를 시작한 후, 한 권의 책으로 정리하기까지 7년의 세월이 걸렸다. 그 사이에 진해는 통합되어 창원시 진해구가 되었다. 나는 결혼해, 아이가 태어났고, 평균 70대 중반이었던 관계자는 이제 모두가 80세를 맞이하고 있다. 엄청난 시간을 헛되이 소비한 것에 대해 대단히 죄송한 마음 가득하다.

    실제로 이야기를 들었던 것보다 구성을 궁리하는 시간이 압도적으로 길었다. 주제를 귀환으로만 좁히지 않고, 내 자신의 관심이 가는대로 앞뒤 생각하지 않고 듣다 보니 좀처럼 정리하지 못하고 시간만 흘러간 것이다. 오랫동안 쭉 기다려 주신 관계자 중에는 불편해 하신 분도 계실 지도 모른다.

    그러나 변명인 것 같지만, 시간을 들였으므로 보이는 것이 있었다. 외지에의 이주, 전쟁 때 모습, 철수, 전쟁터 체험, 굶주린 삶, 미국의 영향, 고도경제성장과 여러 가지 체험담을 들어봄으로써 개개인의 다양한 얼굴을 볼 수 있었다. 각 주제마다 이야기를 자세하게 담아 나감으로써, 각각의 시대를 둥글게 잘라 그릴 수 있었다. 가로와 세로의 실을 섞어 나감으로써 나를 포함한 다음 세대 그리고 아직 보지 못한 세대로 이어져 가는 시간의 흐름이 있음을 확신할 수 있었다. 지금 살고 있는 나는 과거의 누군가의 삶과 연결되어 있고, 미래를 살아갈 사람들과도 연결되어 있다는 것을 지금이라면 쉽게 이해할 수 있다.

공간적인 연결에 있어서도 이해는 깊어졌다. 마치 예로부터 일본이라는 국가가 지금 형태로 존재하는 것처럼 착각하는 경향이 있지만, 국가라는 것은 발전함과 쇠퇴함을 하거나, 생기거나 사라지거나 함은 역사를 편견 없이 바라보면 알 수 있는 일이다. 또 그 과정에서 틈새에 있는 사람이 우왕좌왕할 뿐 아니라 삶이 크게 바뀌기도 한다.

이 책을 만들기 위한 7년, 그것은 역사와 공간의 연속성을 이해하고 실감하기 위해 필요한 시간이었던 것이다.

취재 중, 전쟁을 모르는 세대란 이런 것인가 하며 나를 되돌아보는 장면이 종종 있었다. 그들과 현대에 대해 이야기를 나눌 때는 세대차를 느끼지 않는다. 하지만, 공통의식이 전제로 있을수록, 견해의 차이가 생겼을 때에는, 보이지 않는 벽에 부딪힌 기분이 든다.

예를 들어, 전쟁이란 무엇인가?라는 것은, 나와 체험자는, 원래 물음이 가지는 의미가 다른 것 같다. 모두가 그렇게 얘기한 것은 아니지만 전쟁을 겪은 세대에게는 '전쟁은 비참하고 지긋지긋하다.'는 생각이 의식의 통주저음(通奏低音)으로 존재하며 개개인의 사고와 행동을 규정하고 있는 것 같다. 그리고 아마도 이 공통 의식이 이 나라가 68년 동안 한 번도 싸우지 않았던 가장 큰 이유가 아닐까.

그러나 '해서는 안 되는 것'이라는 꼬리표를 붙이면 그만이라는 사고에 빠질 위험성은 없을까. 전쟁이란 무엇인가를 곰곰이 생각하고 토론하기 전에, 사고(思考)를 멈추는 어른들을, 나는 어릴 때부터 많이 보아 왔다. 전쟁은 피해야 한다는 것을 알고 있다. 모든 사람을 슬프게 하고 불행하게 하는 것도 알고 있다. 그러나 나를 비롯한 전쟁을 모르는 세대에게는, 전쟁을 겪은 세대와 같은 체험적 공통 인식은 없다. 먼저 어떤 일이 있었는지 '전쟁=악(惡)'으로 낙인찍지 말고 더 순수하게 편견 없이 알아야 하고, 경험자·미경험자 세대의 벽을 넘어, 여러 세대가 전쟁에 대해 논의할 수 있다면 더 다른 관점에서 전쟁이라는 것의 본질을 파악할 수 있지 않을까.

나는 전쟁을 체험하지 않았으며, 이제부터라도 가능하면 체험하고 싶지 않다. 내 자신과 이어져 있는 사건으로서 상상하는 것이 최대한이며, 힘껏 노력해 보아도 공포나 슬픔의 실감 등은 얻을 수 없다(그리고 당연히, 그 후의 고도 경제성장에 대해서도, 같은 말을 할 수 있다).

그렇지만, 실감이 없기 때문이야말로, 완전히 새로운 마음으로 체험을 듣고, 증언을 객관적으로 이해하는 것에 적합하다고 하는 자부심이, 세대적인 것인지 모르지만, 나에게는 있다. 전쟁 체험자가 사라지고 젊은 세대가 사회의 핵심을 짊어지고 있다. 전면전쟁 끝의 패배라는 비극을 모르는 세대가 늘어나는 것은 '실감을 동반한 비전론(非戰論)의 생각'이 전달되기 어렵다는 것이고, 어느 순간에 느슨한 상태가 될 두려움이 있다(지금의 헌법 개정 논의만 봐도 그것은 분명하다). 그러나 전쟁을 온몸으로 알고 있는 세대와 전쟁을 현상으로서 이론적으로 부감적(俯瞰的)으로 보는 것이 가능한 그 이후의 세대가 서로 손을 잡으면, 틀림없이 최선의 미래를 선택할 수 있을 것이다.

그 시대에 눈을 감으면, 그 시대의 일은 풍화되어 간다. 없던 일이 되어 버린다. 나는 여러 사람에게 이야기를 들으면서, 지금, 그리고 앞으로 살기 위해서, 각각의 입장에서, 그 전쟁과 그 후의 일본이 걸어온 길을 마주할 필요성을 절실히 느낀다.

한 사람이 평생 체험할 수 있는 것은 대수롭지 않다. 그러므로 사람은 과거에 눈을 향하지 않고, 같은 잘못을 되풀이한다. 하지만 실감이 나지 않더라도 과거 사람들과 미래 사람들 사이에 내 자신이 존재하며, 모든 인간은 맞닿아 있음을 이해한다면 비극은 줄어들 것이다. 나는 그렇게 믿고 있다.

여름이 되면 '전쟁 체험을 계속 이야기하지 않으면'라면서, 미디어는 떠들썩하게 선전한다. 이미 체험은 충분히 전해져 내려오고 있다. 그 다음은 어떻게 받아들여 양식으로 삼을지를 묻고 있다. 그것은 다음 세대를 짊어질 우리에게 맡겨진 묵직한 바통이다. 나의 이 책을 읽음으로써 그 바통을 한 명이라도 더 많은 독자들이 좋은 형태로 이어받기를 나는 바라고 있다.

한편 전쟁을 겪은 선배들은 다음 세대의 암중모색(暗中摸索)하는 모습을 따뜻한 눈으로 지켜봐 주신다면 영광이다.

취재 의뢰에 가장 먼저 대답해 주시고, 증언자 소개와 사진이나 자료를 제공, 사실 확인에 협력해 주신, 여하튼 모든 일에 최선을 다해 주신 분은 마쓰오 히로후미 씨이다. 마쓰오 씨가 처음 손을 들어주지 않았다면 이 책은 존재하지 않았다.

마쓰오 씨의 권고로 취재에 응해 주신 모든 분들께도 감사드린다. 모든 분의 성함을 여기에 적을 수 없어 죄송합니다만, 일부 히라가나 순으로 이름을 소개드린다.

오쓰보 사치코 씨, 오토나리 이치지 씨, 고노 아키라 씨, 고가 구스미 씨, 사와다 게이코 씨, 시오이 스에유키 씨, 다키가와 히로시 씨, 노자키 도시오 씨, 노자키 히로시 씨, 히노쓰메 야스코 씨, 히로세 다쓰오 씨, 후지무라 기요시 씨, 마쓰이 도시코 씨, 요코이 미치코 씨. 대단히 고맙습니다.

그 외에도 많은 선배 분들이 도와주셔서 총 스물 세 분의 신세를 졌다. 감사합니다.

언제까지나 써 나갈 수 없는 나를 책망하지 않고, 기도하는 마음으로 원고를 기다려 준 편집자 시노다 리카 씨에게는, 감사와 사죄의 마음을 전합니다.

주요 참고문헌 자료(主要参考文献資料)

참고문헌의 한자 숫자는 아라이바 숫자로 표기하였다.   예) 一九九七 → 1997

興南公立工業学校同窓会『青桐』(1997)

角田嘉久『有田 白磁の町』(日本放送出版協会 1974)

古川隆久『あるエリート官僚の昭和祕史「武部六蔵日記」を読む』
　(芙蓉選書ピクシス 2006)

竹国友康『ある日韓歴史の旅 鎮海の桜』(朝日選書 1999)

プレナス『いつも時代を見ていた 創業者 塩井末幸回顧録―株式会社プレナス45年 の歩み』(2005)

河西宏祐『インタビュー調査への招待』(世界思想社 2005)

高木俊朗『インパール』(文春文庫 1975)

姜尚中『母 オモニ』(集英社 2010)

鎮海公立高等女学校桜蔭会『桜蔭』(第18号1975、第27号 1994、第28号 1996)

鎮海公立尋常高等小学校同窓会・鎮海友之会『桜友』(創刊号 1978、第2号 1980)

熊谷伸一郎『金子さんの戦争 中国戦線の現実』(リトルモア 2005)

鄭銀淑『韓国の「昭和」を歩く』(祥伝社新書 2005)

ケネス・ルオフ『紀元二千六百年 消費と観光のナショナリズム』
　(木村剛久・訳 朝日選書 2010)

武田勝『偽満州国論』(中公新書 2005)

山室信一『キメラ 滿洲国の肖像』(中公新書増補版 2004)

玉川一郎『京城・鎮海・釜山』(新小説文庫 新小説社 1951)

飯豊毅一/日野資純/佐藤亮一・編集委員『講座方言学 中部地方の方言』
　『同 九州 地方の方言』(国書刊行会 1983)

武田晴人『高度成長 シリーズ日本近現代史⑧』(岩波新書 2008)

司馬遼太郎『坂の上の雲(六)』(文春文庫新装版 1999)

坂本俊雄『沈まぬ太陽 坊やは日本に帰れるといいな』(文芸社 2006)

講談社・編『昭和二万日の全記録』全一九巻(講談社 1989~1991)

高崎宗司『植民地朝鮮の日本人』(岩波新書 2002)

日本放送協会・編『全国方言資料 東海・北陸編』『同 九州編』(日本放送協会 1981)

岩槻泰雄『戦後引き揚げの記録』(時事通信社 1991)

島本慈子『戦争で死ぬ、ということ』(岩波新書 2006)

山中恒『[図説] 戦争の中の子どもたち 昭和少国民文庫コレクション』(河出書房 新社1989)

西澤泰彦『図説 [満洲] 都市物語 ハルビン・大連・瀋陽・長春』(河出書房新 社 1996)

防衛庁防衛研修所戦史室『イラワジ会戦 ビルマ防衛の破綻』(朝雲新聞社 戦史叢 書 1969)

早坂隆『祖父の戦争』(現代書館 2005)

小熊英二『単一民族神話の起源(日本人)の自画像の系譜』(新曜社 1995)

森田芳夫『朝鮮終戦の記録 米ソ両軍の進駐と日本人の引揚』(巖南堂書店 1964)

在日本鎮海中學校同窓会 鎮海中高等學校總同窓會『五〇年史』(日本語版 1998)

鎮海友之会『鎮海宝鑑』(1982)

藤原てい『流れる星は生きている』(中公文庫BIBLIO 20世紀 中央公論新社 2002)

今尾恵介/原武史・監修『日本鉄道旅行地図帳(歴史編成)満洲・樺太』

　『同 朝鮮・台湾』(新潮「旅」ムック 2009)

高杉志緒『日本に引揚げた人々』(図書出版のぶ工房 2012)

平山輝男・編『日本のことばシリーズ40 福岡県のことば』(明治書院 1997)

　雄峰小史・編『熱心なる生産者 磁器製造家松尾徳助の評傳』(1898ごろ)

半藤一利『ノモンハンの夏』(文春文庫 2001)

有馬稲子『バラと悔恨の日々 有馬稲子自伝』(中公文庫 1998)

西牟田靖『僕の見た「大日本帝国」』(情報センター出版局 2005)

西牟田靖『写真で読む 僕の見た「大日本帝国」』(情報センター出版局 2006)

西牟田靖「戦争の記憶、そして今」『春秋』(2006年5月号)

山中恒『ボクラ少国民』全五部(辺境社 1974~1980)

川村湊『満洲鉄道まぼろし旅行』(ネスコ 1998)

山路健『明治・大正・昭和の世相史』上・下巻(明治書院 2001)

谷富夫『新版 ライフヒストリーを学ぶ人のために』(世界思想社 2008)

本田靖春『私のなかの朝鮮人』(文春文庫 1984)

『わたしの本棚』(古賀苦住『忘れられない日々』『ぼくの日韓関係史』等)

　http://www10.ocn.ne.jp/~saikaku/index.htnm

『総務省統計局』http://www.stat.go.jp/

『総務省 平成19年度地方公務員給与実態調査結果の概要』

　http://www.soumu.go.jp/index.html

『韓国旅行「コネスト」鎮海軍港祭ガイド 』

　http://www.konest.com/contents/spot_mise_detail.html?id=2053

선배로부터 받은 선물

2019년 3월에 『진해의 벚꽃』을 번역 출판한 후 2년 7개월 만에 나의 두 번째 번역서를 출판하게 되어 기쁘며 다행이다. 역자 후기를 쓰기 시작하니 새삼 내가 좋아하면서 할 수 있는 일, 그 일이 고향 진해에 관한 자료 번역이 아닌가 싶다.

몇 년 전에 진해근대문화유산보전회 사무국장 김흥갑 님이 니시무타 야스시(西牟田 靖) 저작의 『〈日本国〉から来た日本人(〈일본국〉에서 온 일본인)』을 소개해 주었다. 나는 당장 원저를 구입해 두었지만 번역서 출판까지는 몇 년이 쏜살같이 흘렀다.

작년(2020년) 5월부터 이 책에 등장하는 일본인 20명 남짓의 그 당시 진해 이야기에 중심을 맞추어 고향의 이전 모습을 그리며 마주했다. 진해에 살다 일본으로 귀환한 등장인물들과 반대로 나의 부모님은 일본 나고야에서 가까운 기후현 다지미에서 십수년 간 일본인이 경영하는 고물상에서 일하며 생활하던 중 해방과 함께 고국으로 귀환했다. 이러한 나의 패밀리 히스토리와 겹쳐지는 시대적 배경으로 나는 번역하는 도중에 곧잘 돌아가신 부모님을 그리며 같이한 시간을 회상했다.

등장인물의 고향 진해에 관한 모든 이야기에 빠져들었다. 일제강점기 진해의 모습, 그곳에 살았던 보통사람들의 생활상, 또 그 시대의 역사적 사실 등을 알 수 있었다. 그리고 나처럼 고향 진해의 과거를 더 알고 싶은 사람들에게 공유하고 싶어 출판을 계획했다. 1차 번역을 끝내고 저작권 사용 허락 요청을 상담했다. 니시무타 작가님은 한국어판 출판에 선뜻 허락하고 게다가 주인공 마쓰오 히로후미(松尾博文) 님도 소개해 주셨다.

그때가 2020년 7월 중순이다.(이하 2020년 전국문화원연합회 지역N문화의 웹페이지로 작성된 '마쓰오 님과 나의 고향, 그 속에 담긴 이야기!!' 와 중복되는 부분도 있다) 그 후 1932년생 마쓰오 님으로부터 1910년대부터 1940년대 진해 이야기를 들을 수 있음은 나에게 새로운 즐거움과 기다림의 하루하루였다. 해방 전의 진해 모습을 알고자 해도 참고할 서적을 찾기가 쉽지 않던 현실에서 마쓰오 님을 알게 된 것이다. 나보다 24년 연상인 고향의 대선배 마쓰오 님과의 인간적인 교류는 한국과 일본의 공간적 거리를 넘어 지금까지 원활하게 계속하고 있다. 마쓰오 님의 진해이야기는 흥미진진하고, 그 속의 향토 정보는 스토리텔러로서 내가 다시 전하게 될 것이다.

마쓰오 님과 그 동생들이 다녔던 초등학교에 나도 다녔고, 마쓰오 님의 어머님 하루에 님이 졸업한 진해고녀는 나의 모교이기도 하다. 하루에 님은 두살 때 진해로 이주하여 귀환까지 약 34년을 진해에 거주했으며, 마쓰오 님은 13년 6개월 가량 진해에 거주했다. 두 분은 '고향이라면 진해밖에 없다'고 하셨다. 그 말씀에 나도 동감이다. 진해는 마쓰오 님과 나, 우리들의 고향인 것이다.

하루에 님의 진해 방문은 귀환 후 44년 지난 1989년 처음이자 마지막으로 단 한 번이었다고 한다. 또 유품인 그때의 진해고녀동창회 한국동창참가기념품(빨강 바탕에 진해고녀 마크와 벚꽃이 그려진 앞치마)은 마쓰오 님이 30년 이상 간직해 왔는데, 2020년 11월 현해탄을 건너 나에게 전해졌다. 진해고녀 1회 졸업생 하루에 님이 고향 진해와 모교에 대한 사랑을 담아 46년 후배인 나에게 보내주신 특별한 선물이다.

마쓰오 님은 마쓰오박신당의 1927년 발행 지도를 원본으로 40년 이상 전에 복원한 진해시가지 지도(鎭海市街全圖) 재고분 11부도 보내주셨다. 조부모님이 발행한 지도 원본의 복원판 재고도 남김없음에 저 세상의 조부모님이 아시면 무척 기뻐하실 것이라고 했다. 나는 이 귀중한 지도를 창원시청의 문화재 심의 등을 거쳐 진해박물관이나 진해문화원 등에 전시해 줄 것을 요망하여 지역 시의원에게 자료를 제공했다.

이 밖에도 1945년 귀환 후 도쿄에서 진해중학 동기생들과 진해에 거주했던 지인들이 모여 만든 A3 크기의 주택지도(1995년 완성판)도 보내주셨다. 이 지도에는 관공서, 마쓰오 님의 친구들의 집, 은사가 살던 댁, 유명 상점의 옥호 등이 표기되어 있다. 마쓰오 님은 이 지도는 한국에는 입수되지 않았을 것이라고 하며 자신의 노작(勞作)이라고 했다. 나는 새로 도착한 향토 자료가 진해 연구에 도움이 되기를 바라며, 올해 진해문화원의 '진해문화' 19호에 이 자료의 한글본을 작성하여 원고로 제출하였다.

마쓰오 님은 세월이 가면 갈수록 유소년 시절의 진해에 관한 기억은 퇴색하지 않고, 한층 더 또렷하게 보강된 기억으로 생생하게 되살아난다고 한다. 1945년 8월에 귀환하여 일본의 다케오중학교에 편입학했을 때 급우들에게 '진카이상'이라는 별명으로 불렸다고 하며, 메일 주소도 진해의 일본어 발음인 'chinkai'(진카이)이다. 마쓰오 님에게 고향 진해는 정지용 시인의 '향수'에 나오는 '꿈엔들 잊힐 리야' 바로 그렇게 생각하시는 것 같다. 진해를 많이 많이 사랑하는 마쓰오 님과의 만남을 통해 그 분의 애향심을 본받아 나도 이전보다 진해를 좋아하게 되었다. 마쓰오 님에게 '추억속의 고향, 진해'가 영원하듯이, 나에게도 부모님과 함께한 고향 진해는 영원히 자리할 것이다.

끝으로 한글 수정을 도맡아 해 준 정영숙 님, 일본어 의미를 정확하게 가르쳐 준 홋카이도의 마쓰모토 겐이치(松本堅一) 님과 주인공 마쓰오 히로후미(松尾博文) 님, 저작을 통해 좋은 인연을 맺어 주신 니시무타 야스시(西牟田 靖) 작가님과 신세림 출판사의 이혜숙 대표님을 비롯 여러분께 깊이 감사드립니다.

2021년 11월

鎭海驛より中辻を望む

이애옥

진해고녀동창회 한국동창참가기념
1989. 10. 18.

先輩からのおくりもの

　2019年3月に竹国友康著『ある日韓歴史の旅 鎮海の桜』を翻訳・出版してから2年7ヶ月ぶりに私の2度目の翻訳書を出版することになり、うれしく思った。あらためて私が興味と情熱を持ってできること、それは故郷の鎮海に関する資料翻訳ではないかと思う。

　何年か前に鎮海近代文化遺産保全会事務局長キム・フンガブさんが、西牟田靖著『＜日本國＞から来た日本人』から来た日本人』を紹介してくれた。 私はただちに原著を購入して、韓国語翻訳出版を計画したが、多忙にかまけて翻訳書の出版に至るまで、数年があっという間に流れてしまった。

　私は昨年（2020年）5月から翻訳する過程で、この本に登場する日本人20人余りのあのころ＝日本統治時代の鎮海の話を中心にし、故郷の以前の姿を思い描き向き合ってきた。 鎮海に居住し日本に引き揚げた登場人物たちとは反対に、私の父は名古屋の近くの岐阜県多治見で１３年間（母は９年間）、日本人が経営する古物商で働きながら生活し、日本の敗戦（光復）とともに故国に帰還した。このような私のファミリーヒストリーと重なる時代背景に接し、私は翻訳の途中で幾度となく亡くなった両親を思い出した。

　私は登場人物の故郷・鎮海に関するすべての物語に夢中になってしまった。日本による植民地統治時代の鎮海の様子、そこに住んでいた市井の人々の暮らしぶり、またその時代の歴史的真実などを知

ることができた。 そして私のように故郷＝鎮海の過去に興味を持ち、もっと多くの真実を知りたいと思う人たちと、この思いを共有したくなり出版を計画した。 第1次翻訳を終えて、 西牟田作家に著作権の使用許諾要請について相談した。作家は韓国語版の出版を快く許可してくださり、さらに主人公の松尾博文さんも紹介してくださった。

　それが2020年7月中旬だった。 （以下は2020年全国文化院連合会地域N文化のウェブページに掲載された「松尾様と私のふるさと、その中に秘められた物語！！」と重なる部分もある。） その後、1932年生まれの松尾さんから1910年代から1940年代の鎮海の話を聞くことができる毎日が、 私にとって新しい楽しみを待つ一日一日となった。敗戦前の鎮海の様子を知ろうとしても参考にする書籍を探すことが容易ではなかった現実の中で、松尾さんを知り、お付き合い出来たことに何か運命的なものを感じた。私より24歳年上の故郷の大先輩、松尾さんとの人間的な交流は、韓国と日本の時空を超えて今でも円滑に続いている。松尾さんに聞かせていただく「鎮海物語」は興味津々で、その中の郷土情報はストーリーテラーとして私が再び伝えることになるだろう。

　松尾さんのご家族の方々が通っていた小学校に私も通い、松尾さんのお母様ハルエさんが卒業した鎮海高女は私の母校でもある。ハルエさんは２歳の時鎮海に移住し、引揚げまでの約34年間を鎮海に居住し、松尾さんは13年６ヵ月の間鎮海に居住した。 お二人は「故郷といえば鎮海しかない」とおっしゃっていたという。 その話に私もまったく同感だ。 鎮海は松尾さんと私、そして私たちの故郷なのだ。

　ハルエさんの鎮海再訪問は、引揚げ後44年経って経験した1989年

の最初で最後の訪問の一度だけだったという。また、形見である鎮海高女同窓会韓国同窓参加記念品（赤地に鎮海高女の校章と桜が描かれたエプロン）は、松尾さんが30年以上大切に保管してきたが、2020年11月に玄海灘を渡って私に届けられ、いま私が保管させていただいている。それは鎮海高女第1回卒業生のハルエさんが、故郷の鎮海と母校への愛を込めて46年後輩の私に送ってくださった特別なプレゼントだと思っている。

松尾さんは松尾博信堂の1927年発行の地図を原本として40年以上前に復元した鎮海市街全図在庫分11部も送ってくださった。祖父母が発行した地図の復元版で、在庫も残っていないという。「あの世の祖父母が知ったら、大変喜ぶだろう」と話してくださったた。私はこの貴重な地図を昌原市庁の文化財審議などを経て、鎮海博物館や鎮海文化院などに展示されることを熱望し、地域の市会議員に資料を提供した。

このほかにも、1945年引揚げした後、東京で鎮海中学の同期生や鎮海に居住していた知人が集まって作ったA3サイズの住宅地図（1995年完成版）も送ってくださった。この地図には官公庁、松尾さんの友人の家、恩師の家、主要商店の屋号などが表記されている。 松尾さんはこの地図は韓国では入手できていないはずと言い、初見参だろうと述べていた。私は初めて手に入れる新規郷土資料は鎮海研究の一助となることを願い、今年鎮海文化院の『鎮海文化』19号にこの資料のハングル本を作成し、原稿を提出した。

松尾さんは歳月が経てば経つほど幼少年時代の鎮海の記憶は色あせず、さらに鮮明に補強されて生き生きと蘇ってくると語っている。1945年8月、日本の武雄中学校に編入学した際、クラスメートから「チンカイさん」というニックネームで呼ばれたという。松尾

さんにとっての故郷＝鎮海は、韓国の詩人チョン・ジヨンの「ノスタルジア」のフレーズに出てくる「夢に忘れられないだろう」のように、まさにそのように思われているようだ。鎮海を故郷として愛している松尾さんとの出会いを通じて、故郷を愛する心を教わった私は、以前より鎮海を愛するようになった。松尾さんにとって「思い出の中の故郷、鎮海」が永遠であるように、私にも両親と過ごした故郷＝鎮海は永遠に心の中に存在し続けるだろう。

　最後にハングルの修正を引き受けてくださったチョン・ヨンスク氏、私の拙い日本語の文章を校閲してくださった北海道在住の松本堅一氏、多くの貴重な資料をご提供いただき、また戦前の鎮海の様子をご教示いただいた主人公の松尾博文氏、著作を通じて良い縁を結んでくださった著者西牟田靖氏、シンセリン出版社長イ・ヘシュク氏に心よりお礼を申し上げます。

2021年11月
鎮海駅より中辻を望みながら…
李愛玉

鎮海高女同窓会 韓国同窓参加記念
1989. 10. 18.

일본어
색인

____ 사항

가고시마(鹿児島 かごしま),
가고시마혼센(鹿児島本線 かごしまほんせん),
가나자와(金沢 かなざわ),
가라스노 우사기(ガラスのうさぎ),
가라쓰항(唐津港 からつこう),
가미카제(神風 かみかぜ),
가부토야마(兜山 かぶとやま),
가와니시대정(川西大艇 かわにしだいてい),
간사이(関西 かんさい),
간몬해협(関門海峡 かんもんかいきょう),
간바로 간바로(ガンバロー ガンバロー),
간지츠(元日 がんじつ),
간토군(関東軍 かんとうぐん),
간푸(関釜 かんぷ),
게라이(家来 けらい),
게이샤(芸者 げいしゃ),
게타(下駄 げた),
겐로쿠소데(元禄袖 げんろくそで),
겟코오(ケッコウ),
고단샤(講談社 こうだんしゃ),
고도열도(五島列島 ごとうれっとう),
고사이마루(光済丸 こうさいまる),
고이소 내각(小磯内閣 こいそないかく),
고조(小僧 こぞう),
고지엔(広辞苑 こうじえん),

고초(伍長 ごちょう),

곤페이토(金平糖 コンペイトウ),

관동대지진(関東大震災 かんとうだいしんさい),

교에이(協栄 きょうえい),

교육칙어(教育勅語 きょういくちょくご),

구라마덴구(鞍馬天狗 くらまてんぐ),

구레(呉 くれ),

구레항(呉港 くれこう),

구루메(久留米 くるめ),

구마노가와(熊の川 くまのがわ),

구마모토(熊本 くまもと),

귀축미영(鬼畜米英 きちくべいえい),

규슈(九州 きゅうしゅう),

규슈대학(九州大学 きゅうしゅうだいがく),

기겐세츠(紀元節 きげんせつ),

기모노(きもの),

기미가요(君が代 きみがよ),

기시노부스케내각(岸信介内閣 きしのぶすけないかく),

기타규슈(北九州 きたきゅうしゅう),

긴린(錦輪 ぎんりん),

나가노현(長野県 ながのけん),

나가사키현(長崎県 ながさき),

나가오카(長岡 ながおか),

나고야(名古屋 なごや),

나기나타(なぎなた),

나니와유(浪花湯 なにわゆ),

나라(奈良 なら),

나오키상(直木賞 なおきしょう),

나카쓰지(中辻 なかつじ),

나하(那覇 なは),

노렌(のれん),

노보리(幟 のぼり),

노우미(能見 のうみ),

노우미지마(能見島 のうみじま),

니가타(新潟 にいがた),

니시노미야(西宮 にしのみや),

니하마(新居浜 にいはま),

다다미(たたみ),

다이쇼(大正 たいしょう),

다이쇼도(大正堂 たいしょうどう),

다자이후(太宰府 たざいふ),

다케베로쿠조(武部六蔵 たけべろくぞう),

다케오(武雄 たけお),

다케후(武生 たけふ),

단게사젠(丹下左膳 たんげさぜん),

대좌(大佐 たいさ),

덴슈칸(伝習館 でんしゅうかん),

덴쵸세츠(天長節 てんちょうせつ),

도리이(鳥居 とりい),

도모에쵸(巴町 ともえちょう),

도코기숙사(東光寮 とうこうりょう),

도코롯테(東光ロッテ とうこうロッテ),

도쿄(東京 とうきょう),

도키(トキ),

도키와바시(常盤橋 ときわばし),

도호쿠(東北 とうほく),

돗토리현(鳥取県 とっとりけん),

류헤이마루(龍平丸 りゅうへいまる),

린고노우타(リンゴの唄),

마라이의 호랑이(マライの虎),

마루타(マルタ),

마쓰리 부대(祭部隊 まつりぶたい),

마쓰시로(松代 まつしろ),

마쓰오가(松尾家 まつおけ),

마쓰오박신당(松尾博信堂 まつおはくしんどう),

마에바시(前橋 まえばし),

마이니치신문(毎日新聞 まいにちしんぶん),

마이즈루(舞鶴 まいづる),

만덴(満電 まんでん, 満州電業株式会社),

만주관람(満洲見物 まんしゅうけんぶつ),

메이노하마(姪浜 めいのはま),

메이지대학(明治大学 めいじだいがく),

메이지세츠(明治節 めいじせつ),

메이지유신(明治維新 めいじいしん),

모지항(門司港 もじこう),

몸뻬(モンペ),

무쓰(陸奥 むつ),

미나마타병(水俣病 みなまたびょう),

미나미다이토지마(南大東島 みなみだいとうじま),

미나카이(三中井 みなかい),

미노부산(身延山 みのぶさん),

미조카미(溝上 みぞかみ),

미츠카사네(三ッ重ね みつかさね),

미카사(三笠 みかさ),

미카즈키무라(三日月村 みかづきむら),

바쿠후(幕府 ばくふ),

반자이 반자이(バンザーイ バンザーイ),

반토(番頭 ばんとう),

벳푸(別府 べっぷ),

봉안전(奉安殿 ほうあんでん),

부타지루(豚汁 ぶたじる),

분게슌쥬(文芸春秋 ぶんげいしゅんじゅう),

사가(佐賀 さが),

사세보(佐世保 させぼ),

사시오사이(サシオサイ 바르게는 差し押え),

사욘노우타(サヨンの歌),

사이토자키(西戸崎 さいとざき),

사카이미나토(境港 さかいみなと),

산시로(三四郎 さんしろう),

산요(山陽 さんよう),

산코작전(三光作戦 さんこうさくせん),

삿포로(札幌 さっぽろ),

세와타이(世話隊 せわたい),

세코장학회(清香奨学会 せいこうしょうがくかい),

세토나이카이(瀬戸内海 せとないかい),

소녀의 친구(少女の友),

소년구락부(少年倶楽部 しょうねんクラブ),

소메이요시노(ソメイヨシノ),

소야가와(征矢川 そやがわ),

소좌(少佐 しょうさ),

쇼와(昭和 しょうわ),

쇼잔도(松山堂 しょうざんどう),

슈유칸(修猷館 しゅうゆうかん),

슈호초(酒保長 しゅほちょう),

스나(スナ),

스모(相撲取り すもうとり),

시라사야(白鞘 しらさや),

시모노세키(下関 しものせき),

시모쓰이항(下津井港 しもついこう),

시정촌(市町村 しちょうそん),

신사(神社 じんじゃ),

신요(震洋 しんよう),

신초쿠(神勅 しんちょく),

쓰루가(敦賀 つるが),

쓰시마(対馬 つしま),
아 무정(ああ 無情),
아름다운 여행(美しい 旅),
아리아케해(有明海 ありあけかい),
아리타야키(有田焼 ありたやき),
아사히신문(朝日新聞 あさひしんぶん),
아시타노 죠(あしたのジョー),
아이누(アイヌ),
아쿠타가와상(芥川賞 あくたがわしょう),
야나가와(柳川 やながわ),
야마구치현(山口県 やまぐちけん),
야마나시(山梨 やまなし),
야마우치무라(山内村 やまうちむら),
야에자쿠라(八重ザクラ ヤエザクラ),
야카노카가미(八咫鏡 やたのかがみ),
야키다마엔진(焼玉エンジン),
야하타(八幡 やはた),
에도(江戸 えど),
에도시대(江戸時代 えどじだい),
에보시(烏帽子 えぼし),
에타지마(江田島 えたじま),
에히메현(愛媛県 えひめけん),
오가사와라제도(小笠原諸島 おがさわらしょとう),
오로시야상(オロシヤさん),
오사카(大阪 おおさか),
오사카마이니치신문(大阪毎日新聞 おおさかまいにちしんぶん),
오사카아사히신문(大阪朝日新聞 おおさかあさひしんぶん),
오아가리(おあがり),
오우유우(桜友 おうゆう),
오우잉(桜蔭 おういん),
오이타(大分 おおいた),

오카미상(オカミサン),

오카야마(岡山 おかやま),

오키나와(沖縄 おきなわ),

와가시(和菓子 わがし),

와세다대학(早稲田大学 わせだだいがく),

와카사마(若様 わかさま),

와카쓰키야스오(若槻泰雄 わかつきやすお),

요미우리신문(読売新聞よみうりしんぶん),

요시노사쿠라(吉野サクラ 바르게는 よしのザクラ),

요코스카(横須賀 よこすか),

우라가시라(浦頭 うらがしら),

운젠다케(雲仙岳 うんぜんだけ),

유카타(浴衣 ゆかた),

유타카(谷豊 ゆたか),

이바라키(茨城 いばらき),

이오토, 이오지마(硫黄島 いおうとう いおうじま, Battle of Iwo Jima),

이이즈카(飯塚 いいづか),

이즈하라초(厳原町 いづはらちょう),

이케노보(池坊 いけのぼう),

이코마(生駒 いこま),

일본해해전기념탑(日本海海戦記念塔),

제로센(ゼロ戦 ゼロせん),

중좌(中佐 ちゅうさ),

쥬로가와(十郎川 じゅうろがわ),

쥰텐도대학(順天堂大学 じゅんてんどうだいがく),

즈봉(ズボン),

지로(次郎 じろう),

진타츠 사세니 코이(チンタツサセニコイ),

진파치(甚八 じんぱち),

치요가하마(千代ヶ浜, 千代ガ浜),

카키색(カーキ色 カーキいろ),

팔굉일우(八紘一宇 はっこういちう),

프레나스주식회사(プレナス株式会社),

하기(萩 はぎ),

하다시노 겐(はだしのゲン),

하에노사키(南風崎 はえのさき),

하카마(袴 はかま),

하카타(博多 はかた),

하코다테(函館 はこだて),

한신·아와지대지진(阪神·淡路大震災 はんしん·あわじだいしんさい),

핫피(法被 はっぴ),

헤이세이(平成 へいせい),

헤치마에리(ヘチマえり),

호초토레(歩調取れ ほちょうとれ),

호쿠리쿠(北陸 ほくりく),

홋카이도(北海道 ほっかいどう),

홋토못토(ほっともっと),

황국신민 서사(皇国臣民の誓詞 こうこくしんみんのせいし),

황국의 어머니(皇国の母 こうこくのはは),

효고현(兵庫県 ひょうごけん),

후쓰카이치(二日市 ふつかいち),

후쿠야마(福山 ふくやま),

후쿠오카(福岡 ふくおか),

후쿠이(福井 ふくい),

후타바야마(双葉山 ふたばやま),

히가시혼간지(東本願寺 ひがしほんがんじ),

히노마루(日の丸 ひのまる),

히로시마(広島 ひろしま),

히젠아리타(肥前有田 ひぜんありた),

히토리즈모(一人相撲 ひとりずもう)

-끝-

가와나미야스히코(川浪保彦 かわなみやすひこ),

가와나미진이치(川浪甚一 かわなみじんいち),

가와바타야스나리(川端康成 かわばたやすなり),

간노(神野 かんの),

고가구스미(古賀苦住 こがくすみ),

고노도시오(河野敏夫 こうのとしお),

고노시게루(河野茂 こうのしげる),

고노아키라(河野愰 こうのあきら),

고노후미코(河野文子 こうのふみこ),

고노히데오(河野秀雄 こうのひでお),

고다마겐타로(児玉源太郎 こだまけんたろう),

구스노키마사시케(楠木正成 くすのきまさしげ),

구스노키미사쓰라(楠木正行 くすのきまさつら),

기구치고헤이(木口小平 きぐちこへい),

기시모토(岸本 きしもと),

기요코(喜代子 きよこ),

나쓰메소세키(夏目漱石 なつめそうせき),

노자키도모시로(野崎知城 のざきともしろ),

노자키도시오(野崎敏夫 のざきとしお),

노자키히로시(野崎博 のざきひろし),

누마덴지(沼傳二 ぬまでんじ) ,

누이(ヌイ),

니노미야긴지로(二宮金次郎 にのみやきんじろう),

니니기노미코토(瓊瓊杵尊 ににぎのみこと),

니시나쥬로(二科十郎 にしなじゅうろう),

다니유타카(谷豊 たにゆたか),

다케쿠니도모야스(竹国友康 たけくにともやす),

다키가와히로시(瀧川廣士 たきがわひろし),

데즈카오사무(手塚治虫 てづかおさむ),

도고 원수(東郷元帥 とうごうげんすい),

도고헤이하치로(東郷平八郎 とうごう へいはちろう),

도요토미히데요시(豊臣秀吉 とよとみひでよし),

도조히데키(東条英機 とうじょうひでき),

도키(トキ),

마사미(正巳 まさみ),

마쓰오겐이치(松尾謙一 まつおけんいち),

마쓰오도쿠스케(松尾徳助 まつおとくすけ),

마쓰오세쓰코(松尾節子 まつおせつこ),

마쓰오히로후미(松尾博文 まつおひろふみ),

마쓰이도시코(松井トシ子 まついとしこ),

모로쿠마간타로(諸隈寛太郎 もろくまかんたろう),

모리다요시오(森田芳夫 もりたよしお),

미조카미(溝上 みぞかみ),

사와다게이코(沢田桂子 さわだけいこ),

시노다리카(篠田里香 しのだりか),

시모야마(下山 しもやま),

시모야마가(下山 しもやまけ),

시바료타로(司馬遼太郎 しばりょうたろう),

시오이스에유키(塩井末幸 しおいすえゆき),

아라시간쥬로(嵐寛壽郎 あらしかんじゅうろう),

아마테라스오미카미(天照大神 あまてらすおおみかみ),

아오야마초키치(青山長吉 あおやまちょうきち),

야마나카시카노스케(山中鹿助 やまなかしかのすけ),

야마시타도모유키(山下奉文 やましたともゆき),

야마시타후미코(山下文子 やましたふみこ),

오쓰보사치코(大坪幸子 おおつぼさちこ),

오코우치덴지로(大河内傳次郎 おおこうちでんじろう),
오쿠마시게노부(大隈重信 おおくましげのぶ),
오토나리이치지(音成市次 おとなりいちじ),
와카쓰키야스오(若槻泰雄 わかつきやすお),
요코이미치코(横井道子 よこいみちこ),
우에노(上野 うえの),
우치야마(内山 うちやま),
이구치무츠코(井口睦子 いぐちむつこ),
이시이(石井 いしい),
이치노세미사오(一ノ瀬操 いちのせみさお),
이치마루리노스케(市丸利之助 いちまるりのすけ),
이케다하야토(池田勇人 いけだはやと),
이토(伊藤 いとう),
지로(次郎 じろう),
진무천황(神武天皇 じんむてんのう),
츠카하라니시조(塚原二四三 つかはらにしぞう),
하루에(ハルエ),
하리마오(ハリマオ),
혼다야스하루(本田靖春 ほんだやすはる),
후지무라기요시(藤村淨 ふじむらきよし),
후지와라테이(藤原てい ふじわらてい),
후쿠다(福田 ふくだ),
히노쓰메야스코(旭爪泰子 ひのつめやすこ),
히로세다쓰오(廣瀬達男 ひろせたつお),
히로세다케오(広瀬武夫 ひろせたけお)

- 끝 -

처음으로 나온 책, 첫 발간(初出)

웹춘추(http://www.shunjusha.co.jp/)에 연재한 「살아남은『日本』 내가 만난 〈귀환자의 시대〉(2009년 2월~2010년 2월)를 크게 가필 수정하여 재구성한 후 새로 쓴 것이다.

저자 약력

西牟田 靖 (니시무타 야스시).
1970년생. 논픽션 작가. 저서에 『우리들의「심야특급」』(스파이크), 『내가 본 「대일본제국」』(角川文庫), 『아무도 국경을 모른다』(朝日文庫), 『일본의 국경』(光文社新書), 『일본의 穴기행』(光文社) 등이 있다. nishimuta62.web.fc2.com/

2013년 12월 20일 주식회사 춘추사(株式会社春秋社) 발행

著作物利用許諾契約書
저작물이용허락계약서

著作物名 『〈日本國〉から来た日本人』_____

저작물명 『〈日本國〉から来た日本人(〈일본국〉에서 온 일본인)』_____

著作者名 西牟田靖 _____

저작자명 西牟田靖(니시무타 야스시)

著作権者名 西牟田靖

저작권자명 西牟田靖(니시무타 야스시)

西牟田靖(以下「甲」という)と李愛玉(以下「乙」という)とは、上記著作物(以下「本著作物」という)の翻訳

出版を許す条件にして、次のとおり契約を締結する。

西牟田靖(이하 '갑'이라고 한다)와 이애옥(이하 '을'이라고 한다)은, 상기 저작물(이하 '본저작물이라 한다)의

번역 출판을 허락하는 조건으로 **다음과 같이 계약을 체결한다.**

２０２１年９月２８日

甲(著作権者) 西牟田靖

갑(저작권자) 西牟田靖(니시무타 야스시)

住 所 日本国 166-0001東京都杉並区阿佐谷北１-１２-６ホースハイム１０２号室

주 소 일본국 166-0001 도쿄도 스미나미구 아사가야기타 1-12-6 호스하임 102 호실

自筆のサイン 西牟田靖
　　　　　　　　　니시무타 야스시

乙(出版者) 李愛玉

을(출판자) 이 애 옥

住 所 大韓民国 慶尚南道 昌原市 義昌区 明知路１１５番길 5, 102号

주 소 대한민국 경상남도 창원시 의창구 명지로 114 번길 5, 102 호

名 称 『1945 귀환 – 진해, 기억 속의 고향(1945 歸還 – 鎭海、想い出の故郷)』

명 칭 『1945 귀환 – 진해, 기억 속의 고향 』

自筆のサイン

1945 귀환, 진해!! 기억속의 고향

원제『<日本國>から来た日本人 ('일본국'에서 온 일본인)』

초판인쇄 2021년 11월 17일 **초판발행** 2021년 11월 19일

지은이 **이애옥**역자, **西牟田 靖(니시무타 야스시)**저자
펴낸이 **이혜숙** 펴낸곳 **신세림출판사**
등록일 **1991년 12월 24일 제2-1298호**

04559 서울특별시 중구 퇴계로49길 14,
　　　충무로엘크루메트로시티2차 1동 720호
전화 **02-2264-1972** 팩스 **02-2264-1973**
E-mail : shinselim72@hanmail.net

정가 **20,000원**

ISBN **978-89-5800-240-6, 03810**